역사 속의 나그네

복거일 장편소설

역사 속의 나그네
제2권 뿌리 내리는 풀씨처럼

초판 1쇄 발행 2015년 6월 30일
초판 3쇄 발행 2016년 9월 1일

지은이 복거일
펴낸이 주일우
펴낸곳 ㈜**문학과지성사**
등록번호 제1993-000098호
주소 04034 서울 마포구 잔다리로7길 18(서교동 377-20)
전화 02) 338-7224
팩스 02) 323-4180(편집) / 02) 338-7221(영업)
전자우편 moonji@moonji.com
홈페이지 www.moonji.com

ⓒ 복거일, 2015, Printed in Seoul, Korea

ISBN 978-89-320-2734-0 03810
ISBN 978-89-320-2732-6(세트)

이 도서의 국립중앙도서관 출판예정도서목록(CIP)은 서지정보유통지원시스템 홈페이지(http://seoji.nl.go.kr)와
국가자료공동목록시스템(http://www.nl.go.kr/kolisnet)에서 이용하실 수 있습니다.
(CIP제어번호: CIP2015016338)

복거일 장편소설

역사 속의 나그네

제 2 권 뿌리 내리는 풀써처럼

문학과지성사
2015

꿈속에서 책임은 비롯한다.

　　　　　—델모어 슈워츠

　이 작품은 1991년에 먼저 세 권을 내고 중단되었다. 이어 쓸 기회가 곧 오려니 생각했었는데, 기회는 좀처럼 오지 않았고, 이제야 세 권을 더해서 일단 매듭을 짓게 되었다. 스무 해가 넘는 공백기가 너무 길어서, 독자들과의 약속을 늦게나마 지켰다는 홀가분함보다 사라진 가능성에 대한 아쉬움이 훨씬 크다.

　앞의 세 권은 초판과 내용이 똑같다. 표기가 달라진 곳들이 있을 따름이다. 따라서 전에 졸작을 읽어주신 독자들께선 '제4권 꿈의 지평 너머로'부터 읽으시면 된다. 그동안 졸작을 읽어주시고 속편에 대한 기대를 말씀해주신 독자들께 고마움의 말씀을 드린다.

2015. 봄.
복거일

다른 상품들과는 달리, 책은 내용과 성격을 소비자들에게 쉽게 알릴 길이 없다. 그런 사정은 모든 저자들에게 곤혹스럽겠지만, 소설가들에게는 특히 그렇다. 책을 낼 때면, 그래서 내 책을 고른 독자들이 자신이 생각했던 것과 다른 책임을 발견하게 되는 모습이 마음에 얹힌다.

이 소설은 21세기에 태어나서 16세기에서 살아가는 어느 조선 사람의 얘기다. 그는 시낭(時囊)을 타고 6천5백만 년 전의 백악기로 시간여행을 떠나는데, 시낭이 고장 나서, 16세기에 불시착한다. 자신이 태어난 때보다 5백 년 전에 존재한 세상에 혼자 좌초하여 살아가는 일은 누구에게나 쉽지 않을 것이다. 그러나 그는 아주 큰 이점을 지녔으니, 바로 뛰어난 지식이다. 21세기에서 자라난 사람이 지닌 지식은, 특히 과학적 지식은, 대단할 것이다. 16세기 사람들이 지닌 지식에 비기면, 더욱 그럴 것이다.

그래서 이 작품은 과학소설이라고 볼 수 있다. 미래소설의 모습을 많이 지닌 역사소설이라고 볼 수도 있다. 그러나 더 적절한 이름은 아마도 무협소설일 것이다. 주인공이 영웅적 삶을 꾸려가기 때문이다. 그는 16세기의 조선 사회에 수동적으로 적응하는 것이 아니라 그것을 자신의 이상에 맞춰 바꾸려고 애쓴다. 여느 무협소설들과 다른 점은 주인공이 뛰어난 근육의 힘이 아니라 발전된 지식의 힘에 의존한다는 점뿐이다.

이 작품은 1988년 가을부터 세 해 동안 『중앙경제신문』에 연재되었다. 『중앙경제신문』의 직원들과 독자들에게 고마움의 말씀을 드린다. 연재가 시작될 때부터 격려해주신 『문학과지성』 동인 다섯 분 선생님들께, 그리고 세 권을 한꺼번에 내느라 수고하신 '문학과지성사'의 직원들께, 좀 새삼스럽지만, 고마움의 말씀을 드린다.

1991. 10.
복거일

차례

귀
화
인

제 4 부

1

　바로 발아래서 포드득 하고 조그만 풀무치 한 마리가 날아오르
는 바람에, 언오는 멈칫했다. 빗물에 씻겨 골이 진 길바닥에서 돌
을 밟은 그의 발이 미끄러졌다.

　그 소리에 아이가 흘긋 돌아다보았다. 그의 모습을 보자, 아이는
흠칫 놀라면서 그 자리에 얼어붙었다. 삿갓을 젖히면서, 그는 아이
에게 웃음을 지어 보였다. 지친 데다가 땀을 자주 씻은 얼굴이 쓰
라려서, 웃음이 제대로 앉지 않았다. 그 아이의 눈에 비친 자신의
모습이 무척 낯설고 무서우리라는 것을 생각하고서, 그는 웃음을
한껏 부드럽게 했다.

　아이는 경계하는 낯빛으로 그를 살폈다. 소에게 풀을 뜯기면서,
한가롭게 집으로 돌아가던 참인 듯했다. 엉덩이에 쇠똥이 묻은 소
는 아랑곳하지 않고 길섶의 풀을 뜯고 있었다. 코로 숨을 거세게
쉬면서 긴 혀로 풀을 휘감아 침이 질질 흐르는 입속으로 쉬지 않고

밀어 넣었다. 소가 꼬리를 흔들 때마다, 쇠등에 까맣게 앉았던 파리들이 부산하게 날아올랐다가 이내 다시 내려앉았다.

그는 걸음을 멈추고 합장했다. "나무아미타불. 나무관세음보살."

뜻밖의 일이라 어찌할 줄 모르는 듯, 아이는 두 손으로 소를 묶은 줄을 잡고서 난감한 몸짓을 했다. 밟고 선 디땅풀을 발바닥으로 연신 문질렀다. 다행히, 굳었던 낯빛은 차츰 풀리고 있었다. 열두어 살쯤 되어 보였는데, 맨발에 웃도리까지 벗은 차림이었다. 불룩한 배에서 튀어나온 동그란 배꼽에 때가 새까맣게 끼어 있었다.

그런 아이의 모습이 제대로 눈에 들어오면서, 그는 입가에 남았던 웃음이 부드럽게 얼굴에 퍼지는 것을 느꼈다. "말삼 한마대 묻고져 하나이다." 그는 아이 어깨 너머로 보이는 마을을 가리켰다. "여긔는 므슴 마알이니잇가?"

그의 손길을 따라 흘긋 마을을 돌아다보더니, 아이는 다시 그를 쳐다보면서 입술만 달싹였다. 말이 잘 나오지 않는지, 안타까운 낯빛으로 마른침을 삼켰다.

아이의 모습에 한 달 전 그와 눈길이 마주치자 흠칫하면서 두 손으로 모으던 보릿짚을 놓던 만석이의 모습이 겹쳤다. 낯선 사람들이 처음 만나는 자리의 어려움이 새삼스럽게 그의 가슴에 그늘을 드리웠다. 이제 이 세상에 좌초한 지 한 달이 넘었고 뇨한드르를 떠난 지도 열흘이 되었지만, 낯선 땅에서 낯선 사람들을 만나는 일은 좀처럼 수월해지지 않았다.

'이런 행색으론……' 그는 슬쩍 자신의 모습을 내려다보았다. 이 세상 사람 누구에게라도 험상궂게 보일 모습이었다. 그도 모르게 지친 한숨이 새어 나왔다.

옆쪽 산기슭에서 나는 매미 소리와 풀숲에서 나는 여치 소리가 문득 시끄럽게 들려왔다. 다시 부드러운 웃음을 지어 보이면서, 그는 은근한 어조로 물었다. "여긔는 므슴 마알이니잇가?"

"여긔는 숯골이니이다." 아이가 어렵사리 대꾸했다.

"아, 그러하나니잇가? 감샤하압나니이다." 고개를 끄덕이면서, 그는 아래쪽으로 보이는 조그만 마을을 살폈다.

이곳은 지도에 예산군(禮山郡) 대술면(大述面) 송석리(松石里)로 나와 있었다. 그는 어젯밤 강척골 나루를 건넌 뒤 꼬박 걸었다. 그래서 새벽엔 신창현을 벗어나 온양군으로 들어섰고 오후엔 례산현으로 넘어왔다. 처음에 계획했던 대로 공쥬로 가지 않고 이리로 넘어온 까닭은 온양과 공쥬 사이의 길이 사람들의 왕래가 많아서 위험하다는 점도 있었지만, 마지막 순간에 자신의 생각을 바꾸어서 토정 선생의 추격을 피하려는 생각도 있었다.

그의 눈치를 살피더니, 아이가 슬그머니 몸을 돌렸다. 풀을 더 뜯으려는 소를 끌어당기면서, 마을 쪽으로 내려가기 시작했다.

그는 급히 따라붙었다. 가까스로 얘기를 튼 판에 아이를 그냥 가도록 할 수는 없었다. "숯골애난 집이 몇이나 이시나니잇가?"

"많이 이시나니이다." 아이가 선뜻 대꾸했다.

한참 기다려도, 아이는 말을 잇지 않았다. 많이 있다는 말이 대답으로 충분하다고 여기는 듯한 아이를 바라보다가, 그는 문득 가슴이 푸근해져서 혼자 씨익 웃었다. "얼마나……" 그는 좀더 또렷한 대답을 얻으려고 다시 묻다가 그만두었다. 아이에게서 만족스러운 대답이 나올 것 같지 않았다.

참참이 풀을 뜯느라 걸음이 더딘 소를 따라서, 그들은 말없이 마을 쪽으로 내려갔다. 맨발로 지내는 것에 익숙해졌는지, 아이는 돌이 많은 길을 맨발로 잘 걸었다. 앞쪽에서 짝을 지은 잠자리 한 쌍이 무겁게 날아올라 논 쪽으로 내려갔다. 서남쪽으로 트인 골짜기의 밭들이 어느 사이엔가 논들로 바뀌고 있었다.

소가 작은 둔덕 앞에서 멈추어 정색하고 풀을 뜯는 바람에 그들도 걸음을 멈췄다. 배낭에 눌린 어깨와 등의 근육을 주무르면서, 그는 길 아래 논을 내려다보았다. 바닥은 좁고 둑은 삐뚤삐뚤한 데다가 한가운데엔 큼지막한 바위까지 자리 잡은 논에서 검푸른 벼들이 자라는 모습이 가슴을 다습게 했다. '됴한드르에 닿았을 때 모내기가 한창이었는데, 벌써 벼가 저렇게 컸구나. 한 달 동안에. 지금 됴한드르 사람들은……'

됴한드르 생각에 문득 부풀어 오른 감정들을 속으로 밀어 넣으면서, 그는 서둘러 아이에게 말을 건넸다, "쇼이 됴하나이다."

"녜." 그를 흘긋 올려다보면서, 아이가 씨익 웃었다. 햇볕에 검게 그은 얼굴에 허옇게 마른버짐이 피어 있었다. 녀석이 코를 훌쩍이더니, 팔뚝으로 코를 쓰윽 문지르고서, 자랑과 사랑이 어우러진 몸짓으로 소를 돌아다보았다. "이 쇼이 삿기랄 가졌나이다."

그는 다시 움직이기 시작한 소의 배를 살폈다. 그러고 보니, 배가 불룩했다. 그는 고개를 끄덕였다. "으음, 이 쇼이 삿기랄……"

"이 쇼난 광시댁 쇼이니이다," 손에 잡은 굵은 줄을 구부려 소를 가리키면서, 아이가 진지하게 설명했다. "숑아지 때브터 나이 먹였

18

나이다."

"아, 그리하샸나니잇가?" 아이의 말뜻을 제대로 알아듣지 못한 채, 그는 대꾸했다.

"이제 숑아지 삼기면, 그 숑아지난 우리 것이 다외나이다." 아이가 자랑스러운 얼굴로 그를 올려다보았다.

"아하," 비로소 아이의 말뜻을 알아듣고서, 그는 가벼운 탄성을 냈다. 남의 송아지를 무사히 큰 소로 길러낸 삯으로 곧 자신들의 송아지 한 마리를 얻게 될 어느 집안의 모습이 눈앞에 또렷이 떠올랐다. 이 세상 사람들에게 소는 무엇보다도 소중한 재산이었다. 됴한드르 사람들은 새벽에 일어나면, 먼저 외양간의 소부터 살폈다. 그리고 사람의 밥을 짓기 전에, 쇠죽을 먼저 끓였다. 이 산골 마을에서 어느 가난하고 부지런한 집안이 꾸려가는 삶의 모습이 생생하게 닿으면서, 가슴이 촉촉해졌다. "참아로 됴한 일이니이다."

"내 숑아지 삼기면……" 아이가 줄을 들어 쇠꼬리가 미치지 못하는 쇠등에 앉은 파리들을 쫓았다.

그는 흘긋 아이를 살폈다. 한 손으로 줄을 가볍게 잡고 조급한 기색 없이 소를 바라보는 아이의 얼굴엔 나이에 어울리지 않는 어른스러움이 어렸다.

'내가 저만했을 때, 나는 무슨 소망을 가졌었나?' 대답은 선뜻 나오지 않았다.

'중학교 다닐 땐데…… 저렇게 또렷하고 실제적인 소망을 가졌던 것 같진 않고…… 우주 비행사가 되는 것 따위, 그저 화려한 것을 막연하게 꿈꾸었지. 우주 탐험선의 선장이 되어 태양계 너머 우주 공간을 탐험하는 것이 그래도 가장 구체적인 꿈이었지. 하긴 그런 꿈이 이루어진 셈이구나. 상상도 못했던 방식으로. 결과가 그리……' 그의 눈길이 다시 아래로 향했다. 콧등이 허옇게 해어진 신이 끊어진 그의 생각을 마저 채워주었다.

"내 송아지 커셔 다시 송아지 낳아면, 그 송아지난 작안쇠애게 주려 하나이다." 아이가 진지한 낯빛으로 말했다.

"작안쇠난 아아이니잇가?"

"녜. 열 설 먹었는듸……"

그도 진지한 낯빛으로 고개를 끄덕였다. 지금 어미 소의 배 속에 든 새끼를 키워 큰 소로 만들고 그 소가 송아지를 낳으면, 그것은 아우에게 주겠다는 아이의 얘기에는 선뜻 꿈이라고 부르기 뭣한 무엇이 있었다. 집안일을 실제로 돕는 아이에게서만 나올 수 있을 단단하고 어른스러운 그 꿈엔 물질적으로 풍족한 사회에서 자라나면서 대통령이나 축구 선수가 되겠다는 21세기 아이들의 꿈들에선 보기 어려웠던 짙고 싱싱한 빛이, 지금 뿌리를 제대로 내린 벼의 검푸른 빛이, 어렸다.

"쇼랄 먹이기 어렵디 아니 하나니잇가?" 그는 은근한 어조로 물었다.

소를 끌면서, 아이가 가볍게 고개를 저었다.

좀 멋쩍은 느낌이 들어서, 아이의 그은 윗몸을 살피면서, 그는 흐릿한 웃음을 얼굴에 띠었다. 하긴 소를 먹이는 일이 힘들다는 생각은 아이의 머리에 떠오른 적이 없었을 터였다.

"이 쇼난 광시댁 쇼라 하얐난듸, 광시댁안 숯골애셔 가장 가아면 집이니잇가?" 마을이 가까워지자, 그는 현실적 문제로 생각을 돌렸다.

"녜." 아이가 고개를 힘차게 끄덕였다. "광시댁안 아조 가아멸어셔……" 설명하려다가 적절한 말을 찾지 못하고 잠시 눈만 껌벅거리던 아이가 팔을 휘둘러 오른쪽 논들을 가리켰다. "뎌 논이 모도 광시댁 논이니이다."

"아, 녜." 고개를 끄덕이면서, 그는 앞쪽에 나타난 집들을 가리켰다. "어느 집이 광시댁이니잇가?"

아이가 아래쪽을 살피더니 고개를 저었다. "여긔셔는 아니 보이나이다."

마을은 그들이 내려온 골짜기의 바로 남쪽 골짜기에 자리 잡고 있는 듯했다. 지금 아래쪽에 보이는 집들은 마을의 아래쪽 끝인 모양이었다.

길이 왼쪽으로 굽으면서, 마을이 제대로 드러났다. 됴한드르보다는 훨씬 큰 마을이었다. 바로 남쪽에 있는 골짜기를 흐르는 조그만 개울 양쪽에 눈에 보이는 것들만 열댓 채 되는 집들이 서 있었다. 기와집은 없는 것으로 보아, 그리 넉넉한 마을은 아닌 듯했다. 그래도 아주 가난한 마을은 아닌 듯해서, 마음이 좀 놓였다. 좁고 가파른 골짜기들이 모여서 큰 골짜기를 이룬 곳에 제법 논다운 논들이 있었다.

"뎌긔 뎌 집이니이다. 뎌 집이 광시댁이니이다." 아이가 골짜기 위쪽을 가리켰다.

"어느 집이니잇가?"

"뎌긔 가장 큰 집…… 감나모 많안 집……" 아이가 집 하나를 가리키면서, 그를 돌아다보았다.

"아, 녜. 감샤하압나니이다."

사내 하나가 지게에 꼴을 지고 논 쪽에서 올라오고 있었다. 그와 눈길이 마주치자, 사내는 이내 고개를 돌렸다.

바지게 가득 꼴을 지고 맨발로 좁은 논둑길을 익숙하게 걸어가는 사내의 모습을 잠시 넋 놓고 바라보다가, 그는 다시 마을로 눈길을 돌렸다. 집마다 조용히 솟는 저녁연기가 아까부터 보채던 시장기를 충동였다. 자신도 모르게 마른침을 삼키고서, 그는 아이가 가리킨 집을 유심히 살펴보았다. 개울 북쪽에 자리 잡고 남향한 집이어서, 바로 아래에 자리 잡은 집의 지붕 너머로 옆모습만 보였다. 집이 그리 큰 것 같지는 않았지만, 우거진 감나무 가지들에 둘러싸인 노르스름한 지붕에서 넉넉한 집안임을 느낄 수 있었다.

"그러하면," 그는 아이를 돌아다보았다. "쇼승은 광시댁에 가셔 시쥬를 받고져 하나이다."

아이의 얼굴에 그늘이 덮이면서 낯빛이 흔들렸다. "광시댁애난 시방……"

"므슴 일이 잇나니잇가?" 그는 은근한 어조로 물었다.

"뎌어긔……" 아이가 그 집과 그의 얼굴을 번갈아 쳐다보면서 머뭇거렸다. "뎌어긔 봉션이 병에 걸위었나이다."

"므슴 병이니잇가?" 문득 마음속으로 전류가 흘렀지만, 그는 대수롭지 않게 여기는 듯한 목소리를 냈다.

"염병이라 하더니이다."

그의 가슴이 쿵 하고 뛰었다. "염병?"

"녜. 발셔 여러 날 다외얏나이다."

"염병이라." 그 집을 바라보면서, 그는 생각을 가다듬었다.

옛적 조선 사람들이 염병이라 부른 전염병은 장티푸스였다는 것이 정설이었다. 장티푸스는 수인성 전염병이니, 환자가 있는 집에 가는 것만으로 감염될 위험은 없었다. 그러나 지금 그는 저녁을 먹어야 했다. 병자가 있는 집에서 저녁을 얻어먹는 일은 마음이 선뜻 내키지 않았다. 다른 편으로는, 염병이 어떤 병인가 눈으로 확인할 수 있는 기회였다. 그런 기회를 그냥 지나치는 것은 꽤나 아쉬웠다.

결국 호기심이 이겼다. '일단 가보자. 가보고서……'

그는 그의 얼굴을 살피는 아이를 내려다보았다. "그러하야도 가고져 하나이다. 감샤하압나니이다." 그는 얼굴에 웃음을 띠고서 합장했다. "나무아미타불. 나무관셰음보살."

수줍은 얼굴을 지으면서, 아이가 몸을 틀었다. 다시 그의 얼굴을 살피더니, 줄로 쇠등을 두드려 파리 떼를 쫓았다.

그는 개울가로 난 길을 따라 아이가 가리켜준 집을 향해 천천히 올라갔다. 산골짜기에 자리 잡은 집치곤 터를 꽤 넓게 잡았고 둘레엔 돌담을 아담하게 둘러치고 있었다. 옆쪽엔 자그마한 바깥마당도 있었다. 꾸밈이 없는 집 모양새에서 오랫동안 실속을 쌓아온 집 냄새가 났다. 그는 고개를 끄덕였다. '겉만 그럴듯한 양반 집보다 이런 집에 들르는 것이 차라리 마음이 편하지.'

몰락해가는 것을 느낄 수 있는 토호의 집에서 시주를 구할 때면, 그는 어쩔 수 없이 마음이 무거워지곤 했다. 됴한드르를 떠나 이곳까지 오는 동안, 그는 몰락해가는 큰 집들을, 마치 지붕의 기와들 무게를 견디기 힘들어하는 것처럼 보이는 오래된 집들을, 여럿 보았다. 조선 사회는 겉으로는 조용한 듯했지만, 실제로는 많이 바뀌고 있었다. 찬찬히 살펴보면, 그런 사회적 변화의 증거들은 곳곳에 있었다. 특히 상업이 빠르게 발전하는 듯했다. 문의 장터의 생기 넘치는 모습은 그의 마음에 깊은 인상을 남겼다. 그런 변화가 조선 사회의 자생적 근대화로 이어지지 못하리라는 생각은 그를 무척 안타깝게 했다.

대문 위엔 잎새가 바삭바삭 마른 가시나무 한 묶음과 명태 한 마리가 새끼에 달려 있었다. 금줄이었다. 큰 걱정거리가 있는 집안에서 시주를 구한다는 생각에 마음이 새삼 무거워졌다. 목탁이 없어서 염불을 하기 어렵다는 생각도 마음을 움츠러들게 했다.

'다른 집으로 가는 게 낫지 않을까?' 한쪽만 열린 대문 너머로 보이는 안마당을 살피면서, 그는 자신에게 물었다. '아직 저녁때가……'

여인 하나가 부엌에서 나왔다. 대문 밖에서 안을 들여다보는 그를 보더니, 그녀가 멈칫했다. 서른쯤 되어 보였다. 어느새 날이 어둑해져서, 확실치는 않았지만.

'눈에 뜨였으니, 이젠 물러나기도 뭣하고……' 합장하고 고개 숙여 인사한 다음, 그는 염불을 시작했다. "나무아미타불. 나무관세음보살."

목탁이 없어서, 가뜩이나 서툰 염불이 제대로 되지 않았다. '불승 노릇 하면서 얻어먹으려면, 열 일 젖혀놓고 목탁부터 새로 깎아

야겠다.'

한순간 머뭇거리던 여인이 부엌으로 들어갔다.

염불할 성경 말씀을 고르고서, 그는 헛기침으로 목청을 가다듬었다.

"눈이 높아서 남알 깔보난 악인이
밭알 일구어 심는 것은 죄밖애 없도다.
나무아미타불. 나무관세음보살."

차츰 목청이 트였다. 목탁이 더욱 아쉬워졌다. 공세동 주막집 마당 한구석에 뒹굴고 있을 목탁이 떠올랐다. 안쓰럽고 아쉬운 마음으로 그는 목소리를 높였다.

"속임수로 모돈 재산안
교슈대의 이슬텨로……"

부엌에서 나이 든 부인이 나왔다. 그 뒤로 먼저 나왔던 젊은 여인이 보였다. 염주를 손에 든 채 염불하는 그를 잠시 바라보던 부인이 젊은 여인을 돌아다보고 무어라고 말했다. 젊은 여인이 다시 부엌으로 사라졌다.

"바가지 긁는 안해와 큰 집에셔 사난 것보다
다락 한구석에셔 사난 편이 낫도다.

나무아미타불. 나무관셰음보살.”

젊은 여인이 부엌에서 나왔다. 그를 흘끗 살피더니, 부인에게 두 손으로 공손히 바가지를 바쳤다. 바가지를 받아 들고 속에 든 것을 살피더니, 부인이 마당으로 내려섰다.

'차라리 잘됐다. 저녁을 얻어먹을까 했는데. 염병 환자가 있는 집에선 곡식을 얻는 것이……'

"가난한 사람의 호쇼애 귀를 막으면,
제 울부짖을 때 들어줄 이 또한 없으리라.
나무아미타불. 나무관셰음보살.”

"스승님, 여긔……" 대문 안쪽에 선 채, 부인이 밖에 선 그에게 바가지를 내밀었다.

"녜. 감샤하압나니이다.” 그는 옆으로 돌아서서 배낭의 옆주머니를 열어 보였다.

부인이 조심스럽게 바가지를 기울여 속에 든 곡식을 조심스럽게 쏟았다.

'아,' 그는 속으로 가벼운 탄성을 냈다. 바가지에 든 곡식은 쌀이었다. 쌀로 시주를 받은 것은 공쥬 전월리의 림 진사댁에서 받은 뒤로는 처음이었다. 배낭이 왼쪽으로 묵직하게 기울었다. 한쪽으로 기우는 그 무게로 부처에 대한 두 여인의 정성을 가늠하면서, 그는 자신의 가슴이 부끄러움으로 달아오르는 것을 느꼈다. 전염병 환자가 있는 집에서 밥 대신 곡식으로 시주를 받게 된 것이 차라리 잘된 일이라고 여겼던 자신의 소견이, 두 여인의 너그러운 시주 옆에 놓이니, 너무 초라했다.

부인이 빈 바가지를 문간에 놓인 삽 자루에 걸어놓더니 합장했다. "나무아미타불 관세음보살."

덜미가 더워지는 것을 느끼며, 그도 합장했다. "나무아미타불. 나무관세음보살." 그리고 조심스럽게 말을 꺼냈다. "뎌어긔 집안애 알판 사람이 이시다난 녜아기랄 들었압나니이다."

부인의 얼굴이 굳어지는 것을 보고, 그는 급히 말을 이었다. "쇼승이 알판 사람알 위하야 넘불을 하고져 식브나이다."

부인의 얼굴이 문득 풀어졌다. "아이고, 감샤하압나니이다. 이리 들어오쇼셔." 문간에서 물러나면서, 그녀가 마당에 내려와서 바라보던 젊은 여인에게 말했다. "어미야, 스승님끠셔 우리 봉선이를 위하야 넘불을 하고져 하신다. 방알 죠곰 츠이오거라."

"녜, 어마님." 젊은 여인이 이내 몸을 돌려 안채의 윗방으로 올라갔다. 눈치로 보아, 그녀는 이 집 며느리로 아프다는 아이의 엄마 같았다.

"스승님, 이리 들어오쇼셔," 부인이 다시 권했다.

"녜." 그는 대문 안으로 들어섰다. 마당에 서자, 약 달이는 달착지근한 냄새가 났다. 부엌 옆 마당 한쪽 화덕에 약을 달이는 단지가 놓여 있었고 그 옆엔 머슴애로 보이는 아이가 모깃불을 놓을 채비를 하고 있었다.

부인이 오른쪽을 흘긋 살폈다. 대문 오른쪽 바깥채의 방에서 노인이 엉거주춤 일어나서 내다보고 있었다. 주인 노인인 듯했다.

노인에게 합장하고 인사한 다음, 그는 부인을 따라 윗방 쪽 토방으로 올라섰다. 마루가 넓고 잘 다듬은 재목으로 반듯하게 놓인 것이 눈에 들어왔다.

"스승님, 뎌긔……" 부인이 문이 열린 윗방 안을 가리켰다. "발셔 여러 날이 다외얏난듸……"

"아, 녜. 그러하시나니잇가?" 배낭을 벗어 마루 기둥에 기대 세우면서, 그는 방 안을 살폈다.

방문 쪽으로 머리를 두고 계집아이가 누워 있었고, 그 옆에 늙수그레한 부인이 앉아서 부채를 부치고 있었다. 시주한 부인이 마루로 올라서자, 방 안에 있던 부인이 따라 일어섰다.

그는 손을 저었다. "관계티 아니 하나이다. 쇼승은 여긔 셔셔 념불을 하고져 하나이다."

부인들이 마루 한쪽으로 물러섰다. 부엌 앞에서 두 손을 가슴에 모으고 간절한 자세로 바라보는 젊은 여인의 모습이 곁눈으로 들어왔다.

"마암이 가난한 사람달한
행복하리라.
하날나라이 그들희 것이리라.
나무아미타불.
나무관셰음보살."

어둑한 방 안에 눈이 좀 익숙해지자, 방 뒤쪽에 놓인 놋대야가 눈에 들어왔다. 아이의 이마에 물수건이 얹혀 있었다. 병균들이 들어온 아이의 몸속 모습이 눈앞에 선연하게 떠올랐다. 침입한 병균들과 싸우고 있을 아이의 면역 체계에 말없는 응원을 보내면서, 그는 염불을 이었다.

"슬픈 사람달한
행복하리라.
그들흔 위로받아리라.
나무아미타불.
나무관세음보살."

마루에 선 부인들이 눈을 감고 합장한 채 간절히 기원하고 있었다. 부엌 앞 토방에 선 젊은 여인은 더욱 간절히 기원하고.

'지금 저 아이에게 필요한 것은 이런 염불이 아니라……' 자신의 염불이 열병을 앓는 어린애에게 아무런 도움이 되지 않는다는 생각이 그의 목청을 흐리게 했다.

"올한 일에 주리고 목마란 사람달한
행복하리라.
그들흔 만족하리라.
나무아미타불.
나무관세음보살."

'이런 염불은 부질없지. 항생제를 쓰면, 저런 병은 이내…… 이왕 아이를 위해 뭘 하려 했으면, 실제로 도움이 될 일을 해야지. 이건 위선 아닌가?' 그는 유혹하는 목소리를 물리치고 목소리를 높였다.

"자비랄 베프는 사람달한
행복하리라.
그들혼 자비랄 입으리라.
나무아미타불.
나무관셰음보살."

'저렇게 아픈 아이 앞에서 시간 줄기를 지킨다는 것은 얼마나 허황한 일인가. 지금 존재하는 것은 저 아이의 목숨과 아픔이지. 아득한 시공 건너에 있는 어느 세상이, 어느 세상의 가능성이, 아니 잖나? 저 단단한 실존 앞에 무엇이……' 고개를 흔들어 그 목소리를 밀어내고, 그는 괴로운 염불을 끝냈다.

"올한 일을 하다 박해받난 사람달한
행복하리라.
하날나라이 그들희 것이리라.
나무아미타불.
나무관셰음보살."

그냥 마치기가 섭섭하고 미안해서, 그는 눈을 감고서 앓는 아이에게 실제로 도움을 줄 수 있는 길을 생각했다. 없었다. 아무리 생각해도 시간 줄기에 충격을 주지 않고 그 아이에게 도움을 줄 길은 없었다. 그가 이렇게 선뜻 염불을 할 수 있었던 것은 그것이 아이의 병을 고치는 데 아무런 도움이 되지 않는다는 사실 덕분이었다. 생각해보면, 그것은 아픈 아이보다 그 자신을 위한 것이었다. 그는 안타까움과 부끄러움으로 아린 눈을 떴다. 그리고 더듬거리는 손길로 배낭끈을 잡았다.

2

　쫓기는 걸음으로 언오는 개울을 따라 난 길을 내려갔다. 안타까
움과 부끄러움으로 시달리는 마음 한구석으로 마을 사람들이 자신
을 쳐다보고 있다는 생각이 스쳤다. 달아오른 얼굴에서 땀방울이
목으로 흘러내렸다.

　마을이 끝나는 곳에서, 그가 따라 내려온 개울은 좀더 큰 개울과
합쳐졌다. 그 개울 위쪽 골짜기에 숯골과 크기가 비슷한 마을이 자
리 잡고 있었다. 그 마을에서 저녁을 얻어먹고 싶었으나, 그는 걸
음을 멈추지 않았다. 열병을 앓는 아이가 있는 곳에서 빨리 멀어지
고 싶은 생각이 그의 걸음을 재촉했다.

　왼쪽에서 내려온 산자락을 돌아 마을이 보이지 않게 된 뒤에야,
그는 걸음을 좀 늦추면서 숨을 돌렸다. 삿갓을 젖혀 쓰고, 손수건
으로 얼굴과 목의 땀을 훔쳤다. 여러 골짜기에서 모인 물이 이젠
제법 큰 시내를 이루어 서남쪽으로 내려가고 있었다.

'시간 줄기를 지키려면, 어쩔 수 없지.' 어지러운 마음이 좀 가라앉자, 그는 차분한 목소리로 자신을 타일렀다. '한 아이의 목숨과 이십일 세기 구십억 사람들의 존재를 비교할 순 없잖은가?'

'또 그 얘긴가? 지겹지도 않나?' 다른 목소리가 거세게 받았다. '아이 하나가 당장 죽어가는데, 지금 내가 이렇게 마시는 바로 이 공기를 마시고 사는 아이가 죽어가는데, 아직 존재하지도 않는 세상을 위한다는 명분으로 그 아이의 목숨을……'

그는 저녁 산골짜기의 서늘한 공기를 깊이 마셨다. '이제 지겨운 얘기이긴 하지. 그렇지만, 옳은 얘기이기도 하지. 지금까지 힘들게 시간 줄기를 지켜왔는데, 이제 와서 그것을 허물 순 없잖나?'

다른 목소리는 불만스러운 기색을 보일 뿐 대꾸하지 않았다.

그는 더욱 차분한 목소리로 자신에게 일렀다, '설령 그 아이에게 항생제를 줘서 낫게 한다 하더라도, 그게 얼마나 큰 뜻을 지닐 수 있을까? 어차피 이 세상에 가득한 고통을 나 혼자 힘으로 어떻게 할 수 없는데.'

황량한 가슴속으로 잎새들을 말리는 바람이 스산하게 불었다. 속의 열기에 온몸이 타오르는 그 계집아이의 환영이 떠올랐다. 걸음이 저절로 멈추면서, 갑자기 몸에서 힘이 빠져나가는 느낌이 들었다. 그는 길가의 풀숲에 털썩 주저앉았다.

배낭을 벗어놓고 어깨를 주무르면서, 그는 하염없는 눈길로 흘러가는 냇물을 내려다보았다. 저녁 냇물에는 서글픈 정취가 어렸지만, 가만히 살펴보면, 산골짜기를 빠르게 내려가는 냇물은 슬퍼하는 기색이 없었다.

'슬퍼하지 않는 물가에 남모르게⋯⋯' 시구 하나가 떠올랐다. 그 시구가 나온 시를 찾아, 그는 잠시 기억을 더듬었다. 딜런 토마스의 「런던에서 불타 죽은 아이의 죽음을 슬퍼하기를 거부함」이었다.

두 손으로 염주를 쥐고 하늘을 올려다보면서, 그는 나직이 뇌었다.

"사람 만드는

새 짐승 그리고 꽃 낳는

그리고 모두를 낮추는 어둠이

침묵으로 말하기 전에는⋯⋯"

검은 것이 날개를 퍼덕이면서 지나갔다. 그의 눈길이 퍼덕이는 날개에 끌려갔다. 제비처럼 느껴졌으나, 살펴보니, 박쥐였다.

"밀 이삭의 예배당으로 들어가야 하기 전에는 결코

소리의 그림자조차도 기도하도록 하거나

내 짠 씨앗을

아무리 작은 베옷 골짜기에라도 심지 않을 것이다⋯⋯"

나직한 목청이 더욱 가라앉았다. 슬퍼해야 할 것을 슬퍼하기를 거부하는 몸짓은 언제나 그의 가슴에 물결을 일으켰다.

"달려가는 템스 강의

슬퍼하지 않는 물가에 남모르게.
첫 죽음 뒤에는 다른 죽음은 없다."

시의 끝 부분을 한 번 더 마음속으로 뇌이고서, 그는 일어섰다. 어둡고 황량한 마음속 어느 깊은 구석에서 마지막 구절이 되울려 왔다, '첫 죽음 뒤에는 다른 죽음은 없다.'

배낭끈을 잡은 채, 그는 하늘을 우러렀다. '첫 죽음…… 하긴 첫 죽음이구나. 그 아이의 죽음 뒤엔 내겐 이 세상에선 다른 죽음은 없는 것은 아닐까?'

조금 걸어가자, 개울이 나오면서 왼쪽에 조그만 마을이 나타났다. 징검다리를 향해 내려가다가, 그는 잠시 머뭇거렸다. 저녁을 얻어먹고 잠자리를 찾으려면, 그 마을로 들어가야 했다. 골짜기를 따라 더 내려가면, 아마도 큰 마을이 나올 터였지만, 저녁을 얻어먹기엔 너무 늦을 듯했다.

그러나 마을로 들어갈 마음은 나지 않았다. 이 세상 사람들을 보는 것이 짐이 되었다. 그 아이를 버려두고 옴으로써 그는 이 세상 사람들을 버린 것이었다. 그 아이를 버린 뒤엔 새삼 다른 사람을 버리는 일은 없을 터였다. 그것이 안타깝고 부끄러웠다. 비록 이 세상 사람들의 도움으로 살아가야 하는 처지였지만, 오늘 저녁만은 이 세상 사람 누구하고도 얼굴을 마주하고 싶지 않았다.

"첫 죽음……" 나직이 뇌고서, 그는 서남쪽 산 위에 걸린 마지막 노을을 바라보았다. 이제 해는 산 뒤로 넘어갔고 병자의 볼에 어린 홍조처럼 발그스레한 노을도 곧 스러질 터였다. 그리고 그 계집아이의 가냘픈 숨결도 스러질 터였다. 실제로가 아니라면, 적어도 그의 마음속에서. 그는 눈을 감고 그 아이에게 작별 인사를 했다.

그는 짐짓 힘찬 걸음으로 징검다리를 건넜다. 그러고는 마을을 향해 왼쪽 길로 접어들었다. '어쩔 수 없지. 견뎌낼 수밖에 없는 것은 견뎌내는 거지. 언제나 합리적으로 판단해서……'

문득 속에서 핏덩이처럼 뜨겁고 끈끈한 것이 치밀어 올랐다. 다시 토마스의 시구가 떠올랐다.

'그 잘 자라는 인사 속으로 점잖게 들어가지 마라.
햇빛의 죽음에 대해 분노하라, 분노하라.'

그 뜨거운 덩이가 터지면서, 뜨거운 액체가 가슴속을 흥건히 적셨다. 맺힌 무엇이 문득 풀린 듯, 시원한 기운이 그의 살 속으로 퍼져나갔다.

'분노하라, 분노하라.' 그의 마음속 사람들로 뒤덮인 어느 광장에서 귀에 설지만 분명히 그의 것인 어떤 목소리가 짐승스러운 욕정으로 일그러진 얼굴을 들어 외치고 있었다.

'분노하라, 분노하라.' 비정한 햇살 아래 광장을 뒤덮은 얼굴 없는 목소리들이 따라서 외쳤다.

어느 사이엔가 그 소리들이 넘쳐나서 그가 선 어둑한 골짜기를 가득 채웠다. 자신이 놓인 처지에 대해, 자신을 붙잡고 놓아주지 않는 21세기에 대해, 그 세상의 독선에 대해, 온 우주의 메스꺼운 질서에 대해, 솟구친 분노의 불길이 그의 몸과 마음을 삼켰다.

문득 정신이 돌아왔다. 몸과 마음을 휩쓸었던 불길이 태울 만한 것들은 모두 태운 듯, 몸도 마음도 가볍고 깨끗했다. 그는 차분한 눈길로 둘레를 살폈다. 그사이에도 날은 더 어두워져 있었고 서남쪽 산 위엔 불그스레한 기운만 남아 있었다. 사내들 네댓이 두런거리면서 앞쪽 마을에서 나오고 있었다.

그는 결연한 몸짓으로 계집아이가 있는 마을 쪽으로 돌아섰다. 그리고 가슴을 폈다. 이 세상을 가슴에 품으려는 듯이. 잔잔한 기쁨의 물결이 그의 지친 몸 속에서 출렁거렸다.

3

"나이……" 아이가 눈을 감은 채 헛소리를 했다.

손에 체온계를 든 채, 언오는 괴로워하는 아이를 안타까운 마음으로 내려다보았다. 예닐곱 살 되어 보이는 계집아이였는데, 등잔불에 드러난 살결이 보얗고 얼굴도 고왔다. 아이의 겨드랑이에 꽂은 체온계가 빠지지 않도록 팔을 잡고서, 그는 아이의 머리맡에 앉은 부인을 쳐다보았다. "언제브터 알팠나니잇가?"

손녀를 내려다보던 눈길을 들어 그의 얼굴을 흘긋 살피더니, 그녀가 잠시 생각했다. "자리에 누운 디 이제 닷쇄 다외얏나이다. 나이 고사리울에 단녀온 날……" 그녀가 발치에 앉은 부인을 쳐다보았다. "맞다? 나이 슈동이네 다녀온 날 봉션이 자리에 누웟디?"

"녜." 발치에 앉아 등잔불이 흔들리지 않도록 살살 부채질하던 부인이 대답했다. 눈치가 침모 같았다.

"닷쇄라." 그는 잠시 생각을 가다듬었다. "그러하면 언제브터 몸에 더위 이셨나니잇가?"

"더위는 자리애 눕디 며츨 젼브터 이셨나이다. 처엄에는 죠곰 더위 이셔 밥맛이 없다 하더니, 더위 졈졈 오라자, 머리 알파고 허리 쑤신다 하며 자리애 누웠나이다."

"아, 그러하얐나니잇가?" 고개를 끄덕이면서, 그는 바삐 생각했다. '자리에 누운 지 닷샌데, 증세가 처음 나타난 것은 그보다 며칠 앞섰다. 그럼 한 열흘 됐겠구나. 장티푸스는 잠복기가 얼만가?'

안주인이 다음 물음을 기다리는 얼굴로 그를 살폈다.

아이의 팔에서 전해오는 열이 꽤나 뜨거웠다. 손을 바꾸어 아이의 팔을 잡고서, 그는 안주인에게 물었다, "이 마알애 이런 병을 앓난 사람이 이시나니잇가?"

고개를 저으면서, 그녀가 침모를 쳐다보았다. 침모가 고개를 갸웃하더니 따라서 고개를 저었다. 그러자 부인이 분명한 어조로 말했다, "스승님, 그런 사람안 없나이다."

어쩐지 본 적 없는 자신의 딸아이를 생각나게 하는 아이의 얼굴을 안쓰러운 마음으로 내려다보면서, 그는 잠시 생각했다. "그러하면 더위 나기 전에 이 아기 다란 마알애 다녀온 일은 없나니잇가?"

"다란 마알애 다녀온 일은……" 눈을 가늘게 뜨고 등잔불을 바라보면서, 그녀가 잠시 기억을 더듬었다. "다란 마알애 단녀온 일은 위슈골 노로개댁 혼인 잔채애 단녀온 것뿐이나이다."

"그때 언제였나니잇가?"

"읍내 댱날이었으니…… 이달 초열흘날이얐나이다."

"초열흘날이면…… 이제 스므 날이 다외얐나니잇가?"

"오날이 그믐날이니," 그녀가 속으로 셈을 했다. "그러하나이다. 꼭 스므 날이 다외얐나이다."

'스므 날이라……' 땀방울이 송글송글 맺힌 아이의 이마를 손으로 부치면서, 그는 속으로 따져보았다. '발병이 열홀 전이라면, 열홀 동안 잠복했단 얘긴가? 잘은 모르지만, 비슷한 것 같은데.'

그가 손으로 아이의 이마를 부치는 것을 보자, 침모가 몸을 앞으로 내밀어 부채를 부치기 시작했다.

"그 마알 일홈이 위슈골이니잇가?"

"네, 스승님."

"위슈골애 이런 병을 앓난 사람이 이시나니잇가?"

잠시 생각하더니, 그녀가 고개를 저었다. "위슈골애 이런 병을 앓난 사람이 있다난 소래난 듣디 못하얐나이다." 그녀가 침모를 건너다보았다.

침모가 고개를 끄덕였다.

자신의 추리가 맞지 않아서, 그는 좀 실망스러웠다. 약을 달이는 냄새가 그의 마음에 검은 기운처럼 무겁게 어렸다. 그는 입맛을 다시고 슬쩍 시계를 보았다. 체온계를 꽂은 때부터 시간이 꽤 지난 듯했는데, 겨우 5분쯤 지나고 있었다. 그에게 이 구형 아날로그 체온계를 쓰는 법을 가르쳐준 생리연구실 의사는 체온계를 적어도 10분 동안은 꽂아두라고 했다.

"뎌어긔……" 침모가 부채질을 멈추고 조심스럽게 안주인에 말했다. "쟝복실 한산댁……"

안주인이 고개를 끄덕였다. "스승님, 뎌긔…… 쟝복실 한산댁 쟉안 얼우신끠셔 알파시다 하더니이다. 증이 우리 봉션이와 같다 하더니이다. 더위 높고 밥알 먹디 못하고……"

"아, 그러하나니잇가?" 그는 자세를 고쳐 앉았다. "언제브터 알팠다 하더니잇가?"

"한 사나할……" 그녀가 침모의 동의를 구하고서 말했다. "긔즈음 다외얐다 하더니이다."

"그러하면…… 쟝복실이라 하샸나니잇가?"

"녜, 스승님. 쟝복실 한산댁이니이다."

아까 지도에서 보니, 골짜기를 따라 조금 내려가면, 시내 북쪽 산기슭에 장복리(長福里)라는 마을이 있었다. '쟝복실'은 아마도 그 마을을 뜻하는 듯했다. "쟝복실 그 사람이 혹시 위슈골 혼인 잔채애 왔았나니잇가?"

두 부인이 서로 쳐다보았다. "노로개댁하고 한산댁안 사돈 사이니……" 안주인이 소리 내어 생각하고서, 그를 쳐다보았다. "아마도 잔채애 왔았알 닷하나이다."

"위슈골안 쟝복실애셔 업더디면 코 닿알 댄듸……" 침모가 거들었다.

그는 자신도 모르게 한숨이 나왔다. 이제 아이가 앓고 있는 병이 전염병인 것은 어느 정도 확인된 셈이었고, 그 병이 장티푸스일 확률도 그만큼 높아진 것이었다. 이 마을 사람들이 그 병을 염병이라고 부른다는 얘기를 아까 길에서 만난 아이에게서 들은 터라, 일단 장티푸스로 추정했지만, 그가 그렇게 진단할 근거는, 따지고 보면, 그리 튼실한 것은 아니었다.

사실 그가 장티푸스에 대해 아는 것은 아주 적었다. 21세기 사람들에게 장티푸스는 그리 흥미로운 병이 아니었다. 장티푸스만이 아니라 거의 모든 세균성 질병들이 그랬다. 강력한 항생제들이 나온 뒤로는 세균성 질병들은 사람에게 그리 큰 위협이 되지 않았다. 자연 선택 과정은 필연적으로 항생제들에 견디는 세균들을 낳을 터였고 실제로 강력한 항생제들에 견디는 세균들이 줄곧 나왔지만, 사람들은 세균성 질병들이 의료 기술에 정복되었다고 여겼다. 대신 고치기가 훨씬 어려운 바이러스에 의한 질병들이나 암에 사람들의 관심이 쏠렸다. 그리고 사람들이 모두 오래 살게 되자, 그런 병들보다도 갖가지 '노인병'들에 사회적 관심이 쏠렸고 그런 병들에 대처하기 위한 투자가 이루어졌다. 그래서 21세기 사람들은 20세기 후반에 갑자기 나타나서 사람들을 위협했던 '후천성면역결핍증'이나 21세기 중엽에 무섭게 번졌던 '나카무라 증후군'과 같은 병들에 대한 지식은 많이 지녔지만, 장티푸스와 같은 세균성 질병들에 대한 지식은 아주 적었다. 장티푸스에 관해서 그가 아는 것은 그것이 수인성 전염병으로 높은 열이 난다는 것, 병 자체보다 합병증이 위험하며 특히 회복기에 조심해야 한다는 것, 그 병원균은 살모넬라균속에 속해서 식중독을 일으키는 살모넬라균과 사촌 사이라는 것, 그리고 파라티푸스균에 의한 파라티푸스도 비슷한 증상을 보이는데 경증이라는 것 정도였다.

　"아아……" 아이가 신음하면서 몸을 틀었다.

　그는 아이의 겨드랑이에서 체온계가 빠지지 않도록 팔을 꼭 붙잡고 왼손으로 아이의 입을 열었다. 누르스름한 설태가 끼어 있었다. "아기 뚱안 엇더하나니잇가? 셜사하나니잇가?"

"아니이다, 스승님." 안주인이 고개를 저었다. "셜사하난 것이 아니라, 뚱알 누디 못하나이다. 그러하야셔 아해 아비 읍내 의원끠 가셔 약알 지어왔나이다. 더위 나리우는 약과 뚱알 누게 하난 약알."

문득 약 달이는 냄새가 그의 마음을 가득 채웠다. 그랬다, 이 집 안사람들은 이미 약을 쓰고 있던 것이다. 더욱 무거워진 마음으로 그는 괴로움이 배어 나온 아이 얼굴을 내려다보았다. '만일 결과가 좋지 못하면, 책임은 모두 내게로 쏠리는데, 과연 내가……'

이미 의원이 지어준 약을 쓰고 있는데 뒤늦게 병을 고치겠다고 나섰다는 사실이 마음에 무겁게 얹혔다. 의원이 지어준 약이 세균성 질병에 별 효험이 없다는 것을 이곳 사람들이 알 리 없었다. 그가 쓰려는 약은 물론 효험이 있을 터였지만, 의사가 아닌 그가 아이를 무사히 치료할 자신이 있는 것은 아니었다. 치료엔 늘 위험이 따르게 마련이었다.

"어험," 밖에서 헛기침 소리가 났다. 궁금해진 바깥주인이 마침내 살피러 나온 모양이었다.

"의원은 므슴 병이라 하더니잇가?" 바깥주인을 흘긋 살피고서, 그는 짐짓 태연한 목소리로 물었다.

"샹한이라 하더니이다."

"샹한?"

"녜, 스승님."

'샹한이라? 무슨 뜻인가? 샹한이란 병도 있었나?' 무슨 말인지 알아들은 것처럼 고개를 끄덕이면서, 그는 체온계를 뽑아 들었다. 방 안팎 사람들의 눈길이 일제히 체온계에 쏠리는 것은 느끼며, 그는 흐릿한 등잔불에 체온계를 비추어 보았다.

"불을 하나 더 혀놓아라. 방이 어둡구나." 밖에서 바깥주인이 말했다.

"네." 누가 대답하고서 마루로 올라섰다.

'어떻게 된 거야?' 체온계를 이리저리 돌려보아도, 속에 들었을 수은주가 보이지 않았다. '그땐 분명히 보였는데. 그동안에 어떻게 잘못된 건가? 적외선 촬상기처럼? 그렇지는 않을 텐데. 이렇게 간단한 기구가 망가질 리는 없는데. 그것 참……'

밖에서 무슨 그릇이 마루에 떨어져 깨지는 소리가 났다. 이어 누가 목소리를 낮추어 꾸짖었다.

방 안에 앉은 두 부인의 눈길보다 밖에서 들여다보는 사람들의 눈길을 더 따갑게 느끼면서, 그가 체온계를 이리저리 돌려보는데, 은빛 줄이 문득 눈에 들어왔다. 가만히 살펴보니, 체온계는 한 각도에서만 수은주가 보이도록 되어 있었다.

'이렇게 원시적인 기구를 넣다니.' 마음이 문득 푸근해져서, 그는 생리연구실 요원들에게 짐짓 엉터리 투정을 했다.

'사십 도 이 분이라. 정말 대단하구나. 열이 이렇게 높으면, 낫더라도 상당한 후유증이 남는 것은 아닐까?' 체온계를 흔들면서, 그는 안주인에게 말했다. "더위 너모 높으니, 얼음을……" 이곳은 여름에는 얼음을 구하기 어려운 세상임을 깨닫고, 그는 급히 말을 돌렸다. "얼음텨로 찬 믈로 더위를 식혀야……" 그는 아까 옆으로 밀어놓은 대야를 돌아다보았다.

"녜, 스승님." 부인이 대답하는 사이에, 침모가 일어나서 대야를 들고 나갔다. 아까 마당에서 모깃불을 놓던 머슴애가 등잔을 들고 쭈뼛쭈뼛 들어왔다.

그는 체온계를 구급낭에 넣고 항생제 한 알을 꺼냈다. 마음이 뜻밖에도 담담했다. 따지고 보면, 한 세상의 운명이 걸린, 적어도 21세기 90억 사람들의 운명이 걸린, 일인데도, 그랬다.

기대와 경탄과 두려움이 섞인 낯빛으로 안주인이 그가 든 파란 항생제 캡슐을 살폈다.

그는 싱긋 웃었다. "이 약안 효험이 묘한 약이니이다."

"녜, 스승님." 그녀 얼굴이 밝아졌다.

그는 잠시 망설였다. 의식이 없는 아이에게 캡슐을 통째로 먹이는 것은 위험했다. "믈 한 그릇하고 술을 주쇼셔. 약알 술에 개어서 먹이고져 하나이다."

"녜, 스승님," 안주인이 대답하자, 그녀가 밖에 대고 말하기도 전에, 누가 부엌으로 가는 소리가 났다.

'이제……' 그는 자신에게 고개를 끄덕였다. 도도히 흐르던 시간의 물길이 문득 굽이치면서 다른 곳으로 흐르기 시작하는 모습이 떠올랐다. 이어 시간의 탯줄을 끊고 어둑한 그림자의 세계로 사라져가는 낯익은 세상의 모습이 떠올랐다. 영원히 저주받은 사람의 시린 슬픔이 그의 살 속에서 스며 나와 파란 늦가을 호수로 그의 가슴에 고였다. 그는 갑자기 늙은 것처럼 느껴지는 손을 들어 아이의 귀를 덮은 눅눅한 머리칼을 조심스럽게 쓸어올렸다.

4

딛고 선 땅이 문득 흔들렸다. 언오는 무심히 내려다보았다. 바로
앞에서 땅이 갈라지고 있었다. 깊이를 모를 검은 틈이 옆으로 길게
뻗쳐 있었다. 숨을 급히 들이켜면서, 그는 몇 걸음 물러났다. 땅 위
에 선 사람들을 삼키려고 입을 벌리는 것처럼, 그 검은 틈은 빠르
게 넓어졌다. 그는 고개를 들어 사람들을 둘러보았다.

그를 에워쌌던 사람들은 모두 틈의 건너편에 몰려 있었다. 머리
를 두 줄로 땋아 내린 그 계집아이의 눈에 설면서도 익숙한 얼굴이
놀람과 안타까움으로 일그러져 있었다.

입을 벌린 채, 그는 그저 쳐다보았다. 회한과 죄책감으로 마음이
얼어붙어서, 아무런 생각도 나지 않았다. 빨리 무엇을 생각해내야
한다는 생각 말고는.

그사이에도 틈은 빠르게 벌어져서, 이제 사람들이 선 땅은 그가
선 땅에서 떨어져 나간 그리 크지 않은 땅덩이가 되어 있었다. 그

너머에 둘레보다 유난히 컴컴한 하늘이 기다리는 몸짓으로 걸려 있었다.

'아, 별이 없구나. 별이 없는 하늘 속으로……'

그를 향해 안타깝게 손을 흔들면서, 아이가 무어라고 외치고 있었다.

컴컴한 하늘에 마음을 빼앗겼던 그는 몸서리를 치면서 정신을 차렸다. 자신의 발 바로 아래에서 넘실대는 허공의 검은 물결을 보지 않으려고 애쓰면서, 그는 귀를 기울였다.

"아빠아," 그동안에도 눈에 뜨이게 멀어진 그 작은 땅덩이로부터 아이의 안타까운 목소리가 가느다랗게 들려왔다.

"그래애," 그는 온몸의 힘을 불러내어 목소리에 실었다. 그러나 그의 대답은 목에 걸려 밖으로 나오지 못했다.

"아빠아," 아까보다 훨씬 가늘어진 목소리가 다시 들려왔다. 아이 뒤로 낯익은 얼굴들이 여럿 보였다. 다시 그 뒤로 셀 수 없이 많은 얼굴들이 흉측하게 부풀어 오른 종양처럼 작은 땅덩이를 덮고 있었다.

"그래애. 아빠 여깄다." 이번에도 그의 대답은 밖으로 나오지 못했다. 안타까움에 터질 듯한 가슴으로 그는 아주 작아진 아이를 향해 손을 뻗쳤다. 무슨 일이 있어도, 그의 아이만은 구해야 했다.

그가 부질없는 몸짓을 하는 사이에도, 그 땅덩이는 빠르게 컴컴한 하늘 속으로 빨려 들어갔다. 잘린 시간 줄기에 속한 세상들이 가야 하는 어느 아득한 곳을 향해. 바람도 별도 없는 컴컴한 다른 차원의 시공을 향해.

"여깄다아. 아빠가……"

점점 작아져서 희끄무레한 점이 되었던 그 땅덩이가 마침내 사라졌다. 그것이 사라진 컴컴한 하늘이 문득 90억 목숨들이 실린 검은 파도로 그를 덮쳤다. 파도에 숨이 막혀 몸부림치는 바람에, 잠이 깨었다.

아직 살을 덮은 검고 차가운 물결을 헤치고서, 부연 의식의 덩어리가 천천히 떠올랐다. 숨을 길게 내쉬고서, 그는 무거운 눈을 떴다. 캄캄했다. 잠시 모습 없는 시공을 헤매던 마음이 몸과 하나가 되었다. 16세기 조선 땅이었다. 토정 선생의 추격을 피해 례산현으로 들어와서, 숯골이라는 산골짜기 마을에서 장티푸스에 걸린 봉선이라는 계집아이를 치료하고, 광시댁이라 불리는 그 아이의 집 사랑채에 누운 것이었다.

그는 오른손에 힘을 주어 주먹을 쥐어보았다. 주먹에 힘이 잡히지 않았다. 회한과 자책감의 검고 차가운 물결이 헤어져 너덜거리는 듯한 가슴의 벽을 때리면, 둔중한 통증이 온몸으로 퍼졌다. 그래도 이제 마음은 또렷했다. 막 꾼 꿈의 뜻이 떠올랐다. 이제 그가 태어난 세상은 이 시간 줄기에서 떨어져 나가기 시작한 것이었다. 한때 존재했으나 곧 설 자리를 잃은 세상들이 가는 어느 어둑한 시공으로 밀려나기 시작한 것이었다.

"크르륵," 옆에서 주인 노인이 코를 골았다.

그가 막 낯선 세상을 위해서 그를 낳아준 세상을 버렸음을 유창하게 일깨워주는 그 소리에 그의 살이 새삼 아파왔다. 캄캄한 방 안에 들어찬 이 세상의 실재가 사라지기 시작한 세상의 기억을 아직 지닌 그의 몸을 짓눌러 변형시키는 듯했다.

　멀리서 산짐승이 울었다. 이어 날카로운 소리를 내며 모기 한 마리가 그의 귓가를 스쳐 주인 쪽으로 날아갔다. 고마움에 가까운 마음으로 그는 세상을 가득 채운 어둠의 한 모서리에 형체를 주는 듯한 그 소리들을 붙잡았다. '이곳도 사람들이 사는 세상이지. 사람들만이 아니라 다른 생명들도 사는 곳이지.'

　언제까지나 몸속에서 출렁일 것 같던 검고 차가운 물결이 차츰 잦아들었다. 문득 마음 한구석에서 시구 하나가 흰 물새처럼 조용히 날아올랐다.

　　이제 때가 되었지만
　　나는 아직 모른다.
　　하기야 누가 알랴
　　태어나지 못한 넋에겐 어떤 몸짓으로
　　작별 인사를 해야 하는지.

　　태어남이 처음이 아니고, 아빠,
　　죽음이 끝도 아녜요.
　　너는 언제고 속삭이겠지만
　　내 검푸른 품에 남은 조그만 떨림은
　　벌써 잦아지는구나.

　그의 가슴속 어둑한 하늘을 한 바퀴 돌더니, 흰 날개를 깃발처럼 펄럭이면서, 그 물새는 아득한 수평을 향해 멀어져갔다.

그 시구가 「태어나지 못한 내 딸에게」라는 연작시의 한 토막이라는 생각과 온몸이 땀으로 젖었다는 느낌이 서로 어깨를 부딪치면서 마음의 앞쪽으로 나왔다. '독신으로 살다가 한창 나이에 매독으로 폐인이 되어 비참하게 죽었다고 했지. 그 시를 쓸 때, 그 시인은……'

문득 안채에서 앓고 있는 계집아이가 걱정되었다. 그는 시계를 보았다. '두 시 이십오 분이라…… 아까 자리에 누운 게 열한 시쯤이었으니……' 마음이 녹슨 기계처럼 삐걱거렸다. '겨우 세 시간 잤단 얘긴가? 약을 먹인 게 여덟 시 반쯤이었으니, 여섯 시간. 때맞춰 일어났구나.' 그는 조용히 홑이불을 걷고 자리에서 일어났다.

그가 양말을 찾아 방 안을 더듬거리는데, 주인 노인이 일어나는 소리가 났다. "스승님……" 가래가 끼어 흐린 목청을 헛기침으로 고르고서, 노인이 말을 이었다. "자시디 아니 겨시나니잇가?"

"녜. 아기 병이 엇더한가 굼굼하야…… 안해 들어가셔 보고져 하나이다."

"아, 녜. 그러하시나니잇가?" 노인이 머리맡을 더듬거렸다. 이어 쇠와 돌이 부딪치는 소리가 나면서 불꽃이 튀었다. 부시를 여러 번 친 뒤에야, 부싯깃에 불이 붙었다. 노인이 등잔에 불을 붙이자, 방 안이 문득 환해졌다.

양말 한 짝을 손에 든 채, 그는 등잔 심지를 돋우고 그를 돌아다보는 노인을 쳐다보았다. 어쩐지 좀 멋쩍은 느낌이 들어서, 그는 가볍게 고개를 숙여 인사하면서 얼굴에 옅은 웃음을 띠었다.

"우리 아해랄 위하야 스승님끠셔 잠도 못 자시고……" 치하하는 사이에도 노인의 눈길은 그가 든 양말로 쏠렸다.

"관계티 아니 하나이다." 양말을 다 신자, 그는 배낭에서 구급낭을 꺼냈다.

"한돌아, 일어나거라." 노인이 발치에서 몸을 웅숭크린 채 곤히 자고 있는 머슴애를 깨웠다.

한돌이가 놀라서 냉큼 일어나 앉았다.

"이놈, 정신 차리거라."

"녜." 눈이 부신지, 녀석이 건성으로 대꾸하고서 손으로 눈을 가렸다.

"안하로 들어가셔 니르거라. 스승님끠셔 봉션이를 보시러 들어가신다 니르거라."

"녜." 부스스한 얼굴을 손등으로 문지르면서, 녀석이 방문에 걸린 발을 들치고 밖으로 나갔다.

"그러하면," 칼자루가 삐죽 솟은 배낭에 흘긋 눈길을 준 다음, 그는 구급낭을 들고 일어섰다. "쇼승은 아기랄 보러 안해 들어가보겠나이다."

"녜, 스승님. 이리 슈고로이……" 노인이 따라 일어섰다.

마루로 나서자, 맑고 시원한 공기가 그를 감쌌다. 한돌이가 안으로 들어가서 알릴 동안, 그는 거의 다 사그라진 모깃불의 매캐한 냄새를 즐기면서 마당에 서서 기다렸다. 돌담 너머 하늘엔 별들이 초롱초롱했다. 그는 하늘을 한 바퀴 둘러보았다. 없었다. 상상하기 어려울 만큼 아득한 하늘 어디에도 없었다. 그제야 그는 자신이 하늘에서 찾는 것이 무엇인지도 모른다는 것을 깨달았다.

　주인 노인의 코 고는 소리 사이로 한돌이의 고른 숨소리가 들려왔다. 그가 나온 뒤에도 한참 동안 부산했던 안채도 이제는 조용했다. 그는 눈을 감고 다시 잠을 청했다. 그러나 스산한 바람이 부는 마음에는 포근한 잠의 기운이 좀처럼 덮이지 않았다.

　'이제 병자의 증세도 상당히 나아진 듯하고…… 걱정할 것이 없잖은가?' 그는 자신에게 일렀다. 아이의 체온은 39도 1분이었다. 저녁보다 1도 넘게 내린 것이었다. 체온도 체온이었지만, 그는 아이의 얼굴에서 약효가 나오고 있음을 느낄 수 있었다.

　물론 그의 마음이 불안한 것은 병자의 상태 때문은 아니었다. 또다시 꿈을 꿀 일이 적잖이 마음에 걸렸다. 자신의 딸과 헤어지는 꿈을 다시 꿀 일을 생각하면, 아직도 가슴 밑바닥에 흥건히 고여 있는 듯한 슬픔과 회한을 다시 맛볼 일을 생각하면, 푸근한 마음으로 잠을 청할 수가 없었다.

　'악몽이라 부를 꿈은 아닌데. 내게 소중한 사람들을 만나는 꿈이니까. 만나는 게 아니라 헤어지는 거지만…… 혹시 이런 것이 가장 견디기 어려운 악몽은 아닐까? 소중한 사람들과 헤어지게 되어 깊은 슬픔과 회한을 맛보는 꿈이 바로……' 그를 향해 안타깝게 손을 흔드는 예닐곱 살 난 계집아이의 모습이 또렷이 떠오르면서, 날카로운 아픔 한 줄기가 가슴의 살을 후비고 지나갔다.

　'이러다간…… 혹시 내가 평생 이런 꿈에 시달리는 것은 아닐까?' 두 손으로 홑이불 자락을 움켜쥐면서, 그는 나오던 한숨을 죽였다.

'그럼 그런 괴로움을 겪을 것도 생각지 못하고, 그런 결정을 내렸단 얘긴가? 시간 줄기에 충격을 줄 것이 뻔한 일을?' 다른 목소리가 힐난했다. '그리고 그런 꿈을 꾸는 것이 그리도 두려운가? 자신이 태어난 세상을 버리고 다른 세상을 택하고서, 그런 괴로움도 겪지 않으려 한다면, 세상을 너무 쉽게 살려는 것 아닌가?'

닭 울음이 들려왔다. 그는 눈을 뜨고 가득한 캄캄함을 선선히 받아들였다. 바깥세상과 그를 가득 채운 캄캄함은 영영 풀리지 않을 것 같았지만, 그 너머엔 새벽의 기척이 있었다. 다시 닭이 울었다. 씁쓸한, 그러나 따스한 기운이 아주 없지는 않은 웃음이 그의 입가에 자리 잡았다. '하긴 그렇지. 자신을 낳은 세상을 버린 사람에게 어찌 편안한 잠자리가 있을 수 있겠는가?'

5

구급낭에서 체온계를 꺼내면서, 언오는 봉션이의 얼굴을 살폈다. 겉으로 보기엔 어젯밤보다 열이 꽤 내린 것 같았다.

"아가, 봉션아," 불안한 잠에 든 손녀의 윗몸에서 홑이불을 말아 내리면서, 안주인이 안쓰러워하는 목소리로 나직이 불렀다. 벌써 세번째라, 그녀는 체온계로 열을 재는 법을 알고 있었다.

"아가, 스승님끠셔 쟈개암애다……" 손녀의 왼팔을 벌리면서, 그녀가 알아들을 리 없는 손녀를 달랬다.

그는 봉션이의 겨드랑이에 체온계를 꽂고 다시 팔을 여몄다. 아이의 팔을 잡은 채, 좀 무료한 눈길로 방 안을 둘러보았다. 벽지를 바르고 반자를 대서, 방이 깨끗하고 아늑했다. 장판이 깨끗하고 반질거렸다. 콩기름 냄새가 아직 옅게 나는 것으로 보아, 새로 한 듯했다.

'누가 쓰는 방인가?' 그는 가벼운 호기심으로 횃대에 걸린 옷들을 살펴보았다. '옷으로 봐선 젊은 사람들이 쓰는 것 같은데. 안방은 안주인이 쓸 테니, 아들 부부가 쓰는 것일까?'

희끗한 머리를 매만지면서, 침모가 들어왔다. 잠을 제대로 자지 못해서, 방금 세수를 한 모양인데도, 얼굴이 부석부석했다. 안주인이 조용히 일어나서 밖으로 나갔다.

'토정 선생은 지금 내가 여기 있는 걸 알까?' 왼손에 닿는 장판의 감촉을 마음 한구석으로 즐기면서, 그는 자신에게 물었다. '만일 토정 선생이 먼 미래의 〈시간 순찰국〉 같은 데서 파견된 요원이라면, 알고 있을까? 내가 공쥬로 빠지지 않고 이리로 발길을 돌린 줄을? 문제는 내가 이리로 들어온 것이 정말로 순간적 충동에서 내려진 우연한 결정이었느냐, 아니면 내가 전에도 거기서 마음을 바꾸어 이리로 들어왔었느냐, 바로 그건데……'

한참 생각해보아도, 그는 자신이 이리로 들어온 것이 순간적으로 우연히 결정된 것인지 아니면 엄격한 인과율에 따라 필연적으로 결정된 것인지 판단할 수 없었다. '그것 참,' 속으로 입맛을 다시면서, 그는 천천히 고개를 저었다. 아산현의 고개 위에서 부딪혔던 합리성의 문제와 마찬가지로, 자유 의지의 문제는 지금 그에겐 한가로운 형이상학적 문제가 아니라 실제적 함의들을 지닌 심각한 문제였다.

"스승님, 이것을 죠곰 자셔보쇼셔." 방으로 들어온 안주인이 그의 앞에 쟁반을 내려보았다. 흰 사기대접에 참외 화채가 담겨 있었다.

"아, 녜. 감샤하압나니이다." 그렇잖아도 물을 청하려던 참이었다. 그가 숟가락을 집어 드는데, 뒤에서 찰싹 하는 소리가 났다.

돌아다보니, 봉선이의 발치에 앉았던 침모가 벽에서 으깨진 모기를 떼어내고 있었다. 모기가 붙었던 자리에 검붉은 핏자국이 남았다. 안주인이 무어라고 하려다가 그냥 입을 다물었다.

"요놈이 밤새 내 피를 빨아 먹었고나." 손바닥에 놓인 으깨진 모기를 들여다보면서, 침모가 만족스러운 얼굴로 중얼거렸다.

벽지에 남은 핏자국을 마음에서 몰아내면서, 그는 그릇을 들어 화채 국물을 한 모금 마셨다. 시원한 국물이 말랐던 목을 부드럽게 만져주었다. 한 모금 더 마시고서, 그는 봉선이의 겨드랑이에서 체온계를 뽑아 들었다. 37도 8분이었다. 긴장했던 마음이 풀리면서, 얼굴에 웃음이 배어 나왔다.

자신의 얼굴에 닿는 눈길들을 느끼고, 그는 고개를 들었다. "더위 많이 나리았나이다."

"녜, 스승님." 안주인이 고개를 크게 끄덕이고서 주름 많은 얼굴에 환한 웃음을 띠었다. "이제는 헛소래도 아니 하나이다."

"몬져도 아참애난 더위 죠곰 덜 났았나이다." 무심결에 한마디 거들고서, 아차 싶었던지, 침모가 황급히 손으로 입을 가렸다.

안주인이 그녀를 돌아다보면서 꾸짖는 눈길을 보냈다.

"그러하면 더위는 언제 많이 났았나니잇가?" 좀 어색해진 분위기를 바꾸려고, 그는 웃는 얼굴로 침모에게 물었다.

"아참보단 나죄애 더위 많이 났았나이다." 그녀가 무안해서 발개진 얼굴로 대꾸했다.

"아, 녜. 이대 알았나이다." 그녀에게 밝은 웃음을 지어 보이고서, 그는 숟가락을 집어 들었다. 좀 신중하지 못하지만 꾸밈이 없고 마음씨 좋아 보이는 그녀에게 그는 처음부터 호감이 갔었다.

"그러하얐어도 이리 더위 나린 적은 없었나이다." 안주인이 서둘러 덧붙였다.

"녜." 자신이 임상 경험이 전혀 없다는 사실을 새삼 떠올리고서, 그는 좀 신중해진 마음으로 고개를 끄덕였다. "잇다가 나죄애 보면, 얼머나 됴하뎠는디 알 새니이다."

참외 한 조각을 씹으면서, 그는 고개를 돌려 이슬에 촉촉하게 젖은 마당을 내려다보았다. 사랑채 토방 아래 그대로 남은 낙숫물 자국과 흙에 파릇하게 돋은 이끼가 그의 불안한 마음을 묘하게 쓰다듬어주었다. 농가의 잘 다듬어진 마당은 이 세상의 모습들 가운데 가장 마음에 드는 것이었다. 잔디를 심고 보기 좋은 나무들을 가꿔놓은 현대의 정원에선 느낄 수 없는 느긋함을 맨땅이 드러난 마당은 지니고 있었다.

'어째서 그럴까? 왜 저 마당을 보면 마음이 푸근해지는 것일까?' 그는 자신의 마음을 찬찬히 살폈다. 이곳 농가의 마당은 중요한 기능을 가진 곳으로 삶의 터전의 한 부분이었다. 현대의 정원은 자연에 적대적인 환경에 이미 거의 없어진 자연의 한 조각을 다시 심으려는 시도를 뜻했다. 그래서 바라보는 사람들에게 하나는 삶을 생각나도록 했고 다른 것은 사람들이 망쳐놓은 자연을 생각나게 했다.

침모가 가볍게 헛기침을 했다. "스승님, 찬 긔 가새디 전에 마자 드쇼셔."

"아, 녜." 그는 상념에서 깨어나 황급히 화채 그릇을 비웠다. 여름에 얼음도 냉장고도 없는 세상에서 시원한 화채를 내오는 데 얼마나 큰 정성이 들었을지 그로선 짐작할 수 없었다. "아, 참아로 맛내 들었나이다. 감샤하압나니이다."

그가 그릇을 내려놓자, 침모가 쟁반을 들고 밖으로 나갔다.

'앞으로 이런 병을 치료해야 할 경우가 많을 테니, 지금 임상적 지식을 얻는 것도 좋겠지?' 그는 봉선이의 배를 덮은 홑이불을 조심스럽게 말아 내렸다.

배가 부어오른 것이 먼저 눈에 들어왔다. 오른쪽 아랫배가 유난히 불룩하게 솟아 있었다.

'이렇게 오른쪽 아랫배가 많이 부어오른 것은 장티푸스의 일반적 증세인가? 아니면, 이 아이에게서만 나온 현상인가? 장티푸스면 장에 이상이 생길 테니까, 아랫배가 부어오른 것은 그리 이상하진 않은데……'

그는 다시 들어온 침모에게 고개를 돌렸다. "봉선 아씨의 등을 살피고져 하나이다. 죠곰……"

"녜, 스승님." 침모가 홑이불을 걷어내고 아이를 안아서 돌아눕혔다. 아이는 앓는 소리만 내고 눈을 뜨지 않았다.

'이건 또 뭔가?'

엎드린 아이의 등에는 볼그스레한 반점들이 대여섯 개 있었다. 지름이 2밀리미터쯤 되었다. 그로선 역시 알 수 없었다, 그 반점들이 장티푸스의 일반적 증세인지, 아니면 다른 까닭으로 나온 것인지.

"어흠." 토방에서 잠시 서성거리다가 밖으로 나갔던 주인 노인이 대문으로 들어왔다.

안주인이 자리에서 조용히 일어나 밖으로 나갔다. 궁금해할 남편에게 병세를 알려주려는 모양이었다.

"다외얐나이다. 다시 바로 눕혀주쇼셔."

"녜." 침모가 아이를 안아서 바로 눕혔다.

그는 아이의 얼굴을 먼 눈길로 내려다보았다. 아이는 다시 돌아 눕혔어도 깨지 않았다. 잠이 깊이 들었다기보다 까라진 듯했고, 숨이 좀 가쁜 것 같았다. 그러나 어젯밤과는 달리, 얼굴에 괴로워하는 기색은 없었다.

'너는 꼭 나아야 한다.' 아이 이마에 맺힌 땀방울들을 안쓰러운 마음으로 살피면서, 그는 속으로 아이에게 일렀다. '너는 소중한 목숨이다. 구십억이나 되는 사람들의 삶과 바꾼……' 자신의 생각이 무대 위에 선 배우의 과장된 대사처럼 느껴져서, 그는 생각을 매섭게 끊었다.

'이젠 "구십억 사람" 같은 말은 입에 담아서도 안 되지. 그 사람들의 기대를 버린 마당에, 내가 무슨 염치로……' 간밤의 꿈을 떠올리면서, 그는 문득 굳어진 얼굴로 어금니에 힘을 주었다. '이제 다신 그런 말을……'

"스승님 약이 참아로 신통하나이다." 그의 얼굴을 살피면서, 침모가 은근한 어조로 말했다.

아까 실수한 것을 좀 덮어보려는 마음이 그대로 드러난 그녀의 얘기를 듣자, '구십억 사람'이라는 말이 그의 마음에 남긴 떫은 앙금이 좀 가셨다. 그는 그녀에게 환한 웃음을 지어 보였다. "네. 쇼승이 지리산애서 도랄 딱알 적에 스승끼셔 주신 약이니이다." 그는 그 스승이 서른네 살 난 여자였다고 덧붙이려다가 말았다.

'아, 그 여의사도 이젠……' 시간여행을 준비하던 그 시절이 문득 가슴 저릿하도록 그리워졌다.

"읍내 의원의 약안, 이틀을 먹였어도, 아마란……"

"어흠." 헛기침을 하면서, 주인 노인이 토방으로 올라섰다. 이어 합장하고 허리를 굽혔다. "스승님, 감샤하압나니이다."

"아, 네." 그는 앉은 채로 어색하게 합장하고 윗몸을 굽혔다. "다행이 더위 겸 나렸나이다."

아까부터 마당 건너편 골방 앞에서 쇠죽을 쑤며 이쪽의 움직임에 마음을 쓰던 봉선이 아버지가 흘끔 이쪽을 쳐다보았다. 봉선이 아버지는 주인 노인의 맏아들이었다.

'딸이 이리 아프니, 얼마나…… 그래도 용케 내색을 하지 않고, 할 일만 하는구나.'

봉선이 아버지가 아궁이의 불을 살폈다. 그리고 장작들을 아궁이 속으로 조금 밀어 넣었다.

아궁이의 불길을 보자, 문득 생각났다. 아직 주머니에 녹아버린 가스총 탄피들이 있다는 것이. 착시물들이니, 빨리 불에 태워 없애야 했다.

궁금한 마음을 억지로 누르는 몸짓으로 봉선이 아버지가 무쇠솥의 뚜껑을 열었다. 허옇게 오르는 김이 보기만 해도 더웠다.

김이 솟는 솥을 보자, 그는 아까 두 부인에게 하려다가 잊었던 애기가 생각났다. 그는 다시 손녀 곁에 앉은 안주인을 향했다. "봉선이 할마님."

"녜, 스승님."

"이 병은 다란 사람달해게 옮난 병이니이다."

"녜." 그녀 얼굴에 이내 그늘이 덮였다. 염병이 돌림병이라는 것은 물론 그녀도 알고 있을 터였다. 실제로 봉선이의 시중은 그녀와 침모 두 사람만이 드는 듯했고, 봉선이의 사내 동생은 앓는 누나 가까이 오지 못하도록 하고 있었다.

그는 잠시 그녀에게 장티푸스가 세균 때문에 생긴다는 사실을 설명할 길을 찾았다. 21세기의 의학 지식을 이곳 사람들이 알아들을 수 있게 설명하는 일은 쉽지 않았다. "이 병은 눈에 보이디 아니하난 아조 작안 버레들히 몸에 들어가셔 삼기나이다. 그 버레들히 독알 내난 까닥아로 몸이 알파나이다."

"녜, 스승님." 눈을 끔벅이더니, 그녀가 자신 없는 목소리로 대꾸했다.

"그러하야셔 다란 사람달히 병에 걸위디 아니 하개 하여야 하난 듸, 병을 옮기난 버레들흔, 끓는 믈에 들어가면, 바로 다 죽나이다."

"녜, 스승님. 이대 알겠나이다." 그녀 얼굴이 좀 밝아졌다.

"그러하오니 이제는 먹는 것과 마시는 것은 모다 끓여셔 드쇼셔. 음식도 끓여셔 드시고, 믈도 끓여셔 드시고. 그릇도 술도 져도 모다 끓이쇼셔."

"녜, 스승님. 그리하겠나이다. 모다 끓이겠나이다."

그는 침모를 쳐다보았다. "그리하시면 아모리 병자 곁에 오래 겨셔도, 이 병에 아니 걸위나이다."

"네, 스승님." 그녀의 주름진 얼굴에 뜻밖에도 수줍은 웃음이 앉았다.

"아, 그리하시고, 파리랄 모다 잡도록 하쇼셔. 파리 음식에 앉아면, 버레들히 옮나이다."

"네, 스승님. 그리하겠나이다." 그녀가 열심히 고개를 끄덕였다.

자신도 모르게 나오던 한숨을 눌러 천천히 내쉬면서, 그는 허리를 폈다. 이제 그가 할 일은 다 한 셈이었다. 그는 방에 들어올 때보다 한결 가벼워진 마음으로 방을 나섰다. 마루로 나서니, 구수한 쇠죽 냄새가 풍겨왔다.

부뚜막에 한 발을 올려놓고 솥 속의 쇠죽을 긴 주걱으로 젓던 봉선이 아버지가 흘긋 돌아다보았다. 마루에 선 그를 보더니, 급히 자세를 바로 하고 합장했다.

그도 급히 합장했다. 문득 마음이 들떠서, 그는 그 사람에게 말했다. "따님 병세 차도 이시나이다. 나무아미타불. 나무관셰음보살."

6

'오늘은 이걸로 끝내고……' 제법 목탁의 꼴을 갖춘 오동나무 토막을 내려놓고, 언오는 느긋한 몸짓으로 일어섰다. 주머니칼을 접어 주머니에 넣은 다음, 어깨를 펴고 팔을 몇 번 휘둘러 굳은 근육을 풀었다.

이곳은 숯골이 자리 잡은 골짜기가 봉수산(鳳首山) 북쪽 기슭과 만나는 곳이었다. 골짜기는 깊었지만, 근처에 숯막이 있어서, 그리 호젓하진 않았다. 례산현으로 들어온 뒤로, 마음이 많이 놓였지만, 그래도 마음 한구석으로는 토정 선생이 그의 자취를 밟아 숯골까지 사람들을 보낼까 걱정이 되었다. 그래서 약초를 캔다는 구실을 대고 아침 일찍 봉션이네를 나오곤 했다. 벌써 사흘째였다.

옆으로 뻗은 참나무 가지 위에 다람쥐 한 마리가 웅크리고 앉아서 그를 내려다보고 있었다. 녀석이 탐스러운 꼬리를 흔들면서 그와 잠시 눈싸움을 하더니, 쪼르르 가지 끝으로 달려 나갔다. 이어 참나무 가지와 맞닿은 자작나무 가지로 훌쩍 뛰어 건너더니, 자작나무 줄기를 타고 땅으로 내려가 바위 뒤로 사라졌다.

"녀석." 다람쥐가 하는 짓을 바라보던 그의 얼굴에 웃음이 배어나왔다. 자신의 마음이 푸근한 것을 새삼 깨달으면서, 그는 깊은 산속의 좀 쏘는 맛이 있는 공기를 깊이 마셨다.

봉션이의 병을 고치기로 마음먹었을 때, 그는 자신의 마음이 크게 부대끼리라고 생각했었다. 자신의 아이와 헤어지는 꿈을 꾸었을 때는, 어쩌면 평생 부대낄지도 모른다는 두려움까지 들었었다. 자신이 태어난 세상을 버리고 새로운 세상을 껴안은 사람이 마음 편하게 지낼 수는 없을 터였다. 아니, 마음 편하게 지낼 도덕적 권리가 없었다. 그러나 막상 봉션이의 병을 고치기로 마음먹자, 오히려 마음이 푸근해졌다. 그의 충성심을 요구하는 두 세상 사이에서 괴로워하는 것이 끝났다는 사정도 있을 터였고, 이 세상을 고른 것이 언제나 실질적이고 구체적인 것들을 명목적이고 추상적인 것들보다 무겁게 여기는 그의 성격에 맞았다는 점도 있을 터였다.

'봉션이의 병세가 좋아진 것도 맘이 편하고……' 딛고 선 평평한 바위 아래로 흐르는 조그만 개울에 손을 담그고서, 그는 아침에 본 봉션이의 모습을 떠올렸다. 그동안 열이 거의 다 내렸고, 자연히 정신도 맑아져서, 녀석은 그를 알아보았다.

'슬슬 내려가볼 때가 됐는데.' 손수건으로 얼굴의 물기를 닦으면서, 그는 시계를 들여다보았다. '네 시가 넘었구나. 날이 좀…… 비가 한차례 올 것도 같은데……'

깊은 산속이라 무더운 느낌은 없었으나, 가만히 살피면, 살에 닿는 공기에는 좀 답답하게 느껴지는 무거움이 어렸다. 그는 나뭇가지들 아래 앞쪽 산마루 위에 걸린 빼꼼한 하늘을 살폈다. 그러고 보니, 올라왔을 때까지도 그리 흐리지 않았던 하늘에 검은 구름장들이 동북쪽으로 부지런히 몰려가고 있었다.

그가 숯을 굽는 천쥬네 돌담을 돌아 감나무 가지들에 덮인 마당으로 나서자, 봉션이네 바깥마당에 나와 있던 한돌이가 부리나케 안으로 달려 들어갔다. "스승님끠셔 오시나이다."

녀석의 외치는 소리에 그는 가슴이 뜨끔했다. '누가 날 찾아왔구나. 드디어 토정 선생이 보낸 관리들이⋯⋯'

그는 걸음을 늦추면서 가스총을 뽑아 들었다. 탄창은 제대로 꽂혀 있었고 무장거리 선택침은 표준 거리에 맞추어져 있었다. '이번엔 많이 몰려왔을 텐데. 이젠 권총이 무기라는 것도 알 테고. 어떻게 해야 하나? 우선 몸을 감추고 볼까?'

그가 숨을 만한 곳을 찾아 골짜기를 다급하게 둘러보는데, 한돌이가 다시 달려 나왔다. 다섯 살 난 봉슈가 뒤따라 나왔다.

"뎌긔," 손으로 그를 가리키면서, 한돌이가 뒤를 돌아다보고 외쳤다. "뎌긔 오시나이다."

"스승님 오신다," 봉슈가 따라서 그를 가리키면서 외쳤다.

'꼼짝없이 걸렸구나.' 속으로 혀를 차면서, 그는 선 채로 기다렸다. 가슴은 거세게 뛰고 있었지만, 마음은 차분한 편이었다.

흰 무명옷을 입은 사내가 안에서 나오더니 그를 바라보았다. 머리에 흰 수건을 쓴 품이 농부였다. 이어 봉션이 아버지와 도포 차림의 사내가 나왔다.

그 사람의 낯빛이 험하지 않고 거동이 점잖다는 것이 그의 마음속으로 들어오면서, 오그라들었던 가슴이 풀렸다. 한숨이 절로 나왔다. 낯선 사람들은 분명히 관리들은 아니었다.

"스승님, 이제 오시나니잇가?" 그가 다가가자, 봉선이 아버지가 합장하면서 인사했다.

"녜. 나무아미타불. 나무관세음보살." 찾아온 사람들은 둘뿐인 듯했다. 숨어서 기다리는 사람들이 있다면, 봉선이 아버지나 한돌이의 태도에 이상한 점이 있을 터였다. 그는 느긋한 말씨로 덧붙였다, "죠곰 늦었나이다. 봉선 아씨난 졈 엇더하나니잇가?"

"앗가 미음을 죠곰 먹었나이다. 스승님," 뒤에 선 사내를 조심스럽게 돌아다본 다음, 봉선이 아버지는 말을 이었다, "여긔 얼우신 끠셔는 쟝복실 한산댁 큰 얼우신이시니이다,"

"아, 그러하시니잇가? 쇼승은……" 그는 입 밖으로 나오던 '리언오'라는 말을 급히 되삼켰다. "립문이라 하나이다." 그는 합장하고 고개를 숙였다. "나무아미타불. 나무관세음보살."

불승 노릇을 제대로 하려면 법명이 있어야 할 듯해서, 그는 됴한드르를 떠나면서 '립문(立文)'이라는 이름을 생각해두었다. 물론 선종의 종지인 '불립문자(不立文字)'에서 나온 것이었다. 그는 일찍부터 선종에 대해서 호감을 지녔지만, 문자를 세우지 말라는 교리에 대해선 회의를 품었었다. 크고 복잡한 현대사회에선 비교적 작고 간단했던 천 몇백 년 전의 사회에서 나온 가르침을 따라 '직지인심(直指人心)'하는 것으로는 부족하며, 사람은 문자를 열심히 세워야 한다는 생각이었다. 도를 깨닫는 것은 그만두고라도, 복잡하게 얽힌 사회에서 자신도 모르게 짓는 죄들을 줄이기 위해서라도. 더구나 과학이 발달한 터라, 문자를 세우지 않는 일은 더욱 어리석었다. 사람이 자신의 관찰과 성찰만으로 세상을 살피면, 그는 어쩔 수 없이 '인식의 감옥'에 갇히게 마련이었다. 과학의 도움을 받아야, 사람은 자신의 육체적 지각의 한계를 벗어나 세상을 멀리 그리고 깊이 살필 수 있었다. 그래서 현대에서 문자를 세우지 않고 도를 깨닫겠다고 나서는 것은 지적 게으름에 지나지 않는다고 그는 믿었다.

사내가 급히 두 손을 올려 읍했다. "나무아미타불 관셰음보살. 스승님, 나난 리산구하 하압나이다."

"스승님." 봉션이 아버지가 어렵게 말을 꺼냈다. "한산댁 쟉안 얼우신끠셔 알파시다 하나이다. 스승님끠셔 병알 이대 고티신다난 말쌈알 들으시고셔 이리 올아오샸나이다."

낯선 사람들이 토정 선생이 보낸 관리들이 아니라는 것이 밝혀져서 느긋해졌던 마음에 그늘이 덮였다. 쟝복실의 한산댁 작은아들이 봉션이와 같은 병을 앓는다는 얘기는 이미 봉션이 할머니에게서 들은 터였다. 봉션이의 병을 제대로 진단해서 며칠 사이에 병세를 많이 호전시킨 터라, 병을 고치는 일 자체는 그리 어렵지 않을 것이었다. 문제는 약이었다. 그가 지닌 항생제는 애초에 그리 많지 않았고, 자신이 병에 걸릴 가능성을 생각해서 남겨둘 것을 빼면, 여러 사람들을 치료할 만한 분량이 못 되었다.

"스승님, 내 아아이 병에 걸워었나이다. 스승님끠셔 한번……"

사내가 공손히 말했다.

"므슴 병이니잇가?"

"샹한이라…… 읍내 의원이 샹한이라 하더이다."

잠자코 고개를 끄덕이면서, 그는 손수건을 꺼냈다. '샹한이라. 봉선이 병도 샹한이라 했다던데……'

"날이 더운듸, 스승님, 안아로 들어가쇼셔," 그가 삿갓을 젖히고 손수건으로 이마의 땀을 훔치는 것을 보고, 봉선이 아버지가 말했다.

"녜." 아닌 게 아니라, 꽤 더웠다. 긴장이 풀리니, 맥도 따라 풀렸다.

그들이 안으로 들어가자, 안채 마루에 앉았던 부인들이 부산하게 일어섰다. 사랑채 마루에 걸터앉았던 봉선이 할아버지가 마당까지 내려와서 그들을 맞았다. "스승님, 이제 오시나니잇가?"

"녜. 졈 늦었나이다." 리산구를 어려워하는 기색이 뚜렷한 봉선이 할아버지의 얼굴을 보며, 그는 속으로 고개를 끄덕였다. '한산댁 사람들은 양반인 모양이구나.'

사랑채 마루에 배낭을 벗어놓고서, 그는 리를 쳐다보았다. "아아끼셔 알파시면, 나이 고텨드리는 것이 도리니이다." 그는 잠시 뜸을 들였다. "그러하오나 쇼승이 이번에 디니고 온 약안 이 댁 아해랄 고티는 대 거의 다 썼나이다. 남안 약안 이 댁 아해애게 줄 것 밧긔 없나이다."

"아, 녜." 리가 낙심한 얼굴로 고개를 끄덕였다. 잠시 생각하더니, 리가 그를 쳐다보면서 어렵게 말을 이었다. "그러하야도 스승님끠셔 한번 내 아아랄 보아주쇼셔."

도울 길 없는 병자를 찾는 일은 부질없고 괴로운 일이었지만, 아예 보지도 않겠다고 할 수도 없었다. 그는 무거운 마음으로 고개를 끄덕였다. "그리 하사이다. 잠깐만 기다리쇼셔. 이 댁 아해 엇더한디 보고 가사이다."

"아가, 스승님 드실 것 내오나라." 그가 안채로 다가가자, 봉션이 할머니가 며느리를 돌아다보고 말했다.

"녜, 어마님." 봉션이 어머니가 냉큼 부엌으로 들어갔다.

그가 토방으로 올라서자, 봉션이 할머니가 방에 처진 발을 걷어 올렸다.

손으로 마루를 짚고서, 그는 방 안을 들여다보았다. 봉션이는 잠이 든 모양이었다. 그는 방 안에 엉거주춤 쪼그리고 앉아서 부채를 부쳐주는 침모에게 물었다. "엇더하나니잇가?"

"아조 많이 나아떳나이다," 그녀가 웃는 얼굴로 대꾸했다. "앗가 난 말도 이대 하더이다."

"아, 그러하얐나니잇가?"

"스승님 어듸 가샸느냐고 물었나이다."

"아, 그러하얐나니잇가?" 그는 껄껄 웃었다. 문득 속이 후련해지면서, 마음에 밝은 햇살이 비치는 듯했다. 그러고 보니, 이 세상에 나온 뒤 처음 소리 내어 밝은 웃음을 터뜨린 것이었다.

"스승님, 이것 겸 드쇼셔."

돌아다보니, 봉션이 할머니가 쟁반을 들고 있었다. "감샤하압나니이다. 마참 목이 마라던 참인듸……"

"떡수단알 점 하얐난듸……"

꿀이 들어간 국물이 매끄러우면서도 시원했다. "아, 싀훤하다."

"스승님, 시드러우실 샌듸, 점 쉬었다 가쇼셔," 그녀가 은근한 어조로 권했다. "여긔셔 쟝복실까장안 갓가온 걸음이 아니오이다."

고마움이 가슴에 번지는 것을 느끼면서, 그는 그녀에게 웃음을 지어 보였다. "관계티 아니 하나이다." 그녀가 손에 든 쟁반에 빈 그릇을 내려놓고, 그는 방 안의 잠든 아이에게 말했다, "그러하면 나난 쟝복실에 다녀올 터이니, 봉션 아씨난 잠알 많이 자시오."

침모의 주름 많은 얼굴에 웃음이 환하게 앉았다.

"스승님, 또 나가신다?" 그의 바짓가랑이를 잡으면서, 봉슈가 서운한 얼굴로 그를 올려다보았다.

"나이 이내 다녀오리다. 봉슈 도련님, 잠깐만 기다리쇼셔."

녀석이 진지하게 고개를 끄덕였다.

그는 건너편 토방에 서서 기다리는 쟝복실 사람들을 돌아다보았다. "다외얐나이다. 가사이다."

저만큼 돌무들기로 올라가는 길이 갈라진 곳이 나왔다. 돌무들기는 숯골 바로 남쪽 골짜기에 자리 잡은 마을이었다. "봉선이 아버님, 이제 들어가쇼셔." 언오는 다시 권했다.

봉선이 아버지가 그를 돌아다보더니 길옆으로 비켜섰다. 난감해하는 얼굴이었다. 봉선이 할아버지가 그와 함께 장복실에 다녀오라고 이른 터여서, 그럴 만도 했다.

"격정하실 까닭이 없나이다." 밝은 웃음을 지으면서, 그는 덧붙였다.

"그러하시면, 나난 여긔셔……" 봉선이 아버지가 마지못해 자신의 뜻을 굽혔다. "스승님, 조심하셔셔 달녀오쇼셔."

"녜. 달녀오겠나이다."

"자내난 격정할 것 없내. 스승님은 내죵애 나이 뫼시고 올아오겠내." 리산구가 봉선이 아버지에게 일렀다.

"네, 알겠압나니이다. 그러하시면, 얼우신, 조심하셔셔 나려가쇼셔."

"음. 슈고하얐내."

봉션이 아버지를 남겨두고, 세 사람은 다시 골짜기를 따라 서쪽으로 난 길을 내려가기 시작했다. 곧 양쪽에서 내려온 산자락들이 좁은 목을 이룬 곳이 나왔다. 지도엔 이곳에 저수지가 있었다. 뒷날 사람들이 바로 이 목에 둑을 쌓아서 저수지를 만든 모양이었다.

그는 둘레를 살펴보았다. '흠. 저수지를 만들 만한 곳이구나.'

문득 물속을 걷는다는 생각이 들면서, 가슴이 답답해졌다. 아까부터 좀 텁텁하던 공기가 훨씬 무겁게 살에 닿았다. 빨리 저수지 터를 벗어나고 싶은 충동에 자신도 모르게 걸음이 빨라진 것을 깨닫고, 그는 쓴웃음을 지었다. 다행히, 이번엔 문의 장터에서 겪었던 것처럼 심한 폐소공포증은 아니었다.

'그때가 벌써 옛날이구나.' 골짜기의 목을 벗어나 한결 가볍게 느껴지는 공기를 깊이 들이쉬면서, 그는 그리운 마음으로 생각했다. 먼 대륙을 찾아가는 데 필요한 것들을 구하려고 송긔슌과 함께 문의 장터를 찾았던 때가 아득한 시절처럼 느껴졌다. '실제로는 얼마 안 되었는데. 그때가 오월 열하루 장이었지. 오늘이 유월 초닷새니까, 얼마야, 한 달도 채 안 되는구나.'

그는 두 사람에게서 좀 떨어져서 걸었다. 머슴인 젊은이가 앞장을 서고 리산구가 다음에 섰다. 5리가 좀 넘는다 하니, 쟝복실까지는 짧지 않은 걸음이어서, 그에게 말 몇 마디는 걸어올 만도 한데, 리는 말없이 걸었다.

'원래 말수가 적은 사람인가? 아니면, 양반 신분에 중에게 공대하는 것이······' 어쨌든, 신분을 감추어야 하는 데다가 생각할 것까지 많은 그로선 리가 말을 걸어오지 않는 것이 오히려 마음이 편했다.

그들이 장복실로 보이는 마을 가까이 갔을 때, 갑자기 하늘이 어두워지면서, 서쪽에서 눅눅한 바람이 불어왔다. 이어 무엇이 그의 삿갓을 후두둑하고 두드렸다.

그가 삿갓을 젖히면서 하늘을 올려다보는데, 리가 머슴에게 말했다. "무루이다. 홍두야, 쇼달히 놀라겠다."

"네." 머슴이 이내 뛰어가기 시작했다.

소 울음소리가 났다. 둘러보니, 버드나무들이 늘어선 냇둑 안쪽 물풀이 우거진 강변에 소 서너 마리가 서성거리고 있었다. 어미 소에 달려드는 송아지의 모습이 보였다.

그는 걸음이 좀 빨라진 리의 뒷모습을 감탄하는 마음으로 바라보았다. '우박이 내리면, 들판에 매어놓은 소부터 걱정하는 사람······ 양반까지 그러한 세상에서 난 아직······ 뭐라고 해야 하나? 서툰 귀화인?'

그는 자신이 어느 사이엔가 아메리카 대륙으로 가려는 생각을 버렸다는 것을 깨달았다. 아주 뜻밖의 일은 아니었지만, 그래도 그런 깨달음은 조그만 충격으로 다가왔다. 봉선이의 병을 고치기로 마음먹었던 것은 21세기의 세상과 이 세상 가운데서 실존하는 세상을 고른 것이었지, 꼭 조선 땅에 남겠다는 생각은 아니었다. 어려운 결정을 자신의 마음이 이미 내렸다는 생각에 마음이 문득 가벼워졌다.

마을은 부산했다. 마을 사람들 모두가 갑자기 내리는 우박을 맞이하느라 바빴다. 빨랫줄에서 빨래를 걷고, 밖에 나온 소들과 병아리들을 우리에 몰아넣고, 멍석에 널어놓았던 것들을 담아 들이고, 아이들을 불러들이고. 그런 풍경이 그의 마음에 경쾌한 필치로 그린 담채화 한 폭으로 들어왔다.

우람한 정자나무 너머로 큰 기와집이 보였다. 리산구의 집이 분명했다. 그는 가벼운 호기심으로 마을을 둘러보았다. 눈에 뜨이는 집들은 열 채쯤 되었다. 장복실은 그의 생각보다는 작은 마을인 듯했다.

"얼우신, 이제 오시압나니잇가?" 그들이 큰 집 가까이 갔을 때, 맞은편에서 지게를 지고 오던 사내가 길옆으로 비켜서면서, 리에게 공손히 인사했다. 나이가 꽤 든 사람이었다.

"음," 리는 건성으로 대꾸하고서, 그를 돌아다보았다. "스승님, 이제 다 왔나이다."

"아, 네."

"스승님, 이리 오쇼셔." 그의 예상과는 달리, 리는 큰 집으로 들어가지 않고 옆에 있는 작은 집으로 들어갔다.

문간에서 개가 시끄럽게 짖어댔다. 안에 있던 사람들이 부산하게 그들을 맞았다.

"이 가이," 열서너 살 돼 보이는 계집아이가 달려 나오면서 개를 꾸짖어 쫓았다. 그러고는 어려워하는 기색도 없이 호기심이 가득한 낯빛으로 그를 살폈다.

"어마님, 다녀왔압나이다." 리가 마루에 앉아 부채를 부치는 부인에게 인사하고서 아직 문간에서 머뭇거리는 그를 돌아다보았다. "스승님, 들어오쇼셔. 나이 아아이 사난 집이니이다."

"녜." 아직 마당 한쪽에서 으르렁거리는 개를 살피면서, 그는 조심스럽게 대문 안으로 들어섰다. '어째서 이 세상의 개들은 내게 그리 적대적일까? 저 세상에선 그렇지 않았는데. 개들은, 나를 보면, 이내 이 세상 사람이 아니라는 것을 아나?'

부인이 토방으로 내려서서 미투리를 신었다. 묘하게도, 그녀가 신은 흰 버선이 더운 느낌을 주지 않았다. 양반집 마나님답게 기품이 있는 부인이었다.

"나무아미타불. 나무관세음보살." 한약을 달이는 달차근한 냄새가 어린 마당에 서서, 그는 합장하고 인사를 올렸다.

"나무아미타불 관세음보살." 부인이 카랑카랑한 목소리로 화답했다. "이미 먼 길을 와주셔서, 스승님, 참아로 감샤하압나니이다."

병자를 위해서 해줄 수 있는 것이 없는 처지라서, 부인의 얼굴에 어린 기대가 그의 마음에 무겁게 얹혔다. 그녀를 실망시키지 않으면서도 그녀의 기대를 줄일 만한 말을 찾았으나, 마땅한 말이 얼른 생각나지 않았다. "얼머나 걱뎡이 크시니잇가? 쇼승이 힘이 없디마난 한번……"

"스승님," 토방으로 올라서면서, 리가 안방을 가리켰다. "알판 사람안 여기 이시나이다."

"녜." 그는 안방 앞으로 다가가서 마루에 배낭을 벗어놓았다.

"병세는 엇더하나니잇가?" 리가 낮은 목소리로 자기 어머니에게 물었다.

"차도가 없다." 부인이 근심 어린 목소리로 대꾸했다.

"뎌긔," 그는 리에게 말했다. "병인을 살피기 젼에 몬져 손알 씻고져 하나이다. 손 씻을 믈을 죠곰 주쇼셔."

진찰 전후에 손을 씻는 것은 물론 의학적으로 긴요했다. 그러나 몇 번 하다 보니, 그렇게 손을 씻는 것이 사람들에게 무슨 중요한 의식처럼 보인다는 것이 드러났다. 그래서 그는 의식적으로 근엄한 몸짓을 하면서 비누로 손을 씻곤 했다. 자신의 권위를 높이는데 적잖은 도움이 될 터였고, 이곳 사람들에게 위생 지식을 심어주는 데도 도움이 될 터였다.

놋대야에 떠 온 물로 손을 씻은 다음, 그는 방 안으로 들어갔다. 병자의 이마 위에는 물수건이 얹혀 있었다. 열이 무척 높다는 것이 한눈에 들어왔다.

체온계를 병자의 겨드랑이에 꽂은 다음, 그는 슬쩍 방 안을 둘러보았다. 꽤 넓은 방 안에 놓인 그리 많지 않은 세간에 잘사는 집안임이 드러나 있었다. 윗목에 놓인 문갑이 그의 눈길을 끌었다. 곱게 옻칠한 암홍색 문갑은 실용적인 모습에 단아한 아름다움을 지녔다.

'하아, 멋지다. 저런 물건은 얼마나 나갈까?' 그 문갑을 골동품으로 바라보고 현대에서 지닐 값을 따지는 자신을 발견하고, 그는 쓴웃음을 지었다. 그는 아직도 두 세상 사이에서 흔들리고 있었다.

'사십 도 삼 분이면……' 체온계를 흔들면서, 그는 따라서 고개

를 흔들었다. '봉선이와 같은 병인 것이 분명한데……'

병자의 가슴을 덮은 홑이불을 들치려던 손길을 멈추고, 그는 마루와 토방에서 방 안을 들여다보는 여인들을 돌아다보았다. 마침 방문 위에 말아 올린 발이 걸려 있었다. 그는 방문 바로 앞에 앉은 리에게 말했다. "뎌 발알 젬 나려주쇼셔."

리가 뭐라고 하기 전에, 토방에 섰던 계집아이가 냉큼 마루로 올라와서 발을 내렸다. 아까 짖는 개를 쫓았던 아이였다.

그 아이의 언동에 있는 무엇이 그의 마음을 끌었다. 그러나 그가 제대로 살피기 전에, 그 아이는 마루에서 내려섰다.

홑이불을 들치다가, 그는 발을 열고 리에게 말했다. "이리 들어오쇼셔." 자신이 책임을 지고 고칠 수 없는 병자를 혼자 살피는 것은 현명한 일이 아니었다. 나중에 엉뚱한 소리를 들을 수도 있었다.

"네, 스승님." 리가 조심스럽게 방 안으로 들어와서 병자의 발치에 앉았다. 아픈 사람이 자기 아우이긴 했지만, 마음이 썩 내키는 일은 아닌 듯했다.

'하긴 내가 저 사람의 처지에 놓였다면, 마음이 편할 수는 없겠지. 돌림병인 줄은 알면서도 병이 옮는 까닭을 모르니, 그저 두렵기만 하겠지.' 그는 짐짓 모르는 척하고 말했다. "이 홑니불을 조곰 나려주쇼셔. 병인의 몸알 살피고져 하나이다."

"네." 리가 홑이불을 조심스럽게 걷어 내렸다.

"더 나려주쇼셔. 배가 다 보이도록."

"네."

병자의 아랫배가 부어오른 것이 먼저 눈에 들어오고 이어 가슴에 발그스레한 반점들이 돋은 것이 들어왔다. 그는 반가운 마음으로 고개를 끄덕였다. '봉션이와 증세가 똑같구나. 이제 이런 증세가 장티푸스의 일반적 증세인 것은 확실한 셈인데……'

리가 궁금한 낯빛으로 그에게 말없이 묻고 있었다.

"더위 아조 높아서……" 그는 혼잣소리 비슷하게 말했다.

"녜, 스승님. 더위 졈텨로 나려가디 아니하나이다."

'문제는 약인데…… 할 수 없지.' 병자의 뜨거운 얼굴을 살피면서, 그는 이번에는 약을 쓰지 않기로 한 자신의 결정을 추인했다.

"스승님, 므슴 병이니잇가?" 리가 조심스럽게 물었다.

"샹한이 분명하나이다."

"녜." 리가 고개를 끄덕였다.

"이믜 의원이 지은 약알 먹이고 이시니이다?"

"녜."

"그러하시면, 다외얏나이다. 이 병은 이리 더위 많이 오랄 때보다 내죵애 나아갈 때 더 조심하여야 하나이다."

"녜." 리가 고개를 끄덕였다. "읍내 의원도 그런 말알 하얏나이다."

고개를 끄덕이면서, 그는 16세기 조선의 의학 지식에 대한 그의 생각을 수정했다. "집안해 또 이러한 병알 앓난 사람안 없나니잇가?"

흘긋 윗방 쪽으로 눈길을 던지고서 잠시 머뭇거리더니, 리가 좀 굳어진 얼굴로 어렵게 대꾸했다. "실로난 내 뎨수이 알파나이다."

발을 친 윗방에 병자의 부인이 누운 모양이었다. "언제브터 알팠나니잇가?"

"아아이 아판 디 며츨 뒤혜 알파기 시작하얐나이다."

그 얘기를 듣자, 마음속에 어렸던 찜찜함이 좀 가셨다. 이 세상에 중요한 것은 항생제 몇 알이 아니었다. 중요한 것은 그런 병을 예방하는 위생 지식이었다. 손을 잘 씻고, 음식과 물을 끓여 먹고, 파리를 잡고. 그가 할 일은 그런 위생 지식이 널리 퍼지도록 하는 것이었다.

그는 흘긋 윗방 쪽을 살폈다. 별 기척이 없었다. 병자가 있다면, 일단 살펴보는 것이 옳았지만, 병자까지도 내외하는 세상이었고, 그가 해줄 만한 일도 없었다.

"쇼승이 따로 하야드릴 일은 없나이다." 잠시 뜸을 들인 다음, 그는 리를 쳐다보았다. "다만 이 병이 다란 사람달해게 옮디 아니하개 하난 길을 알려드리겠나이다. 병에 걸윈 사람알 고티난 일도 됴티마난, 병에 걸위디 아니하개 하난 일은 더 죵요롭나이다."

8

시내 한가운데에서 들고 온 돌을 둑 위로 던져놓고 손등으로 얼굴의 땀을 훔치면서, 언오는 둑을 살폈다. 빗물에 씻겨나간 둑은 이제 아쉬운 대로 둑 구실을 할 만했다. '조금만 더 쌓으면, 어지간한 비는 견딜 만한데. 설마 올여름에 그런 비가 또 오진 않겠지.'

그가 리산구를 따라 처음 쟝복실에 내려왔던 날 밤부터 이틀 동안 줄곧 쏟아진 비로 골짜기는 물에 잠겼다. 깊숙한 산골짜기들에서 쏟아져 내려온 물이라, 한데 모이자, 기세가 대단했다. 골짜기에 자리 잡은 마을들은 모두 물난리를 겪었지만, 시내 바로 옆에 자리 잡은 쟝복실은 마을 앞의 냇둑이 무너져서 피해가 꽤 컸다. 시내에 가까운 논들은 모래와 자갈에 덮여서 한 해 농사를 망쳐버렸다.

"이것도 일이라고, 발셔 배골판듸." 둑 너머에서 누가 느긋한 어조로 말하자, 여럿이 맞장구를 쳤다.

그도 좀 시장했다. 목도 말랐다. '이럴 땐 시원한 막걸리 한잔이 보약일 텐데…… 새참도 안 내오나?'

"알았네." 둑 위에 서서 일을 지휘하던 언년이 아버지가 웃음 어린 목소리로 대꾸했다. "판돌아."

"녜." 판돌이는 언년이 아버지의 조카였다.

"너 집에 가서 술 좀 내오라 하거라." 언년이 아버지는 한산댁 마름 노릇을 하는 마흔 좀 넘은 사내였다. 한산댁의 일을 도맡아 보는 덕분에 쟝복실에서 중심적 인물인 듯했고, 지금 둑을 쌓는 일도 지휘하고 있었다.

그는 다시 시내 한가운데로 돌아왔다. 빠른 물살 속으로 언뜻언 뜻 거뭇한 물고기들이 지나쳤다. 산골짜기의 시내라, 비가 그치자, 이내 물이 줄어들었다. 물살은 아직 빨랐지만, 물은 깊은 곳이라야 무릎 위로 올라왔고 그리 흐리지도 않았다.

그는 사람 머리만 한 돌을 바닥에서 골라 집어 들었다. 따가운 여름 햇살 아래 땀을 흘리며 기운을 쓰는 즐거움이 묵직한 돌의 무게가 걸린 그의 몸을 가득 채웠다. 마음도 즐거웠다. 자신이 뜻있는 일에 참여했으며 그런 일을 통해서 마을 사람들로부터 같은 마을 사람으로 받아들여졌다는 생각은 뿌듯한 즐거움을 주었다.

그는 아침 일찍 쟝복실로 내려와서 염병을 앓는 병자들을 살폈다. 리산구의 아우 내외와 비슷한 때에 병에 걸린 사람들이 둘이 있었고 한산댁 바로 이웃에 사는 스물한 살 된 사내가 사흘 전부터 염병 증세를 나타내어서, 쟝복실에는 병자들이 모두 다섯이었다. 병자들을 보살피는 일은 일찍 끝났다. 그가 따로 약을 쓰는 것이 아니었으므로, 실제로 병자들을 보살피는 일보다는 새로운 병자가 나오지 않도록 하는 일이 중요했다. 봉선이가 탈 없이 회복되고 있어서, 일찍 숯골로 올라갈 까닭이 없었으므로, 그는 무너진 냇둑을 다시 쌓는 쟝복실 사람들 틈에 끼어들었다.

'그동안 내가 생각했던 것보다 훨씬 외로웠던 모양이구나,' 돌을 둑 위로 던져 올리고 허리를 펴면서, 그는 자신에게 일렀다. '하기야 사람은 혼자 살 수 없는 사회적 존재인데, 낯선 땅에 혼자 나와서 살아가면서…… 묘한드르 사람들이 없었다면, 내가 살아남을 수 있었을까? 물질적 도움만을 얘기하는 것이 아니고……'

그가 아주 떠난다는 것을 깨닫자 땅바닥에 주저앉던 만순이의 모습이 떠오르고, 이어 지금 그를 믿고 따르는 봉선이의 모습이 떠올랐다. 그 위에 얼굴을 모르는 자신의 딸아이 모습이 겹쳤다. 시린 그리움과 따스한 고마움이 그의 가슴속에서 뒤섞여 소용돌이쳤다.

'그러나 지금 내 처지에선 이런 즐거움에 너무 깊이 빠져들어선 안 되지,' 휘적휘적 물살을 헤치고 다시 시내 한가운데로 돌아가면서, 그는 자신에게 경고했다. '언제라도 떠날 준비가 되어 있어야지. 이곳 사람들과 너무 친해지면, 떠날 때 또……'

그가 이 골짜기로 들어온 지도 벌써 아흐레가 되었다. 이제 그를 쫓아오는 사람들에 대한 두려움은 많이 가셨지만, 토졍 선생이 다른 덫을 마련하고 있을 가능성은 점차 안정되어가는 그의 마음속 지평선에 아직 검은 구름으로 걸려 있었다.

'이곳 사람들과 정이 들면, 갑자기 떠나게 될 때, 그만큼 어렵겠지. 벌써 봉선이하고는……' 가벼운 한숨을 내쉬고서, 그는 생각에 잠긴 눈길로 풍경을 둘러보았다.

시내 위쪽에서 조무래기들 한 패거리가 북새를 놓고 있었다. 좀 큰 아이들이 그물로 냇가의 풀숲을 훑는 동안 조그만 아이들은 멱을 감으면서 물싸움을 하고 있었다. 위쪽에서 한 녀석이 발로 물가의 풀숲을 휘저으며 고기를 몰아오자, 아래쪽에서 그물을 대고 있던 녀석이 그물을 어렵사리 들어올렸다. 그물 안에 든 것을 살피다가 그냥 그물을 뒤집는 품으로 보아, 이번에는 허탕인 모양이었다. 말잠자리 서너 마리가 그의 둘레를 부산하게 날아다니고 있었다. 물을 스칠 듯 날렵하게 나는 모습이 함재기(艦載機)들을 생각나게 했다.

문득 폭음이 그의 귀를 후려치더니, 하늘을 찢으면서 멀어져갔다. 그는 고개를 들어 하늘을 살폈다. 비 갠 맑은 하늘엔 햇살이 가득할 뿐 잿빛 전투기는 보이지 않았다. 갑자기 찾아온 환청에 마음이 흔들렸다. 그는 새삼스러운 눈길로 둘레를 살폈다.

시냇가 갯버들에 큰물에 떠내려온 나뭇가지들과 지푸라기들이 걸려 있었다. 비닐 봉지나 나일론 줄 같은 것들이 걸려 있지 않은 모습이 이곳이 산업혁명 이전의 세계임을 말해주었다. 쨍쨍한 햇살이 그런 풍경을 팽팽하게 당겨서 다른 세상이 스며들 틈을 없애고 있었다.

문득 자신의 둘레에 펼쳐진 풍경이 무척 여리게 느껴졌다. 팽팽하게 당겨진 풍경에서 무엇이 잘못되어 겉모습이 부욱 찢어지면서, 속에서 전혀 다른 모습이, 공해에 찌든 현대의 풍경이, 불쑥 튀어나올 것만 같았다. 몸이 부르르 떨렸다.

한순간 눈과 코와 귀로 들어오는 바깥 풍경이, 살에 닿는 바람과 햇살이, 모두 환영이라는 느낌이 그를 붙잡았다. 그런 느낌은 곧 잦아들었으나, 발돋움해서 눈에 보이는 풍경 너머를 볼 수 있다면, 그런 환영의 저편에 있는 실재를 볼 수 있으리라는 느낌이 몸 한구석에 남았다. 언젠가 읽은 과학 소설 한 편이 생각났다.

먼 별로 가는 여행에선 사람들은 거의 냉동 상태로 지냈다. 그렇게 해야, 긴 여행을 하는 동안에 쓸데없이 나이를 먹는 일을 피할 수 있었다. 사람들이 냉동 상태에서 꿈도 꾸지 않는 어두운 잠을 자는 동안, 우주선의 운전은 물론 전자뇌가 맡았다.

한번은 아주 먼 별로 가는 우주선에서 냉동 장치에 이상이 생겨서, 여행자 한 사람이 예정보다 일찍 깨어났다. 우주선은 냉동 상태에서보다 훨씬 커진 그의 생리적 요구들은 모두 어렵지 않게 채워줄 수 있었다. 그러나 그의 깨어난 의식을 위해 해줄 것은 거의 없었다. 그래서 그는 냉동실에 갇혀 할 일도 없고 말벗도 없이 오랫동안 지내야 될 판이었다. 그것은 우주선을 설계한 사람들이나 운용하는 사람들이 생각지 못했던 사태였다.

지루함에서 벗어나기 위해, 그 여행자는 자신이 목적지에 닿으면 일어날 일들을 생각하기 시작했다. 물론 그런 생각은 이내 전자뇌에 감지되었다. 전자뇌는 반가워서 그의 상상을 돕기 시작했다. 그의 반응을 되먹임으로 받아, 전자뇌는 그의 상상을 아주 그럴듯한 것으로 발전시켰다. 워낙 오래 걸리는 여행이라, 그가 목적지에 닿았을 때 일어날 수 있는 갖가지 일들이 모두 그의 상상 속에서 일어났다.

마침내 우주선이 목적지에 닿았다. 그 여행자는 다른 사람들과 함께 우주선에서 내렸다. 그러나 그는 이번에도 자신이 목적지에 닿았을 때 일어날 일을 상상하는 줄로만 여겼다. 아무리 애써도, 다른 사람들이 그를 그런 환상에서 깨어나도록 할 수는 없었다. 목적지의 현실이 전자뇌의 도움을 받은 그의 상상보다 더 생생하고 사실적일 수는 없었으므로, 그에겐 이미 상상과 현실을 분간할 기준이 없었다.

'만일 내가 지금 그런 환상에 빠졌다면…… 초월 공간 속에서 무슨 일이 일어나, 가마우지가 나의 상상을 도와 긴 환상을 즐기도록 하는 것이라면…… 그런 상황에서 내가 과연 환상과 현실을 분간할 길이 있을까?'

그는 자신이 지금 환상에 빠졌다고 믿지는 않았다. 그러나 실재와 환상을 분간하기 어렵다는 생각은 그의 마음을 갑자기 춥게 만들었다. 조금 전까지 살에 따갑게 닿던 7월 햇살이 문득 차갑게 느껴졌다.

'꿈과 현실을 분간하려면, 사람들은 흔히 자신의 살을 꼬집는다고 하지만, 꼬집어 아픔을 느껴도, 그것이 증명하는 것은 없지. 전자뇌야 그런 감각적 입력을 쉽게 제공할 수 있으니까. 그러면 환상과 실재를 분간하는 방법은 정말 없는 것인가?'

한참 생각해보아도, 그런 길은 떠오르지 않았다. 동물들의 뇌의 내력과 구조를 생각하면, 그런 길은 있을 수 없었다. 뇌가 현실을 인식하는 길은 자신이 받는 감각적 정보를 처리하여 외부의 상을 구성하는 것이었다. 그리고 뇌에는 그런 감각적 정보가 실재에서 비롯한 것인지 아니면 그런 실재를 모사한 것인지 판별하는 기구가 없었다. 자연 선택을 통해서 진화한 터라, 뇌는 자연환경에 맞게 다듬어졌다. 자연에는 일부러 실재를 모사해서 뇌에 자극을 전달하는 존재가 없었으므로, 뇌로선 실재에서 비롯한 자극들과 모사된 자극들을 분간할 필요가 없었고, 자연히, 뇌는 그렇게 분간하는 기구를 갖추지 않았다.

'내가 지금 눈으로 보고 귀로 듣는 이 현실을 이렇게 생생하게 재현하려면, 얼마나 많은 정보가 뇌에 전달되어야 할까? 아무리 많더라도, 가마우지라면 제공할 수 있겠지. 그것도 다른 일들을 다 해가면서 여유 있게.'

두 손으로 무릎을 짚고 흔들리는 마음을 다잡으면서, 그는 고개를 숙였다. 빠른 물살에 비친 자신의 그림자를 보자, 머리가 어지러웠다. 갑자기 여리게 느껴지는 이 세상의 질서를 깨뜨리지 않으려는 듯 조심스럽게 그는 두 손을 물속에 담갔다. 그리고 큼직한 돌 하나를 찾아서, 두 손으로 잡았다.

"스승님. 스승님," 뒤쪽에서 누가 다급하게 불렀다.

그는 천천히 허리를 펴고 돌아다보았다. 이름은 모르지만 얼굴이 얽어서 낯은 익은 장복실 사람이 짚신을 벗어 들고 모래와 자갈이 덮인 곳을 지나 그에게로 다가오고 있었다. 골짜기 아래쪽에서 올라오는 모양이었다.

"스승님, 사람이 배암애 믈렸나이다." 냇둑 위로 올라서면서, 그 사람이 숨찬 목소리로 말했다.

사람들이 일손을 멈추고 한마디씩 하면서 그 사람에게로 모여들었다.

"뉘 믈렸나?" 사람들이 떠드는 소리 위로 언년이 아버지가 물었다.

"구화실 덕산댁 머섬이 믈렸나이다. 디난봄애 새로 들어온 머섬이나이다."

"광슈 말이다?"

"네. 광슈가 믈렸나이다."

구화실은 쟝복실 바로 아래쪽 마을이었다. 쟝복실이 자리 잡은 골짜기와 북쪽에서 뻗어온 골짜기가 만나는 곳에 자리 잡아서, 꽤 큰 마을이었다.

그는 삿갓을 쓴 채 냇물을 떠서 얼굴을 씻었다. 여기서 거드는 일은 끝내야 될 듯했다. 그렇지 않아도, 좀 쉬려던 참이었다. 이젠 많이 써서 날긋날긋해진 손수건으로 얼굴을 닦으면서, 그는 둑 쪽으로 다가갔다. "언제 믈렸나니잇가?"

"아참애 믈렸다 하더이다. 나이 보았난듸, 다리 퉁퉁 붓고 정신이 없더이다."

그는 흘긋 시계를 보았다. '열한 시 삼 분 전이라. 아침에 물렸다면, 몇 시쯤이었을까? 여덟 시쯤? 아홉 시쯤이라 하더라도, 두 시간이니, 너무 늦었는데. 가서 처치하는 데도 삼십 분은 걸릴 테고. 그러면 두 시간 반인데……' 속으로 혀를 차면서, 그는 둑이 허물어지지 않도록 조심스럽게 위로 올라갔다.

사람들이 모두 새삼스러운 눈길로 물에서 나온 그의 모습을 쳐다보았다. 일을 하느라, 겉에 걸쳤던 도포를 벗었기 때문에, 낯선 비행복이 그대로 드러난 것이었다.

"므슴 배암애 믈였다 하더니잇가?" 사람들의 눈길을 모른 체하면서, 그는 머리에 둘렀던 무명 수건을 풀어 얼굴과 목의 땀을 씻는 그 사람에게 물었다.

"가티독샤애 믈였다 하더이다."

"가티독샤애 믈이면, 약이 없는듸," 쟝츈달이 말했다. 쟝은 쟝복실에서 목수 노릇을 하는 사람이었다.

"몸이 퉁퉁 부어셔 죽어," 언년이 아버지가 거들자, 옆에 선 사람들이 고개를 끄덕였다.

그는 마을 사람들에게 독사에 물렸을 때 응급 처치하는 법에 대해 설명해주고 싶었으나, 시간이 없었다. "그러하면 쇼승과 함끠 그 사람애게 가사이다."

"녜, 스승님."

그는 다시 도포를 걸치고서 둑에서 내려섰다. "나이 한산댁애 가셔 바랑알 가져오겠나이다."

"녜." 그 사람이 대답하고서 흘긋 그의 신을 살피더니 손에 든 짚신의 해어진 바닥을 살폈다.

물이 들어가서 찌걱거리는 신을 신은 채, 그는 바삐 리산구의 집으로 향했다. '막걸리나 한잔 마시려고 했더니, 때맞춰서……' 그는 혀를 찼다. 그러나 마음은 흐뭇했다. 급한 환자가 생기면, 이제 구화실 사람들까지 그를 부르기 시작한 것이었다.

언오는 치료용 가위로 젊은이의 부어오른 왼쪽 허벅지를 꽉 조인 가랑이를 찢었다. 낡은 삼베 잠방이는 힘없이 터져 나갔다. 푸르뎅뎅하게 부어오른 다리는 보기 무서울 지경이었다. 아침을 먹은 다음 소를 몰고 냇둑길을 가다가 종아리 옆쪽을 물렸다고 했다. 이번 큰물에 뱀들이 많이 산에서 떠내려왔을 터였다.

'가티독샤에 물렸다고 했고 증세도 비슷하니, 살무사에 물린 것은 확실한데……' 붕대를 자르면서, 그는 늘어진 젊은이를 다시 살폈다.

먹은 것을 토한 흔적이 무명 저고리 앞자락에 남아 있었다. 물린 곳은 벌써 살이 검붉게 문드러지고 있었다.

'다른 증상보다 저것이 문젠데. 그것 참,' 문드러진 곳을 살피면서, 그는 속으로 혀를 찼다.

그의 기억에 따르면, 뱀독엔 조직 용해 물질과 신경독의 두 종류가 있었다. 조선에는 신경독을 가진 뱀이 드물었으므로, 살무사의 독도 조직 용해 물질일 터였다. 코브라의 독과 같은 신경독은 신경에 작용하므로 맹렬하긴 하지만, 물린 사람이 처음 고비를 넘기면, 회복이 빠르고 뒤탈을 겪는 일도 적었다. 조직 용해 물질은 뒤탈이 오히려 위험했다. 항생제가 없는 세상에서 물린 곳에 나타나는 괴저는 특히 문제일 터였다.

'문드러지기 시작한 부분을 대강 도려내고 항생제 연고를 좀 바르면, 어떨까?' 붕대로 허벅지 위쪽을 묶으면서, 그는 치료하는 길에 대해 생각했다. 물린 지 여러 시간이 지났으므로, 뱀독은 이미 몸 전체로 퍼졌을 것이었다. 따라서 지금 뒤늦게 허벅지를 묶는 것은 치료하는 데 별 도움이 되지 않을 터였다. 실은 당장 손쉽게 할 수 있는 일부터 하면서 숨을 돌리고 치료할 길을 찾으려는 셈으로 별 생각 없이 시작한 것이었다.

'잠깐 살짝 묶어놓으면, 해롭지야 않겠지. 그리고 이곳 사람들에게 뱀에 물렸을 때 처치하는 법도 보여주는 셈도 되고……'

그는 둘러선 사람들을 올려다보았다. "배암애 믈이면, 몬져 이리 묶어야 하나이다. 믈인 대하고 심장 사이애셔 믁기 됴한 대랄 묶어야 하나이다. 그리 하여야, 배암 독이 피를 따라 온몸아로 퍼디는 것을 막알 수 이시나이다."

그와 눈이 마주치자, 사람들은 저마다 고개를 끄덕였다. 그러나 그의 말뜻을 제대로 알아들은 듯한 얼굴들은 아니었다.

문득 막막한 느낌이 들었다. '당연하지. 피가 몸속을 돈다는 사실을 모르니. 심장이 혈액 순환의 중심 기관이라는 것은 더욱 모르고.'

피가 몸속을 돈다는 사실을 아는 사람은 없는 세상이었다. 지금은 지구 반대쪽에서 윌리엄 하비라는 아이가 막 태어났을 터였다. 지금 이곳의 의학이 심장의 기능을 무엇이라 보는지 알 수 없었지만, 피의 순환을 위한 기관으로 보지 않는 것은 확실했다. 현대에선 소학교 학생들도 갖춘 지식들이 이 세상엔 알려지지 않은 것을 깨달을 때마다, 그는 마음이 문득 막막해지면서 몸에서 기운이 빠져나갔다.

'그러니까 오히려 가치 있는 것 아닌가. 내가 지닌 의학 지식이 이곳에 널리 퍼지도록 하는 것이,' 반창고로 묶은 붕대를 여미면서, 그는 자신을 격려했다.

"그 참아로 신긔하도다," 환자의 다른 다리를 잡은 사내가 붕대에 그대로 붙는 반창고를 보고 감탄했다. 다른 사람들이 모두 고개를 끄덕였다.

자신도 모르게 나오는 한숨을 되삼키면서, 그는 구급낭에 붕대를 넣고 항사독소(抗蛇毒素) 병과 주사기를 꺼냈다. '순서가 뒤바뀌었구나. 먼저 이것부터 주사해야 옳았는데……'

그는 말을 이었다, "피는 심장애셔 나와셔 몸속알 돌아다니다 다시 심장아로 돌아오나이다. 그러모로 배암애 믈이면, 므슴 일보다 몬져 이리 묶어야 하나이다."

그가 올려다보자, 사람들이 열심히 고개를 끄덕였다. 아까보다는 좀더 분명하게 그의 말뜻을 알아들은 것도 같았다. 쓰을쓰을, 그들을 덮은 정자나무 가지들에서 매미 소리가 크게 들려왔다.

"그리하고셔, 배암애 믈인 대애 입을 다히고셔 배암 독알 빨아내야 하나이다."

"스승님," 아까부터 바로 곁에 붙어 앉아 그가 하는 일들을 진지한 얼굴로 살피던 아이가 말했다. 얼떨결에 그를 불러놓고는 마음이 갑자기 약해졌는지, 아이가 말을 잇지 못하고 얼굴을 붉혔다.

"녜. 므슴 일이니잇가?"

"뎌긔," 그의 부드러운 말씨에 기운을 얻은 듯, 아이가 어렵게 입을 열었다. "배암 독알 입으로 빨아내면, 독애 죽디 아니 하나니잇가?"

빙그레 웃으면서, 그는 아이를 찬찬히 살폈다. 열두어 살 되어 보였는데, 쌍상투를 틀고 옷을 단정하게 입고 있었다. 영리하게 생긴 얼굴에 호기심이 가득했다. "배암 독안 입으로 빨아내서 바타면 해 없나이다. 다만 입안에 헌 대 이시면, 빨디 말아야 하나이다."

"네, 스승님." 아이는 고개를 끄덕였지만, 낯빛을 보니, 그의 얘기를 그대로 믿는 것 같지는 않았다.

"배암 독안 피를……" 그는 말을 잠깐 멈추고 가티독샤의 독이 주로 피에 작용한다는 사실을 설명할 길을 찾았다. "배암 독안 사람의 피를 죽이는 독이니이다. 그러모로 배암애 믈이면, 독이 살 속아로 들어가셔 피를 죽이나이다. 그러나 입으로 빨다가 삼끼면, 아모 일 없나이다."

"네, 스승님. 이대 알겠압나니이다." 이번에는 아이가 고개를 힘차게 끄덕였다.

흥분으로 발그스레한 아이의 얼굴을 보자, 문득 그 아이에게 자신이 아는 의학 지식들을 가르쳐주고 싶은 생각이 들었다. 이 세상에서 만난 사람들은 대체로 지적 호기심이 작았다. 아직 어린데도, 아이가 지식인의 면모를 보이는 것이 기특했다.

'내가 이 아이에게 의학 지식을 가르쳐주면, 그 지식이 사람들 사이에 퍼지겠지.' 자신의 가르침을 통해서 현대 의학 지식들이 중세 조선 사회에 끝없는 동심원들을 그리면서 퍼져나가는 모습이 눈앞에 떠올랐다. '그것이 내가 나를 낳은 세상을 버리고 이 세상을 껴안는 일을 조금이라도 정당화하는 길이잖을까?'

그는 뻗어나가는 상념의 줄기를 아쉽게 자르고 하던 일에 마음을 되돌렸다. '흠. 가티독샤니 다행이구나.' 주사기를 병에 꽂아 약을 뽑으면서, 그는 자신에게 가벼운 농담을 던졌다.

그에게 구급낭을 마련해준 여의사는 항독제들을 쓰는 법을 설명하면서, 나중에 항사독소가 효험이 없더라도 너무 욕하지는 말라고 농담을 건넸었다. 뱀은 백악기경에 도마뱀과 함께 공통 조상에서 분화하여 진화했으므로, 백악기 말기의 뱀에 물리면, 항사독소가 효험이 없을지도 모른다는 얘기였었다.

그는 고무줄을 꺼내어 팔 위쪽을 묶었다. 막상 팔에서 핏줄을 찾고 주사기를 집어 드니, 손이 떨렸다. 마음을 다잡고 주사기를 찔렀지만, 잘 들어가지 않았다. 주사를 놓기가 생각보다 훨씬 어렵다던 여의사의 얘기가 떠올랐다. 치료 로봇이야 정확하게 주사를 놓지만, 사람은 어쩔 수 없이 더듬거리게 된다고 했었다. 20세기의 의사들은 처음엔 호박에다 주사 놓는 법을 연습했었다고 진담인지 농담인지 잘 분간이 되지 않는 얘기까지 했었다.

몇 번 헛찌르고서야, 가까스로 주사기를 핏줄에 꽂을 수 있었다. 고무줄을 풀고 주사를 다 놓고 나자, 큰일을 무사히 치른 것처럼 느껴졌다. '이젠 나도 제법 의사가……'

삿갓을 젖히고 손수건으로 얼굴을 훔치는데, 환자의 부어오른 종아리가 눈에 들어왔다. '아, 참. 내가 깜빡했구나. 문드러진 살을 도려내려면, 끓는 물이 있어야 하지. 이거 시간이 급한데, 큰일이구나.'

그는 환자의 주인집 사내를 올려다보았다. "믈인 대랄 도로내야 하난듸, 끓는 믈이 이셔야 하나이다."

"녜, 스승님." 사내가 고개를 끄덕이고서 사람들을 둘러보았다. "뉘 집에 가셔……"

"녜," 누가 냉큼 대꾸하고서 집 쪽으로 뛰어갔다.

"여긔," 그는 배낭에서 퉁노구를 꺼냈다. "여긔 퉁노구에다 믈을 끓여주쇼셔. 급하나이다."

"녜, 스승님." 사내가 퉁노구를 받아 들고 둘러선 사람들을 살펴보더니, 시킬 사람이 마땅치 않은지, 급히 집으로 향했다.

"너무 오래 묶어두면, 살애 피 돌디 아니 하야 큰일이 나나이다." 그는 그가 치료하는 모습을 골똘히 살피는 아이에게 말했다.

"녜, 스승님." 아이가 열심히 고개를 끄덕였다.

"이름이 므슥이니잇가?"

"우츈이니이다, 스승님. 신우츈이니이다."

"이 마알애 사시나니잇가?"

"녜. 뎌긔," 아이가 마을 한 끝 집들이 대여섯 채 모인 곳을 가리켰다. "웃뜸에 사나이다."

"이리 알판 사람알 고티난 일을 배호고져 식브나니잇가?"

아이가 수줍은 웃음을 지으면서 고개를 숙였다. 이어 고개를 들더니, 또렷하게 말했다, "녜, 스승님."

그는 웃음 띤 얼굴로 잠자코 고개를 끄덕였다. 그리고 고개를 들어 맑게 갠 하늘을 우러렀다. 자신의 마음이 다른 사람의 마음과 닿았을 때 이는 따스한 느낌이 그의 가슴속 아직 춥고 허전하게 남아 있는 어느 후미진 구석으로 스미고 있었다.

9

한산댁 작은집 문을 나서자, 장구와 꽹과리 소리가 갑자기 커졌다. 언오는 따라 나온 리산구를 돌아다보았다. "그러하면 쇼승은……"

"구화실로 가시나니잇가?"

"녜. 몬져 굿이나 죠곰 구경하고셔……" 좀 열없는 웃음을 지으면서, 그는 고개로 악기 소리가 나는 쪽을 가리켰다. "천천이 구화실로 나려가려 하나이다."

어저께 살무사에 물린 환자를 빨리 찾아가보는 것이 도리였고 환자의 상태도 무척 궁금했지만, 그로선 굿판을 그냥 지나칠 수 없었다. 다행히 건장한 젊은이였고 뒤늦게 쓴 항사독소가 효험이 있어서, 환자는 위험한 고비를 넘겼다. 걱정했던 괴저도, 항생제 연고를 쓴 뒤로는, 번지지 않는 듯했다.

"아, 녜. 그러하시면, 스승님, 나이……" 리가 싱긋 웃으면서 고개를 끄덕이더니 앞장을 섰다. 염병에 걸린 김신달의 집은 바로 이웃이었다.

그들이 나무 울타리를 돌아 사립문 앞으로 가자, 문간에 모여 섰던 사람들이 황급히 인사하면서 길을 내주었다. 마을 사람들이 다 모인 듯, 집 안이 구경하는 사람들로 가득했다. 곳뜸 사람들이 눈에 뜨이는 것을 보면, 다른 마을 사람들도 굿 구경을 온 모양이었다.

다른 때와는 달리 좀 머뭇거리는 걸음으로 그는 리를 따라 사립문 안으로 들어섰다. 사람들의 눈길이 자신에게 쏠리는 것을 느끼자, 불승으로 행세하는 자신이 굿판에 어울리지 않는다는 생각이 들었고, 이제 살아 있는 굿을 보게 되었다는 기대까지 오그라들었다.

물론 21세기에도 굿은 있었다. 비록 굿판을 실제로 본 적은 없었지만, 그는 글과 사진을 통해서 굿판의 모습은 대강 알고 있었다. 『만일에』가 샤머니즘에 관한 특집을 낼 때는, 사무실에서 동료들과 함께 20세기 후반에 만들어진 동해안 수망굿 필름도 한 편 보았었다. 그러나 그런 굿들은 이미 현대 문명의 영향을 크게 받아 모습이 바뀐 것들이었다. 그나마도 사회에서 설 자리를 잃은 채 전통문화라고 사람들이 일부러 보존시킨 덕분에 살아남아서 이미 활력을 잃은 것들이 대부분이었다. 이제 싱싱하게 살아서 제 몫을 하는 굿을 직접 볼 기회가 온 것이었다.

좁은 마루 왼쪽에는 나이 든 사내가 장구를 치고 있었고 오른쪽에는 채 스무 살이 되지 않았을 여인이 꽹과리를 치고 있었다. 좀 어둑한 방 안에는 울긋불긋하게 차린 만신이 부채와 방울을 손에 들고서 춤을 추고 있었다. 아랫목엔 병자가 누워 있었고 윗목엔 조그만 병풍 앞에 제상이 차려져 있었다. 제상에 놓인 노란 참외가 눈에 들어왔다.

리산구 옆에 서서, 그는 춤추는 만신을 살폈다. 흰 고깔 아래 언뜻언뜻 보이는 얼굴이 뜻밖에도 젊었다.

"나무우아아미타아불." 마루에 앉은 두 사람이 소리를 냈다.

문득 높아진 관심으로 그는 고개를 내밀고 굿판을 살폈다. 방 안에서 만신이 소리를 메기면, 마루에서 두 사람이 후렴으로 받고 있었다.

'하아.' 그의 얼굴에 웃음이 어렸다. '제석풀이를 하는 모양이구나. 그래서 만신이 철릭 대신 장삼을 입고 고깔을 썼구나.'

조선 무속에서 제석신(帝釋神)의 유래와 성격이 분명한 것은 아니었지만, 그것이 부처와 관련이 있다는 것만은 확실했다. 아마도 조선인들의 전통 종교인 무속이 외래 종교인 불교의 영향을 받고 그것을 수용한 자취일 듯했다.

'하긴 「창세가(創世歌)」도⋯⋯' 그는 고개를 끄덕였다.

리가 흘긋 그를 살폈다. 눈길이 마주치자, 리가 낮은 소리로 물었다. "보실 만하나니잇가?"

"녜. 묘한 구경을 하게 다외얏나이다."

「창세가」는 현대 조선에서 가장 널리 알려진 무가(巫歌)였다. 원래는 이름이 없었고, '창세가'는 20세기 초엽에 그것을 채록한 학자가 붙인 이름이었다. 그 무가의 줄거리가 그의 마음을 스쳤다.

하늘과 땅이 생길 적에, 미륵님이 생겼다. 그때는 하늘과 땅이 붙어 있었고, 해와 달이 둘씩이었다. 미륵님은 땅과 하늘을 떼어놓은 다음, 달 하나를 떼어내서, 북두칠성과 남두칠성을 만들고, 해 하나를 떼어내서, 큰 별을 마련했다. 미륵님이 한 손에 은쟁반을 들고 다른 손에는 금쟁반을 들고 하늘에게 축사하니, 벌레들이 쟁반마다 다섯 마리씩 떨어졌다. 이어 금벌레들은 사내들이 되고 은벌레들은 계집들이 되어, 비로소 사람이 태어났다.

미륵님 세월은 태평성대였는데, 석가님이 내려와서 지금 세월을 빼앗으려 했다. 미륵님은 "아직은 내 세월이지, 네 세월은 못 된다"라면서 거부했다. 석가님은 "미륵의 세월은 다 갔다. 이제는 내 세월을 만들겠다"고 선언했다. 그래서 미륵님은 내기를 제안했고 세 번의 내기에서 다 이겼다. 세 번째 내기에서 석가님이 속임수를 쓰자, 석가님에게 진저리가 난 미륵님은 석가님에게 세월을 넘겨주었다. 그래서 세월은 어지러운 말세가 되었다.

우세한 외래 종교인 불교를 어쩔 수 없이 수용하게 되었을 때, 토착 종교인 무속은 석가님으로 상징되는 불교의 공식 이념이 아니라 미륵님으로 상징되는 비공식 이념을, 현재의 질서를 정당화하는 호국 불교가 아니라 더 나은 질서를 세우려는 혁명적 이념인 미륵 신앙을, 받아들였다는 사실을 「창세가」는 보여주었다. 그 무가와 그것에 대한 해설을 처음 읽고 그가 받은 여러 가지 느낌들은 이내 흐릿해졌지만, 그 사실에서 받은 감동은 가슴에 오롯이 남았다.

'저 만신도 「창세가」를 부를까? 부른다면, 이십 세기에 채록된

것과 얼마나 다를까?'

차츰 그녀의 차림이 그의 마음속으로 또렷이 들어왔다. 그녀는 흰 장삼을 입고 붉은 가사를 두르고 검은 염주와 흰 염주를 목에 걸치고 있었다. 그녀의 활기찬 춤이 좁은 방 안을 가득 채워서, 병자의 몸에 들어간 나쁜 기운이 밀려 나올 것만 같았다.

어느 순간 굿판의 더운 기운이 그를 사로잡았다. 방 안의 만신으로부터 흘러나오는 무슨 세찬 기운이 자장처럼 집 안을 덮었다. 아득해지는 그의 마음을 자신이 그저 재미있게 바라보는 구경꾼이 아니라 굿판의 유기적 부분이 되었다는 생각이 스쳤다.

저릿한 느낌이 좀 가시면서, 어쩐지 낯익은 느낌이 드는 즐거움이 대신 살을 채웠다. 그는 그 낯익음이 어디서 오는가 이내 생각해냈다. 고등학교 다닐 때, 온 세계에 열광적 추종자들을 가졌던 '안타레스의 파도'라는 7인조 악단의 공연에서 그는 지금처럼 자신이 판의 유기적 부분이라는 느낌을 받았었다.

숨을 깊이 쉬면서, 그는 둘러선 사람들을 슬쩍 살폈다. 모두 굿에 깊이 빠진 듯한 모습이었다. 그들의 자세와 낯빛에는 굿의 뜻과 효용에 대해서 조금도 의심을 품지 않은 사람들에게서만 볼 수 있을 경건한 진지함이 어렸다. '이것이 무슨 실질적 뜻을 지녔다거나, 솔직히 얘기하면, 대단한 것은 아니지만, 우리 전통의 한 부분이니까, 너그럽게 대하고 소중하게 여겨야지' 하는 생각이 드러난 얼굴들로 일부러 재현한 전통 민속을 구경하던 현대의 구경꾼들과는 크게 다른 그들의 진지함이 그의 가슴에서 더운 물결을 일으켰다.

'이런 분위기라면, 아닌 게 아니라, 심리적 효과가 대단하겠다.'

차가운 눈길로 굿판을 살피던 그의 마음 한 부분이 마른 목소리를 냈다. '병자 자신이 아니라면, 다른 사람들에게.'

원래 그는 굿에 대해서 상당히 긍정적인 생각을 품었었다. 샤먼들의 주술적 의료 행위가 상당히 효과적임은 현대에서도 거듭 확인되었다. 그러나 오늘 김신달의 집에서 굿을 한다는 얘기를 아침에 처음 들른 병국이네서 들었을 때는, 심신 상관적 요소가 거의 없을 장티푸스에 굿이 과연 얼마나 도움이 될까 하는 생각이 들었었다. 광시댁과 한산댁에서도 이미 굿을 했다는데, 굿이 효험이 있었다는 얘기는 나오지 않았었다. 그러나 막상 이렇게 굿판에 서니, 그런 생각을 고집하기가 어려웠다.

"나무우아아미타아불," 마루에 앉은 두 사람이 부르는 후렴이 생각 가득한 그의 마음속으로 비집고 들어왔다. 나이 든 여인이 따라 염불하는 소리가 뒤쪽에서 들려왔다.

그는 마음을 모아 방 안에서 나는 소리에 귀를 기울였다. 그러나 만신이 메기는 소리는 알아들을 수 없었다. 그가 좀더 가까이 가려고 두어 걸음 앞으로 나아가는데, 악기 소리가 갑자기 높아졌다. 이어 악기 소리가 뚝 그치면서, 만신이 외마디 소리와 함께 춤을 멈췄다.

그도 걸음을 멈추고 그 자리에 섰다. 잠시 정적이 집 안을 가득 채웠다.

'내가 잘못 움직였구나. 하필이면……' 구경꾼들 사이에서 튀어나온 자신의 모습에 사람들의 눈길이 쏠리는 것을 느끼면서, 그는 난감한 마음으로 생각했다.

문득 만신이 고개를 돌려 매서운 눈길로 그를 쳐다보았다. 마당을 내다보다가 그에게 머문 눈길이 아니라, 이미 그가 거기 있는 줄 알고서 돌린 눈길이었다.

　가슴이 섬뜩했다. 그는 그녀의 눈길을 받아내지 못하고 눈길을 돌렸다. '혹시 내가 가짜 불승이란 것을 알고서…… 그럴 리는 없는데. 모르지. 신이 내린 사람이니까, 나의 정체를……'

　그에게서 눈길을 떼지 않은 채, 그녀가 천천히 그를 향해 돌아섰다. 그리고 오른손에 든 부채를 접었다가 그를 향해 내치는 듯한 손길로 폈다.

　접힌 부채가 펼쳐지는 날카로운 소리에 그는 움찔했다. 가슴이 졸아들었다. '나가라는 얘긴가? 내가 지금 저 여자의 눈에는 잡귀처럼 보이고 있는지도 모르지.'

　사람들의 눈길이 얼굴에 따갑게 닿았다. 그는 여기서 물러나는 것이 현명하다고 판단했다. "긔훈이 아바님, 가사이다." 그는 돌아서서 리산구에게 나직이 말했다.

　"녜, 스승님." 리가 돌아섰다.

　'내가 꼭……' 꼬리를 가랑이에 집어넣고 슬금슬금 도망치는 개의 모습이 눈앞에 떠올랐다. 그는 모양새가 너무 흐트러지지 않도록 의식적으로 의젓하게 걸음을 옮겼다.

　'어쩌면……' 사립문을 나서자, 새로운 생각이 떠올라, 그는 쓸쓸한 웃음을 지었다. '어쩌면 저 만신은 나를 직업적 경쟁자로 여겼는지도 모르겠다. 그쪽이 더 그럴듯한 설명이 되겠다.'

　그 만신은 이 골짜기의 단골무당으로 구화실에 살고 있었다. 이 골짜기 마을들의 여러 종교적 행사들을 주관하는 대가로 마을 사람들로부터 생계를 보장받았다. 굿을 하거나 점을 칠 때 조금씩 사례를 받기도 하지만, 봄가을로 보리와 쌀을 받는다고 했다.

"그러하면 쇼승은 구화실로 나려가나이다."

"아, 네. 다녀오쇼셔. 스승님, 잇다가 숯골로 올아가실 때, 들리쇼셔." 리가 합장하고 고개를 숙였다.

"네." 다시 장구와 꽹과리 소리가 나기 시작한 집 쪽으로 흘긋 눈길을 준 다음, 그는 구화실 쪽으로 가는 밭둑길로 접어들었다.

'하긴 불승은 경쟁자치고도 아주 강력한 경쟁자지. 전통 종교인 무속이 발전된 외래 종교인 불교에 밀리면서, 만신들도 밀려났겠지. 한때는 분명히 상류 계급이었을 만신들이 이제는 가장 천한 계급이 되었지. 그러니……' 그는 가벼운 한숨을 내쉬었다.

"그래도 지금은 나은 셈이지," 도랑 앞에 멈춰 서서, 건너편 밭둑을 넘어가는 유혈목이 한 마리가 사라지기를 기다리면서, 그는 소리 내어 생각했다. "삼백 년 뒤에 서양 문명이 들어오면……"

서양 문명의 도래는 이미 좁아진 무속의 입지를 더욱 좁혔다. 서양 문명이 가져다준 기독교와 과학이 무속을 협공한 것이었다. 이어 일본의 식민 통치 아래서, 조선의 다른 전통들과 마찬가지로, 무속은 박해를 받았다. 조선이 주권을 되찾은 뒤에도, 무속의 어려운 처지는 나아지지 않았다. 공산당 정권이 들어선 북조에선 모든 종교들이 박해를 받았으니 그렇다 치더라도, 종교의 자유를 기본 원리로 삼은 남조에서도 한때는 무속을 미신이라 몰아붙여서 설 땅을 아예 없애버렸다. 그러나 무속의 쇠멸은 정부의 박해 때문만은 아니었다. 교단이 치밀하게 조직되고 교리가 정교한 주요 종교들이 득세하는 세상에서 시세에 맞추어 변신할 수 없었던 것이 근본적 원인이었다.

산모퉁이를 돌아서기 전에, 그는 걸음을 멈추고 돌아다보았다. 좀 작아져서 은은한 악기 소리가 그의 마음속에서 잊힌 무엇을 끄집어냈다. 굿판을 벌인 세 사람의 모습이 눈앞에 떠오르면서, 설 땅을 점점 잃고 사라져가는 토착 종교에 대한 애착과, 외래 종교들을 높이는 지배 계급에게 핍박을 받으면서도, 아직 인민들의 삶과 꿈에 뿌리를 내린 종교적 전통을 이어가는 만신들에 대한 고마움이 그의 가슴을 잔잔히 적셨다.

10

아이 하나가 곳뜸 쪽에서 달려 나왔다. 어깨에 망태기를 메고 있었다. 녀석이 갑자기 멈추더니, 풀숲으로 가서 손으로 무엇을 덮쳤다.

걸음을 늦추면서, 언오는 삿갓을 젖히고 손등으로 근질거리는 이마를 문질렀다. '이제 아침저녁으로는 제법 선선한 기운이 돌기도 하는데.'

그를 보자, 다시 달려오던 아이가 급히 멈췄다. 이어 어색하게 두 손을 앞에 모으고 고개를 숙였다. 녀석의 왼손에서 방아깨비 한 마리가 방아를 찧고 있었다.

그도 걸음을 멈추고 합장했다. "나무아미타불. 나무관세음보살." 이번 염불은 으레 하는 인사로서가 아니라 곧 아이의 배 속으로 들어갈 방아깨비의 명복을 비는 뜻도 있었다.

아이가 수줍은 웃음을 지으면서 지나갔다. 새끼로 날을 싼 낫이 망태기에 든 것으로 보아, 꼴을 베러 가는 모양이었다.

그의 얼굴에 흐뭇한 웃음이 번졌다. 이제 그는 이 골짜기 사람들에게 친숙한 존재가 된 것이었다.

'숯골로 올라가기 전에, 이 근처에서 숨을 돌리는 게……' 둘러보니, 곳뜸 조금 못 미쳐 냇가에 꽤 큰 느티나무 한 그루가 비스듬히 서 있었다. 곳뜸은 뒤에 저수지 제방이 세워질 골짜기의 목 부분 바로 아래에 자리 잡은 마을이었다.

'저기가 좋겠다. 아예 발까지 씻고 올라가자.' 구화실 아래쪽에 있는 고사리울까지 다녀온 것도 가까운 걸음이 아니었지만, 이 더운 날에 종일 목이 있는 신을 신어야 했던 것은 고역이었다.

배낭을 벗어 느티나무 둥치에 기대 세우고서, 그는 풀밭에 앉아 후끈거리는 신을 벗었다. 두꺼운 양말을 벗자, 후련한 기분에 한숨이 절로 나왔다.

'고맙기야 말할 수도 없지만, 한여름엔 아닌 게 아니라 좀 덥다.' 그는 투박한 신을 배낭 옆에 나란히 세워놓고 음미하는 눈길로 바라보았다.

벌써 석 달이나 신어서, 코가 좀 해어지긴 했지만, 한 10년은 넉넉히 갈 듯했다. 편하고 튼튼한 신발이 얼마나 고마운 물건인가 그는 전에는 몰랐었다. 그가 지닌 물건들은 모두 이곳 사람들에게서 찬탄을 불러냈지만, 그들이 가장 부러워하는 것은 그의 신이었다. 어저께는 시험 삼아 광시댁 머슴 슈천이가 새로 삼은 짚신을 신어보았었다. 슈천이는 몸집도 컸지만 발이 유난히 커서 '도작놈 발'을 가졌다는 말을 들었다. 그래서 슈천이의 짚신은 그의 발에 맞을 만큼 컸다. 짚신을 신고 반나절을 다녀보고서, 그는 자신의 신이 얼마나 고마운 물건인가 새삼 깨달았다. 짚신이 오래가지 못한다는 것이야 이미 알았지만, 막상 신어보니, 발바닥에 배겨서 오래 신을 수가 없었다.

비가 오는 날은 사정이 더욱 어려웠다. 나막신은 무겁고 불편했다. 그래서 사람들은 거의 모두 맨발로 다녔다. 하긴 우장이 변변치 못한 터라, 이곳 사람들이 비 오는 날 나다니는 일은 드물었지만. 비 올 때 신을 만한 신으로는 생가죽을 기름에 절여 만든 진신이란 것이 있었다. 한산댁 마님과 리산구가 진신을 신는 것을 보았다. 그러나 막일을 할 때 신을 만한 것은 못 되었고, 너무 비싸서, 보통 사람들은 갖출 수 없을 터였다.

밴 땀이 좀 마르도록 양말을 널어놓고, 그는 대견스러운 눈길로 양말 자국이 난 창백한 발을 살폈다. 아직 이곳 사람들만이야 못했지만, 이제 걷는 데는 제법 이력이 난 터였다. 발을 절게 된 뒤로, 그는 어쩔 수 없이 먼 걸음을 두려워했었다. '이젠 급하면 몇십 리 길도……'

문득 왼발이 가려웠다. 발가락들을 벌리고 살펴보니, 엄지발가락과 둘째 발가락 사이에 좁쌀만 한 물집 두 개가 있었다.

'드디어……' 그는 혀를 찼다. '발은 열심히 씻었는데. 고생 좀 하겠구나.'

그는 바짓가랑이를 걷어 올리고 일어섰다. "어, 시원하다." 개울물 속으로 들어서자, 자신도 모르게 소리를 냈다. 산골에서 나온 물이라, 시원했다. 물은 아침보다도 맑아진 대신 좀 줄어든 듯했다.

'조금 큰 비만 와도, 물난리가 나고. 이렇게 물이 이내 줄어들고. 좀 아깝다.' 공해에 찌든 세상에서 언제나 마실 물 걱정을 하면서 살았던 터라, 깨끗한 물이 그냥 흘러가는 것을 보면, 그는 언제나 아까운 생각이 들었다.

'이 좋은 물을 그냥 버리다니…… 역시 저수지가 필요하겠다. 여기에 저수지가 하나 있으면, 물 걱정은 하지 않아도 될 텐데.' 작년엔 가뭄이 대단했고 올봄에도 가물어서 어려움을 겪었다는 됴한드르 사람들의 얘기를 떠올리면서, 그는 냇둑으로 올라갔다.

'저수지를 만든다. 생각해볼수록 괜찮은 아이디언데. 내가 이곳에 오래 머물 수만 있다면, 한번 시도해볼 만한 일인데. 얼마나 걸리는 일일까? 한 오 년? 계산이나 한번 해보자.' 발을 흔들어 물기를 뿌리고 풀밭에 앉은 다음, 그는 비행복 주머니에서 수첩과 볼펜을 꺼냈다.

'제방의 길이가……' 그는 몸을 돌려 두 산자락 사이를 어림해보았다. '백오십 미터는 넘고, 이백 미터까지는 채 안될 것 같지? 뭐, 넉넉하게 이백 미터로 잡고. 높이는? 한 십 미터? 십오 미터?' 저수지 둑이야 많이 보았지만, 눈여겨본 적이 없는 그로서는, 막상 둑의 규모를 생각하자니, 확실한 수치를 선뜻 내놓기 어려웠다.

한참 생각한 다음, 그는 높이 12미터, 아랫변 15미터, 윗변 5미터, 길이 2백 미터로 정했다. 그런 둑의 부피는 2만 4천 세제곱미터였다.

'하루에 한 사람이 하는 일은 얼마로 잡아야 하나? 일 세제곱미터? 이 세제곱미터? 따지기 좋게 일 세제곱미터로 잡으면, 이만 사천 인/일이라. 하루에 평균 열 사람을 동원한다면, 이천사백 일이 걸린다는 얘긴데. 해마다 이백 일 정도 일할 수 있다 치면, 십이 년이 걸리나?' 수첩을 덮으면서, 그는 한숨을 길게 내쉬었다. '십 년 넘게 걸리는 공사라. 당장 내일 도망쳐야 할지도 모르는 사람에 겐, 너무 오래 걸리는 일이구나.'

그는 수첩을 주머니에 넣고 골짜기의 목을 바라보았다. 뒷날 거기 세워질 저수지 둑의 모습이 선연하게 떠올랐다. '한번 쌓아놓으면, 정말 좋지. 어지간한 가뭄이나 장마는 걱정할 필요가 없고. 잘 하면, 그 물로 물레방아를 돌릴 수도 있고.'

됴한드르를 떠나 며칠 뒤, 그는 공쥬 땅에서 물방아를 보았다. 흔히 보는 수차를 이용한 방아가 아니라, 통방아라고 불리는 아주 원시적인 물방아였다. 방아두레박에 물이 차면, 두레박이 아래로 내려가면서 방아채의 공이가 붙은 쪽을 들어올리고, 두레박이 너무 기울어 물이 쏟아지면, 공이가 붙은 쪽이 내려가면서 확의 곡식을 찧게 되어 있었다.

'잘 설계된 물레방아라면 그런 원시적 물방아보다 몇십 배 효율적일 텐데. 물레방아를 이용해서 곡식을 찧으면, 이 세상 여인들이 얼마나……'

그의 눈앞에 젖먹이를 업고서 보리방아를 찧던 만셕이 엄마의 모습이 떠올랐다. 연민과 그리움의 파릇한 물살이 그의 가슴을 적셨다. 비록 한순간 눈빛만으로 서로의 마음을 읽은 처지였지만, 그녀는 이 세상에서 처음으로 그의 욕정을 깨운 여인이었다.

'물레방아를 제대로 이용할 수만 있다면······' 가슴속 물살이 잦아들기를 기다려, 그는 상념의 끈을 이었다. 됴한드르에서 이곳까지 오는 사이에 그의 머리에 가장 또렷이 새겨진 여인들의 모습은 무거운 절굿공이로 곡식을 찧는 모습이었다. 그것은 아주 힘들고 단조로운 일이었지만, 그 일을 좀 수월하게 만드는 것에 대해서 깊이 생각하는 사람들은 드문 것 같았다. 이곳까지 오는 동안 지레의 원리를 부분적으로 이용하는 디딜방아도 서너 개밖에 보지 못한 터였다.

'문제는 수량인데······' 그는 비판적 눈길로 시내를 살폈다.

조선 사회에서 수차를 본격적으로 도입하려는 시도가 없었던 것은 아니었다. 그런 시도들이 성공하지 못했던 것은 근본적으로 수차에 이용할 만한 물이 적다는 사정에서 나왔다. 여름 한 철에 비가 몰리는 데다가 물의 흐름이 급하지 않았다.

'그렇긴 하지만, 여름 한 철만 돌려도······ 그리고 산에 나무가 많아서 그런지 몰라도, 이십일 세기보다는 물 사정이 상당히 나은 것도 같은데. 저수지 둑을 쌓는 일은 한번······'

"스승님," 뒤쪽에서 누가 불렀다.

그가 돌아다보자, 길에 멈춰 서서 그를 바라보던 사내 셋이 그를 향해 합장했다. 그를 부른 사람은 최성업이었다. 서른 줄의 사내로 숯골 골짜기 위쪽에서 숯을 굽고 있었다. 나머지 두 사람들은 안면이 없었다. 최와 함께 숯을 굽는 돌무들기 사람들인 듯했다.

"녜. 나무아미타불." 그는 자리에서 일어나 합장하고 고개를 숙였다. 그들이 멘 빈 지게를 보자, 오늘이 례산 장날이라는 것이 생각났다. "댱애 다녀오시나니잇가?"

"녜, 스승님. 댱애 숯을 내갔다가 돌아오난 길이니이다."

"슈고랄 많이 하샸나이다. 쇼승은 고사리울에 다녀오난 길이니이다."

"아, 그러하샸나니잇가? 스승님, 함끠 올아가사이다."

"쇼승은 졈 쉬었다 올아가려 하나이다." 싱긋 웃으면서, 그는 마을로 올아가라는 손짓을 했다. "몬져 올아가쇼셔."

"녜, 스승님. 그러하시면 천천이 올아오쇼셔."

"녜. 나무아미타불."

그는 다시 풀 위에 앉아 구급낭에서 광범위 구충제 연고를 꺼냈다. '저수지를 만들어서, 물레방아를 돌리면, 당장 공업을 일으킬 수 있지. 공업은 결국 동력의 문제니까. 당장 이곳 여인들의 무거운 짐을 덜어줄 수 있다는 점보다 더 중요한 것은 서양에선 수차를 널리 이용함으로써 산업혁명이 일어날 수 있는 바탕이 마련되었다는 사실이지. 흠, 잘만 하면, 내가 이 조선 땅에 자그마한 산업혁명을 일으킬 수도 있겠다.'

빠르게 뻗어나가는 상념에 빠져, 그는 거의 무의식적으로 무좀이 생긴 곳에 약을 바르고 연고를 구급낭에 넣었다. '수차를 이용할 수 있게 되면, 곡식을 찧는 일과 함께 나무를 켜는 일을 시작하는 것이 좋겠지.'

가구를 만들려고 재목을 톱으로 켜는 일은 옆에서 보기에도 맥이 빠질 만큼 힘들고 더뎠다. 그래서 나무는 흔했지만, 얇게 켠 재목은 뜻밖에도 귀한 세상이었다.

'그리고 수차를 이용하는 것은 이 세상에 캠을 도입하는 셈이지. 지금 이 세상에 캠을 이용한 기계가 있나?' 그는 잠시 생각해 보았다. 확실한 것은 아니었지만, 캠을 쓰는 기계나 기구는 없는 듯했다.

'그렇다면, 수차의 도입은 더욱 큰 뜻이 있지.' 그의 마음이 문득 달떠 올랐다. '어떤 뜻에선 캠의 본격적 도입이 수차의 이용 그 자체만큼 중요할 수도 있겠다.'

곡식을 찧거나 나무를 켜려면, 수차의 회전 운동을 공이나 톱의 직선 운동으로 바꿔야 했고, 그렇게 하려면, 물론 캠이 필요했다. 반어적으로, 캠이 처음 발명된 곳은 조선이 속한 중국 문명이었다. 중국 문명은 핵심적 기술들을 유난히 많이 발명했다. 프랜시스 베이컨이 "온 세계에 걸쳐서 전체 모습과 사물들의 상태를 바꾼" 발명들로 꼽은 세 가지 기술들이, 즉 인쇄술, 화약, 그리고 자석이 모두 중국 문명에 의해 처음 발명되었다. 그것들 말고도 말의 목을 조르지 않는 마구(馬具), 철강 생산, 종이, 그리고 기계식 시계와 같은 혁명적 기술들이 중국 문명에서 처음 나왔다. 내륙 국가라는 통념과 달리, 중국 문명은 선미재(船尾材) 키와 종범(縱帆)과 같은 앞선 항해 기술도 처음 발명했고, 구동 벨트, 사슬 구동 장치 및 캠과 같은 기초적 공학 장치들을 처음 생각해냈다.

중국이 그렇게 기술적으로 앞섰으므로, 과학혁명은 중국에서 처음 일어나는 것이 당연해 보였다. 그러나 실제로는 유럽에서 먼저 일어났다. 그리고 그 사실이 15세기 이후의 역사를 결정했다. 먼저 과학혁명을 이룬 유럽 문명은 다른 문명들을 압도했고 지구는 유럽 문명을 중심으로 통합되었다. 그래서 20세기에 문명의 역사를 연구한 사람들의 중요한 화두들 가운데 하나는 "왜 중국이 아니었나?"였다.

비록 과학혁명을 이루지는 못했지만, 중국은 혁명적 기술들 덕분에 번창했다. 특히 송(宋) 때엔 세계에서 가장 발전된 문명의 혜택을 누렸다. 이상하게도, 조선은 바로 이웃인 중국의 기술들을 제대로 받아들이지 못했고 받아들인 기술들도 제대로 쓰지 못했다. 그래서 18세기 청(淸)의 발전된 문물을 받아들여서 사회를 발전시키려 했던 북학파(北學派)가 도입을 역설했던 기술들은 고작 발전된 도로, 교량, 수레, 벽돌과 같은 것들이었다.

그는 고개를 들어 위쪽 마을로 올라가는 장꾼들을 바라다보았다. '사실 캠은 그만두고라도, 수레를 이용할 수만 있어도, 얼마나 큰 효과가 나타날까. 당장 저 사람들이 지게에 지고 간 것보다 훨씬 많은 숯을 훨씬 수월하게 장에 내갔겠지.'

장꾼들은 좁고 꼬불꼬불한 길을 따라 쉬엄쉬엄 올라가고 있었다. 이 골짜기의 주도로였지만, 그 길은 지게를 진 사람들이 서로 비켜 가기 힘들 정도로 좁았고 노면을 닦지 않았고 돌투성이라 편히 걷기 힘들었다.

'문제는 길인데. 저런 길에 수레가 다니기 힘들고. 수레가 다니지 않으니, 길이 좋아지지 않고. 길이 좋지 않으니…… 결국 이 악순환의 고리를 어떻게 끊느냐 하는 것인데. 나쁜 길에서도 다닐 수 있는 손수레를 먼저 만든다?' 그의 상념은 계속 뻗어나갔다.

어느 사이엔가 장꾼들은 산자락 너머로 사라져 보이지 않았다.

'이러다간 저녁에 늦겠다.' 그는 자리에서 일어났다. 그래도 그의 눈길은 좁고 꼬불꼬불한 길에 머물렀다.

'이 세상을 위해 내가 할 수 있는 일이 그렇게도 많은데. 내가 지금 쫓기는 몸만 아니라면……' 입맛을 다시면서, 그는 다시 자리에 주저앉아 양말을 신기 시작했다.

11

　돌 위에 걸쳐놓은 퉁노구 속의 물이 끓기 시작했다. 우츈이가 보릿짚단 하나를 다시 풀어놓더니 보릿짚을 한 움큼 집어 돌들을 모아 만든 화덕 속에 넣었다. 녀석은 이어 익숙한 솜씨로 보릿짚을 부지깽이로 얇게 편 다음 살짝 떠받쳐서 불이 고루 붙도록 했다.

　우츈이는, 그가 구화실에서 가티독샤에 물린 사람을 치료했을 때, 그가 하는 일을 열심히 살폈던 아이였다. 아이가 마음에 들어서, 그는 녀석에게 의술을 가르치기로 하고 그날로 부모의 승낙을 받았다. 똑똑하고 성실해서, 녀석은 이내 그의 일을 한몫 단단히 거들기 시작했다. 그가 병자들을 치료할 때, 조수 노릇을 제법 해냈고, 치료비로 받은 곡식을 그와 나누어 지고 다녔다. 그로선 아무래도 꺼내기가 쑥스러운 치료비 얘기를 녀석이 대신 하게 된 것이 무엇보다도 반가웠다.

　그는 핀셋으로 퉁노구 속의 주사기를 집어냈다. 그리고 광시댁 침모 화성댁이 만들어준 무명 수건으로 조심스럽게 물기를 닦았다.

그가 다가가자, 멍석 위에 베개를 베고 누운 노파가 눈을 뜨고 힘겹게 고개를 돌려 그를 올려다보았다. 옆에 앉아 등에서 칭얼대는 갓난애를 달래면서 부채질을 하던 며느리가 일어섰다.

바람 한 무더기가 멍석 위에 그늘을 드리운 오동나무 잎새들을 흔들고 지나갔다. 손등으로 이마의 땀을 문지르고서, 그는 노파의 머리맡에 무릎을 꿇고 앉았다. 음력 7월 초이틀이니, 가장 더운 때였다. 주사기를 든 채, 그는 잠시 무거운 눈길로 그녀를 내려다보았다.

쉰여덟이라는 나이보다 적어도 열 살은 더 들어 보이는 찌든 얼굴이었다. 이마에 더위 때문만은 아닌 것으로 보이는 진땀이 배어 있었다.

"아아, 해보쇼셔."

"아하," 그녀가 눈을 감더니 가느다란 신음을 내면서 입을 벌렸다.

"뎌긔 앉아서," 그는 어느 사이엔가 그의 옆에 와 앉은 우츈이에게 노파의 머리 건너편을 가리켰다. "탁알 잡으쇼셔. 입이 다믈어 디디 아니하개 하쇼셔."

"녜, 스승님." 녀석이 건너편에 앉더니 노파의 턱을 꽉 붙잡고 입을 벌렸다.

그는 고개를 기울여 노파의 입안을 들여다보았다. 썩은 냄새가 그의 얼굴을 휩쌌다. 자신도 모르게 숨을 멈추고서, 그는 고개를 돌렸다.

'아무래도 마스크가 있어야 하겠다. 화성댁한테 하나 만들어달라고 해야겠다.' 숨을 깊이 쉰 다음, 그는 다시 노파의 입안을 들여다보았다.

몇 개 남지 않은 어금니들은 모두 삭은니들인 데다가 흔들거려서 제구실을 못할 것 같았다. 그러나 당장 급한 문제는 잇몸에 생긴 병이었다. 오른쪽 어금니 잇몸이 작은 달걀처럼 팽팽하게 부어 있었다.

마음을 다잡고서, 그는 주사기로 부어오른 잇몸의 안쪽 한가운데를 찔렀다. 주사기가 쿠욱 들어갔다.

노파가 움찔했다. 그러나 소리를 내지는 않았다. 아마도 아프기보다는 시원하게 느껴질 터였다.

그는 조심스럽게 조사기의 플런저를 뽑았다. 피가 섞인 고름이 빨려 나와 주사통을 채웠다. 그는 주사기를 뽑아 옆에 선 며느리에게 보였다. "고롬이 이리 많이 들었나이다."

"녜, 스승님." 며느리가 열심히 고개를 끄덕였다.

노파가 눈을 떴다. 말없이 주사기를 올려다보더니, 가늘게 한숨을 내쉬고서 다시 눈을 감았다.

그는 화덕으로 다가갔다. 짚불이라 불은 벌써 많이 사그라져 있었다. 그는 불 속에 고름을 짜버리고 돌아왔다.

노파가 고개를 들어 입안에 고인 침을 마당에다 뱉었다. 턱에 묻은 침을 손등으로 훔치더니, 손으로 조심스럽게 볼을 만졌다.

"훠어이," 며느리가 노파의 침을 향해 슬금슬금 다가오는 닭을 쫓았다.

"다시, 아아, 해보쇼셔." 그는 다시 주사기로 고름을 뽑았다. 이번에는 아까보다 고름에 피가 많이 섞여 있었다. 팽팽하게 부풀었던 잇몸이 쭈글쭈글해졌다.

"이제 다외얏나이다. 소곰물로 입안을 싯어내쇼셔."

"녜, 스승님," 며느리가 대답하고서 부엌으로 향했다.

노파가 눈을 뜨고서 고마움이 가득한 눈길로 그를 올려다보았다.

노파에게 웃음을 지어 보인 다음, 그는 화덕으로 다가갔다. 주사기를 비우고 퉁노구의 물로 대강 씻은 다음, 다시 퉁노구 속에 넣었다.

우츈이가 냉큼 달려와서 화덕 앞에 앉았다. 짚 한 움큼을 재 속에 넣더니, 입으로 불어서 불을 되살리기 시작했다.

씁쓸하게 입맛을 다시면서, 그는 물속의 주사기를 내려다보았다. 원래는 한 번 쓰고 버리도록 된 주사기였는데, 벌써 예닐곱 번은 쓴 터였다. 조심해서 쓰면, 앞으로도 여러 번 더 쓸 수 있겠지만, 오래가지는 못할 터였다. 주사기가 두 개 더 있었지만, 떨어지는 것은 시간 문제였다. 점점 가벼워지는 구급낭은 그의 마음을 은근히 어둡게 했다. 그의 머리에 든 현대 의학 지식이 아무리 많고 좋아도, 약이나 기구가 없으면, 실제로 환자를 치료하는 데는 도움이 되기 어려웠다.

'주사기는 그렇다 하더라도, 약은 당장…… 약초라도 캐서 보충할 수만 있다면, 좀 나을 텐데……' 그는 아쉽게 입맛을 다셨다. 그는 현대 의학에서 효능을 인정받은 약초들을 여럿 알고 있었다. 그러나 그가 아는 것은 그런 약초들의 이름과 효능이었지 생김새나 자라는 곳은 아니었다. 그런 약초들의 이름도 지금 이곳에선 아마도 상당히 다를 터였다.

하긴 그가 지닌 의학 지식도 이곳에서 의사 노릇을 하는 데는 잘 맞지 않았다. 그가 지닌 의학 지식은 대부분 오래 사는 현대인들이 건강을 유지하는 데 도움이 되는 것들이었다. 제대로 못 먹고 힘든 노동을 하는 이 세상 사람들에겐 운동 부족과 비만으로 생긴 병들은 허깨비들이었다.

'지금 나한테 당장 필요한 것은 원시적 질병들에 대한 원시적 치료법인데. 엑스레이도, 초음파탐지기도, 엠아르아이도, 시티도 없이 진단하고. 설파제도, 항생제도, 백신도 없이 시술할 수 있는 치료법인데. 지금 내게 뭐가 있나?' 누구에게 향하는지 모를 항의여서, 속에서 느닷없이 치민 분노는 어이없게 거셌다.

그 분노의 기운을 속으로 눌러 넣으면서, 그는 집 앞으로 흐르는 개울로 나갔다. 흐르는 물에 손을 씻었어도, 마음은 그리 개운해지지 않았다. 노파에게는 주사기로 고름을 뽑아내는 것보다 좀더 근본적인 치료가 필요할 터였다. 그러나 그가 할 수 있는 것은 없었다.

'치료 로봇이 하는 것을 좀더 자세히 살폈으면, 지금 정말로 요긴하게 써먹을 텐데…… 그때야 이리될 줄 몰랐으니……' 손에 닿은 시원한 물살을 즐기면서, 그는 흐릿한 웃음을 얼굴에 띠었다. 아픈 사람들을 찾아 나서니, 이가 아파 고생하는 사람들이 뜻밖에도 많았다. 치과 의술은 그만두고라도, 칫솔도 쓰지 않는 세상이었다.

손수건을 꺼내 손을 씻으면서, 그는 마을이 자리 잡은, 동남쪽으로 뻗어 내려간 산골짜기를 내려다보았다. 산골짜기는 마을 어귀에서 남쪽으로 뻗은 골짜기에 합쳐졌다. 이어 그 골짜기는 숯골에서 비롯해서 쟝복실을 지나는 골짜기와 구화실 앞에서 합쳐서 큰 골짜기를 이루었다.

이곳 못골은 지도에 묵지리(默池里)로 나온 마을로 북쪽 골짜기의 서쪽 기슭에 자리 잡고 있었다. 그동안 그는 숯골에 가까운 마을들을 돌아다니면서 아픈 사람들을 치료했다. 그래서 이곳에 들어온 지 한 달이 된 지금, 그는 대지동면(大枝洞面)의 마을들을 거의 다 들른 참이었다.

21세기의 지도에 예산군 대술면(大述面)으로 나온 지역은 지금은 례산현의 대지동면과 슐곡면(述谷面)으로 나뉘어 있었다. 조선조 말엽이나 그 뒤에 두 면들이 하나가 되면서, 이름들의 머리글자들만 남은 것이 분명했다. 슐곡면은 대지동면의 서남쪽에, 즉 큰 골짜기의 아래쪽에 있었다.

어쨌든, 이렇게 아픈 사람들을 보살필 때는 다른 때보다 마음이 한결 편했다. 이 세상 사람들을 실제로 돕는 일을 하는 동안은 그가 21세기 사람들에 대해 지은 죄를 조금은 덜어내는 듯했다. 비록 덜어낸다고 덜어질 죄는 아니었지만. 그래서 그는 사람이 아프다는 얘기만 들으면, 때와 날씨를 가리지 않고 배낭을 둘러메고 나섰다.

'그동안 내가 구한 목숨이…… 줄잡아도, 대여섯은 되겠지? 병을 예방한 것을 생각하면, 훨씬 많을 테고.'

대지동면 골짜기에 염병이 크게 번지는 것을 막으려는 그의 노력은 일단 성공한 듯했다. 요 열흘 동안에 새로 염병 증세를 보인 사람은 구화실 건너편 웃목골에 사는 스무 살 된 사내 하나뿐이었다. 염병의 잠복기가 며칠인지 정확히 모르니, 자신할 수는 없었지만, 물과 음식을 끓여 먹고 손을 깨끗이 씻고 파리를 잡도록 하는 그의 예방책이 효과를 내기 시작한 것은 분명했다.

젖은 손수건을 몇 번 흔들어 다시 주머니에 넣으면서, 그는 집 둘레를 한 바퀴 둘러보았다. 이 집은 마을의 북쪽 끝 산골짜기에 자리 잡아서 둘레에 논은 없었다. 콩밭 가에 늘어선 머리 숙인 수수들이 간간 불어오는 바람에 한가롭게 흔들리고 있었다. 이랑이 짧고 돌이 많은 산전들이었다. 가축이라곤 남새밭을 기웃거리는 닭 몇 마리뿐이었다. 언뜻 보기엔 평화스러웠지만 속을 들여다보면 가난에 찌든 풍경이었다.

한숨이 절로 새어 나왔다. '가난한 집안인데. 아이들은 벌써 넷이나 되고. 하기야 이렇게 가난하고 아이들만 많은 집이 어디 이 집만이랴.'

이 집과 비슷한 집들의 모습이 눈앞을 스쳤다. 문득 어두운 생각 한 토막이 고개를 들었다. '이런 세상에서 이 세상 것이 아닌 의학 지식으로 치료하는 것이 과연 좋기만 한 것일까? 엉뚱한 문제를 낳는 것은 아닐까?'

안정된 사회에선 출생률과 사망률이 비슷했다. 둘 사이에 차이가 크게 나면, 그 사회는 큰 변화를 겪을 수밖에 없었다. 그리고 궁극적으로는 둘 사이에 다시 균형이 이루어지게 마련이었다. 이곳은 출생률이 아주 높은 세상이었으므로, 필연적으로 사망률이 아주 높았다. 그래서 가만히 살펴보면, 어른이 된 형제가 여럿인 집은 뜻밖에도 드물었다. 아이들은 많이 태어나지만, 일찍 죽는 아이들이 많았다. 광시댁이 숯골에서 가장 부유한 집안이 된 바탕이 바로 봉선이 할아버지 대와 아버지 대에 장성한 아들이 넷씩이나 되었다는 점이었다고 했다. 사내아이들 넷을 제대로 키울 수만 있다면, 사람의 노동력이 중요한 세상에서 집안을 일으키는 일은 그만큼 수월할 터였다.

'먹고살 것을 더 만들 길을 마련해주지 않은 채, 아이들의 목숨만 살리는 내 의술…… 과연 이 세상에 좋기만 한 것일까? 지금 죽을 운명을 지닌 아이들을 살리는 것은 나중에 더 큰 비참함을 맛보도록 하는 것은 아닐까? 지금 내가 살린 아이들이 먹고살도록 내가 해줄 만한 것이 과연 있는가? 양식을 더 많이 생산하는 길로 내가 지금 생각해낼 수 있는 것은 고작 저수지를 만드는 것인데, 그것은 적어도 십 년은 걸리는 일이니……'

무엇이 넘어지는 소리가 났다. 이어 며느리가 아이들을 꾸짖는 소리가 들렸다.

해답이 없는 물음을 눌러서 속으로 집어넣고, 그는 집으로 향했다. 짐짓 밝은 얼굴을 하고 멍석 쪽으로 다가갔다. "이제 엇더하시나니잇가?"

우츈이의 부축을 받으며, 노파가 힘들게 일어나 앉았다. 그녀는 먼저 입안에 고인 침을 마당에 뱉었다. 피가 조금 섞여 있었지만, 침은 맑았다.

"이제 살 것 갇하나이다." 말씨가 아까보다 한결 또렷했다. 그를 올려다보는 눈길에도 생기가 돌았다. "스승님, 참아로 감샤하압나니이다."

당장 시원한 맛에 병이 아주 고쳐진 줄로 아는 그녀의 믿음 담긴 눈길을 받기 어려워서, 그는 어설픈 웃음을 지으면서 고개를 돌렸다. 멍석 한 귀퉁이를 가는 새끼로 기운 것이 눈에 들어왔다. 이 세상 사람들의 알뜰함은 한 번 쓰고 버리는 물건들에 익숙한 그에게서 아직도 더운 감정을 불러냈다.

그가 난처한 마음으로 병이 근본적으로 고쳐진 것이 아니라는 사실을 그녀에게 설명할 길을 찾는데, 며느리가 안에서 보리쌀이 든 바가지를 들고 나왔다. 누더기에 가까운 그녀의 치맛자락을 어린애 둘이 양쪽에서 붙잡고 따라 나왔다. 우츈이가 망태기에 든 자루를 벌려 보리쌀을 받았다.

'내가 지금 저 곡식을 받아야 하나? 이 가난한 사람들이 힘들게 마련한 저 보리쌀을?' 그는 받은 보리쌀을 돌려주라고 우츈이에게 말하고 싶은 충동을 가까스로 눌렀다. 치료비를 받기로 한 것은 가볍게 내린 결정이 아니었다.

"병을 아죠 고틴 것이 아니이다. 쇼승이 내죵애 다시 들러겠나이다." 자꾸 며느리의 해어진 치마와 거기 매달린 아이들에게로 끌리는 눈길을 억지로 노파의 얼굴에 주고서, 그는 탁해진 목소리로 말했다.

12

봉선이가 주머니를 열어 공깃돌들을 땅바닥에 쏟아놓는 것을 보고, 언오는 신발을 벗고 보릿대 방석 위로 올라앉았다. 시원한 맛에 아예 양말까지 벗었다. 양말을 벗고 나니, 발이 새삼 가려웠다. 한번 생긴 무좀은 좀처럼 낫지 않았다. 전보다 신경을 써서 발을 자주 씻었지만, 종일 목이 있는 신을 신어서 그런지, 약효가 더뎠다.

발로 가려는 손길을 억지로 거두고서, 그는 수첩을 꺼내어 폈다. 여러 날 밀린 일기를 적으려는 것이었다. 병을 잘 고친다는 소문이 돈 뒤로는, 하도 바빠서 혼자 무슨 생각할 틈도 없었다.

마지막 기록은 7월 12일 치였다. '오늘이 십육 일이니, 나흘 치나 밀렸구나.'

구부려 세운 왼쪽 무릎에 수첩을 대고 날짜를 적고 나서, 그는 입가에 웃음을 띠었다. 7월부터는, 일기를 쓸 때, 음력을 먼저 적고 있었다. 어느 사이엔가 음력으로 날짜를 따지는 것이 편하게 된 것이었다.

'그러고 보니, 추석이 꼭 한 달 남았구나.' 낯선 세상에서 혼자 맞을 명절 생각이 가슴에 옅은 그늘을 드리우는 것을 느끼면서, 그는 봉선이를 곁눈으로 살폈다.

녀석은 앞에 공깃돌들을 펼쳐놓고서 서투른 솜씨로 혼자 공기놀이를 하고 있었다. 머리가 많이 빠졌고 아직 얼굴이 핼쑥했지만, 녀석은 빠르게 건강을 되찾고 있었다. 회복기가 더 위험한 병이라니, 마음을 놓을 수는 없었지만, 이제 녀석은 다 나은 셈이었다. 그의 눈길을 느꼈는지, 그를 흘긋 올려다보더니, 녀석이 맑은 웃음을 머금었다.

녀석의 웃음이 그의 가슴속으로 잔잔히 번져왔다. 그는 글씨를 쓰던 손길을 멈췄다. "봉선 아씨."

"네?"

고개를 살짝 들고서 올려다보는 모습이 말할 수 없이 귀여워서, 그는 녀석을 꼭 껴안고 싶은 충동을 가까스로 눌렀다. 오랫동안 병영과 군함에서 지낸 탓에 어린애들과 함께 지낸 적이 없는 그로선 녀석이 어른이 된 뒤 친하게 사귄 첫 어린애였다. 더구나 그를 잡아끄는 두 세상들 사이에서 그가 이 세상을 고르도록 만든 녀석이었다. 귀여울 수밖에 없었다.

공깃돌을 손에 든 채, 녀석이 말없이 눈으로 묻고 있었다.

할 얘기가 있어서 부른 것이 아니었으므로, 할 말을 생각하느라, 그는 잠시 머뭇거렸다. "봉선 아씨, 뎌긔……"

"봉선아, 너 여긔 있었고나." 안채 모퉁이를 돌아, 춘심이가 다가왔다.

"응." 둘이 하는 놀이를 혼자 하던 참이라, 봉션이가 반겼다.

"츈심 아씨, 어셔 오쇼셔." 집 안에서만 지내느라 무척 심심해하는 봉션이에게 또래가 찾아온 것이 그로서도 적잖이 반가웠다.

츈심이가 배시시 웃었다. 녀석은 바로 아랫집에 사는 계집아이로 봉션이보다 한두 살 위로 보였다.

"여긔 앉아쇼셔." 그는 조금 옆으로 옮겨 앉았다.

"한입 먹어라." 츈심이가 봉션이 곁에 앉더니 손에 든 것을 봉션이에게 내밀었다.

"응," 봉션이가 반갑게 대꾸하고서 손을 내밀다가, 멈칫했다. 그리고 그의 얼굴을 살폈다.

츈심이가 내민 것은 감이었다. 소금물에 우려서, 퍼런 빛깔이 죽은 땡감이었다. 소금물이 들어가라고 송곳으로 찔러서, 아직 제대로 크지 않은 감에 검은 구멍 자국들이 나 있었다.

엄한 낯빛을 지으면서, 그는 고개를 저었다. 지금 봉션이는 죽만 먹고 있었다. 게다가 제대로 익은 감도 아니고 우린 땡감이었다.

"나난……" 고개를 저으면서, 봉션이가 아쉽게 손을 거두었다.

"츈심 아씨, 봉션 아씨난 아직 몸이……" 그는 손을 저으면서 미안한 웃음을 지었다. "그러하야셔 아직 감알 먹디 못하나이다."

"녜." 무심히 고개를 끄덕이고서, 츈심이는 감을 한입 베어 물었다.

그는 고개를 돌렸다. 츈심이의 손에 들린 감에 간절한 눈길을 보내는 봉션이의 모습이 너무 안쓰러웠다. 그렇잖아도 녀석은 종일 먹을 것 타령을 하는 판이었다. 잠꼬대를 할 때도 먹을 것을 찾는다고 화성댁이 안쓰러워했다.

춘심이가 다시 한입 베어 물고서 아득아득 씹었다.

그런 모습이 밉살스럽게 생각되어서, 그는 녀석에게 돌아가라는 말을 할 뻔했다. '철없는 아인데.'

그는 흘긋 봉션이를 살폈다. 녀석은 억지로 감에서 눈길을 돌리고 공깃돌들을 만지작거리고 있었다. '얼마나 먹고 싶을까. 나까지도 먹고 싶은 생각이 드는데……'

그저께 못골에서 누가 그에게 우린 감을 권했다. 보기는 좀 그랬었는데, 하나 먹어보니, 먹을 만했다. 떫은 기운이 덜 가신 풋과일 맛을 찝찔한 맛이 누그러뜨려서, 묘하게 당기는 뒷맛이 입안에 남았다.

그러고 보니, 배가 꽤 고팠다. 슬쩍 시계를 보니, 6시 19분이었다. 저녁은 아직 한 시간 넘게 기다려야 나올 판이었다. 밥 짓는 냄새가 풍겨오는 듯해서, 그는 침을 삼켰다.

이곳 사람들은 저녁을 아주 늦게 먹었다. 해가 긴데도, 밥상 위의 반찬이 제대로 보이지 않을 만큼 컴컴해진 뒤에 저녁을 드는 일이 흔했다. 등불이 시원치 못해서 밤일을 하기 어려웠으므로, 해가 있을 동안은 시간을 아껴 일한다는 사정도 있었고, 시계가 없으므로 해가 기우는 것을 대중해서 저녁을 짓는다는 사정도 있었다. 아마도 겨울엔 저녁을 일찍 먹을 것 같았다.

해가 길거나 짧거나 시간에 맞추어 일터에 나가고 집으로 돌아오며 일정한 시간에 식사를 하게 마련인 세상에서 살아온 사람에게 그것은 좀처럼 익숙해지지 않는 관습이었다. 이제 밥은 배불리 먹고 있었지만, 고기를 제대로 먹지 못한 탓인지, 밥때가 가까워지면, 그는 으레 허기를 느꼈다. 배가 고프면 언제라도 입맛에 맞추어 간식을 할 수 있는 세상에서 살아온 사람에겐 이제 나오나 저제 나오나 밥상을 기다리며 맛보는 즐거움이 밴 아픔과 급히 씹어 삼킨 밥이 목을 넘어 빈속으로 들어갈 때 느끼는 아픔에 가까운 즐거움은 아무리 여러 번 겪어도 무뎌지지 않는 생생한 경험이었다.

처음엔 시간에 관한 이 세상의 관행들이 작지 않은 문화적 충격으로 다가왔었다. 시계가 없었으므로, 시간을 제대로 따지기 어렵다는 것만이 아니었다. 시간관념 자체가 거의 없다는 사실이 훨씬 충격적이었다.

시계가 없는 사람들이 하루 미만의 시간에 대해서 제대로 따지지 않는 것은 이내 이해할 수 있었다. 이론적으로는 하루를 열두 시간으로 나누어 자(子), 축(丑), 인(寅), 묘(卯), 진(辰), 사(巳), 오(吾), 미(未), 신(申), 유(酉), 술(戌), 해(亥)라는 이름을 붙였지만, 일상생활에서 그런 시간 단위로 일을 처리하기는 어려웠다. 게다가 교통과 통신이 원시적인 상태라서, 모든 일들이 아주 느리게 처리되었고 약속을 시간 단위로 하는 것은 뜻이 없었다.

문제는 그런 상태에선 근대적 시간관념이 나올 수 없다는 사실이었다. 그래서 시간 단위의 셈만이 아니라 날짜 단위의 셈까지도 제대로 이루어지지 못했다. 내일까지 된다는 얘기를 믿었다가 낭패를 겪은 일이 드물지 않았다. 지난 일을 따질 때는 셈이 더욱 흐렸다. 어쩌다 시간을 분 단위로 따져야 할 경우가 생기면, 정말로 막막했다. 병자들을 치료하다 보면, '끓는 믈에 젹어도 십 분은 끓여야 하나이다'라는 식으로 말해야 하는데, 이곳 사람들에게 10분이라는 시간을 표현할 길이 없었다. 그런 상태는 분이 일상생활의 기본 단위고 시간을 초로 끊어 따지는 일이 흔하며, 적어도 관념적으로는, 피코세컨드에서 세기에 이르는 갖가지 시간 단위들에 익숙한 사람에겐 말할 수 없이 답답했다.

두 아이가 공기놀이를 시작하는 것을 보고, 그는 다시 수첩을 무릎에 댔다. 나흘 전에 한 일들이 잘 생각나지 않아서, 그는 오늘 일부터 거꾸로 적어나가기로 했다.

7. 10 (양 8. 28)
쟝복실 졍산영의 부인(50세): 초진(혹이 만져지는 것으로 보아, 유방암으로 짐작됨).
망실 최길영(58세): 발치.
구화실 김상진(2세): 초진(설사. 소아 전염병?)

"봉선아, 너도 봉선화 믈들였고나." 봉선이의 오른손을 잡으면서, 츈심이가 반갑게 말했다. "곱다."
"응."
"언제 들였니?"
"어저끠 밤애. 츈심아, 너는 언제 들였니?"
"나난 발셔 여러 날 다외얏다."
"나난 밧가락애도 들였다." 봉선이가 미투리를 벗고 검붉게 물든

128

왼발의 엄지발가락을 자랑스럽게 가리켰다. 어제는 녀석이 갑자기 손에 꽃물을 들이고 싶다 해서, 화성댁이 저녁에 봉숭아 꽃잎을 찧어 손톱 위에 얹고 아주까리 잎새로 싸주었었다.

"참말이고나," 춘심이가 감탄하는 소리를 냈다. "봉선이가 봉선화 물을 들였고나."

두 소녀들이 까르르 웃는 소리가 그늘 덮인 집 안에 밝게 퍼져나갔다.

가만히 보니, 춘심이는 봉선이의 비위를 잘 맞추고 있었다. 큰 병을 앓고 난 동무에 대한 배려도 있겠지만, 춘심이네가 봉선이네로부터 적잖은 땅을 빌어 농사를 짓는다는 사정도 있을 듯했다. 철이 들지 않은 아이들 사이에서도 그런 사정이 작용한다는 사실이 그의 입안에 좀 떫은맛을 남겼다.

지난 나흘 동안 한 일들을 대강 적은 다음, 그는 수첩을 덮었다. 수첩이 많이 해어져 있었다. 그는 거의 다 떨어져 간댕거리는 뒤쪽 겉장을 쓰다듬었다. '아주 떨어져 나가기 전에 이따가 밥풀로 붙여야겠다. 껍데기를 그냥 두었으면 좋았을 텐데.' 조금이라도 무게를 줄인다고, 수첩을 싼 비닐 껍데기를 벗겼던 것이었다.

'이것이 내가 이십일 세기에서 지니고 온 유일한 책인데. 지도 두 장을 빼면.'

그 수첩은 그의 회사 근처 소학교 앞에 있던 문방구점에서 산 작고 얄팍한 수첩이었다. 그나마 작년 것이었다. 그런데 뒤쪽에 그런 수첩들에 으레 실리는 지역 우편 번호, 주요 도시 지하철 노선도, 도량형 단위 같은 자료들과 지도 몇 장이 들어 있었다. 처음 이곳에 좌초했을 때는, 그런 자료들이 있는 줄도 몰랐었다. 생각해 보니, 충청남도와 대전 지역 지도 두 장을 빼놓고는, 21세기의 지식이 담긴 단 하나의 기록이어서, 그로선 그 자료들이 무척 반갑고 소중하게 느껴졌다. 이 세상에서 2077년의 우편번호나 전화번호가 소용이 있을 리 없었고 지도들도, 워낙 소략해서, 별 도움이 될 것 같지 않았지만.

그는 수첩의 뒤쪽을 폈다. 그리고 아득한 눈길로 우편번호를 더듬었다.

'일일오의 이사공. 개성특별시 송악구 왕륜동. 솔뫼아파트 십칠동 천육백사 호……'

아늑한 거실의 소파에 앉아서 안경을 쓴 젊은 여인이 두꺼운 역사책을 읽고 있었다. 그녀 발치엔 갓 서른이 된 사내가 잠옷 바람으로 양탄자에 앉아서 수북이 쌓아놓은 과학 잡지들을 뒤적이고 있었다. 그녀가 손을 뻗어 긴 손가락으로 그 사내의 부수수한 머리를 빗질하기 시작했다……

"너도 물들여라."

봉선이의 목소리에 그는 아득한 세상 속의 남녀에게로 향하던 마음을 불러들였다.

"내종애 우리 화성 할마님애게 물들여달라 하자," 춘심이의 발가락을 살피면서, 봉선이가 말했다.

"응," 감을 꼭꼭 씹으면서, 춘심이가 건성으로 대꾸했다. 감이 점점 작아지자, 녀석은 아껴 먹고 있었다.

"봉선 아씨 손톱이 참아로 곱나이다," 꽃물 들인 조그만 손이 새삼 귀엽게 느껴지기도 했지만, 춘심이의 감에서 눈길을 떼지 못하는 봉선이의 모습이 안쓰러워서, 그는 불쑥 끼어들었다.

봉선이가 그를 올려다보면서 배시시 웃었다. 그리고 제 손톱을 살폈다.

문득 녀석이 봉숭아 꽃송이처럼 느껴졌다. 녀석의 이름 때문인지도 몰랐다. 핼쑥해서 더욱 고와 보이는 녀석의 모습이, 빛깔은 화사하도록 곱지만, 몸매는 가냘픈 봉숭아 꽃송이를 생각나게 했는지도 몰랐다.

녀석의 웃음에 자신의 가슴에도 꽃물이 드는 것을 느끼면서, 그는 녀석의 손을 살그머니 잡아 자신의 손 위에 올려놓았다. 손톱만이 아니라 손가락까지 꽃물이 들어 있었다. 자세히 살피면, 손톱에 든 꽃물이 그리 곱지는 않았다. 그러나 꽃물을 들인 녀석의 손은 가슴이 아릿하도록 고왔다. 하긴 꽃물을 들인 소녀들의 손은 언제나 고왔다. 정성 들여 꽃물을 들이는 사이에 그녀들의 꽃다운 마음씨가 배어 나온 듯. 아마도 그래서 손톱에 꽃물을 들이는 풍습이 손쉽게 칠하거나 붙일 수 있는 손톱 물감이나 장식이 흔한 세상에도 남았을 터였다.

호박벌 한 마리가 장독대 곁 돌담 아래에 늘어선 봉숭아들 사이에서 붕붕거리고 있었다. 돌담 위에 앉은 잠자리의 날개에 떨어지는 마지막 햇살이 눈부신 조각들로 부서지고 있었다. 그 너머로 이웃집 저녁연기가 조용히 오르고 있었다. 산골짜기 마을의 잦아진 저녁 풍경이 힘든 일과를 마치고 나른해진 그의 몸속에 깃든 마음을 보드랍게 쓰다듬었다.

두 손으로 봉선이의 손을 잡고 부드럽게 쓰다듬으면서, 그는 아이들을 돌아다보았다. "봉선 아씨. 춘심 아씨."

"녜, 스승님?" 봉선이가 냉큼 대꾸하고서 그의 얼굴을 살폈다.

춘심이는 손으로 입을 막고 낄낄거렸다. 그가 자기를 '아씨'라고 부르는 것이 어색하게 느껴지는 모양이었다.

"뎌긔 봉선화애 얽힌 녯날녜아기 하나히 이시나이다." 봉선이의 마음을 먹을 것 생각에서 돌리려는 것이었다.

녀석들의 눈빛이 이내 초롱초롱해졌다.

"스승님, 녯날녜아기랄 하여주쇼셔." 그의 옆구리에 어깨를 기대면서, 봉선이가 응석을 부렸다.

"아, 됴하라." 춘심이가 두 손을 마주잡으면서 소리쳤다.

"녯날……" 녀석들이 알아들을 수 있는 말들을 고르려니, 얘기가 선뜻 이어지지 않았다. 21세기 말들을 16세기 말들로 바꾸는 일만도 어려운 판이었다.

"녯날 우리나라히 고려라 하얐알 적이었나이다." 그는 아이들이 말뜻을 알아들었나 살폈다.

녀석들이 열심히 고개를 끄덕였다.

"그때난 우리나라히 몽골이라난 나라화 싸홈알 하얐나이다. 몽골안 우리나라도곤 힘이 센 나라히라, 우리나라가 그만 싸홈애 뎠나이다. 그러하야셔, 우리나라난 그 몽골의……" 그는 잠깐 머뭇거렸다. '지배를 받았나이다'라는 말을 아이들이 알아들을 수 있는 말로 바꾸는 것이 좀 까다로웠다. 돌담 위에 잔잔히 고인 저녁 하늘을 올려다보며, 그는 천천히 말을 골랐다. "우리나라난 몽골의 말알 들어야 다외얏나이다."

그와 눈길이 마주치자, 녀석들이 열심히 고개를 끄덕였다. 뒤쪽에서 툭 하는 소리가 났다. '감나무 밑에 가서 홍시 떨어지기를 바란다'는 21세기에서는 생기를 잃은 속담이 생생한 모습으로 그의 마음을 스쳤다.

"몽골 사람달한 우리 님굼을 저희 겨집과 혼인하도록 하얏나이다. 그러하야셔 몽골 겨집이 우리 고려 나라희 왕비 다외얏나이다. 왕비난 님굼의 안해이니이다. 아시겠나니잇가?"

녀석들은 열심히 고개를 끄덕였다. 그러나 눈을 연신 깜박거리면서 바삐 생각하는 품으로 보아, 봉선이는 그의 이야기를 따라가기가 쉽지 않는 눈치였다.

"몽골 겨집을 안해로 맞아들였디만, 우리 님굼은 우리 겨집 하나랄 더 사랑하얏나이다. 몽골애셔 온 왕비난 님굼이 다란 겨집을 사랑하난 것을 알고셔 셩이 났나이다. 왕비난 몽골 사람달해게 말하야 님굼을 몽골로 잡아가게 하얏나이다."

"스승님, 왕비난 낟반 겨집이니잇가?" 츈심이가 물었다.

그는 잠시 머뭇거렸다. 충선왕(忠宣王)이나 충선왕비 계국대장공주(薊國大長公主)를 그런 각도에서 살핀 적은 없었다. 그의 얼굴에 미소가 천천히 퍼졌다. 무슨 얘기를 들을 때, 먼저 좋은 사람과 나쁜 사람으로 나누고 싶어 하는 것은 어느 세상의 아이들이나 같은 모양이었다. 그리고 이런 자리에선 선악을 명확히 구분하는 것이 필요했다. "녜. 몽골애셔 온 왕비난 낟반 사람이었나이다."

안심하는 얼굴로 고개를 끄덕이고서, 츈심이는 속만 남은 감을 던져버렸다.

봉선이가 감에 마음을 쓰지 않게 되어서, 그는 마음이 좀 놓였다. 아이들이 이야기를 제법 따라오는 것이 대견하기도 했다. 그러나 마음 한구석엔 개운치 않은 맛이 남았다. 전에도 그는 충선왕비를 나쁜 여자라고 생각하지는 않았었다. 지금 춘심이의 물음을 받고 보니, 그녀의 처지가 무척 어려웠으리라는 것이 또렷해졌다. 그녀의 행동을 남편의 사랑을 받지 못한 여인의 복수만으로 보기에는 그녀와 충선왕 사이의 관계가 너무 복잡했다. 근본적으로 그녀는 자신을 낳고 길러준 원 제국과 그 제국의 압제로부터 조금이라도 벗어나려는 고려 조정 사이에 끼인 것이었다. 두 세상 사이에서 어려운 선택을 해야 했던 그로서는 비슷한 처지에 놓였던 그녀에게 적잖은 동정을 품을 수밖에 없었다.

"몽골의 셔울로 잡혀간 우리 님굼은 언제나 집이 보고져 식브었나이다. 하로밤안 님굼이 꿈을 꾸었나이다. 그 꿈속애셔 겨집아해 하나히 님굼을 위하야 가얏고랄 타난듸…… 봉선 아씨, 가얏고이 므슥인디 아시나니잇가?"

열심히 고개를 끄덕이던 두 아이들이 서로 쳐다보면서 수줍은 웃음을 지었다.

"모라나이다." 발그스레해진 얼굴을 숙이면서, 봉선이가 고백했다.

"가얏고난 이리 길즉하게 삼겼는듸, 손아로 줄을 뜯어 소래랄 내난 악긔니이다." 그는 줄을 뜯는 시늉을 해보였다. "가얏고난 줄이 열두 줄이니이다."

녀석들은 알아들은 것처럼 고개를 끄덕였으나, 눈치를 보니, 제대로 알아들은 것 같지는 않았다. 하긴 가얏고를 본 적이 없는 아이들에겐 긴 설명이 오히려 이야기를 따라가는 데 방해가 될 수도 있었다.

'엇디 다외얏든, 님굼이 겨집아해 하나히 자갸랄 위하야 가얏고랄 타난 꿈을 꾸었나이다. 님굼이 자셔히 살펴보니, 그 겨집아해가 줄을 뜯을 때마다 손가락애셔 피가 똑똑 떨어디고 이셨나이다. 님굼은 놀라셔 꿈애셔 깨았나이다. 이튿날 아참애 님굼이 자갸이 다리고 이시난 궁녀들홀…… 궁녀들혼 님굼과 함끠 사난 겨집들히니이다. 궁녀들홀 모다 오라 하야 살펴보았더니, 열 손가락애 헝것을 동힌 눈먼 겨집아해 하나히 이셨나이다."

녀석들은 이야기에 폭 빠진 얼굴들로 그를 올려다보고 있었다. 그의 눈길이 좀 오래 머물자, 봉선이가 배시시 웃었다.

"그러하야셔 님굼이 물었나이다, '너는 뉘냐?' 그 겨집아해가 대답하기랄, '쇼녀는 고려에셔 온 공녀이니이다.' 공녀는 몽골 사람달히 억지로 뽑아셔 자갸 나라로 다려간 우리나라 겨집아해달할 말하나이다."

안채 모퉁이를 돌아서 봉슈가 뛰어왔다. "스승님."

"녜. 봉슈 도령님, 어셔 오쇼셔."

"이리 앉거라." 봉선이가 뒤로 물러나면서 동생을 앞에 앉혔다. "스승님끠셔 아조 맛있난 녯날녜아기랄 하시니, 너 가만히 이셔야 한다."

봉슈가 열심히 고개를 끄덕이면서 기대에 찬 눈길로 그를 올려다보았다.

"님굼이 다시 물었나이다. '눈은 엇디 멀었느뇨?' 그 겨집아해가 대답하기랄, '소녀가 집을 그려 너모 울어서 눈이 멀었나이다.'" 아이들이 이야기의 뜻을 음미할 시간을 준 다음, 그는 말을 이었다. "님굼은 그 겨집아해가 참아로 어엿벗나이다. 그리할 수만 있다면, 그 겨집아해랄 고려로 돌려보내고져 식브었나이다. 그러나 님굼은 그리 할 수 없었나이다."

"웨요?" 츈심이가 물었다.

"으음……" 막상 받고 보니, 대답이 쉽게 나오지 않는 물음이었다. "님굼도 몽골 사람달해게 잡혀 왔나이다. 그러하야서 아모 힘도 없었나이다."

"아, 그러하고나." 녀석이 고개를 끄덕였다.

"'아, 그러하고나.' 님굼은 한숨을 디혔나이다. 그리고 다시 물었나이다, '그러나한듸, 손가락애난 엇디 헝것을 동혔느뇨?' 나이 앗가 녜아기하얐나이다, 그 겨집아해가 열 손가락알 모도 헝것으로 동혔다고?"

봉션이와 츈심이가 고개를 끄덕였다. 제 누나를 살피더니, 봉슈 녀석도 따라서 고개를 끄덕였다.

"그 겨집아해가 말하얐나이다, '손톱애 봉선화 믈을 들이려 동혔나이다.' 님굼이 고개랄 끄덕이자, 그 겨집아해가 말하얐나이다, '쇼녀의 아비난 님굼님을 섬긴 사람이라 하야 님굼님끠셔 이리로 오신 뒤에 쫓겨나고, 쇼녀는 공녀로 뽑혀 왔압나니이다.' 자갸랄 섬기다 쫓겨난 사람달할 생각하자, 님굼은 슬퍼뎠나이다."

부엌에서 나온 봉선이 어머니가 그들을 보더니, 가벼운 웃음을 얼굴에 띠었다. 그와 눈길이 마주치자, 그녀가 이내 눈길을 돌렸다.

다시 눈길이 마주쳤다. 그녀에게 가볍게 목례한 다음, 그는 이야기를 이었다, "그러자, 그 겨집아해 말하얐나이다, '님굼님, 쇼녀에게 님굼님끠 바티려 오래 익힌 놀애 하나히 이시니이다. 쇼녀의 놀애랄 한번 들어주쇼셔.'"

발그스레해진 얼굴을 황급히 돌리면서 장독대로 올라가는 봉선이 어머니의 모습이 그의 망막에 오래 남았다. 그녀는 그에게 자꾸 누이처럼 느껴졌다. 그녀는 그의 누이와 나이가 비슷했다. 그러나 그녀가 누이처럼 느껴지는 것은 그녀가 어쩐지 '현대적'인 분위기를 지녔다는 점 때문인 듯했다. 아주 거친 환경 속에서 살았으므로, 이곳 사람들은 말씨나 행동이 현대 사람들보다 훨씬 거칠었다. 늘 힘든 일들을 하고 갖가지 병들에 시달리는 터라, 큰 고통도 별 불평 없이 견뎠고 다른 사람들이 겪는 고통에 대해서도 현대 사람들에겐 이상하게 느껴질 만큼 무심했다. 그런 사람들 사이에서 그녀는 마음씨와 말씨가 보드라웠고 섬세했다. 몸매와 얼굴도 산골의 농부(農婦)에겐 어울리지 않을 만큼 곱고 가날팠다.

까닭 모를 서글픔과 허전함이 갑자기 가슴속으로 스미는 것을 느끼면서, 그는 이야기를 이었다, "그러하야셔 님굼은 가얏고랄 가져오개 하얐나이다. 그 겨집아해가 가얏고랄 타면셔 놀애랄 불렀난듸, 그 노래난 님굼님이 다시 고려로 돌아가셔셔 님굼님이 다외샤 나라랄 잘 다살이시리라난 놀애였나이다. 아조 묘한 노래여셔, 님굼은 깃브었나이다."

봉선이 어머니가 종지에 무엇을 떠가지고 부엌으로 들어갔다. 돌담 너머에서 집으로 돌아가는 소의 긴 울음이 들려왔다.

"그 뒤헤 님굼은 참아로 고려로 돌아와셔 다시 님굼이 다외얏나이다. 하로난 님굼이 문득 공녀로 몽골애 뽑혀간 그 겨집아해 생각이 났나이다. 그러하야셔 몽골의 셔울헤 가셔 그 겨집아해랄 찾아오도록 하얏나이다. 그러나 사람이 몽골의 셔울헤 가보니, 그 겨집아해난 이믜 죽고 없었나이다."

어느 사이엔가 두 계집아이들은 눈물을 흘리고 있었다. 열 살도 안 된 아이들에겐 좀 어려운 이야기일 터인데, 그래도 이야기에 밴 슬픔이 녀석들 마음속으로 스며들어온 모양이었다. 봉슈 녀석만 재미있다는 얼굴로 그를 올려다보고 있었다.

문득 가슴이 저릿해왔다. 집안은 몰락하고 자신은 공녀로 뽑혀 낯선 나라로 붙잡혀 온 소녀의 모습이, 고향이 그리워서 울다가 눈이 멀고서도 먼 고국의 풍습대로 손톱에 꽃물을 들이는 소녀의 모습이, 눈앞에 떠올랐다. '충선왕이 마침내 운세가 돌아 고국으로 돌아갈 때, 그 행렬에 끼지 못했던, 눈먼 소녀는 마음이 어떠했을까?'

가라앉은 목청으로 그는 이야기를 서둘러 마쳤다. "님굼은 그 겨집아해랄 그리는 뜻에서 궁궐 뜰헤 봉선화랄 많이 심도록 하얏나이다. 그때까장안 우리나라해셔는 봉선화랄 많이 심디 아니 하얏난듸, 님굼이 궁궐 뜰헤 봉선화랄 많이 심도록 한 뒤로 사람달히 봉선화랄 많이 심게 다외얏나이다."

봉선이가 훌쩍거렸다. 봉슈가 놀란 얼굴로 누나를 돌아다보았다.

그는 양말을 신고 살그머니 일어났다. 장독대 곁에 선 봉숭아들은 이미 전성기를 넘겨 좀 추레한 모습이었다. 호박벌은 날아갔는지 보이지 않고, 분홍 꽃잎들만 파란 이끼 돋은 땅 위에 흐드러지게 널려 있었다.

13

성가시게 달려드는 파리를 쫓고서, 언오는 좀 무료한 마음으로 방 안을 둘러보았다. 주인을 닮아서, 이 방은 언제나 깔끔했다. 구화실에 사는 소작인의 병에 관하여 리산구와 상의할 일이 있어서 들렀는데, 리는 위슈골에 가고 없었다. 곧 돌아오리라는 얘기여서, 주인 없는 사랑에 들어와 기다리는 참이었다.

밖에서 헛기침 소리가 났다. 돌아다보니, 귀금이가 마루에 조그만 소반을 내려놓았다. 흘긋 방 안을 쳐다보더니, 댓돌을 딛고 사뿐히 마루로 올라섰다.

소반을 든 채 어깨로 발을 들치면서 방 안으로 들어선 그녀를 맞아, 그는 자리에서 급히 일어섰다. 그러나 상을 받아 들기도 좀 뭣해서, 엉거주춤 서 있었다.

귀금이는, 그가 처음 한산댁 작은집에 들어섰을 때, 짖는 개를 꾸짖던 소녀였다. 리산구의 계수 홍쥬댁을 따라온 몸종이라고 했다. 몸집은 작았으나, 보기보다는 나이가 들어서, 열다섯 살이었다. 그는 물론 그녀가 어리고 신분이 낮다고 해서 하대하지 않았지만, 그가 다른 사람들을 대할 때처럼 그녀를 공손히 대하면, 그녀가 오히려 당황해하곤 해서, 그로선 그녀를 대하기가 좀 어색했다.

그녀가 소반을 내려놓았다. 무릎 꿇고 소반을 바로 해서 조심스럽게 그의 앞으로 밀어놓으면서, 그를 홀긋 올려다보았다. "스승님, 수정과랄 드쇼셔." 그녀 말씨에 여느 때보다 좀 짙은 물기가 어렸다.

"녜. 감샤하압나니이다." 그는 상 앞에 앉았다.

"더 드시고져 식브시면, 스승님, 쇼녀를 브르쇼셔."

그녀의 물기 어린 목소리가 그의 귀에 간지럽게 닿았다. 그래서 그런지 '더 드시고 식브시면'에보다는 '소녀를'에 힘이 들어간 것처럼 들렸다.

눈길이 다시 마주치자, 문득 그의 마음이 달떴다. 가까이 보니, 그녀는 살결이 뜻밖으로 고왔다. 험한 일들을 하는 처지에서도 몸을 잘 가꾼다는 얘기였다.

"녜." 싱긋 웃으면서, 그는 덧붙였다, "더 먹고져 식브면, 나이 다란 사람알 브르디 아니하고 귀금 아씨랄 브르겠나이다."

수줍은 웃음을 지으면서, 그녀가 몸을 살짝 틀었다. 그러나 전처럼 아씨라고 부르지 말라는 말은 하지 않았다.

그는 숟가락을 들어 수정과를 떴다. "어, 싀훤하다."

그녀 얼굴이 환해졌다. "그러하시면, 스승님, 쳔쳔이 드쇼셔." 그녀가 사뿐히 일어섰다.

그녀는 몸이 날래고 모든 몸짓이 자연스러웠다. 첫 대면에서 그녀가 남긴 인상도 바로 그 점이었다. 리산구의 아우 리산응을 처음 진찰하면서, 그가 방문에 걸린 발을 내려달라고 밖에 선 사람들에게 부탁하자, 그녀가 날렵하게 마루 위로 올라와서 발을 내렸었다.

"네." 그의 눈길이 저절로 그녀를 따라갔다.

발을 들치고 뒷걸음으로 방을 나서면서, 그녀가 그를 흘긋 쳐다보더니 고개를 숙였다.

그녀 눈길이 자신의 얼굴에 좀 오래 머물렀다는 느낌과 수줍음으로 발그스름해진 얼굴이 곱다는 생각이 그의 마음 한구석에 파릇한 물결을 일으켰다. 그는 이내 고개를 저었다. '귀금이가 아직 어리기도 하지만, 언제 배낭 메고 급히 떠날지 모르는 내 처지에서……'

그는 다시 숟가락을 집었다. 여러 감정들이 뒤섞여 들끓는 마음을 시원한 수정과 국물로 가라앉히려는 것처럼, 그는 거푸 국물을 마셨다. 그러나 귀금이의 모습이 자꾸 눈앞에 어른거렸다. '이러다가 내가 실수를 하는 것은 아닌지……'

곶감 한 개를 입에 넣고 우물거리면서, 그는 무심한 눈길로 방 안을 둘러보았다. 윗목에 놓인 아담한 책상 위에 책이 한 권 펼쳐져 있었다. 그 옆 조그만 탁자 위에 뚜껑이 있는 둥그스름한 벼루가 담긴 함이 놓여 있었다. 뒤쪽 벽에는 문갑과 책장이 나란히 놓여 있었는데, 그 위에 책들이 꽂혀 있었다.

'무슨 책들인가?' 가벼운 호기심에서 그는 무릎걸음으로 책상 앞으로 다가갔다. 겉장을 보니 '맹자집주(孟子集註)'라 씌어 있었

다. '『맹자집주』라. 맹자 말씀을 해설한 책이구나.'

그는 문갑과 책장의 책들을 살폈다. 모두 대를 물린 듯 손때가 묻은 책들이었다. 그동안 이 방엔 주인을 따라 여러 번 들어왔었지만, 방 안에 있는 물건들에 관심을 가졌던 적은 없었다.

그는 책장 앞으로 다가가서 책들을 몇 권 뽑아보았다. '논어(論語)' '대학(大學)' '좌전(左傳)'과 같은 제목들을 달고 있었다.

'모두 딱딱한 책들뿐이구나.' 그는 좀 아쉬운 마음으로 입맛을 다셨다. '소설책은 없나? 『홍길동전』이 광해군(光海君) 치세에 나왔으니, 아직 조선 소설은 없겠지만, 『삼국지』나 『수호전』과 같은 중국 고전들은 한두 권 있을 법도 한데……'

그는 일어서다가 다시 앉아 문갑의 책들을 살폈다. 역시 한문으로 된 경서들이었다.

"내가 볼 만한 책은 없구나." 아쉽게 중얼거리면서, 그는 맨 가에 꽂힌 책을 반만 뽑아 제목을 살폈다. '훈몽자회전(訓蒙字會全)'이란 글자들이 눈에 들어오면서, 그의 가슴이 쿵 하고 뛰었다.

'『훈몽자회』라. 보자, 어떻게 생긴 책인가.' 그는 책을 꺼내 들고 급한 손길로 책장을 넘겨 본문을 찾았다.

본문 첫 장의 맨 오른쪽 줄에는 '훈몽자회 상(訓蒙字會上)'이라 씌어 있었다. 상권인 모양이었다. 다음 줄에는 '天 하날텬'이라 나왔고 이어 '도상좌 일월우선(道尙左 日月右旋)'이라는 주석이 붙어 있었다. '도상좌 일월우선이라. 하늘의 도리는 왼쪽을 높이고 해와 달은 오른쪽으로 돈다. 그런 뜻인가?'

그는 다음 글자들을 몇 개 훑어보았다. '地 따디' '霄 하날쇼' '壤

따양'과 같은 글자들이 한문 주석들을 달고 나왔다.

가슴속에서 솟는 흥분의 물살을 누르면서, 그는 책상 앞으로 돌아와서 왕골 방석 위에 바로 앉았다. 잡히는 대로 책의 한가운데를 펴니, 맨 오른쪽 줄에 '훈몽자회 중(訓蒙字會中)'이라 씌어 있었다. 다음 줄에 '皇 님굼황' '帝 님굼뎨' '君 님굼군'과 같은 글자들이 나와 있었고 위쪽 여백엔 '인류(人類)'라 씌어 있었다.

'아, 인류란 말이 전부터 있었구나. 일본 사람들이 개화기에 만든 걸 우리가 받아들인 게 아니고.'

현대 조선 사람들이 일상적으로 쓰는 추상적 낱말들은, '현대'와 '추상'을 포함해서, 거의 다 근대 일본 사람들이 만들어낸 것들이었다. "조선은 민주공화국이다"라는 헌법의 첫 조문에서부터 '민주'와 '공화국'이란 번역어들이 나왔다. '헌법'이란 말 자체가 원래 동양에선 존재하지 않았던 개념을 일본 사람들이 어렵사리 번역해놓은 것이었다. 일본 사람들이 서양 문명에서 나온 개념들을 번역한 한자어들을 쓰지 않고서는, 조선의 누구도 제대로 생각하거나 얘기할 수 없었다. 그래서 어떤 추상적 한자어가 원래 동양에서 쓰였다는 것을 알게 되면, 신기한 느낌이 들곤 했다.

'어쨌든, 여기서 훈몽자회를 찾을 줄은……' 고개를 저으면서, 그는 새삼스러운 눈길로 방 안을 둘러보았다. 눈에 뜨이는 책들은 그리 많지 않았다. 모두 그다지 두껍지 않은 책들이었는데, 다 합쳐도 6, 70권밖에 되지 않을 듯했다. 그런 책들 속에 『훈몽자회』가 있다는 사실이 신기해서, 그는 흐뭇한 웃음을 지었다. '하긴 이십일 세기 기준으로 봤을 때 적다는 얘기지. 이 세상에서 적다고 할

수도 없겠지.'

그는 마음을 좀 가라앉히고 책을 찬찬히 살피기 시작했다. 세로가 30센티미터쯤 되고 가로가 20센티미터쯤 되며 두께는 1센티미터가 좀 못 되는 책이었는데, 붉은 실로 다섯 군데를 꿰어 맵시 있게 엮어놓았다. 겉장 안쪽에 '례산현(禮山縣) 한산인(韓山人) 리희명(李希明)'이라 붓으로 씌어 있었다. 달필이었다.

'한산 리씨 집안이라고 했지.' 그는 고개를 끄덕였다. '리희명이라. 긔훈이 할아버지가 쓰던 책인가? 공부를 많이 한 사람의 글씬데.'

다음 장엔 '훈몽자회 인(訓蒙字會引)'이란 글이 나왔다. 서문인 듯했다. 그 글의 맨 뒤를 보니, '가정(嘉靖) 육 년 사월 일(六年四月日) 절충장군(折衝將軍) 행 충무위 부호군(行忠武衛副護軍) 신 최세진(臣崔世珍) 근제(謹題)'라 씌어 있었다. '신'과 '세진'은 다른 글자들보다 좀 작았다. 글자들이 상당히 작고 정교한 것으로 보아, 금속 활자로 박은 듯했다.

이어 '범례(凡例)'가 나왔다. 한문으로 된 글을 꼼꼼히 읽을 계제는 아니어서, 그는 대충 훑어보았다. 장을 넘기니, 한글 자모가 눈에 들어왔다.

ㄱ 其役
ㄴ 尼隱
ㄷ 池末
ㄹ 梨乙

ㅁ 眉音

ㅂ 非邑

ㅅ 時衣

ㅇ 異凝

'바로 여기로구나, 한글 자모의 이름이 처음 나왔다는 곳이.' 반
갑게 고개를 끄덕이면서, 그는 소리 내어 읽어보았다, "기역. 니
은. 디……"

'末' 자는 동그라미 속에 들어 있었다. 그는 이내 알아차렸다, 동
그라미가 훈을 취하라는 표시임을. 그래서 '末'은 '끝'으로 읽힐 터
였고, '池末'은 '디귿'을 가리킬 터였다. 동그라미 속에 든 '衣'도
'옷'으로 읽힐 터였고, 자연히, '時衣'는 '시옷'을 가리킬 터였다.
그는 방금 읽은 줄 앞뒤를 살폈다. 앞줄엔 '초성종성통용팔자(初聲
終聲通用八字)'라 나와 있었고, 뒷줄엔 그가 짐작한 대로 훈을 따서
읽으라는 얘기가 나왔다.

'이 책을 제대로 공부하면, 한자도……' 고개를 들어, 보지 않는
눈으로 창호지를 깨끗이 바른 창을 바라다보면서, 그는 문득 부푸
는 마음으로 생각했다. '지금까진 한문을 쓰는 이곳에서 반문맹이
나 마찬가지였는데……'

그동안 이곳 사람들의 말씨를 열심히 배운 덕분에, 이제 그는 그
리 큰 어려움 없이 사람들과 얘기할 수 있었다. 처음엔 귀에 꽤 설
게 들렸던 이곳 사람들의 말씨도 자연스럽게 들렸다. 아직 모음
'아래아(˙)'나 '쟈, 챠, 쵸, 츄'와 같은 음들은 입에 좀 낯설었지

만, 귀에 설지는 않았다. '애, 에, 외'처럼 현대에선 단모음이 된 모음들을 '아이, 어이, 오이'로 발음하는 것도 자연스럽게 들렸고, 그 자신도 그렇게 발음하고 있었다. 그의 말씨는 아직 이곳 사람들에게 좀 이상하게 들리겠지만 크게 거슬리지는 않을 터였다. 게다가 『훈몽자회』를 공부하면, 아직 제대로 알지 못하는 한자음을 정확하게 낼 수 있을 터였다.

'이 책을 빌려서 열심히 읽으면⋯⋯' 마음이 달떠서, 그냥 자리에 앉아 있을 수가 없었다. 그는 책을 제자리에 놓아두고 일어섰다.

집 안엔 사람들이 모두 바삐 움직이고 있었다. 안마당 한쪽에서 흥두가 큰 떡메로 떡방아를 찧고 있었다. 내일이 추석이었다. 환한 얼굴과 들뜬 몸짓으로 푸짐하게 잔치 준비를 하는 사람들을 바라보다가, 그는 추석이 이 세상에선 뜻이 제대로 살아 있는 명절임을 새삼 깨달았다.

그에게 추석은 가족들이 한데 모이고 공원묘지나 납골당을 찾는 때였다. 다른 명절들과 특별히 다른 뜻은 없었다. 그러나 이곳 사람들에겐 추석은 한 해 농사가 무사히 끝난 것을 하늘에 감사하고 그동안 가꾼 것들을 즐기는 명절이었다. 더구나 올해는 농사가 정말로 무사히 끝난 것이었다. 다른 지방에선 어떤지 몰라도, 이곳 충청도에선 평년작은 되는 모양이었다.

'됴한드르 사람들도 지금쯤 떡방아를 찧고 있겠구나.' 젖먹이를 업고서 떡방아를 찧는 만석이 어머니의 모습이 떠올랐다. 가슴에 차오른 아릿한 감정의 물살이 다시 잦아질 때까지 그는 가만히 서 있었다.

그는 두려웠다. 됴한드르의 기억 밑에 있는 거대한 기억의 용암이 다시 뿜어 나오는 것이. 그가 버린 세상이 다시 그의 충성심을 요구하는 것이. 얼굴을 모르는 자신의 딸이 다시 눈앞에 떠오르는 것이.

한숨을 길게 내쉬고서, 그는 안채 마루에 앉아 오래간만에 활기찬 목소리로 얘기하면서 음식을 만드는 부인들을 이방인의 눈길로 바라보았다. 이제는 이 세상에 귀화했다고 여겼지만, 명절은 그가 언제까지나 이방인으로 남으리라는 것을 아프게 일깨워주었다.

부인들의 눈길을 끌지 않도록 조심하면서, 그는 신을 신고 안마당을 빠져나왔다. 바깥마당으로 나오자, 그는 가슴을 펴고 숨을 깊이 쉬었다. 문득 가슴이 가을걷이가 끝난 논처럼 비어갔다. 이어 검고 차가운 안개가 빈 논바닥을 덮었다. '그렇구나. 사람이 외롭고 고향이 그리우면, 정말로 죽을 수도 있구나. 연경(燕京)에 홀로 남은 그 눈먼 공녀처럼.'

14

"나오디 마쇼셔." 언오는 따라 나오려는 리산웅을 손짓으로 막았다. "쇼승 믈러가나이다. 몸됴리 잘하쇼셔."

"녜." 리가 멈추며 그를 따라서 합장했다. "스승님, 조심하셔셔 올아가쇼셔."

"녜." 뒷전에서 행주치마에 손을 묻고서 바라보는 행랑어멈 쟝쇠 어머니에게 고개 숙여 인사한 다음, 그는 가벼운 마음으로 문을 나섰다. 리산웅 부부는 순조롭게 회복되고 있었다. 그래서 그는 요사이는 이틀마다 들르고 있었다.

"스승님," 아우의 집에서 나오는 그를 보자, 돼지우리에 몸을 기대고서 안을 살피던 리산구가 몸을 바로 하며 말했다. "몬져 안아로 들어가쇼셔. 시방 암돝이⋯⋯" 리가 웃으면서 시끄러운 돼지우리를 가리켰다. 헌 옷을 입고 바짓가랑이와 소매를 걷어붙인 리에게선 기운이 넘쳤다. 리의 장딴지와 팔뚝은 양반답지 않게 굵고 억세어 보였다.

"아, 네." 돼지들이 흘레하는 것을 본 적이 없는 터라, 그로선 호기심이 작지 않았지만, 지켜보겠다고 나서기도 뭣한 일이어서, 그는 걸음을 다시 떼어놓았다. '고승이 되려면, 이럴 때 구경 좀 하겠다는 얘기가 자연스럽게 나와야 되는데……'

홍두가 막 열어놓은 왼쪽 우리의 문으로 검은 돼지가 소리를 지르면서 나왔다. 홍두가 낄낄대면서 회초리를 휘둘러 오른쪽 끝의 우리로 돼지를 몰았다.

욕정이 가리키는 곳을 머뭇거리지 않고 찾아가는 수퇘지의 확실한 몸짓이 그의 마음을 거세게 밀어붙였다. 그 기세에 밀려, 그의 마음이 초라한 몸짓으로 물러나다가 맥없이 주저앉았다. 자신의 삶에 든 도덕적 질량이 양복점 합성수지 인형의 그것으로 줄어드는 듯했다. 그는 고개를 숙이고 급히 마당을 가로질러 리의 집으로 향했다.

그가 안으로 들어서는데, 대문 바로 안쪽에 붙어 섰던 여인이 당황해서 한 걸음 물러났다. 그가 멈춰 서자, 그녀가 엉겁결에 합장하면서 고개를 숙였다. 귀금이었다. 돼지우리에서 벌어지는 일을 훔쳐보던 참인 듯했다.

그도 반사적으로 합장했다. "나무아미타불. 나무관세음보살." 염불은 자연스럽게 나왔지만, 어색할 수밖에 없는 자리여서, 그는 주먹으로 입을 가리고 헛기침을 했다.

귀금이가 고개를 들었다. 낯이 발그스름했다. 눈길이 마주치자, 그녀는 목까지 발개지면서 다시 고개를 숙였다.

속이 비고 물기가 마른 듯했던 그의 몸에 문득 묵직한 진액이 가득 찼다. 이어 배 속 깊은 곳에서 더운 기운이 솟았다. 그의 눈길이 짧은 치마 아래 드러난 그녀 다리로 끌렸다. 키가 갑자기 크는 바람에 몸에 맞지 않게 된 듯한, 바랜 검정 치마 때문에 더욱 눈길을 끄는 흰 종아리는 풋풋한 기운으로 찬 듯 통통했다.

자신의 몸에 닿는 그의 눈길이 따갑게 느껴지는 듯, 그녀가 한 손으로 저고리 깃을 여미면서, 다른 손으로는 치마를 쓰다듬어 내렸다. 손톱에 봉숭아물을 들인 그녀의 두 손이 가슴께에서 만났다.

그녀의 그런 몸짓에 그의 몸을 달구던 기운이 문득 뜨겁고 단단한 진액의 덩어리가 되어 불끈 치솟았다. 입안이 바싹 마르고 코에서 단내가 나는 듯했다. 빨리 이 자리에서 벗어나야 한다고 머리 뒤쪽에서 누가 외치는 소리가 아득히 들려왔다. 그러나 발은 그 자리에 붙었고 윗몸은 저절로 그녀에게로 쏠렸다.

귀금이가 다시 고개를 들었다. 다시 눈길이 마주쳤다. 이번에는 그녀도 고개를 숙이지 않고 그의 눈길을 받았다.

그는 그녀 눈 속에서 자신의 욕정만큼 크고 뜨거운 욕정의 물살이 일렁이는 것을 보았다. 그녀 눈은 바다였다. 사람들이 뒤늦게 만들어낸 관습이나 도덕 같은 것들로 갇히지 않고 아직은 타산이나 체면 같은 것들로 흐려지지 않은 원시의 바다였다. 그의 욕정을 자연스럽게 받아들일 만큼 품이 너그러운 바다가 뜨거운 몸을 일렁이면서 기다리고 있었다. 그 바다로 들어가 몸과 마음을 아주 잃어버리고 싶은 충동이 그의 몸을 가득 채웠다.

마지막 순간에 창백한 이성의 손길이 그를 붙잡았다. 그 마른 손길에 의지해서, 그는 가파른 욕정의 비탈길을 힘겹게 한 걸음씩 되짚어 올라왔다.

"나무아미타불," 신음에 가까운 염불이 입에서 나오면서, 비로소 땅에 붙었던 발이 풀렸다. 그를 측은히 여겨 늪에 빠지지 않도록 이끌어준 대자대비(大慈大悲)하신 보살에게 향하는 감사의 눈길로 그는 안채 지붕 너머 하늘을 우러렀다. "나무관셰음보살."

발을 들치고 사랑 안으로 들어서자, 그는 가쁜 숨을 몰아쉬면서 잠시 그대로 서 있었다. 가슴이 거세게 뛰고 귀가 윙윙거렸다. 마음은 아직 아득해서, 어떻게 배낭을 벗고 마루로 올라섰는지도 생각나지 않았다. 눈앞엔 귀금이의 모습만 어른거렸다. 키에 맞지 않는 치마로 깡총한 느낌을 주는 몸매와 검정 치마 아래 드러난 희고 통통한 종아리가 물이 오르는 봄날의 버들 줄기처럼 풋풋한 매력으로 그의 온몸을 끌어당겼다.

자신도 모르게 두 팔을 들어, 그는 눈앞의 환영을 껴안았다. 두 손이 마주치면서, 그는 정신을 차렸다. "이런…… 내가 지금……"

그는 숨을 깊이 쉬면서 마음을 가다듬었다. 그러고 보니, 땀을 많이 흘리고 있었다. 손등으로 이마의 땀을 훔치려다가, 아직 삿갓을 쓰고 있다는 것을 깨닫고, 그는 쓴웃음을 지었다.

'나무아미타불. 비록 얼치기지만, 불승 노릇을 하는 자에게 맞는 마음을 늘 지닐 수 있도록 도와주쇼셔. 나무관셰음보살,' 삿갓을 벗고 바르게 앉아서, 그는 간절한 마음으로 염불했다.

아프도록 단단히 뭉쳤던 욕정의 자줏빛 기둥이 풀어져 흩어지는 데는 한참 걸렸다. 한숨을 길게 내쉬면서, 그는 손수건으로 얼굴과 덜미의 땀을 훔쳤다.

문득 이번 일이 그냥 끝나지 않고 자신과 귀금이 사이의 관계를 깊게 할 것 같다는 생각이 들었다. 이제는 귀금이가 아주 가깝게 느껴졌다. 서로 마음을 읽어서 둘만이 공유하는 무엇이 생겼다는 사실이 둘 사이를 특별한 것으로 만든 듯했다.

그것만이 아니었다. 귀금이가 부끄러워하는 모습을 자신이 보았다는 사실도 있었다. 어쩌면 그것이 더 중요한지도 몰랐다. 어린 처녀가 감추고 싶어 하는 모습을 본 것은, 비록 본의는 아니었지만, 그녀의 마음이 입은 옷을 한 겹 벗겨낸 셈이었다. 그녀가 그렇게 들켜서 부끄러워하는 모습을 본 것은 옷을 한 겹 더 벗긴 셈이었다. 아마도 그렇기 때문에, 그녀가 부끄러워하는 모습을 보자, 그의 욕정이 세차게 솟구쳤을 터였다. 여인의 마음에 걸쳐진 옷을 벗기고 가려졌던 마음의 속살을 들여다보는 것이 때로는 큰 욕정을 불러올 수 있다는 사실을 그는 깨달았다.

그늘이 지지 않은 넋의 흰 젖가슴을 꽃물 고운 두 손으로 가리면서 수줍어하는 귀금이의 모습이 눈앞에 떠올랐다. '알몸을 보인, 아니, 알 마음을 보인 소녀와 그것을 본 사내 사이에 생겨나는 무엇이 그렇게도…… 사람이 이렇게 갑자기 반해버릴 수도 있는 것일까?' 무심히 대했던 소녀가 갑자기 소중해진 일이 신기해서, 그는 손을 마주 비볐다.

'문제는 귀금이가 아직 나이 어린 소녀라는 점인데……'

'나이 어린 소녀?' 이내 거센 반론이 나왔다. '그 나이 어린 소녀가 벌써 열다섯 살인데? 이곳에서 열다섯이면…… 당장 아까 들

른 병식이네만 해도 병식이 엄마가 열넷에 병식이를 낳았다고 하잖나?'

이미 기울기 시작한 마음을 떠밀면서, 그 목소리는 덧붙였다, '더구나 아무것도 모르는 소녀를 내가 먼저 유혹한 것도 아니고……' 이제 와서 생각해보니, 추석 전날 그가 혼자 앉아 있을 때 수정과를 들여놓고 나가며 귀금이가 그에게 던진 눈길에는 많은 뜻이 담겼었음이 분명했다. 실은 그 눈길에 담긴 귀금이의 마음을 그가 몰랐던 것이 아니라 애써 외면했던 것이었다.

'내가 귀금이를 데리고 산다면, 귀금이를 데리고 먼 곳으로 가서 산다면, 누가 뭐라고……' 뭐라고 할 수 있는 사람이 있다는 것이 뒤늦게 생각나서, 그는 앞으로 달려나가던 생각을 멈췄다.

'어쨌든, 내가 이대로 혼자 살면서 금욕하긴 어렵잖나? 내가 성인(聖人)도 아니고. 불승 행세를 하지만 수행하는 승려도 아니고.' 먼 세상의 아내보고 들으라는 듯, 그는 변명 비슷한 얘기를 했다. '내가 그럴 만한 위인도 못 되지만, 그럴 필요도 없잖나. 이미 시간 줄기에 충격을 줄 만큼 준 처지에서, 새삼스럽게 충격을 들먹일 필요도 없고……'

귀금이를 데리고 먼 곳으로 가서 오붓하게 살아가는 자신의 모습이 떠올랐다. 물론 불승 행세를 할 수는 없을 터였다. '아예 의원으로 변신하면……'

생각해볼수록 그럴듯한 얘기였다. 얼굴에 흐뭇한 웃음을 띠고서, 그는 고개를 끄덕였다. '서둘러 결론을 내릴 필요는 없으니, 귀금이 문제는 좀 차분히 생각해보자.'

한결 차분하고 가벼워진 마음으로 그는 일어섰다. 문갑에서『훈몽자회』를 뽑아 들고 돌아와서, 책상 앞에 앉았다. 책의 맨 앞에 나온 인(引)을 편 다음, 귀금이의 모습을 조심스럽게 마음 한쪽으로 옮겨놓고서, 글을 읽기 시작했다.

臣竊見世之教童幼學書之家必先千字次及類合然後始讀諸書矣……

여러 번 읽고 나니, 세상 사람들이 아이들을 가르칠 때, 먼저『천자문』과『유합(類合)』을 배우게 한 다음, 다른 책들을 읽도록 한다는 얘기인 것은 짐작할 수 있었다. 그러나 말들이 어떻게 얽어졌는지 그리고 어디서 끊어 읽어야 하는지 알기 어려웠다. 그는 한문 공부를 겸해서 찬찬히 읽어나갔다.

새된 돼지 소리가 들려왔다. 가까스로 책장에 모아졌던 마음이 이내 흩어졌다. "아직도 안 끝났나?"

다시 새된 소리가 났다. 누가 무어라고 외쳤다. 돼지들의 홀레는 이제 시작된 모양이었다.

그의 눈앞에 몸의 가장 깊은 곳에서 솟는 생명의 샘물이 가리키는 대로 망설임 없이 암컷의 몸을 덮는 수퇘지의 모습이 떠오르고, 이어 너그러운 품을 열고서 차분히 기다리는 소녀의 눈길로부터 정신없이 도망친 자신의 모습이 떠올랐다. 욕정에 취해 마음이 아득해졌을 때도, 마음 한구석에선 다른 사람들이 그런 자신의 모습을 볼지도 모른다는 두려움이 보채고 있었다. 지금 돌아다보니, 자신의 행동은 절제보다는 소심에 가까운 듯했다.

당당한 수퇘지와 비교되어 어쩔 수 없이 초라해진 자신의 모습을 마음에서 억지로 밀어내고, 그는 글에 마음을 모았다. 그러나 책은 잘 읽히지 않았다. 글이 워낙 어렵기도 했지만, 마음이 너무 들떠서, 글이 마음속으로 들어오지 않았다.

그가 가까스로 첫 장을 넘기고 어려운 문맥을 골똘히 살피는데, 밖에서 리산구가 홍두에게 나직이 무엇을 이르는 소리와 홍두가 대답하는 소리가 들렸다. 이어 리가 발을 들치고 들어왔다. 리는 어느새 새 옷으로 갈아입고 있었다.

궁금한 대로 돼지가 제대로 씨를 받았는지 물어보려다가, 그는 황급히 말을 되삼켰다. "쇼승이," 그는 읽던 책을 가리켰다. "말쌈도 드리디 아니 하고셔 책알 보고 이시나이다."

그동안 그와 리는 가까운 사이가 되어 있었다. 거의 날마다 만나다 보니, 자연스럽게 서로 잘 알게 되었는데, 두 사람의 뜻이 맞는 일들이 많았다. 리의 품성에서 특히 그의 마음을 끈 것은 실제적 성격이었다. 과거 공부를 하지 않았지만, 리는 자신을 선비라 여기는 듯했고 마을 사람들도 그렇게 대접해주는 모양이었다. 그러나 무위도식하는 양반의 전형과는 달리, 리는 무척 부지런했고 농사를 잘 알았다.

따지고 보면, 리의 집안이 대단한 것은 아니었다. 리의 증조부는 생원이었고, 례산 읍내에 있는 리의 큰집은 지금도 '리생원댁'이라 불린다고 했다. 리가 자기 집안 내력을 자세히 얘기한 적은 없었지만, 리의 할아버지는 과거에 붙지 못했고 아버지는 과거를 제대로 보지도 못하고 일찍 죽은 모양이었다. 리 자신은 과거를 볼 생각조차 하지 않은 듯했다. 시골에서 농사를 짓는 향반(鄕班)이 소과(小科)에라도 붙을 가능성은 크지 않을 터이니, 거기에서도 리의 품성이 드러났다고 할 수 있었다. 그래서 리가 이곳 사람들로부터 대접을 받는 것은 집안이 좋아서라기보다는 땅을 많이 가진 덕분인 듯했다.

하긴 삼대 전에 생원을 한 향반도 대지동면에선 지체가 높았다. 리의 얘기에 따르면, 대지동면이 전조(前朝)엔, 즉 고려 때엔, 립석쇼(立石所)라 불렸다. 숯을 구워서 나라에 바치는 탄쇼(炭所)였다고 했다. 자연히 대지동면에 사는 사람들 가운데 많은 이들이 천민으로 분류될 터였다.

리도 그를 점점 좋아하고 높이 여기는 눈치였다. 처음엔 자신보다 신분이 낮은 불승인 그를 좀 낮춰보는 듯도 했으나, 요사이는 그를 숨어 사는 이인(異人)으로 여기는 듯했고 그의 얘기를 귀담아들었다. 특히 의술과 위생에 관한 그의 얘기는 그대로 따랐다.

"아, 네. 스승님끠셔 보실 만한 책이 이시니잇가?" 리가 무슨 책인가 흘긋 넘겨다보았다. "한아바님끠셔 쓰시던 책인듸……"

"아, 그러하나니잇가?" 그는 책상 앞에서 물러나 리와 마주앉았다. "긔훈이 아버님, 아아님끠셔는 이제 다 나아샀나이다."

"아, 네. 스승님, 참아로 감샤하압나니이다."

"나이 한 일은 별로 없나이다. 아아님 병이야 읍내 의원이 됴한 약알 써셔……"

"그러하야도 스승님끠셔……"

"뎌긔…… 아아님 병은 다 나았디마난, 믈이나 음식은 찬 바람이 날 때까장안 꼭 끓여서 먹어야 하나이다."

"녜, 스승님. 집 사람달해게 단단이 일러놓겠나이다." 리가 자세를 바꾸어 앉았다. "그리하고, 스승님, 나이 시방 읍내 큰댁애 나가 보려 하나이다."

"아, 그러하시나니잇가?" 그러고 보니, 아까 밖에서 누가 찾아온 듯한 소리가 들렸던 것이 생각났다. "앗가 뉘 찾아온 닷하더니……"

"녜. 아산애 사시난 당숙끠셔 시방 큰댁애 겨시다난 긔별이 왔나이다. 얼머 젼에 아산현감끠셔 돌아가샸난듸……"

그의 가슴이 한 번 거르고 뛰었다. 자신도 모르게 리에게 다가앉으면서, 그는 리의 얼굴을 바로 쳐다보았다.

"……쟝디 보령(保寧)이라, 거긔 가샸다 돌아오시난 길헤, 들러셨다 하더이다."

그는 애써 얼굴에서 표정을 지우고 차분한 목소리를 냈다. "아산현감끠셔 돌아가샸나니잇가?"

"녜. 그러하다 하더이다."

"아산현감이 뉘셨던가?" 두근거리는 가슴을 가까스로 누르면서, 그는 짐짓 혼잣소리처럼 흘렸다.

"토졍 션생이샸나이다. 우리와 갇한 한산 리씨로 지 자, 함 자랄 쓰신 얼우신이샸나이다."

"아, 토졍 션생. 이름 높아신 토졍 션생끠셔……" 말씨를 차분하게 하려 애썼지만, 목소리가 떨려 나왔다. 한참 고개를 끄덕이다가, 그는 마음을 가다듬고 다시 물었다, "토졍 션생끠셔 언제 돌아가샸다 하더니잇가?"

리가 무릎걸음으로 방문 앞으로 가더니, 발을 들치고 고개를 밖으로 내밀었다. "셕 셔방."

"녜, 맛님," 낯선 목소리가 대꾸했다.

"아산현감끠셔 언제 돌아가샸다 하던가?"

맨상투 바람의 사내가 급히 토방 위로 올라서더니 두 손을 앞으로 모았다. 셕 셔방은 한산댁 큰집에서 행랑아범으로 부리는 마흔 줄 사내로, 언오도 전에 한 번 본 적이 있었다. "디난달⋯⋯" 셕 셔방이 잠시 기억을 더듬더니 자신 없는 목소리로 대답했다, "열이레라 하시난 것 같았압나니이다."

'지난달 열이레? 오늘이 스무여드레니⋯⋯'

리가 돌아다보았다. "스승님, 디난달 열이렛날애 돌아가신 닷하다 하니이다."

"아, 녜. 어드리 갑작도이⋯⋯" 토졍 션생의 죽음에 관해서 그가 큰 호기심을 보이는 것이 이상하게 비칠까 걱정이 되어서, 그는 잠시 머뭇거렸다. "므슴 일로 돌아가샸다 하나니잇가?"

리가 다시 밖을 내다보았다. "셕 셔방, 아산현감끠션 므슴 일로 돌아가샸다 하던가?"

"아산 얼우신끠셔는 별 말쌈이⋯⋯" 셕 셔방이 잠시 눈을 내리뜨고 생각했다. "아, 참. 맛님, 뎌긔⋯⋯ 편안히 임죵하샸다 하샸압나니이다."

"편안히 임죵하샸다 하나이다," 리가 옮겼다.

"돌아가실 줄 미리 아시고셔 젼날 유언까장 하샸다고……" 셕셔방이 스스로 덧붙였다.

"아, 녜. 보령이 쟝디라 하샸나니잇가?"

"녜. 그러하다 하더이다."

'보령이 장지라……' 그는 잠자코 고개를 끄덕였다. 토졍 선생의 묘가 보령에 있다는 얘기는 그도 어디에선가 읽었던 것 같았다. 정황으로 미루어, 얼마 전에 토졍 선생이 죽은 것은 틀림없는 듯했다.

그는 나오는 한숨을 죽여서 조용히 내쉬었다. 가슴이 울렁이면서 마음이 부풀어 오르는 듯했다. 눈앞을 가로막았던 무엇이 스러지면서, 아득한 지평을 가진 벌판이 나타났다. 이제 토졍 선생의 추격을 받지 않게 된 것이었다. 아울러 토졍 선생이 먼 미래에서 그를 암살하려고 찾아온 시간 순찰 요원이 아니라는 것도 확인된 셈이었다.

'아니지.' 그는 이내 고개를 흔들었다. '아주 확인된 것은 아니지. 거의 확인된 셈이라고 봐야지.'

토졍 선생이 그냥 죽었다는 사실이 토졍 선생이 시간 순찰 요원이 아님을 증명한 것은 아니었다. 그럴 가능성을 많이 줄였을 따름이었다. 그가 아주 안심해도 좋은 것은 아니었다. 시간여행이 발명된 뒤로는, 이 세상에서나 저 세상에서나 절대적으로 확실한 것도 안전한 것도 없었다. 만일 토졍 선생이 시간 순찰 요원이었다면, 토졍 선생이 그를 암살하는 임무를 수행하지 못했다는 소식이 닿자마자, 토졍 선생을 보냈던 미래의 세상은 다른 방책을 마련할 터였다. 이미 다른 요원이 이곳에 닿았는지도 몰랐다.

'그렇다면, 내가 이젠 다른 시간 순찰 요원들을 상대해야 된다는 얘긴가? 끊임없이? 나 혼자서? 거대한 미래 세상에 대항해서?' 갑자기 맥이 풀려서, 그는 소리 내어 한숨을 쉬었다.

리의 놀라는 얼굴이 눈에 들어오면서, 그는 정신을 차렸다. 그는 이상스럽게 보일 자신의 행동을 서둘러 감쌌다. "아조 고명하신 얼우신이셨는듸, 이리 갑작도이……"

"녜." 리가 고개를 끄덕였다. "덕이 아조 높아신 얼우신이셨는 듸……"

"그러하시면, 시방 읍내로 나가셔야……?"

"녜. 셕 셔방하고 함끠 나갔다……"

"그러하면, 잘 다녀오쇼셔. 아, 참. 쇼승이 뎌 책알 보고져 식브나이다." 그는 책상 위에 놓인 『훈몽자회』를 가리켰다. "시방 아니 보시면, 쇼승이 며츨……"

"그리하쇼셔." 얼굴에 가벼운 웃음을 띠면서, 리가 고개를 끄덕였다. "나난 당쟝 쇼용이 없으니, 스승님끠셔 쳔쳔이 넓으쇼셔."

"감샤하압나니이다. 며츨만 보면, 다월 닷하나이다." 그는 그 책을 집어 들고 일어섰다. "그러하시면, 쇼승도 병자달할 살피러 가 보겠나이다."

그들은 함께 일어나서 마루로 나왔다. 안마당 가득한 가을 햇살이 밝고 맑았다. 고추잠자리 댓 마리가 멍석이 널린 안마당 위로 한가롭게 날았다. 온 세상이 평화스럽게 느껴졌다.

책을 배낭 안에 넣는데, 밝은 생각 하나가 떠올랐다. '그렇지 않을 수도 있지. 만일 내가 정말로 시간 줄기에 큰 충격을 주어

서……'

만일 그가 정말로 역사를 크게 바꾸는 데 성공했다면, 그래서 새로운 시간 줄기가 생겨났다면, 그런 시간 줄기가 유지되기를 바라는 사람들이 나왔을 터였다. 그리고 그 사람들은, 시간여행이 발명되면, 무엇보다도 먼저 그를 암살자들로부터 보호하기 위해 시간순찰 요원들을 보낼 터였다.

'어쩌면 토정 선생의 갑작스런 죽음도……' 자신이 나오도록 만든 새로운 시간 줄기의 순찰 요원들이 꾸민 일이라고 보면, 토정 선생의 갑작스러운 죽음도 쉽게 설명되었다. 어찌 된 일이든, 자신을 돕는 큰 세력이 있을 수 있다는 생각은 그의 마음을 든든하게 했다.

신을 신으면서, 그는 슬그머니 귀금이를 찾았다. 그러나 부끄러워서 숨었는지, 읍내에 나가는 주인을 배웅하는 한산댁 식구들 사이에 그녀의 모습은 보이지 않았다.

'혼자 뒤꼍이나 광 같은 데 숨어서, 아까 일을 떠올리면서 얼굴을 붉히고 있는지도 모르지.' 그렇게 자신에게 일렀으나, 마음은 꽤나 허전했다.

바깥마당에서 읍내로 나가는 사람들과 헤어져 걸음을 옮기면서, 그는 혹시나 하는 생각에서 집 안을 향해 슬쩍 눈길을 던졌다. 부엌 앞 토방에 혼자 선 귀금이의 모습이 눈에 들어왔다. 반가움이 온몸을 환하게 밝히는 듯해서, 그는 자신도 모르게 그녀에게 슬쩍 목례를 보냈다.

얼굴을 붉히면서 고개를 돌리고 부엌으로 들어가는 그녀의 모습을 눈 속에 담고서, 그는 어저께 농가진(膿痂疹)을 치료해준 이웃 용득이네로 향했다. 무겁게 얹혔던 돌이 문득 치워지고 부드러운 무엇이 그 자리에 대신 채워진 듯, 가슴이 홀가분하면서도 뿌듯했다. '일이 이렇게 잘 풀릴 줄은……'

가슴이 가득해서, 그는 길가에 허옇게 핀 억새꽃 줄기를 낚아챘다. 줄기는 잘라지지 않고 허리를 다친 이삭만 몸을 꺾었다. '이젠 이곳에 오래 머물 수 있구나. 뿌리를 내릴 수 있구나.'

자신이 곳뜸 위쪽에 쌓을 저수지의 모습이 눈앞에 선연하게 떠올랐다 ── 듬직한 못 둑, 파랗게 고인 못물, 물가를 따라 낚싯대를 드리운 마을 사람들, 그리고 가문 봄철에 수로를 따라 목마른 논들로 콸콸 흘러가는 물. 그리고 그 너머 어디에 새로 지은 조그만 초가 하나가 서 있었다. 집 옆 좁다란 마당에는 짧은 치마 아래로 흰 종아리가 드러난 소녀를 한 팔로 안고 선 사내의 모습이 보였다.

"아아." 자신도 모르게 소리를 내고서, 그는 삿갓을 쳐들었다. 조개구름이 깔린 파란 하늘이 그의 가슴을 부풀렸다. 그의 생애에서 가장 무덥고 어려웠던 여름이 마침내 지나간 것이었다.

장인(匠人)

제 5 부

1

요령 소리가 갑자기 급해지면서, 상엿소리가 높아졌다. 먼 길을 온 상여가 마지막 고비에 이른 것이었다. 급하게 다그치는 소리에 이끌려, 화사하게 꾸며진 상여는 다리가 많은 벌레처럼 천천히 소나무들로 덮인 산비탈을 올라갔다. 상여에 치인 솔가지들이 외마디 소리를 질렀다.

행렬로부터 좀 떨어져 다복솔 뒤에서 걸음을 멈추고, 언오는 숨을 돌렸다. 바람이 땀 밴 얼굴을 부드럽게 어루만졌다. 가슴속을 씻는 공기엔 바닷바람의 소금기 어린 신선함에 짙푸른 소나무들에서 우러나온 좀 뎗은 신선함이 섞여 있었다. 삿갓을 젖혀 쓰고, 그는 뒤를 돌아다보았다.

"아하," 감탄이 그의 입에서 새어 나왔다.

구불구불한 길을 따라 장례 행렬이 길게 뻗쳐 있었다. 비껴 떨어지는 가을 햇살을 받으며 가벼운 바닷바람에 나부끼는, 갖가지 빛깔의 만장(輓章)들은 장관이었다. 그 아래 흰옷을 입은 사람들이 멈춘 듯 움직이고 있었다.

널이 실린 우중충한 버스를 머리로 화장터로 향하는 현대의 장례 행렬이 떠올랐다. '저런 위엄과 여유는 어디서 나올까? 현직 현감의 장례긴 하지만, 저 행렬엔 현대의……'

자신이 본 공인들의 장례들을 더듬다가, 그는 박봉근 주석의 장례를 생각해냈다. 박은 2039년 북조의 월면군(月面軍) 사령관으로 자신이 지휘한 '김일성 월면 기지'와 남조의 '장영실 월면 기지'의 통합을 이루고 조선공화국 월면 임시 정부를 세웠다. 그리고 2043년 한반도에 조선공화국 정부가 세워질 때가지, 네 해 동안 주석으로 임시 정부를 이끌었다.

임시 정부를 세우는 데 참여한 사람들은 2백 명이 채 못 되었지만, 임시 정부의 수립이 조선 사람들에게 준 충격은 무척 컸다. 그것은 남북한이 거의 모든 부면들에서 한 생활권이 되었지만, 시민들의 이해타산, 불신, 변화에 대한 두려움에 정치적 지도력의 부족까지 겹쳐서, 통일의 마지막 걸음인 정치적 통합 앞에서 오랫동안 머뭇거린 조선 사람들을 일깨웠고 두 사회가 마침내 다시 하나로 되는 데 필요한 높은 에너지를 제공했다.

물론 월면 임시 정부의 수립엔 두 월면 기지들의 통합을 먼저 제안했으며, '김일성 월면 기지'보다 훨씬 컸던 '장영실 월면 기지'의 사령관으로 박보다 우선권을 가졌었지만, 주석 자리를 사양한 김용휴의 공이 더 컸다고 볼 수도 있었다. 그러나 높은 인격과 큰 지도력을 지녔던 박이 어려웠던 네 해 동안 임시 정부를 버틴 기둥이었음은 사실이었고, '월면 임시 정부의 백범(白凡)'이란 평가도 과장이 아니었다. 특히 2039년 7월 21일 임시 정부의 수립을 선포한 뒤 가진 기자 회견에서 그가 한 '그것은 이번 일에 참여한 사람들에겐 조그만 걸음이었지만, 조선 민족에겐 커다란 도약이었습니다'라는 말은, 마침 그날이 아폴로 11호의 월면 착륙 70주년이어서, 널리 보도되었고 조선 사람들 사이에서 두고두고 얘기되었다.

사정이 그러했으므로, 박의 국장은 진정한 국민적 영웅의 장례였다. 그러나 성대하게 치러졌고 처음부터 끝까지 텔레비전으로 중계된 그 장례에도, 지금 생각해보면, 어쩐지 여기 이 조그만 장례 행렬에선 거의 살갗으로 느낄 수 있는 무엇이 없었던 듯했다.

현대에선 장례만이 아니라 모든 의식들이 위엄과 여유를 적잖이 잃었다는 생각을 떠올리면서, 그는 흘긋 상여가 올라가는 산비탈을 올려다보았다. 산중턱에 나무가 서지 않은 공터가 있었는데, 흰옷을 입고 삼베 두건을 쓴 사람들이 거기서 바쁘게 움직이고 있었다. 묏자리인 모양이었다.

산은 그리 높지 않았다. 높게 잡아도, 50미터 안팎이었다. 산의 왼쪽 기슭은 좁은 모래벌판으로 끝나면서 회청색 바다를 만났다. 그리 멀지 않은 곳에 사람이 사는 것 같지 않은 조그만 섬이 있었다.

그는 고개를 갸웃했다. 어쩐지 낯익게 느껴지는 곳이었다. 그가 이곳을 찾거나 멀리서 바라다본 적은 없었지만. 그런 느낌 아래로 까닭 모를 두려움이 스미고 있었다.

'역시 토정 선생답구나.' 묏자리와 바다 사이의 수직 거리를 따져보면서, 그는 가볍게 감탄했다. 토정 선생과 새우젓 장수 얘기가 떠오른 것이었다. '이렇게 앞이 시원하게 트인 바닷가에 자신의 유택을 마련하고…… 찾아오는 데 조금도 힘들지 않을 만큼 낮으면서도, 나중에 극지의 빙원이 녹아 해면이 높아지더라도, 물에 잠길 걱정을 하지 않을 만큼 높고……'

묏자리에 선 사람 하나가 아래쪽에 있는 누구에게 무어라고 소리쳤다. 그는 어느 사이엔가 상엿소리가 그쳤음을 깨달았다. 그러고 보니, 상여는 묏자리에 닿아 있었다.

삿갓을 바로 쓰고 배낭을 추스른 다음, 그는 조심스럽게 비탈을 오르기 시작했다. 곧장 묏자리로 향하지 않고 왼쪽으로 좀 떨어진 곳에 솟은 바위를 바라고 올라갔다. 그가 이곳을 찾은 까닭은 장례식에 참석하려는 것이 아니라 토정 선생이 정말로 죽어서 땅에 묻히는가 확인하려는 것이었다. 널은 닫힌 채로 묻힐 터였으므로, 그 속에 든 시체가 토정 선생인지, 또는 그 속에 시체가 들어 있기나 한지, 확인할 길이 없음을 그는 알고 있었다. 그러나 그것은 그럭저럭 문제가 되지 않았다. 꿈속에서 일어나는 일들만이 그럴 수 있는 식으로, 지금 그에겐 모든 것들이 또렷한 뜻을 지녔고 깔끔하게 설명되었다.

바위에 닿자, 그는 둘레를 살폈다. 자신을 보는 사람이 없다는 것을 확인한 다음, 바위 뒤쪽에 편히 앉았다. 바위 바로 앞쪽에 곱게 물든 옻나무들이 서 있어서, 몸을 숨기기에 좋았다.

붉은 비단 천으로 덮인 널이 상여에서 내려지고 있었다. 널의 모양이 좀 이상했다. 여느 널보다 훨씬 높고 좀 짧았다. 마치 속에 든 시체를 눕히지 않고 앉혀놓은 듯. 그리고 들어 내리는 사람들의 몸짓으로 보아, 그것은 여느 널처럼 널빤지로 단단하게 짜이지 않고 좀 허술하게 만들어져서 가벼운 것처럼 보였다.

몸집이 큰 사내가, 그에게 등을 보인 채, 널을 내리는 일을 지휘하고 있었다. 몸에 제대로 맞지 않는 상복을 입어서 보기에 좀 어색했지만, 몸놀림은 가볍고 힘이 실려 있었다.

'어디서 봤나?' 그 사내에게서 낯익다는 느낌을 짙게 받고서, 그는 기억을 더듬었다. 무엇보다도, 눌린 용수철처럼 힘을 비축한 그 사내의 몸놀림이 그의 가슴을 불안하게 만들면서도 묘하게 끌어당겼다. 그 사내를 좀더 잘 살피려고, 그는 조용히 일어섰다.

그 사내가 다른 사내와 함께 널을 덮은 비단 천을 조심스럽게 벗겼다. 널보다는 가마에 가까운 것이 드러났다.

그의 맥박이 한 번 거르고 뛰었다. 무엇이 잘못되었다는 느낌이 가슴 밑바닥에 무겁게 자리 잡았다.

두 사내가 가마의 양옆으로 비켜서더니, 공손한 태도로 가마의 앞을 가린 자줏빛 비단 천을 들어올렸다. 가마 안에는 노인 한 사람이 단정한 자세로 앉아 있었다. 흰 제갈건(諸葛巾)을 쓰고 오른손엔 쥘부채를 접어 들고 있었다.

검은 안개가 그의 마음을 덮었다. '살아 있었구나, 토정 선생이. 그렇다면……' 이 거짓 장례가 자신을 잡기 위한 덫일지도 모른다는 생각이 들면서, 그 안개가 뭉쳐서 검은 눈으로 내렸다.

노인은 그가 선 쪽으로 고개를 돌려 이미 알고 있었던 사람의 머뭇거리지 않는 눈길로 그를 바라보았다. 핏기 없는 얼굴에 이 세상 것이 아닌 것처럼 느껴지는 차가운 웃음기가 대신 흘렀다.

그 차가운 웃음기가 작살처럼 그의 가슴에 박히면서, 자신이 덫에 치였을지 모른다는 두려움을 확인해주었다. '내가 내 꾀에 넘어가서 여기까지 내 발로 왔구나.'

노인이 접힌 부채를 들어 그를 가리켰다. 둘레에 선 사람들이 모두 부채를 따라 그를 돌아다보았다. 여전히 그를 바라보면서, 노인이 무어라 나직이 일렀다. 몸집이 큰 사내가 힘차게 대답하고서, 그가 선 쪽으로 한 걸음 나섰다.

그제야 그는 자신이 왜 그 사내에게서 낯익은 느낌을 짙게 받았는가 깨달았다. 그 사내는 아산현에서 그를 붙잡았다가 놓친, 칼을 잘 쓰던 관원이었다.

"뎌 즁놈알 잡아라." 차가운 비웃음 한 토막을 던지는 칼처럼 그의 얼굴에 뿌리고서, 그 사내가 둘레의 사람들에게 나직하나 힘이 들어간 목소리로 명령했다.

얼굴을 후려친 그 비웃음에 그는 움찔했다. 그러나 그는 이내 느꼈다, 놀라움과 두려움으로 얼어붙었던 몸의 어느 구석에서 한 줄기 분노가 울컥 솟는 것을. 그 뜨거운 기운이 얼어붙은 몸을 문득 풀어주었다. 부르르 몸이 떨렸다. 그는 더듬거리는 손길로 도포 자락을 젖히고 가스총을 꺼내 들었다.

그사이에 묏자리에 둘러선 사람들은 제각기 상여에서 무기를 꺼내 들고 있었다. 우두머리 사내는 저번에 그에게 빼앗겼던 것과 같은 칼을 손에 잡고 있었다.

그는 그 사람들이 움직이기를 기다리지 않았다. 자물쇠를 풀고 거리 선택침을 '원격'에 맞춘 다음, 두 손으로 총을 잡고 방아쇠를 당겼다. 두 손에 반동을 느끼자, 그는 다시 방아쇠를 당겼다. 잠시 숨을 가다듬은 다음, 뒷자리의 조금 아래쪽을 겨냥하고 다시 쏘았다. 바람은 산 위쪽으로 불고 있었다.

"잡아라. 내애난 죽디 아니한다." 벌써 뮛자리를 덮은 흰 연기 너머로 그 사내가 외치는 소리가 들려왔다.

그러나 연기를 뚫고 나오는 사람은 없었다. 그는 돌아서서 산비탈을 달려 내려가기 시작했다. 조금 내려간 다음, 멈춰 서서 숨을 돌렸다. 둘레엔 사람들이 보이지 않고 쫓아오는 소리도 나지 않았다. 그는 아직 손에 든 가스총을 권총집에 넣었다.

마음을 가다듬고서, 그는 비스듬히 산비탈을 타고 서남쪽으로 내려가기 시작했다. 그를 잡으려는 사람들이 장례 행렬이 따라온 길을 지킬 터였으므로, 그에게 열려진 길은 해안을 따라 돌아가는 길뿐이었다. 해안이 곧바로 서쪽으로 뻗었으므로, 이곳은 반도였다. 그가 걱정해야 될 것은 그 사람들이 반도의 건너편 해안을 막고 기다리는 것이었다.

곧 바닷가가 나왔다. 가파른 산자락 아랫도리를 좁다란 자갈밭이 암갈색 띠처럼 두르고 있었다. 뒤쪽엔 조그만 산줄기 하나가 바다로 달려가다 끊어져 바위 언덕이 되어 있었는데, 파도들이 밀려와서 거기 부딪쳐 깨어지고 있었다. 그 오른쪽에 갈매기 한 마리가 뿌연 물 위로 한가하게 날고 있을 뿐, 바다는 비어 있었다. 앞쪽을 보니, 4, 50미터 앞에 비슷한 바위 언덕이 길을 막고 있었다.

'그것, 참.' 덤불에 긁혀서 와락거리는 손등을 쓰다듬으면서, 그는 쓸쓸하게 입맛을 다셨다. '저걸 넘어가려면, 고생 좀 해야 될 모

양이구나.'

가까이 가서 보니, 바위 언덕은 멀리서 본 것보다 훨씬 험했다. 땅에서 곧장 솟은 듯 수직으로 선 바위엔 잡고 올라갈 만한 것이 없었다. 천생 산자락을 타고 올라가서 위쪽으로 돌아가야 했는데, 이곳은 비탈이 가팔랐고 나무들 대신 거칠어 보이는 덤불들로 덮여 있었다.

문득 음산한 생각 하나가 떠오르면서, 소름이 끼쳤다. 그는 슬그머니 둘레를 살펴보았다. 수상하게 느껴지는 것은 없었다. 삿갓을 젖히고 하늘을 올려다보면서, 그는 소리 없는 웃음을 터뜨렸다.

'하하하. 사람마다 토정 선생이 앞일을 잘 내다본다 하지만, 내가 보기엔…… 만일 여기다가 사람 몇을 숨겨놓았다면, 난 정말 독 안에 든 쥐가 될 뻔했다.' 토정 선생을 얕잡아보았다기보다는 자신을 안심시키려고 한 생각이었다.

갑자기 뒤쪽에서 날카로운 휘파람 소리가 났다. 이어 사람들이 부산하게 움직이는 소리가 들렸다. 가슴이 써늘해지는 것을 느끼면서, 그는 급히 돌아다보았다.

상복 차림을 한 사람들 한 떼가 숲 속에서 나타났다. 모두 손에 칼을 들고 있었다.

"꼼짝하디 마라," 맨 앞에 선 사내가 외쳤다. 키는 작았으나, 옆으로 벌어진 품이 단단하게 생긴 사내였다. 몸을 반쯤 돌린 채 엉거주춤 서 있는 그를 칼로 가리키면서, 그 사내가 거만한 자신감이 밴 목소리로 덧붙였다. "우리 여긔셔 너를 기다린 디 오래다. 순순이 오라랄 받아라."

그 사내에게 어떻게 그가 이곳으로 올 줄 알았느냐고 물어보려고 그는 입을 벌렸다. 한가한 호기심만은 아니었다. 그 사내가 아무리 조심하더라도, 그 사내의 대답은 지금의 상황에 관해 쓸모 있는 정보를 줄 수 있었다. 무엇보다도, 그는 그렇게 얘기하면서 자신이 고를 수 있는 길에 대해 생각할 시간을 벌고 싶었다. 그러나 말은 딱딱하게 뭉친 음식처럼 목 너머에 무겁게 걸쳐 있을 뿐 밖으로 나오지 않았다.

그 사내가 뒤를 돌아다보고 턱짓을 했다. 사람들이 일제히 칼을 치켜들고 앞으로 나섰다.

그는 더 기다리지 않고 가스총을 뽑았다. '아직 가스총에 대해서 모르는 모양이구나.' 좀 가라앉은 마음으로 그는 한데 몰려서 나오는 사람들을 겨누고 방아쇠를 당겼다.

흰 가스 연기가 살아 있는 그물처럼 사람들을 덮쳤다. 앞장선 사람이 두 팔로 머리를 감싸면서 주저앉았다.

그는 사람들이 피할 여유를 주지 않으려고 다시 방아쇠를 당겼다. 찰칵하고 공이치기가 공이를 때리는 소리만 나고, 총탄은 나가지 않았다. "제기랄, 하필이면 지금……" 욕을 내뱉으면서, 그는 급히 배낭을 벗었다.

그가 탄창을 갈아 끼우고 다시 겨냥했을 때, 사람들은 멀찌감치 물러나 있었다. 많이 옅어진 연기 속에 두 사람이 쓰러져 있었고 뒤쪽에서 한 사람이 땅을 할퀴면서 몸을 쥐어짜는 듯한 기침을 하고 있었다. 나머지 사람들은 바다로 들어가기 시작했다. 길을 막은 연기를 우회하려는 모양이었다.

"스승님," 뒤쪽에서 누가 불렀다.

돌아다보니, 갈대 삿갓을 눌러쓴 사내 하나가 바위 언덕 위 관목 뒤에 몸을 숨기고서 내려다보고 있었다.

"녜," 그는 반갑게 대꾸했다. 누구인지는 모르지만, 그를 스승님이라 불렀다면, 그를 도우려는 사람일 터였다. 그러고 보니, 목소리가 귀에 익은 듯도 했다.

"이리로 올아오쇼셔."

그제야 그는 위에 있는 사람이 송긔슌임을 알아차렸다. "신형이 아바님, 엇디 다외얀 일이니잇가?" 그는 반갑게 물었다.

송은 그의 말에는 대꾸하지 않고 줄을 아래로 늘어뜨렸다. 한끝은 이미 언덕 위에 선 소나무 밑동에 매어져 있었다. "스승님, 이 줄을 잡고 올아오쇼셔."

"녜," 문득 기운이 솟구쳐, 그는 활기차게 대꾸하고 언덕 아래에 널린 날카로운 바위들을 뛰어 건넜다. 그는 눈높이까지 내려온 줄을 두 손으로 잡았다. 츩줄기들을 여러 겹 엮어서 만든 줄이었는데, 만든 지 얼마 되지 않은 듯, 줄기 끝에 붙은 잔 잎새들은 아직 시들지도 않았다.

그가 언덕 위로 오르자, 송은 이내 줄을 걷어 올려 반대쪽 벼랑 아래로 늘어뜨렸다. "스승님, 이리로……"

"녜." 제대로 숨을 돌릴 사이도 없이, 그는 다시 줄을 잡았다.

"스승님," 그가 무사히 땅에 닿는 것을 보자, 송이 외쳤다. "그러하오면, 내종애 거긔셔 만나사이다."

"녜," 그는 머뭇거리지 않고 대답했다. 그제야 그는 송이 말한

'거긔'가 어디인지 자신이 잘 안다는 것을 깨달았다. 그는 자신이 어떻게 그것을 알게 되었는지는 몰랐다. 꿈속에서 늘 그러하듯, 그는 알아야 할 것은 그저 알고 있었다.

"신형이 아바님, 감샤하압나니이다." 뒤늦게 덧붙이고서, 그는 좁은 모래밭을 따라 급히 걸었다. 사람들이 뒤쫓아오는 것보다도 앞길이 끊기는 것이 더 걱정이 되었다.

멀리 가지 않아서, 꽤 큰 시내가 나타났다. 골짜기에서 나온 물이라, 그리 넓지 않았지만, 그냥 건너기엔 너무 깊어 보였고 물살이 무척 빨랐다. 길이 바쁘긴 했지만, 차갑게 보이는 물을 헤엄쳐 건널 마음은 나지 않았다. 그는 오른쪽으로 난 조그만 길로 접어들었다.

한참 올라가다 보니, 어느 사이엔가 골짜기가 좁아져 있었다. 길도 시내 바로 옆에 선 낭떠러지 아래로 겨우 발을 디딜 수 있을 만큼 좁아져 있었다. 사람과 마주치면, 비키기 어려울 지경이었다.

발아래 소용돌이치는 검푸른 물살을 내려다보다가, 그는 문득 소리 없는 웃음을 터뜨렸다. '제갈공명이, 아니 토정 선생이, 앞일을 잘 내다본다고 하지만, 내가 보기엔 아직 멀었다. 만일 여기다 사람 몇을……'

앞쪽에서 사람 소리가 났다. 그는 놀라서 물로 떨어질 뻔했다. 가까스로 균형을 되찾아 몸을 낭떠러지 벽에 기댄 다음, 그는 앞쪽을 살폈다.

길이 낭떠러지 아래를 벗어나 좀 넓은 빈터로 들어가는 곳에 한 무리 사람들이 서 있었다. 모두 상복을 입고 손에 칼을 들고 있었다. 맨 앞에 선 사내가 호기롭게 외쳤다, "어셔 오나라. 토정 선생의 명을 받고 우리 여긔셔 기다린 디 오래다."

'여기서 또……' 몸보다 마음에서 힘이 빠지는 것을 느끼면서, 그는 되돌아가려고 몸을 돌렸다.

그러나 뒤쪽에도 이미 사람들이 길을 막고 있었다. 차림이 앞쪽을 막은 사람들과 같았다. 맨 앞에 선 사내가 돌아선 그를 칼로 가리키면서 너털웃음을 터뜨렸다.

그는 낭떠러지를 살폈다. 깎아지른 듯 가파르고 높았다. 그 너머에 하늘이 고여 있었다. 고요하게 고인 가을 하늘의 푸르름에 그의 마음이 저려왔다. '언제까지나 이렇게 쫓겨 다니기보다는 차라리 여기서……'

우러러보는 그의 시야 속으로 솔개 한 마리가 들어왔다. 힘을 속에 간직한 채 차분한 몸짓으로 뜬 그 새가 주저앉던 그의 마음을 꾸짖어 일으켜 세웠다. 마음을 가다듬고서, 그는 발아래에서 소용돌이치는 물살을 내려다보았다. 물살은 검푸른 살빛으로 자신을 건너려는 자들을 거부하고 있었다. 그러나 이곳에서 빠져나갈 길은 그 길뿐이었다.

"이미 금강을 건넜잖나? 이까짓 시내쯤이야……" 자신을 격려하면서, 그는 배낭을 벗었다.

"스승님," 위쪽에서 누가 나직하나 또렷한 목소리로 불렀다.

그는 배낭을 물로 던지려던 몸짓을 가까스로 멈추었다. 그 바람에 물로 떨어질 뻔했다. 몸의 균형을 잡고 나니, 오금이 뒤늦게 저려왔다.

"스승님."

올려다보니, 사내 하나가 낭떠러지 위에 선 조그만 벚나무 가지를 한 손으로 잡고 낭떠러지 너머로 윗몸을 내밀고 있었다.

"녜, 긔훈이 아바님," 그는 반갑게 대꾸했다.

"이리로 오쇼셔." 리산구는 앞쪽을 가리키더니 벚나무 가지를 놓고 그리로 옮겨갔다.

그는 다시 배낭을 메고 바위 모서리를 돌아갔다.

"스승님, 여긔니이다. 이리로 올아오쇼셔."

리가 가리킨 곳엔 낭떠러지를 이룬 바위가 길게 갈라져서, 사람 하나가 들어갈 만한 틈이 나 있었다. 잡거나 딛고 올라갈 것들도 있어서, 어렵지 않게 올라갈 수 있었고, 틈이 꽤 깊어서, 길의 양쪽 끝에선 사람들에겐 보이지 않을 듯했다.

"엇디 아시고셔……" 리가 내민 손을 잡고 낭떠러지 위로 올아선 그는 반가워서 큰 소리로 물었다.

"숯." 리가 손가락을 입에 댔다. "죵용히 하쇼셔."

"녜," 멋쩍은 웃음을 지으면서, 그도 속삭이는 소리를 냈다.

소리 나지 않게 조심하면서, 그들은 몸을 굽히고 뛰다시피 걸었다. 마침내 리가 걸음을 늦추더니 조심스럽게 아래로 내려가기 시작했다. 낭떠러지에서 적어도 3, 4백 미터는 올라왔다고 그는 짐작했다.

"스승님, 뎌긔……" 리가 걸음을 멈추고서 손으로 앞쪽을 가리켰다.

바로 앞에 양쪽 산줄기들에서 골짜기로 내려온 산자락들이 바위 언덕들로 끝나서 골짜기가 아주 좁아져 있었다. 거기에 오래되어 곧 무너질 것처럼 보이는 나무다리 하나가 걸쳐져 있었다.

"스승님, 어셔 건너쇼셔. 스승님끠셔 건너시면, 내 다리랄 끊겠나이다."

"녜." 그는 다리로 달려 내려갔다. 밧줄을 잡고 조심스럽게 다리 위에 발을 디뎠다. 삭은 판자들이 신음했지만, 다리를 지탱한 밧줄은 그가 다 건널 때까지 끊어지지 않았다.

"스승님, 어셔 가쇼셔. 내죵애 거긔셔 만나사이다." 리는 벌써 다리를 지탱한 밧줄을 풀고 있었다.

"녜. 긔훈이 아바님, 감샤하압나니이다." 작별 인사도 변변히 하지 못한 채, 그는 산비탈을 올라가기 시작했다.

그가 산마루에 올라서서 돌아다보았을 때, 끊어진 다리 근처에 리는 보이지 않았다. 그를 쫓던 사람들도 보이지 않았다. 골짜기 아래쪽 하늘에 뜬 솔개만이 아직 차분한 몸짓으로 골짜기를 살피고 있었다.

냇가 바위에 걸린, 부서진 다리에서 나온 것으로 보이는 판자들을 내려다보면서, 그는 이제 그 사람들에 대해선 마음을 쓰지 않아도 된다는 것을 깨달았다. 현실에서와는 달리, 지금 상황에선 그가 길을 막는 적수들을 피하여 한 번 그 고비를 넘기면, 그들이 따라오지 않았다. 쉬운 적수들이 나오는 단계에서 점점 더 어려운 적수들을 상대하는 단계로 나아가는 '환경 변조 경기'의 규칙과 비슷했다.

그는 다시 산을 내려가 바닷가를 따라 걸었다. 이제 바닷가는 꽤 넓은 모래밭이었다. 어느 사이엔가 날이 저물고 있었다. 벌건 해가 엷은 구름을 두르고 물 위에 걸려 있었다. 아름다운 풍경이었지만, 그는 그것을 감상할 여유가 없었다. 길이 급하기도 했지만, 배가 무척 고팠다. 아침을 먹은 뒤로는, 물로만 배를 채운 것이었다.

바다로 달려나간 산자락을 돌아서자, 너른 모래밭이 길게 뻗어 있었다. 물결이 밀려와서 고운 모래들을 부드럽게 씻었다.

'이곳에 해수욕장이 있었던가?' 그는 걸음을 멈추고 기억을 더듬었다. '대천 해수욕장은 분명히 아래쪽인데……'

문득 반가움이 그의 마음을 환하게 밝혔다. 앞쪽 연기가 깔린 산자락의 한끝에 집이 한 채 서 있었다. 동화 속의 집처럼 어쩐지 환상적인 분위기를 지녔지만, 분명히 환영은 아니었다. 그 집이 선 곳은 실은 작은 만에 솟은 섬이었다. 그 섬을 뭍에서 갈라놓은 바다가 아주 얕아서, 물이 빠지자, 도독한 모래톱이 섬과 뭍을 이어준 것이었다.

그가 모래톱의 가운데에 이르렀을 때, 그 집에서 조그만 아이가 무어라 외치면서 달려 나왔다. 계집아이였다. 등 뒤에서 빨간 댕기를 드린 머리가 춤을 추었다. 그 아이가 다시 외쳤다.

이번엔 "스승님"이란 말을 알아들을 수 있었다. 가슴이 두려움으로 졸아들면서, 걸음이 저절로 멈췄다. 이곳에 사는 사람들은 그가 누구인지 알고 있었다. 그는 그 집을 찬찬히 살폈다. 여인 하나가 집 앞에 다소곳이 서 있었다. 다른 사람은 눈에 뜨이지 않았다.

"스승님," 그 아이가 다시 외쳤다.

그제야 그는 알아보았다. "봉션 아씨," 그는 반갑게 소리치면서 앞으로 나아갔다.

"스승님." 봉선이가 달려온 그대로 그의 품으로 뛰어들었다.

그는 봉선이를 안아 들어 올렸다. 자신의 목을 꼭 껴안은 녀석의 등을 토닥거리면서, 그는 피로도 의심도 두려움도 스르르 풀려 몸 밖으로 빠져나가는 것을 느꼈다. 배 속에 단단하게 뭉쳐 있던 배고픔까지 잠시 흩어져 뒤쪽으로 물러났다.

그들이 집으로 다가가자, 치맛자락에 두 손을 묻고 섰던 봉선이 어머니가 앞으로 나오면서 합장했다. "스승님, 어서 오쇼셔."

"나무아미타불. 나무관세음보살. 안녕하샸나니잇가?" 그녀와 마주 서니, 누이를 만난 것처럼, 마음이 푸근했다. 장례 행렬을 따라나선 뒤 처음으로 그는 얼굴에 밝은 웃음을 띠었다.

"나무아미타불. 어서 안아로 드쇼셔. 시장하실 샌듸…… 막 스승님 나죄 밥알 지었압나니이다."

"감샤하압나니이다." 다시 두려움이 검은 손가락을 뻗쳐 그의 가슴을 움켜쥐었다. 그녀가 머리에 두른 무명 수건에 앉은 불티를 살피면서, 그는 지나가는 얘기처럼 물었다. "나이 오난 것은 어드리 알아샸나니잇가?"

"봉슈 아비 스승님끠셔 오신다 하얐압나니이다." 그녀가 무심히 대답했다. 자기 남편이 아는 것을 당연하게 여기는 듯했다.

"아, 녜." 그는 억지로 웃음을 지어 보였다.

"봉선아, 어서 스승님 뫼시고 방아로 들어가거라." 그에게 환한 웃음을 보이고서, 그녀는 부엌으로 들어갔다.

봉선이가 그의 손을 잡아끌었다. "스승님."

"녜. 들어가사이다." 봉선이가 이끄는 대로 그는 토방으로 올라섰다. 마루 끝에 걸터앉아 신끈을 풀면서, 그는 모래톱을 살폈다.

그렇게 보아서 그런지, 모래톱은 좀 좁아진 듯도 했다. 지금 바닷물은 돌아오고 있었다. 만조까지는 아직 서너 시간 여유가 있을 듯했지만, 그전에 모래톱은 물에 잠길 터였다. '꼼짝없이 이 섬 안에 갇히는구나. 어떻게 하다가 내가……'

그는 생각에 잠긴 눈길로 둘러보았다. 작은 섬이었다. 두 개의 봉우리로 이루어진 길쭉한 섬이었는데, 높은 봉우리도 20미터밖에 되지 않을 듯했다. 뒤쪽으로 얼마나 뻗었는지는 모르지만, 아까 본 바로 짐작하면, 섬은 길어도 3백 미터를 넘지 못할 터였다. 토정 선생이 보낸 자객들이 찾아온다면, 숨기엔 너무 작은 곳이었다.

봉선이가 배낭을 벽에 기대 세웠다. 녀석은 벌써 방에 들어가 등잔에 불을 켜놓고, 다시 마루에 나와서 그를 기다리고 있었다.

나오는 한숨을 죽이고서, 그는 신을 벗었다. 이곳에 머무는 것이 아주 위험하긴 했지만, 다른 길이 보이는 것은 아니었다. 다른 것은 그만두고라도, 당장 밥은 먹어야 했다. 봉선이에게 억지로 밝은 웃음을 보이면서, 그는 마루로 올라섰다.

"스승님, 여긔……" 벌써 봉선이 어머니가 밥상을 들고 나왔다.

"아, 녜. 발셔…… 감샤하압나니이다." 그는 상을 받아 들었다. "봉션 아씨난……?"

"봉션이는 발셔 먹었압나니이다."

그가 상을 들고 방으로 들어가자, 봉선이가 따라 들어왔다. "스승님, 드쇼셔. 나난 발셔 먹었압나니이다." 녀석이 어른스럽게 말하고서, 밥주발 뚜껑을 벗겼다.

'아, 풋고추.' 숟가락을 들면서, 그는 속으로 탄성을 냈다. 불그스름하게 독이 오른 고추 두 개가 된장을 떠놓은 접시 한쪽에 놓여 있었다. 그는 밥을 한 숟가락 뜬 다음 고추를 된장에 찍어 한입 베어 물었다. 입안이 얼얼하도록 매운 고추가 들어가자, 지금까지 그득했던 무엇이 내려가면서, 속이 시원해지는 느낌이 들었다.

"스승님, 숭늉." 허겁지겁 밥을 먹느라 봉선이가 나간 줄도 몰랐는데, 녀석이 숭늉을 들고 들어왔다.

칼칼한 풋고추를 먹고 숭늉으로 속을 쓰다듬으니, 살 것 같았다. "아아, 이제 살 것 같다." 무심코 혼잣소리를 하고서, 그는 봉선이에게 멋쩍은 웃음을 보였다.

"스승님, 많이 시장하셨나이다?" 반찬까지 깨끗이 비운 상을 살피면서, 녀석이 말했다.

그는 클클 웃었다. "녜, 죠곰……"

봉선이가 소반을 들고 나갔다. 녀석이 제법 일을 하는 것이 대견해서, 그는 그냥 두었다.

하품이 나왔다. 종일 쫓긴 참에 빈속으로 밥이 들어가자, 졸음이 쏟아졌다. 그대로 뜨뜻한 아랫목에 드러눕고 싶었다. 그러나 그냥 눕기엔 마음이 너무 불안했다. 그는 까라지는 몸을 억지로 일으켰다.

바깥은 어느새 캄캄했다. 기둥에 걸린 관솔불이 그을음을 길게 내고 있었다. 별들은 초롱했지만, 달은 보이지 않았다. '오늘이 스무이틀이니, 하현이구나. 달이 뜨려면, 좀더 있어야 되겠지.' 그는 마루에 걸터앉아 신끈을 매기 시작했다.

그의 기척을 듣고 봉선이가 부엌에서 나왔다. "스승님, 어듸 가시나니잇가?"

"아모대도⋯⋯" 고개를 흔들고서, 그는 덧붙였다, "바람이나 쏘이려 하나이다."

봉선이가 다가와서 옆에 서더니 살그머니 어깨를 기댔다. 따라가고 싶다는 몸짓이었다.

녀석의 손을 잡고서, 그는 조심스럽게 비탈진 마당 앞쪽으로 나아갔다. 관솔불이 밝힌 곳에서 몇 걸음 벗어나자, 물이 보였다. 바닷물은 이미 집 가까이 들어와 있었다. 작은 물결이 비탈진 모래밭을 몇 걸음 주춤주춤 올라오더니 밀려 나갔다. 그 너머에 관솔불의 흐릿한 빛을 받은 바닷물이 어른거렸다.

그는 쪼그리고서 앞쪽을 살폈다. 생각한 대로, 섬과 뭍을 잇는 모래톱은 물에 잠겨서 보이지 않았다. 본능적으로 숨소리를 죽이고서, 그는 귀를 기울였다. 들려오는 소리들 속에 수상하게 느껴지는 것은 없었다. 모두 밤바다가 내는 소리들이었다. 봉선이 어머니가 일하고 있는 부엌에서 나는 소리들이 그 소리들에 든든한 빛깔을 더하고 있었다.

문득 마음 밑바닥에서 찾지도 않은 생각 한 토막이 썩은 못물에서 올라오는 거품처럼 보글보글 올라왔다. '만일 토정 선생이 이 섬에다 사람 몇을 숨겨놓았다면⋯⋯'

뒤쪽에서 새 울음이 들렸다. 막막해지는 마음을 억지로 다잡으면서, 그는 서둘러 그 상서롭지 못한 생각을 눌러 넣었다. 벌써 두 번이나 그런 생각이 실제로 그런 사람들을 부른 터였다. 그러나 그 생각의 끊긴 토막은 거품처럼 누르는 손길 사이로 빠져 올라왔다. '난 이 섬에서 꼼짝하지 못하고 붙잡히는데……'

"뎌긔," 그의 손을 잡아당기면서, 봉선이가 거세게 속삭였다. "스승님, 뎌긔 보쇼셔."

왼쪽에 밝은 불빛이 나타났다. 녀석을 놀라게 하지 않으려고, 그는 부르르 떨리는 몸을 애써 진정시키면서 천천히 일어섰다. 배였다. 그의 상서롭지 못한 생각이 불러낸 듯, 배 한 척이 섬의 왼쪽 모퉁이를 돌아서 이쪽으로 다가오고 있었다.

"배다," 녀석이 혼잣소리를 했다.

"녜. 배니이다." 자신의 목소리가 자연스럽게 나온 것을 다행으로 여기면서, 그는 그 배를 찬찬히 살폈다. 배는 꽤 컸다. 한가운데에 선 돛대에 커다란 횃불이 달려 있었고, 이물에 선 사내 하나가 좀 작은 횃불을 휘두르면서 앞을 살피고 있었다. 배에 탄 사람들은 적어도 예닐곱은 되는 듯했다.

"스승님, 뉘니잇가?" 봉선이가 걱정스럽게 물었다.

"모라겠나이다." 음산한 아름다움을 지닌 배에서 억지로 눈을 떼고서, 그는 녀석의 어깨를 팔로 감싸 돌려세웠다. "봉선 아씨, 가셔 어마님끠 말쌈알 드리쇼셔. 배 하나가 이리 온다고."

부엌으로 들어간 봉선이가 다급한 목소리로 제 엄마에게 알리는 것을 들으면서, 그는 마루 앞에서 잠시 머뭇거렸다. 그는 자신을 드러내는 관솔불을 끄고 싶었다. 그러나 관솔불을 끄면, 배에 탄 사람들이 그가 그들이 다가오는 것을 알았음을 알게 될 터였다. 그는 배낭을 집어 들고 집 옆으로 돌아갔다.

어둠 속에 몸을 숨기자, 마음이 좀 차분해졌다. '흠. 이젠 정말로 꼼짝없이 갇혔구나.'

그는 횃불을 돛대에 매달고 서두름 없이 다가오는 배를 먼 눈길로 바라보았다. '저 사람들을 물리친다 하더라도, 물이 빠지려면, 여러 시간이 걸릴 텐데. 물이 빠지기를 기다리는 동안에 다른 패가 습격해 올지도 모르고…… 저 사람들을 그냥 몰아내는 것보다, 가까이 올 때까지 기다렸다가 기습해서, 아예 배를 뺐으면……'

생각해볼수록 그럴듯했다. '횃불을 켰으니, 옆으로 접근하면, 상당히 가까이 가도, 잘 보이지 않을 것이고……'

이제 배는 천천히 집 쪽으로 머리를 돌리고 있었다. 횃불도 상당히 커졌고 노 젓는 소리도 크게 들려왔다.

얼마 전부터 그의 머리 뒤쪽에서 꼬물거리던 생각 하나가 몸을 일으켜 앞쪽으로 나왔다. '그런데 왜 저 사람들은 저렇게 오나? 날 잡으려 한다면, 저렇게 횃불을 달고 와서 내가 알아차리도록 할 까닭이 없을 텐데……'

"스승님. 스승님 어디 겨시나닛가?" 집 쪽에서 누가 그를 찾았다.

배낭을 멘 다음, 그는 가스총을 빼어 들고 조심스럽게 집 모퉁이를 돌아섰다.

짐작한 대로, 봉선이 아버지였다. 봉선이 아버지는 관솔불 앞에 서서 고개를 내밀고 어둠 속을 살피고 있었다. 그 뒤쪽에 봉선이가 제 엄마의 치맛자락을 잡고 걱정스러운 얼굴로 서 있었다.

봉선이 아버지가 검은 가죽신을 신은 것이 먼저 그의 눈에 들어왔다. 이곳에선 양반이나 관리가 아닌 사람들은, 경제적으로 여유가 있더라도, 좀처럼 가죽신을 신지 않았다. 봉선이 아버지는 양반도 관리도 아니었다.

"쇼승은 여기 이시나이다." 총을 다시 권총집에 넣고서, 그는 앞으로 나가 불빛에 몸을 드러냈다.

"아, 스승님." 그를 보자, 봉선이 아버지가 여느 때와는 달리 반가워하면서 손을 비볐다. "스승님, 어셔 여긔를 피하쇼셔. 슈샹한 사람달히 이리 오고 이시나이다. 배랄 타고셔 오고 이시나이다." 봉선이 아버지가 배를 가리켰다.

이제 배는 가까이 다가와 있었다. 기습하려면, 지금이 때였다.

"녜. 알겠나이다. 그렇디 아니하여도, 더 사람달할 환영하러 나가던 참이었나이다." 자신을 쳐다보는 세 사람에게 씨익 웃음을 지어 보이고서, 그는 오른쪽으로 걸음을 옮기기 시작했다. 바람은 오른쪽에서 왼쪽으로 불고 있었다.

"스승님, 이리 오쇼셔," 봉선이 아버지가 다급하게 불렀다. "배이시나이다. 스승님끠셔 타시고 여긔셔 빠져나가실 배랄 마련하야 놓았나이다."

이마를 찌푸리면서, 그는 걸음을 멈췄다. 배를 기습하려는 판에 다른 일로 마음이 흐트러지는 것이 짜증스러웠다. 그리고 봉선이 아버지의 호의는 조금도 반갑지 않았다. 호의를 받아들이기 전에 그는 봉선이 아버지에게 그가 이리로 올 줄 어떻게 알았으며 배에 탄 사람들이 그를 잡으러 올 줄 어떻게 알았는가 먼저 묻고 싶었다. 지금 배에 탄 사람들이 그를 잡으러 온다고 단정할 근거도 없었다. 객관적으로 보면, 그를 잡으러 온다고 보기보다는 이 집 식구들을 잡으러 온다고 보는 것이 이치에 맞았다. 하긴 배에 탄 사람들이 나쁜 짓을 하러 온다고 단정할 근거도 아직은 없었다. 무엇보다도, 그가 이 섬에 닿은 지 얼마 되지 않았는데, 벌써 배를 구해 놓았다는 사실이 있었다. 그가 이리로 올 줄도 그를 잡으러 사람들이 배를 타고 올 줄도 오래전에 알았다는 얘기였다.

'봉선이 아바님끠션 산골에 사시난 농부이신듸, 언제브터 앞날 알 그리 잘 내다보시게 다외샸나니잇가?' 하는 물음이 목까지 올라왔지만, 그는 입을 꾹 다물었다. 차마 아내와 아이가 바라보는 데서 봉선이 아버지를 다그칠 수는 없어서, 그는 마음을 정하지 못하고 머뭇거렸다.

"스승님, 나랄 따라오쇼셔. 됴한 배 이시나이다." 봉선이 아버지가 간곡한 어조로 말했다.

'저 사람 말을 따르는 것이 옳을지도 모르겠다. 내가 지금 저 배를 습격하면, 나중에 이 집 식구들이 보복을 받겠지. 차라리 내가 피하는 것이……' 그는 봉선이와 봉선이 어머니를 바라보았다. 봉선이의 걱정스러운 눈길이 그가 마음을 정하도록 도왔다.

"스승님," 봉선이 아버지가 재촉했다.

"녜." 그는 몸을 돌렸다.

"이리 오쇼셔," 봉선이 아버지가 반갑게 말하고서 집 오른쪽 모퉁이를 돌아갔다.

"녜." 그는 배를 돌아다보았다.

배는 이제 움직이지 않았다. 사내 하나가 물속으로 내려서고 있었다. 이미 기습할 때는 놓친 것이었다.

그는 봉선이의 이마에 입술을 맞췄다. "봉선 아씨, 안녕히 겨쇼셔."

봉선이는 말을 하지 못하고 눈물만 글썽이더니 가까스로 고개를 끄덕였다.

어서 떠나라고 다급히 손짓하는 봉선이 어머니에게 합장하고 고개 숙여 인사한 다음, 그는 봉선이 아버지의 뒤를 따랐다.

어둠 속으로 그들은 말없이 나아갔다. 무성한 풀에 거의 다 덮인 작은 길 하나가 뒤쪽으로 나 있었다. 워낙 어둡고 길이 좁고 흐릿해서, 걷기가 쉽지 않았다. 앞장선 봉선이 아버지는 길이 익숙한지 서슴없이 걸으면서, 그가 제대로 따라오는가 자주 돌아다보았다.

그들은 곧 작은 골짜기로 들어섰다. 봉선이 아버지가 큰 소리로 가래를 꺼내어 내뱉었다. 어둠 속에서 그 소리는 크게 울렸다.

걸음을 늦추면서, 그는 조마조마한 마음으로 둘레를 살폈다. 길 양쪽에 나이 든 소나무들이 서 있었다. 하늘을 가린 나뭇가지들 사이로 별이 보였다. 그는 문득 깨달았다, 둘레가 너무 조용하다는 것을. 새나 짐승이나 벌레가 내는 소리조차 들리지 않는, 어쩐지 불길하게 느껴지는 고요함이 골짜기를 따라 난 흐릿한 산길 위에 무겁게 드리우고 있었다. 별들조차 숨을 죽이고 내려다보는 듯, 별빛은 밝았지만 초롱초롱한 맛은 없었다.

길이 조그만 바위를 돌아간 곳에 그들이 이르렀을 때, 봉선이 아버지가 헛기침을 하더니 길옆으로 비켜섰다. "신이……" 봉선이 아버지는 혼자 중얼거리더니, 허리를 굽히고 신을 만졌다.

자리에 그냥 서서 기다리기도 무엇해서, 그는 조심스럽게 앞으로 나아갔다. 바위를 지나 서너 걸음 앞으로 나아갔을 때, 문득 그의 발이 땅을 뚫었다. "어이쿠," 그는 자신도 모르게 소리를 냈다. 이어 몸이 앞으로 쏠리면서 허공에 떴다. 너무 쉽게 당했다는 부끄러움이 그의 가슴을 벌건 불길로 밝혔다.

다음 날 오후 느지막이 그는 토정 선생의 장지가 마련되었던 산으로 끌려갔다. 무명으로 만든 차일들이 여럿 쳐졌고 장례 행렬에 참석했던 사람들이 거의 다 있는 것으로 보아, 토정 선생도 아직 거기 머무는 듯했다.

그를 잡아온 사람들은 그를 한쪽에 있는 큰 차일 앞으로 끌고 가더니 땅에 꿇어앉혔다. 그는 기진해서 고개를 숙이고 눈을 감았다. 배가 고파서 허리가 잘록해진 듯했고, 입속은 침도 말라버린 듯했다.

"고개랄 들어라." 누가 나직하나 위협적인 목소리로 말했다.

그는 억지로 눈을 떴다. 감발하고 검은 가죽신을 신은 발이 먼저 눈에 들어왔다. 그는 무거운 고개를 들었다.

바로 앞에 이제는 낯익은, 칼을 잘 쓰는 우두머리 관원이 서 있었다. 그 관원이 차일 앞자락을 조심스럽게 젖혔다. 차일 속에는 어저께 본 노인이 교의에 앉아 있었다. 여전히 흰 제갈건을 쓰고 쥘부채를 들고 있었다.

패배감이 어둑한 바람으로 그의 지친 마음을 씻었다. '결국 이렇게 끝나는구나. 이젠 더 어떻게…… 차라리 빨리 끝나는 게……'

그는 땅바닥을 내려다보았다. 사람들의 발길에 풀들이 짓이겨

져서, 흙이 벌겋게 드러나 있었다. '나 때문에 아무 죄 없는 풀들까지……'

"고개랄 들어라," 그 관원이 여전히 힘이 실린 목소리로 말했다.

자신도 모르게 고개를 들다 멈추고, 그는 일부러 천천히 고개를 들었다. 지금 처지에선 그것이 그가 할 수 있는 저항의 표시였다. 경기에선 이미 졌지만, 그는 꼿꼿한 자세로 마지막을 맞고 싶었다. 어떤 뜻에선, 지금 이 자리에서 그와 토정 선생이 해온 경기의 마지막 회전이 펼쳐질 터였다.

"흐음," 여전히 차가운 웃음을 핏기 없는 얼굴에 띠면서, 노인이 만족스러운 소리를 냈다. "드디어 붙잡혔고나."

표정을 지운 얼굴로 노인을 응시하면서, 그는 마음속으로 고개를 끄덕였다. 무엇이라고 꼬집어내긴 힘들었지만, 노인의 말씨엔 이 세상 사람들의 말씨와는 다른 울림이 있었다. 딴 세상에서 태어나 늦어서야 이 세상 말을 배운 듯, 노인은 어쩐지 자연스럽게 들리지 않는 말씨를 썼다.

노인의 웃음이 더욱 싸늘해지는 듯하더니, 노인이 손을 들어 자신의 얼굴을 쓰다듬었다. 아니었다.

자신도 모르게 몸을 세우면서, 그는 숨을 들이켰다. 길에 파놓은 구덩이로 떨어지면서 다친 어깨에서 시뻘건 아픔이 온몸으로 퍼져 나갔다.

노인은 자신의 얼굴을 쓰다듬는 것이 아니라, 얼굴의 껍질을 할퀴어 뜯어내고 있었다. 얇은 껍질이, 아니 가면이, 찢어지면서, 밑에서 새로운 얼굴이 드러나기 시작했다.

무서움과 징그러움으로 그의 몸이 굳었다. 그러나 그는 가면을 뜯어내는 노인의 얼굴에서 눈을 뗄 수 없었다. 마치 커다란 뱀이 허물을 벗는 모습을 보는 듯했다.

가면을 뜯어내고 한 손으로 얼굴을 쓰다듬던 노인이 손을 내리고 그를 노려보았다. 노인의 얼굴은, 차갑기만 하던 아까와는 달리, 득의 비슷한 감정으로 좀 누그러져 있었다.

어쩐지 낯익은 얼굴이 눈 속으로 제대로 들어오면서, 비록 붙잡혀오긴 했지만, 아직 마음이 그리 흔들리지 않았던 그도 놀라움과 무서움으로 외마디 소리를 질렀다.

"스승님, 므슴 일이시니잇가?" 아직 꿈속의 일에서 완전히 벗어나지 못한 그의 마음속으로 봉선이 할아버지의 걱정스러운 목소리가 들어왔다.

그는 눈을 떴다. 캄캄한 어둠이 그의 눈을 가득 채웠다. 언제나 야광이 있어서 아주 캄캄하지는 않은 현대의 도시와는 달리, 이곳에선, 달이 없으면, 한밤중엔 정말로 코앞도 보이지 않았다. 아직 꿈에서 덜 벗어난 마음에 오늘이 초이틀이라는 생각이 흐릿한 빛줄기로 스쳤다.

"스승님, 므슴 일이시니잇가?" 봉선이 할아버지가 다시 물었다. 목소리로 보아, 노인은 자리에서 윗몸을 일으킨 것이 분명했다.

그도 몸을 일으켜 앉았다. "별일 아니오이다. 낟반 꿈을 꾸었나이다."

"아, 녜. 그러하샸나니잇가?"

부처를 섬기는 사람이 악몽에 시달린다는 것이 겸연쩍게 느껴졌

다. "쇼승이 아직 마암이 굳디 못햐야, 갓곰 이리 낟반 꿈을 꾸나이
다. 나무아미타불. 나무관세음보살."

"아, 녜." 대꾸하기가 좀 어색한 얘기였는지, 노인이 헛기침을 서
너 번 했다. 이어 자리에 눕는 소리가 났다.

안도의 한숨이 나오면서, 등이 척척한 것이 느껴졌다. 속옷이 땀
으로 젖어 있었다. '그럴 만도 하지. 꼬박 이틀을 그리 시달렸으
니.'

시계의 파란 야광이 12시 28분을 가리키고 있었다. '긴 꿈이었
는데. 얼마 동안이나 꾼 것일까? 십 분? 십 분은 더 되는 것 같고.
반 시간?'

그는 다시 자리에 누웠다. 이불자락을 끌어 올려 머리까지 덮고
서, 잠을 청했다. 그러나 잠은 좀처럼 다시 오지 않았다. 젖은 속옷
이 척척하기도 했지만, 꿈이 남긴 고약한 뒷맛이 아직 속을 뒤집고
있었다. '이럴 때는 억지로 잠을 청할 게 아니라…… 차라리 꿈의
뜻을 풀어내는 것이……' 그는 이불자락을 내렸다.

원래 꿈에서 무슨 뜻을 찾으려는 것이 부질없다고 하지만, 깊이
생각하자면 생각할 것이 많은 꿈이었다. 누구라도, 프로이트의 이
론을 따르든 따르지 않든, 토정 선생이 실은 그의 아버지였음이 밝
혀진 그 꿈에서 오이디푸스 콤플렉스를 이내 읽어낼 터였다. 그와
그의 아버지 사이의 관계를 생각하면, 더욱 그랬다.

'내가 이십일 세기에 대해 품은 죄의식에서 그런 꿈이 나왔겠지.
날 낳은 세상을 없앤 것보다 더 근본적인 살부죄(殺父罪)가 있을
수 있겠나.' 득의로 한순간 누그러져 오히려 더 유창해진 듯한 미

움이 귀기(鬼氣)처럼 뿜어져 나오던 아버지의 얼굴을 떠올리고, 그는 몸을 부르르 떨었다.

그래도 꿈의 주제를 그렇게 풀고 나니, 마음이 한결 가벼워졌다. 문득 생각이 나서, 그는 봉선이 할아버지에게 귀를 기울였다. 숨소리가 고른 것으로 보아, 노인은 다시 잠이 든 듯했다.

'그건 그렇고…… 봉선이 아버진……' 그가 그동안 알게 모르게 봉선이 아버지를 좋지 않게 보아왔다는 점은 분명했다. 실제로 그는 처음부터 봉선이 아버지에겐 호감이 가지 않았었다. 그러나 꿈속에서 그렇게 나쁜 역할을 맡길 만큼 자신의 무의식이 그 사람을 나쁘게 여기고 있었다는 사실은 꽤나 충격적이었다. 그가 봉선이 아버지와 얘기할 기회는 많지 않았고 봉선이 아버지는 원래 말수도 적은 편이었다. 더구나 그 사람은 그를 늘 공손히 대했다.

'그것 참.' 자신이 신세를 지고 있는 집안의 젊은 주인에게 까닭 없는 혐오감을 품었다는 깨달음은 아주 떫은 뒷맛을 남겼다.

'너무 오래 이러고 있으면, 곤란한데. 당장 내일도 몇십 리를 걸어야 하는 처지에……' 그는 억지로 잠을 청했다. 봉선이 할아버지는 어느 사이엔가 코를 골고 있었다.

그러나 마음은 다시 꿈속에서 일어났던 일로 돌아가고 있었다. 봉선이 아버지가 자신을 유인하던 장면이 떠올랐다. 자꾸만 자신이 언젠가는 봉선이 아버지 때문에 해를 입을 것만 같다는 생각이 들었다. '꿈속에서 일어난 일을 갖고서 이러는 걸 보면, 내가 이곳 사람들로부터 영향을 많이 받은 모양이구나.'

이곳 사람들은 모두 꿈에 대해 강박관념에 가까운 관심을 갖고 있었다. 사람들이 만나면, 밥을 먹었느냐는 물음이 흔히 인사를 대신했고, 어느 사회에서나 그러하듯, 날씨에 관한 얘기로 이어졌다. 그다음엔 흔히 누가 자신이 꾼 꿈 얘기를 꺼냈다. 한번 꿈 얘기가 나오면, 좀 서먹서먹하던 좌중의 분위기가 문득 바뀌었다. 모두 열심히 그 꿈의 뜻을 풀어보는 일에 끼어들었다. 꿈이 미래에 대한 암시로 받아들여졌으므로, 그것은 당연한 일이라 할 수 있었다.

그래서 사람들은 끊임없이 그에게 자신들이 꾼 꿈의 뜻을 풀어달라고 부탁했다. 그런 부탁들이 병을 고쳐달라는 부탁들보다 많다고 할 수는 없었지만, 그리 적은 것도 아니었다. 그의 해몽이 참으로 신통하다고 사람들이 감탄할 때면, 그는 의원으로서의 명성과 해몽가로서의 명성 가운데 어느 것이 더 큰가 자신에게 물어보면서 속으로 쓴웃음을 짓곤 했다.

어쨌든, 그로선 해몽을 부탁하는 사람들에 대해 불평할 까닭은 없었다. 의원으로서 차마 물어보지 못한 일들에 대해서 해몽가로서 아주 자세한 부분까지 물어볼 수 있었고, 그렇게 얻은 정보들은 병들을 고치는 데 때로 도움이 되었다.

'걱정할 것은 꿈의 뜻을 몰라보는 것이 아니라 꿈에다 너무 깊은 뜻을 부여하는 것이지. 그게 바로 "스스로 이루어내는 예언"일 테니까……' 꿈속에서 본 봉선이 아버지의 모습을 자꾸 떠올리는 마음을 다른 데로 돌리려고, 그는 귀금이를 눈앞에 떠올렸다. 물꼬가 터진 논의 물처럼, 자신의 마음이 부엌문을 잡고 선 귀금이에게로 빨려 나가는 것을 느끼면서, 그는 흐뭇한 웃음을 얼굴에 띠었다.

2

삐걱거리면서 닫히는 녹슨 문처럼 느리고 힘들게 잠 속 풍경이 한쪽으로 밀려나면서, 아직 손길이 서툰 의식이 흔들리는 풍경을 새로 펼쳤다. 눈을 감은 채, 언오는 초점이 덜 맞추어진 그 풍경이 좀더 또렷해지기를 기다렸다. 컴컴한 초월시공을 향해 큰 충격파를 남기고 문득 사라진 시낭의 모습이 아직 망막 뒤쪽에 남아 있었다.

그것은 '가마우지'보다 몇 배 큰 시낭이었다. 전체 구조를 먼저 결정하고 내부를 거기 맞추어 배치하는 대신, 구조와 내부가 서로 작용하면서 함께 결정되었을 때 나오는 자연스러운 아름다움을 지닌, 어쩐지 좀 비대칭으로 느껴지는 모습이 어둑한 꿈속 하늘 아래 푸르스름한 빛을 내고 있었다.

이어 그 시낭을 타고 온 사람들의 모습이 떠올랐다. 그들은 그가 시간 줄기에 준 충격으로 생긴, 새로운 시간 줄기의 51세기에서 찾아온 시간 순찰 요원들이었다. 물론 그들의 임무는 자신들의 시간 줄기를 만들어낸 그를 보호하는 것이었다. 우두머리로 보이는, 몸집이 큰 사내가 토정 선생이 정말로 죽었다고 확인해주었다. 그가 토정 선생의 사인을 묻자, 그 사내는 별로 망설이는 기색 없이 16세기에서 갈라져 나온 자신들의 시간 줄기를 지키기 위해 자신들이 토정 선생을 죽였다고 말했다. 그리고 자신들의 정보에 따르면, 토정 선생은 원래의 시간 줄기의 36세기나 41세기에서 찾아온 시간 순찰 요원 같다는 얘기를 덧붙였다. 토정 선생이 보여준 시간 역학 지식과 기술 수준이 상당히 원시적이라는 것이었다.

비록 꿈속 얘기이긴 했지만, 그가 느꼈던 감정들은 아직 그의 가슴에 생생하게 남아 있었다. 자신이 결국 자신을 낳은 시간 줄기를 끊고 새로운 시간 줄기를 만들어냈다는 큰 죄책감과 결과적으로 자신 때문에 토정 선생이 죽었다는 좀 작은 죄책감이 모서리가 날카로운 얼음덩이들처럼 가슴속을 떠다니면서 너덜거리는 살의 벽에 아프게 부딪치고 있었다.

다른 편으로는, 아직 모습을 보이지 않고 따스한 기운으로 느껴지기만 하는 묘한 자부심이 살 속을 암류(暗流)로 흐르고 있었다. 시간 줄기 하나를 새로 만드는 것은 아무나 할 수 있는 일이 아니었다, 그것이 원래의 시간 줄기보다 나은 것이든 아니든. 그리고 두 시간 줄기들에서 찾아온 시간 순찰 요원들이 서로 치열하게 싸우고 있다는 사실은 그가 시간 줄기에 지금까지 준, 그리고 앞으로 줄, 충격으로 원래의 시간 줄기가 아주 사라지거나 역사의 흐름에서 떨어져 나가 '가능성의 특이점'을 이루지 않았다는 것을 말해주었다.

'그렇다면 오히려 잘된 일 아닌가? 새로운 세상을 하나 더 만들어냈으니? 수십억 사람들을, 아니 헤아릴 수 없이 많은 갖가지 생명체들을, 품은 세상을 하나 더 만들어냈으니, 나야말로……' 그는 이불을 당겨 머리까지 덮고서 모로 누웠다. 앞머리에 아직 무겁게 고인 검은 기운이 가시려면, 한숨 더 자야 될 터였다.

한참 동안 마음을 비우려 애쓰면서 잠을 청했지만, 잠은 좀처럼 가까이 오지 않았다. 끊으려는 생각만 이어졌다. '시간 줄기가 하나 새로 생긴다는 것은 실제로는 무엇을 뜻할까? 원래의 시간 줄기는 어떤 영향을 받을까?'

다른 시간 줄기들에서 온 시간 순찰 요원들이 서로 싸우고 있다는 사실로 미루어보면, 하긴 꿈속의 일을 사실이라고 하는 것이 좀 우스웠지만, 시간 줄기를 다른 세상과 공유한다는 사실이 그 시간 줄기에 무슨 부정적 영향을 미친다는 것은 분명했다.

'무슨 부정적 영향이 나올까? 과거의 역사가 흘러 들어오는 양이 줄어들까? 흘러 들어오는 역사가 줄어든다는 것은 무엇을 뜻할까? 어쩌면 국제 하천을 사이에 놓고 서로 강물을 많이 끌어가려고 다투는 두 나라들 사이의 관계와 비슷할지도 모르겠다.' 자신이 생각해낸 비유가 그럴듯해서, 그는 마음속으로 고개를 끄덕였다.

'그렇다면, 어떤 시간 줄기의 잠재적 능력이, 그 능력이 무엇이든지 간에, 제약되었다는 얘긴데…… 하긴 우주에 무한한 것은 없으니, 우주 자체도 유한하니, 시간 줄기가 어떤 면에서 제약되었다는 얘기는 이치에 맞기는 한데. 어쨌든, 원래의 시간 줄기와 내가 만들어낸 시간 줄기는 제로섬 게임 상태에 있는 것이 분명하지.' 벌리고 잔 입을 다물고 침을 내어 바싹 마른 입안을 축이면서, 그는 씁쓰레한 웃음을 얼굴에 띠었다. '흠. 내가 나도 이해하지 못하는 이상한 전쟁을 일으켰구나. 그것도 영원히 끝나지 않을 전쟁을.'

토정 선생 일행이 지닌 지식과 기술에 대한 우월감을 은근히 내비쳤던 요원은 곧 원래의 시간 줄기의 후대에서 찾아올 적수들을 맞을 준비를 해야 한다고 했다. 그 사람은 태연한 얼굴을 했지만, 그는 시낭을 둘러싼 요원들이 긴장하고 있음을 느낄 수 있었다.

그러나 그런 형이상학적 생각들이 주는 감정들은, 그 꿈이 그에게 준 든든한 자신감에 비하면, 아주 옅었다. 이제 그는 기댈 데가 있었다. 일방적으로 쫓기는 것이 아니라 큰 세력의 도움을 기대할 수 있다는 생각은, 비록 꿈속의 상황일망정, 뜻밖에도 단단한 자신감으로 그를 떠받쳤다. 밤마다 꿈속에서 토정 선생에게 시달리는 일에는 넌더리가 난 터였다.

'아무래도 잠을 더 자는 것은 포기해야 되겠구나.' 그는 이불을 내리고 습관적으로 시계를 보았다. '이런, 벌써……'

8시였다. 한밤중에 잠이 깬 뒤, 코가 막히고 열이 올라, 좀처럼 잠이 오지 않았었다. 그래서 꽤 오래 뒤치락거리다가 새벽에 깜박 잠이 들었는데, 생각보다 늦게까지 잔 것이었다. 8시면, 사람들이 일찍 일과를 시작하는 이곳에선 한낮이었다.

그는 천천히 일어나 앉았다. 살이 부어오른 듯하고 뼛속은 빈 듯했다. 코가 막혀 입을 벌리고 잔 까닭에, 입안이 바싹 말라 있었다. 그는 손수건을 꺼내어 젖은 눈곱이 긴 눈을 씻고 코를 풀었다. 막힌 코는 뚫리지 않고 골만 아프게 울렸다.

　다시 억지로 침을 내어 입안을 축이면서, 그는 우울한 눈길로 손수건을 내려다보았다. 넉 달 동안 계속 쓴 참이라, 손수건은 날긋날긋해서 곧 미어질 듯했다. '하나밖에 없는 손수건인데…… 그래도 손수건이야 없어지면, 수건을 써도 되지만, 휴지는……'

　휴지는 아직 한 두루마리가 남아 있었다. 그러나 이제 휴지는 휴지로 쓰기엔 너무 귀한 물건이었다. 병자의 피나 고름을 닦아내는 의료용품이었다. 그리고 휴지를 쓰지 않는 것이 큰 불편을 주는 것도 아니었다. 이제 그는 뒷간에 갈 때 넓고 부드러운 잎새를 찾는 일에 익숙해져 있었다. 아직 간시궐을 이용할 만큼 이곳 풍습에 익숙해진 것은 아니었지만.

　'그건 그렇고,' 침으로 축여서, 입안이 좀 부드러워진 것을 느끼면서, 그는 자신에게 물었다, '이젠 감기약을 먹어야지?'

　그끄저께 한산댁에서 토정 선생이 죽었다는 소식을 듣자, 그는 마음이 풀어지면서 몸도 따라 나른해졌다. 그저께는 흥분이 채 가라앉지 않아서 느끼지 못했었는데, 어저께는 아침부터 몸살 기운이 있었다. 잠까지 설쳐서, 머리 앞쪽에 고인 묵지근한 아픔이 좀처럼 풀리지 않았다. 억지로 장복실까지 내려갔다가, 더 버티기 어려워서, 대충 일을 보고 그대로 올라왔다. 막상 봉션이네로 돌아와 보니, 누울 데가 마땅치 않았다. 봉션이 할아버지와 함께 쓰는 사랑에 대낮부터 드러누울 수는 없었다. 그래서 억지로 좀 버텼는데, 도저히 견딜 수가 없어서, 이불을 펴고 자리에 누웠다. 이내 열이 오르고 자신도 모르게 끙끙 앓는 소리가 나왔다.

'다른 것은 그만두고라도, 혼자 누워서 푸근한 마음으로 앓을 방이 없어서라도, 빨리 나아야겠다.' 그는 씁쓰레하게 자신에게 일렀다.

봉선이네 집엔 방에 여유가 없었다. 머슴인 슈천이까지 골짜기 위쪽에 새로 지은 작은아들 집에 묵고 있었다. 셋째 아들과 아직 장가들지 않은 막내아들은 례산 읍내에 살면서 무슨 가게를 하는 모양이었다. 막내아들 위로 딸이 둘 있었는데, 멀리 출가한 듯, 왕래가 없었다. 하긴 출가외인(出嫁外人)이란 말이 당연하게 여겨지는 세상이니, 자주 친정에 드나드는 여자들은 드물 터였다.

사실 방이 문제가 되지 않는다면, 그로서는 하루나 이틀은 더 약을 쓰지 않고 버텨보고 싶었다. 아픈 까닭을 잘 알고 있었고 어쩌면 아픈 것이 자연스럽다고 할 수도 있었으므로, 걱정이 되지 않았다. 이번 고비만 탈 없이 넘기면, 몸과 마음이 제대로 회복되리라는 느낌까지 들었다. 어떤 뜻에선, 지난 며칠 동안 꾼 어지러운 꿈들도 그의 마음이 시낭의 좌초로 끝난 시간여행에서 받은 충격들에 나름으로 질서를 부여하는 과정으로 볼 수 있었다.

'내가 아프단 얘기가 한산댁에 들어가면, 음식이라도 해서 귀금이 편에 보낼 만도 한데……' 그는 이내 고개를 저으면서 쓴웃음을 지었다. 그가 아프다는 소식을 들으면, 아마도 리산구가 찾아올 터였고, 음식을 보낸다면, 귀금이가 아니라 홍두가 들고 올 터였다.

'내가 철딱서니 없는 생각을 다 하고 있구나.' 생각은 그렇게 했지만, 문득 밀려온 그리움의 물살은 마음을 덮었다.

'그렇지만, "사랑은 바보들의 지혜고 현자들의 어리석음"이란 애기도 있잖나?' 좀 겸연쩍어진 마음이 변명 한 토막을 내비쳤다.

'그러니까 내가 현자라?' 야릇한 웃음을 띠다 말고, 그는 이마를 찌푸렸다. 그 말을 한 사람이 생각나지 않았다. '분명 영국 사람인데. 영어로 읽었으니까. 셰익스피어? 셰익스피어는 아닌 것 같고…… 누군가?'

한참 생각해보아도, 누가 그 말을 했는지 기억해낼 수 없었다. 그는 단념하고 고개를 저었다. 문득 허전한 느낌이 가슴을 훑었다. 이제 기억해낼 수 없는 지식들은 영영 잃어버리는 것이었다. 그렇게 잃어버렸다는 생각이 이곳에서 쓸모가 있을 것 같지 않은 지식 한 토막을 무척 아깝게 만들었다.

문이 조용히 열리는 소리가 났다. 돌아다보니, 한복이가 고개만 방 안으로 들이밀고 있었다.

"스승님, 긔침하샸압나니잇가?" 그가 일어난 것을 보자, 녀석이 방 안으로 들어섰다.

"녜." 그는 급히 자리에서 일어섰다. 머리가 크게 흔들렸다.

그가 일어나자, 한복이가 이내 이불을 개기 시작했다.

한복이를 말리려다가 그만두고, 그는 어지러운 마음으로 마루로 나왔다.

"스승님 닐어나샸다." 안채 마루에 혼자 앉아 있던 봉선이가 소리치면서 달려왔다. "스승님 닐어나샸다."

녀석의 목소리에 담긴 정이 그의 몸을 덥게 채우고 넘쳐 환한 웃음이 되어 부석부석한 그의 얼굴로 배어 나왔다. 그는 마루 끝으로 나가 앉았다.

그의 옆에 걸터앉더니, 봉선이가 걱정하는 낯빛으로 그의 얼굴을 살폈다. "스승님, 많이 알파시나니잇가?"

그는 고개를 저었다. "이제 많이 나왔나이다."

봉선이가 고개를 끄덕였다. 그리고 살그머니 그의 손을 잡았다.

녀석의 작은 손을 다른 손으로 쓰다듬으면서, 그는 포근한 감정을 느꼈다. 아마도 그에겐 그런 감정이 행복에 가장 가까울 터였다. 이슬이 덜 마른 안마당에 떨어지는 아침 햇살이 그냥 바라보기 아까울 만큼 아름다웠다. 새벽에 한돌이가 무슨 기름으로 닦아놓은 듯, 댓돌 위에 가지런히 놓인 그의 신이 반들거렸다. 한 세상을 버리고 다른 세상으로 들어온 자에게 이런 순간이 마련되었다는 것은 선뜻 움켜쥐기 어려운 행운이었다. 움켜쥐면 깨질까 두려울 만큼 여린 행운이었다.

바깥마당에서 무슨 곡식을 막대기로 탁탁 터는 소리가 마음에 푸근하게 닿았다. 고개를 빼어 내다보니, 화성댁이 명석을 펴놓고 막대기로 콩을 털고 있었다. 요즈음은 곡식을 거두어들이느라, 모두 바빴다.

아직 그의 얼굴을 살피는 봉선이의 눈길을 맞으면서, 그는 뒤늦게 덧붙였다. "죠곰 알파나이다."

"스승님, 됴한 약알 드쇼셔," 녀석이 진지하게 말했다.

"녜." 그는 빙그레 웃었다. "나이 됴한 약알 먹을 터이니, 봉선 아씨가 믈을 겸 떠다주쇼셔."

"녜, 스승님." 녀석이 환해진 얼굴로 냉큼 일어서서 토방으로 내려섰다.

"사발애다 믈을 떠오쇼셔."

고개를 끄덕이더니, 녀석이 부엌으로 달려갔다. "므을. 스승님 끼셔 약알 드신단다. 어마, 므을."

3

"여긔니이다." 곳뜸 아래쪽으로 내려온 길이 시내를 건너는 곳에 이르자, 언오는 걸음을 늦추고 뒤에 선 사람들을 돌아다보았다. "여긔 둑을 쌓고져 하나이다."

그를 따라 걸음을 늦춘 두 사람이 고개를 끄덕였다. 희끗한 수염을 쓰다듬으면서, 초립을 쓴 봉선이 할아버지가 천천히 한 바퀴 둘러보았다.

냇가의 풀밭에서 풀을 뜯던 검정 염소 한 마리가, 그들보고 들으라는 듯, 애잔한 소리로 길게 울었다. 묶어놓은 말뚝에 줄이 많이 감겨서, 풀을 제대로 뜯지 못하고 있었다. 그가 다가오는 것을 보고 놀라서 도망치다가, 줄이 말뚝에 더 바짝 감겨버리자, 그 염소는 다급한 목소리로 울어댔다.

염소를 풀어주고 풀밭에서 나와, 그는 내처 길옆 논둑으로 올라섰다. "뎌편 산쟈락과," 그는 오른쪽에서 내려온 산자락을 가리킨 다음 몸을 돌려 왼쪽에서 내려온 산자락을 가리켰다. "이편 산쟈락아로 여긔는 병의 목텨로 다외얐나이다. 여긔 둑을 쌓아 못알 맹갈면, 둑을 죠곰만 쌓아도, 믈을 많이 가돌 수 이시나이다." 말을 마치고, 그는 적잖이 긴장된 마음으로 두 사람의 반응을 살폈다.

"녜, 스승님." 왼쪽 산자락에 눈길을 준 채, 노인이 고개를 끄덕였다. 뒤쪽에 선 봉선이 아버지가 슬쩍 자기 아버지의 낯빛을 살피더니, 주먹을 입에 대고 가볍게 헛기침을 했다.

"뎌편 산쟈락과 이편 산쟈락 사이의 거리는 대강 백칠십……" 그는 말을 흐렸다. 이곳에선 물론 미터를 쓸 수 없었다. 그는 바삐 미터로 잰 거리를 자로 나타낸 거리로 바꾸었다. "대강 오백 자히 다외나이다. 그러모로 둑의 기리도 오백 자면 다욀 닷하나이다."

"아, 그러하나니잇가?" 조심스럽게 고개를 끄덕이는 노인의 얼굴에, 그가 저수지 얘기를 꺼낸 뒤 처음으로, 진지한 관심이 어렸다. 봉선이 아버지는 그저 따라서 머리를 끄덕였다.

그는 이번 일에서 중요한 것은 봉선이 할아버지의 의견임을 깨달았다. 그는 전부터 봉선이 아버지의 의견이, 비록 맏아들의 의견이었지만, 광시댁의 의사 결정에서 그리 큰 무게를 지니지 못한다는 느낌을 받았었다. 실제로 봉선이 할아버지는 자기 집안에서만이 아니라 숯골에서 웃어른 노릇을 했다.

'자식들에 대한 부모의 권위가 절대적인 세상이긴 하지만, 저렇게 큰 부모의 권위를 지닐 수 있는 데는 저 어른이 아직 재산을 자식들에게 나눠주지 않았다는 점도 상당히 작용했겠지?' 여러 면들에서 대조적인 부자의 모습을 비교하는 그의 마음에 좀 떠름한 생각이 떠올랐다. 곡식을 거두어들일 때 보니, 분가한 아들들도 아직 땅을 완전히 나눠 받지는 못한 듯했다.

"휘어이. 휘어이." 멀리 골짜기 위쪽에서 참새 떼를 쫓는 아이의 목소리가 들려왔다. 논바닥에 널어놓은 벼에 앉았던 참새들이 아이의 돌팔매를 피해 달아나고 있었다. 그러나 약고 끈질긴 참새들은 이내 위쪽 논에 내렸다.

"둑의 너븨는," 그는 눈길을 논에서 거두고서 노인에게 말했다. "아래난 백스무 자히고 우히는 스무 자히니이다. 백스무 자, 스무 자히니이다."

노인이 그의 얘기를 새기는 얼굴로 고개를 끄덕였다. "아래가 백스무 자, 우히난 스무 자라 하샸나이다?"

"녜. 그러모로……" 둑의 기울기가 45도라는 것을 설명할 길이 마땅치 않았다. "둑이 이리 기울어뎌 올아가나이다. 바로 선 것과 바로 누운 것의 한가온대로 이리 올아가나이다."

"아, 녜." 노인이 고개를 열심히 끄덕였다. 그의 얘기를 알아들은 듯했다.

"아, 그러하고 노패난 쉰 자히니이다. 쉰 자," 자신의 설명이 부족했음을 깨닫고, 그는 뒤늦게 덧붙였다.

"노패 쉰 자라," 혼잣소리를 하더니, 노인이 눈을 가늘게 뜨고 두 산자락 사이를 가늠했다. "그러하면, 스승님, 쟉안 일이 아닌 닷하나이다."

"녜. 쟉안 일이 아니이다. 일을 다 만차려면, 열다삿 해즈음 걸릴 닷하나이다."

"열다삿 해?" 그의 얘기가 상당히 뜻밖이었는지, 노인이 놀란 어조로 되받았다.

"녜. 열다삿 해난 걸윈다 보아야 할 새니이다." 그는 좀 고집스럽게 대꾸했다.

그는 애초의 계획을 바꾸어 둑을 3미터 높이기로 했다. 3미터 높아지면, 너비가 6미터 늘어나고 부피는 반이나 늘어났지만, 아무래도 둑을 좀더 튼튼하게 만들어야 될 듯했다.

봉선이 할아버지가 수염을 쓰다듬어 내리는 속도가 빨라졌다. 골똘히 생각하고 있다는 얘기였다. "스승님," 그를 불러놓고서, 노인은 눈길을 골짜기 아래쪽에 준 채 잠시 뜸을 들였다. "스승님 말쌈대로이 여긔 둑을 쌓아서 못알 맹갈면, 참아로 됴할 새니이다. 그러하오나, 열다삿 해 뒤헤 나올 리를 바라고져……"

그는 이해한다는 낯빛을 지으면서 고개를 끄덕였다.

그의 얼굴을 슬쩍 살피더니, 노인이 미안해하는 얼굴로 천천히 고개를 저었다. "우리 같안 샹사람달히 그리 큰일을 하기난 어렵나이다." 고개를 돌려 다시 산자락 사이의 거리를 가늠하면서, 노인은 나직이 덧붙였다. "나라히 하실 일이니이다."

노인의 좀 어눌한 말씨에서 느껴지는, 자수성가한 사람의 끈질김과 단단함이 그의 마음을 한결 편안하게 만들었다. 따지고 보면, 그는 광시댁 사람들보고 불확실해서 위험이 아주 큰 사업에 큰돈을 투자하라고 권하는 셈이었다. 그래서 노인이 그의 얘기에 선뜻 따랐다면, 오히려 적잖이 찜찜하고 미안했을 터였다.

"녜. 므슴 말쌈이신디 잘 알겠나이다." 그는 논둑에서 내려와

노인을 바라보고 섰다. "그러하오나 둑을 쌓난 대 여러 해 걸윈다 난 것은 그리 큰일이 아닌가 하나이다. 둑을 쌓난 대로이 믈이 고일 새니, 꼭 열다삿 해랄 기다려야 제 몫알 하난 것은 아니이다. 어려운 일은……" 잠시 뜸을 들인 다음, 그는 위쪽 시냇가의 논들을 가리켰다. "둑을 쌓고 믈을 가도면, 뎌 논달히 모다 믈에 잠기나이다. 긔 어렵나이다."

그의 말에 두 사람이 흠칫하면서 그가 가리킨 곳을 돌아다보았다.

벼를 거둔 뒤라, 군데군데 논둑 위에 세워진 볏단들을 빼놓으면, 논들은 휑했다. 구름이 엷게 깔려서, 중천에서 내리는 햇살도 좀 설핏했다. 그래도 한 해 농사의 자취가 남은 논들은 보는 이의 가슴을 푸근하게 했다. 벼를 일찍 벤 논에선 그루터기들에서 연둣빛 싹들이 보얀 얼굴들을 내밀고 있었다.

'저 논들이 물에 잠겨 없어져야 하는데…… 과연 내가 지금 쌓으려는 저수지에서……' 그는 자신도 모르게 고개를 저었다. 한 해의 소출을 이미 약속대로 선선히 내주었고 내년의 소출을 약속하는 논들이 너른 품을 열고 누운 모습을 대하자, 그런 논들의 소출을 대신할 만한 이득이 아직 그의 머릿속에 든 저수지에선 도저히 나올 것 같지 않았다.

'내가 이런 생각이 든다면, 대대로 저 논들에서 농사를 지으면서 살아온 사람들이야……' 문득 무거워진 가슴으로 그는 두 사람에게 슬쩍 눈길을 주었다.

두 사람은 아직 굳은 자세로 서서 층을 이루면서 골짜기 위쪽으로 올라간 논들을 말없이 바라보고 있었다. 오랜 농사로 굳어진 그들의 어깨가 완강한 느낌을 주었다.

위쪽에서 참새 한 떼가 시끄럽게 날아오더니, 빙 돌아서, 구멍 뚫린 삿갓을 쓴 허수아비가 외롭게 선 빈 밭에 내렸다. 논 위쪽 비탈의 밭들도 많이 비어 있었다. 콩과 조를 거두어들인 참이었고 밭둑을 따라 들깨와 수수만이 아직 서 있었다.

'저 밭들까지도 많이 물에 잠겨야 하겠지.' 그는 씁쓸하게 입맛을 다셨다. '저수지를 쌓으려면, 어쩔 수 없지만, 정말로 아깝다.'

봉선이 아버지가 흘긋 자기 아버지를 돌아다보았다. 깊은 최면에서 깨어나는 듯한 몸짓으로 봉선이 할아버지가 그에게로 몸을 돌렸다. 한숨을 길게 내쉬더니, 헛기침을 하면서 수염을 쓰다듬어 내렸다.

말없이 염주를 만지면서, 그는 노인이 먼저 말을 꺼내기를 기다렸다. 좀 뜻밖으로 여겨지는 차분한 자신감이 가슴 밑바닥에 고이고 있었다. 노인을 설득하는 일이 예상했던 대로 무척 어려우리라는 것이 드러났고 노인을 설득하는 일은 실은 어렵고 오래 걸릴 사업의 첫걸음에 지나지 않았지만, 자신이 막 시작한 사업을 어떤 어려움도 막지 못하리라는 믿음이 가슴을 뿌듯하게 채우면서 올라왔다. 무슨 일에서나 첫걸음이 가장 힘들게 마련인데, 마침내 그 걸음을 내디뎠다는 사정도 있을 터였고, 몸살을 앓고 난 뒤, 그의 몸이 시간여행과 불시착의 충격에서 말끔히 회복된 것처럼 느껴진다는 사정도 있을 터였다. 무엇보다도, 이제는 사랑하는 사람이 여기 있다는 사실이 있었다.

종아리가 드러난 치마를 입고 한산댁 부엌문을 잡고 선 귀금이

의 모습이 떠오르면서, 그의 가슴이 그리움으로 저려왔다. '지금 무엇을 할까? 나를 생각하고……'

"스승님, 논이 얼머나 믈에 잠겨야 하나니잇가?"

열다섯 해 뒤를 바라보고 지금 소출이 나오는 논들을 물에 잠기게 할 수야 없잖느냐는 얘기를 예상했던 터라, 그는 잠시 머뭇거렸다. "뎌리로 하야 뎌리로 믈이 찰 새니," 그는 손으로 산비탈에 일군 밭들을 가리켰다. "여긔 논안 모도 믈에 잠기고 밭도 많이 잠길 새니이다."

노인의 얼굴에 문득 웃음기가 배어 나왔다. "스승님끠션 내죵애 가말 때랄 생각하야 시방 곡식이 나오난 논밭알 버리라 하시나니잇가?"

"그러하나이다, 얼우신." 마음이 문득 밝고 가벼워져서, 그도 웃음을 지었다. "그런 혜옴이니이다. 그러하오나 못알 맹가난 일은 가말아서 녀름을 아조 짓디 못할 때랄 생각하야 미리 곡식알 쌓아 두는 혜옴이기도 하나이다."

"호오." 노인의 얼굴에 앉은 웃음기가 밝은 웃음으로 짙어졌다. 노인이 고개를 가볍게 끄덕이면서 수염을 쓰다듬어 내렸다.

"그러하고, 얼우신, 둑을 쌓으면, 가말 때만 됴한 것이 아니라, 큰믈이 딜 때도 또한 됴하나이다. 큰믈이 디더라도, 뎌번텨로 믈이 넘띠디 아니 하나이다." 수위를 잘못 조절하면, 홍수를 다스리기 위한 저수지가 오히려 훨씬 큰 재앙을 불러올 수도 있다는 생각을 누르고, 그는 자신에 찬 목소리로 말했다.

"큰믈을 막난 대 됴한 일이면, 우리 할 일이 아니라," 봉션이 아버지가 처음으로 입을 열었다. "쟝복실이나 구화실 사람달히 할 일이 아닌가 하나이다."

"녜." 올 것이 왔지만, 속이 뜨끔했다. 아주 아픈 얘기였다. 그리고 앞으로 두고두고 말썽을 부릴 일이기도 했다. "그리 볼 수도 이시나이다."

이곳에 저수지가 생기면, 큰 이득을 볼 사람들은 저수지 아래쪽 마을들에 사는 사람들이었다. 반면에, 물에 잠길 논밭들은 물론 대부분 숯골과 돌무들기 사람들의 땅이었다. 자연히, 숯골과 돌무들기 사람들은 저수지를 만들자는 얘기를 그리 탐탁지 않게 여길 터였다. 물에 잠길 땅이 많은 광시댁은 특히 그러할 터였다. 그러나 물에 잠길 땅만이 아니라 저수지를 만드는 데 들어갈 작지 않은 자본에서 큰 몫이 광시댁에서 나와야 했다. 이 골짜기에서 그가 저수지 얘기를 꺼낼 수 있을 만큼 친한 사람들 가운데 재력이 있는 이들은 한산댁과 광시댁 사람들이었다. 자연히, 광시댁 사람들을 설득하는 일은 저수지 사업의 첫 고비였고, 그래서 그는 리산구와 상의하기 전에 먼저 광시댁 사람들에게 얘기를 꺼낸 것이었다.

그가 선선히 인정하자, 봉션이 아버지가 오히려 움찔했다. "우리 따해 못알 맹갈아서 다란 사람달만 됴하개 한다면……" 말끝을 흐리면서, 봉션이 아버지가 자기 아버지의 얼굴을 살폈다.

봉션이 아버지에게 느낀 실망이 얼굴에 드러나지 않도록, 그는 억지로 얼굴의 웃음을 크게 했다. 봉션이 아버지에게서 지금까지 보지 못했던 이기심이 문득 무슨 징그러운 벌레처럼 고개를 든 것이었다. 그러나 그런 이기심이 뜻밖으로 느껴지지는 않았다. 그는 자신이 봉선이 아버지의 성품에 있는 그런 특질을 이미 잠재의식적으로 느끼고 있었음을 깨달았다.

'꿈속에서 내가 저 사람에게 그렇게 나쁜 역을 맡긴 것이, 그러고 보면, 아주 엉터리 짓은 아니었구나.' 속으로 고개를 끄덕이고서, 그는 헛기침을 했다.

"따히 죠곰 믈에 잠긴다면, 또 모라겠나이다. 여긔 논밭이 모다 믈에 잠긴다면……" 봉선이 아버지가 고개를 저었다.

"꼭 그러한 것은 아니다. 가말 때 여긔 믈이 이시면, 여긔 사람달히 엇디 리득을 보디 못할 리 이시겠나니잇가?" 말을 멈추고, 그는 봉선이 아버지의 얼굴을 살폈다.

봉선이 아버지는 눈길을 내린 채 공손한 자세로 그의 말을 듣고 있었다. 그러나 얼굴은 다른 사람의 얘기가 들어올 틈이 없게 닫혀 있었다.

그는 속으로 한숨을 쉬었다. 자신이 무슨 얘기를 내놓든지, 봉선이 아버지의 굳게 닫힌 마음을 열 수 없다는 것을 그는 깨달았다. 이곳 사람들은 큰 투자가 필요하고 오래 걸리지만 많은 사람들에게 두고두고 혜택을 주는 일들에 익숙지 못할 터였다. 따라서 숯골이나 돌무들기 사람들이 자신들에게만이 아니라 슐곡면까지 뻗은 골짜기 전체에 혜택을 줄 수 있는 사회 간접 자본을 마련하려는 그의 계획을 제대로 보려면, 상당히 큰 상상력이 필요할 터였다. 그런 상상력이 깃들이기엔 봉선이 아버지의 마음은 너무 작고 굳은 듯했다.

"그러하고," 그는 아들을 설득하는 대신 아버지에게 말했다.

"믈을 쓰는 사람달한 모도 믈값알 내야 하나이다. 그러모로 한번 못알 맹갈아놓으면, 언제까지나 믈값알 받알 수 이시나이다."

"그러하오나," 잠시 생각하더니, 봉선이 할아버지가 차분한 어조로 말했다. "믈값알 받난 일이 엇디 쉽겠나니잇가? 가말 때 믈을 쓰게 다외면, 모도 감샤하다 할 새디마난, 내죵애 믈값알 내라 하면…… 사람 마암이 뒷간애 갈 때하고 나올 때하고 다란듸, 봄애 쓴 믈값알 가알해 내라 하면, 다란 녜아기 하디 아니하고 순순히 낼 사람달히 몇이나 다외겠나니잇가?"

맞는 얘기였다. 그는 고개를 끄덕였다. "얼우신 말쌈이 맞나이다."

사람들에게 바랄 수 있는 것에 대해 환상을 지니지 않은 사람의 좀 서글픈 웃음을 얼굴에 띠면서, 노인이 천천히 고개를 저었다. "쇼인 생각애난 믈값알 받난 일은 너무 어려워셔……"

그러나 그는 그 문제에 대해선 이미 나름으로 생각해둔 터였다. "믈값알 받난 일은 얼우신 말쌈대로 어려운 일이나이다. 그러하오나, 얼우신끠셔 생각하시난 것텨로 어려운 일은 아닌 닷하나이다. 못알 맹가난 사람달히 손소 믈값알 받난 것이 아니라, 조합이나 회사 같안 것을 맹갈아셔……" 조합이나 회사는 근대 개화기에 일본 사람들이 서양 문명에서 나온 개념들을 번역해서 만든 말들임을 깨닫고, 그는 말을 흐렸다.

봉선이 할아버지는 그의 말을 알아듣지 못한 얼굴로 그를 쳐다보고 있었다. 봉선이 아버지가 굳은 얼굴로 고개를 돌리고서 헛기침을 했다.

그는 이곳에서 조합이나 회사에 상응하는 것을 급히 찾아보았다. 좀처럼 떠오르지 않았다. '그런 상업 조직을 설명할 길을 미리 생각해두었어야 하는데…… 이곳은 회사는 고사하고 조합이란 개념조차 존재하지 않는 세상이니…… 아니지, 계란 것이 있지.'

엄밀히 따지면, 계와 조합은 상당히 달랐다. 조합은 그 구성원으로부터 독립된 정도가 계보다 훨씬 컸다. 그리고 그가 생각한 것은 조합보다는 회사에 훨씬 가까운 조직이었다. 가능하다고 판단되면, 그는 저수지를 쌓고 관리하는 조직을 주식회사 형태로 만들 작정이었다. 주식회사가 가장 발전된 회사 형태였으므로, 그렇게 할 수만 있다면, 여러모로 좋을 터였다.

사정이 그렇기는 해도, 지금은 계라고 설명하는 것이 가장 나을 듯했다. "여러 사람달히 계를 맹갈아셔, 계가 믈값알 받개 하면, 다일 닷하나이다." 조심스럽게 말을 잇고서, 그는 노인의 얼굴을 살폈다.

"녜, 스승님." 노인의 대답이 기대보다 시원치 않았다.

"둑을 쌓아 못알 맹갈려 하면, 많안 것들이 이셔야 하나이다." 이 대목이 중요하다는 것을 느끼면서, 그는 자신의 계획을 차근차근 설명하기 시작했다. "몬져 못알 맹갈 따히 이셔야 하나이다. 다암앤 둑을 쌓알 사람달히 이셔야 하나이다. 세째로 못알 맹가난 대 들어가난 연장달히나 물건들히 이셔야 하나이다. 이러한 것들흘 모도 돈아로 혜아려셔 그것들흘 낸 사람달히 얼머나 못알 맹가난 대 도움을 주었나 혜아릴 새니이다. 그리 혜아려셔, 사람마다 못알 맹가난 대 준 도움의 크기에 따라, 못에 대한 권리를 나누어 갖게 되나이다."

노인은 고개를 끄덕였지만, 그의 말을 완전히 알아들은 것 같지는 않았다.

"그리 한 다암에, 계를 다사리난 사람달할 따로 두어셔, 그 사람달히 믈값알 거두게 할 새니이다. 그리하면 못알 맹가난 일에 도움을 준 사람달히 손소 나셔셔 믈값알……" 그는 설명을 이었다.

그의 얘기가 이곳 사람들에겐 너무 낯설어서, 그로선 설명하기가 어려웠고 봉선이 할아버지로선 알아듣기가 어려웠다. 그래도 차츰 그의 얘기를 알아듣게 되자, 노인은 연신 고개를 끄덕이면서 진지하게 그의 설명을 들었다. 특히 새로운 상업적 방안들을 감탄하면서 음미했다. 잘 모르는 얘기는 뜻이 통할 때까지, 그에게 거듭 물었다.

그가 긴 얘기를 끝내자, 봉선이 할아버지가 미소를 지었다. "스승님, 이제 므슴 말쌈이신디 알아듣겠나이다."

그도 웃음으로 대답하고서, 삿갓을 들어 이마의 땀을 손등으로 훔쳤다. 16세기 사람에게 21세기의 상업적 관행들과 개념들을 설명하는 일은 생각보다 훨씬 어려웠다. 마땅한 말들을 찾는 것이 무엇보다도 힘들었다. 이곳 사람들과 진지한 얘기를 할 때마다 느끼는 일이었지만, 현대의 추상적 개념들이 이곳엔 존재하지 않아서, 그의 뜻을 제대로 전할 길이 없었다.

"스승님 말쌈이 참아로 신긔하나이다."

"고마운 말쌈이시나이다. 얼우신, 이제 돌아가사이다." 그는 마을 쪽을 가리켰다. 얘기를 꺼낸 김에 아예 봉선이 할아버지의 승낙을 받아내고 싶었지만, 그는 저수지 사업이 결코 서두를 일이 아님을 느꼈다. 사실 노인의 반응은 기대보다 훨씬 호의적이었다. 지금은 그것으로 만족할 수 있었다.

"네, 스승님." 노인이 마을 쪽으로 돌아섰다. 지금은 마을 사람들이 모두 정신없이 바쁜 때였다. 그들도 점심을 먹은 다음 잠시 저수지 터를 둘러보러 나온 터였다. 아마도 일꾼들은 이미 오후 일을 시작했을 터였다.

두 사람의 뒤를 따르기 전에, 그는 부풀어 오르는 가슴으로 저수지 둑이 설 자리를 둘러보았다. 봉선이 할아버지가 호의적 반응을 보인 것은 물론 크게 흐뭇했지만, 자신이 마지막 패라고 여겼던 것을 얘기하지 않고 그런 반응을 얻어낸 것이 그런 흐뭇함을 더욱 알차게 했다. 그는 물에 잠겨 없어질 땅을 골짜기 아래쪽에서·찾을 생각이었다. 저수지가 들어서서 큰물을 어느 정도 막을 수 있게 되면, 냇둑을 튼튼히 쌓아서, 지금은 버려진 냇가의 모래밭을 논으로 일굴 셈이었다. 곳뜸에서 쟝복실까지만 치더라도, 물에 잠길 땅의 곱절은 어렵지 않게 나올 듯했다.

'적당한 기회에 그 계획을 얘기해서, 저 얼우신의 승낙을 받아내기로 하자. 일단 봉선이 할아버님의 승낙만 받아내면, 긔훈이 아버지하고 상의해서 일을 마무리 짓고. 그렇게 하면서, 귀금이를 아내로 맞을 수 있는 분위기를 자연스럽게 조성하면⋯⋯'

희망으로 부풀고 사랑으로 저릿한 가슴에 손을 대고서, 그는 깊이 숨을 쉬었다. 홀긋 골짜기 아래쪽을 바라보니, 솔개 두 마리가 쟝복실 하늘 위를 돌고 있었다. 앞선 두 사람을 쫓아, 그는 걸음을 옮기기 시작했다. 등 뒤에서 혼자 남은 염소가 애잔한 소리로 울었다.

4

"스승님."

수숫대로 외를 엮던 손길을 멈추지 않은 채, 언오는 우츈이에게로 고개만 돌렸다.

우츈이는 끝에서 연기를 내는 구부정한 솔가지 부지깽이를 들고 있었다. 녀석은 집터 뒤쪽에 만들어놓은 화덕에 불을 지펴 차를 끓이는 참이었다.

"스승님, 뎌 아래," 녀석이 부지깽이를 들어 골짜기 아래를 가리키려다가 황급히 내렸다. "한산댁 얼우신끠셔 올아오시나이다."

"한산댁 얼우신?"

"녜, 스승님. 뎌긔……"

새끼를 마저 묶고서, 그는 몸을 돌려 골짜기를 내려다보았다. 사람 한 떼가 막 곳뜸을 지나 이리로 올라오고 있었다. 다섯 사람이었는데, 앞선 네 사람은 지게를 졌고 맨 뒤에 선 사람은 맨몸이었다. 그리 멀지 않은데도, 그 사람들의 얼굴이 눈에 또렷이 들어오지 않았다. 차림과 걸음걸이로 보아, 맨 뒤에 선 사람은 리산구가 분명했지만, 무겁게 보이는 지게 아래 몸을 굽힌 나머지 사람들은 눈을 찌푸려도 알아볼 수 없었다.

'내가 눈이 많이 나빠졌구나. 요 몇 달 동안에.' 가슴속으로 차가운 바람이 스치는 것을 느끼며, 그는 좁고 굽은 오르막길을 느릿느릿 올라오는 사람들을 멍한 눈길로 바라보았다. 자신의 눈이 갑자기 나빠졌다는 깨달음은 누구에게나 작지 않은 충격을 줄 터였다. 그러나 그런 깨달음은 안과 의사는 말할 것도 없고 안경조차 없는 이곳에선 찬바람을 몰고 왔다.

"퉤에." 아래쪽에서 대패로 재목을 다듬던 쟝춘달이 요란스럽게 침을 내뱉었다. 쟝은 허리를 펴고, 머리에 감았던 때 묻은 무명 수건을 풀어, 얼굴을 훔쳤다. 이어 지붕에 이엉을 올리는 사람들에게 말했다. "보새. 겸 쉬었다 하새."

"녜," 이엉을 지붕 위로 올리고 나서 삐걱거리는 생소나무 사다리에서 내려선 박우동이 대꾸했다.

지금 그들은 골짜기 남쪽 기슭에 집을 짓고 있었다. 당장 그가 머물고 일꾼들이 쉴 곳으로, 이를테면 저수지 사업의 본부였다. 나중엔 병원으로도 쓸 작정이었다. 집을 짓는 일은 쟝복실의 소목 쟝춘달이 지휘했다.

뒤쪽에서 우츈이가 찻잔들이 놓인 나무 쟁반을 들고 나와서 모여 앉은 사람들에게로 다가갔다. "탱자차랄 드쇼셔."

"아, 됴티," 박이 반갑게 대꾸하고서 두 손을 마주 비볐다. "탱자

차라."

박은 돌무들기에 사는 젊은이였는데, 성격이 활달하고 구김살이 없어서, 일터의 분위기에 활기를 불어넣었다. 처음부터 저수지를 만드는 일에 호감을 보여서 언오의 마음을 흐뭇하게 했는데, 일이 시작되자 하루도 거르지 않고 일터에 나왔다.

"스승님끠 몬져 올리거라." 쟝이 우츈이에게 말했다.

"스승님끠 드릴 것은 따로 이시나이다."

"몬져 드쇼셔." 땅에 널린 것들을 마저 치우면서, 그가 사람들에게 권했다.

"자아, 아자비, 드쇼셔." 박이 찻잔을 집어 쟝에게 권하고 자신도 잔을 하나 집어 들었다. "그러하오면, 스승님, 우리 몬져 들겠압나니이다."

"녜. 어셔 드쇼셔."

"아하, 됴오타." 한 모금 맛본 쟝이 탄성을 냈다.

"참아로 됴한듸," 리영구가 동의했다. 리는 위슈골에 사는 쉰 넘은 사람이었는데, 농토가 없어서, 봉수산 둘레에서 화전을 일구면서 살아간다고 했다.

일꾼들은 모두 넷이었다. 나머지 한 사람은 백용만이라는 숯골 총각이었다. 일꾼들이 적은 것은, 집을 짓기 때문에, 아직 사람들이 많이 필요하지 않은 까닭도 있었지만, 사람을 구하기 어려운 까닭도 있었다. 벌써 10월이었지만, 사람들은 무척 바빴다. 가을걷이를 마저 하랴 겨울맞이를 하랴 모두 마음 놓고 쉴 틈이 없이 바쁜데, 관가에서 시키는 역(役)들이 많았고 향공(鄕貢)이 무거웠다.

사람들에게서 들은 것과 학교에서 배운 역사 지식들 가운데 기억에 남은 것들을 모아 맞춰보니, 역에는 신역(身役)과 요역(徭役)이 있는 것 같았다. 신역은 군역(軍役)이나 관둔전(官屯田)의 경작과 같은 일들에 나가는 것으로 성인 남자들에게 부과되었고, 요역은 길을 고치거나 곡식 따위를 나르는 일에 나가는 것으로, 확실하지는 않았지만, 마을을 단위로 해서 부과되는 듯했다.

향공은 국사 시간에 배운 기억이 없었다. 사람들 얘기를 들어보니, 례산현청의 유지 비용으로 부과되는 현물 세금 같았는데, 깊은 산골짜기에 자리 잡은 대지동면에선 주로 숯, 땔나무, 싸리홰, 그리고 꿩을 바친다고 했다.

사정이 그러했으므로, 가을걷이가 끝나가는 것을 보고 일을 시작했지만, 예상과는 달리 일꾼들을 찾는 데 애를 먹어야 했다. 워낙 오래 걸릴 사업이었으므로, 당장 일꾼들을 구하기 어렵다는 사정이 마음을 크게 쓸 문제는 아니었지만, 일을 처음 시작한 터라, 그는 적잖이 안달이 났다. 드러내놓고 말하는 사람은 없었지만, 골짜기 마을들의 사람들은 대부분 그가 벌인 일에 회의적인 눈길을 보내고 있음을 그는 알고 있었다. 그런 사람들에게 이 일이 허황된 짓이 아니라는 것을 보여주는 것은 중요했다. 무엇보다도, 그는 자신을 믿고 기꺼이 사업에 참여한 사람들에게, 비록 잠시일망정, 실망을 주고 싶지 않았다.

아마도, 날씨가 추워진 뒤에야, 일꾼들을 제대로 구할 수 있을 것 같았다. 다행히, 둑을 쌓는 일은 어지간한 추위엔 별 영향을 받지 않을 터였다. 그리고 추울 때 일을 하면, 농한기에 일거리를 마련해주는 셈이어서, 가난한 사람들에게 조금이라도 도움을 준다는 뜻도 있었다.

그와 우츈이는 일꾼들에게서 좀 떨어진 곳에 앉아 차를 들었다. 시큼한 탱자 맛에 달콤한 꿀맛이 섞인, 따끈한 차가 좀 말랐던 목을 부드럽게 축였다. 간식거리가 거의 없는 이곳에서 탱자차는 별미였다. 꿀은 그가 부러진 다리를 치료해준 고사리울 사람이 보내준 것이었고, 탱자는 우츈이가 제 마을에서 구해 온 것이었다.

그는 투박한 찻잔을 감싼 자신의 두 손을 내려다보았다. 손도 찻잔만큼이나 투박했다. 막일로 거칠어진 데다가 서투른 망치질에 다친 왼손 엄지손톱은 꺼멓게 죽어 있었다. 게다가 주름마다 때가 배어 거무스름했다. 워낙 깊게 밴 때라, 더운물에 불린 다음, 비누로 씻어내야 빠질 것 같았다.

'이제 내가 평생 처음으로 생산적인 일에 이 손을 쓰고 있구나.' 거칠어진 손이 그의 마음에서 묘한 자랑스러움을 불러냈다.

첫 직업이 군인이었고 다음 직업이 잡지 기자였으므로, 그가 손으로 쥘 수 있는 무엇을 만들어낸 적은 드물었다. 사람들을 직접 돕는 일을 한 적도 많지 않았다. 직업마다 나름으로 가치를 창조했지만, 그래도 그는 손으로 쥘 수 있는 것들을 만들어내고 사람들에게 직접 도움이 되는 일을 하는 것이 무척 즐거웠다. 사람들의 병을 고쳐주고 큰물에 쓸려 나간 냇둑을 다시 쌓는 일을 거들고 이렇게 집을 지으면서, 그는 군인으로 복무해서 국방이라는 가치를 만들어내고 잡지사 일을 하면서 잘 조직된 정보라는 가치를 만들어내며 느끼지 못했던, 뿌듯하고 건강한 즐거움을 맛보았다.

'그래서 어느 사회에서나 지식인들이 육체노동을 하는 사람들에게 부러움을, 심지어 열등감을, 느끼게 되는 것이겠지. 나도……'

"아자비, 며츨 더 이시면, 집이 다외나니잇가?" 홀긋 집을 돌아다보면서, 박이 쟝에게 물었다.

"음……" 손으로 턱을 문지르면서, 쟝이 생각했다. "한 닷쇄? 엿쇄? 넉넉이 잡고, 닐웨만 이시면, 아소온 대로이 들어갈 수 이실 샌듸……"

"나이 보기에는 시방도 들어가셔 디내도 다외얄 닷한듸……"

"아므럼. 시방도 들어가셔 디낼 수야 있디." 쟝이 고개를 끄덕였다. "웨? 자내 계수씨끠 쫓겨났나?"

쟝의 농담에 웃음판이 되었다.

"맛이 됴하나이다. 한산댁 얼우신하고 함끠 오난 사람달해게 드릴 차도 이시나니잇가?" 잔을 비우고 일어서면서, 그는 우츈이에게 물었다.

"녜. 믈을 많이 끓였나이다."

웃음 띤 얼굴로 우츈이에게 고개를 끄덕여 보이고서, 그는 거의 다 올라온 사람들을 마중하러 내려갔다. 무슨 일을 맡겨도, 녀석은 더 바랄 것이 없을 만큼 잘했다.

그가 내려오는 것을 보자, 뒤에 섰던 리산구가 길옆으로 해서 앞으로 나왔다. 앞장 선 사람은 홍두였고 다음이 언년이 아버지였다. 나머지 두 사람은 몇 번 본 적이 있었으나 이름은 모르는 구화실 사람들이었다.

"어셔 오쇼셔," 그는 합장하면서 반갑게 외쳤다.

"스승님, 밤새 편안하샸나니잇가?" 걸음을 멈추면서, 리가 읍했다.

"녜. 이리 올아오시느라……" 그는 가볍게 찬탄하는 마음으로 올렸던 손을 내리는 리를 바라보았다. 리의 인사하는 모습엔 그가 도저히 흉내 낼 수 없는 정중한 우아함이 있었다.

집터로 올라와 숨을 돌리자, 리가 아직 지게들 위에 놓인 가마니들을 가리켰다. "스승님끠셔 주신 뵈난 쌀 한 셤을 받았나이다."

"아, 녜." 그는 반갑게 고개를 끄덕였다. "값알 많이 받아샷나이다. 감샤하압나니이다."

베 두 필에 쌀 한 셤이니, 한 필 값이 일곱 말 반인 셈이었다. 가을걷이가 끝나서, 쌀값이 좀 떨어지고, 겨울이 가까워져서, 베 값이 좀 올랐으리라 생각하긴 했지만, 일곱 말 반이나 받은 것은 기대 이상이었다. 어쩌면 리가 좀 후한 값을 받도록 주선했는지도 몰랐다.

"그러하고 나이 낼 몫 가온대 한 셤을 몬져 가져왔나이다."

"아, 녜. 참아로 감샤하압나니이다. 이리 도와주시니, 못알 맹가난 일이 이대 다외알 닷하나이다." 그는 고개를 깊이 숙여 감사의 뜻을 표했다. 리가 이미 자본을 대기로 약속한 터였고 그는 리의 약속을 물론 믿었지만, 그래도 쌀가마니를 눈앞에 보니, 마음이 한결 든든했다.

저수지 사업에 참여하겠다는 봉선이 할아버지의 응낙을 얻는 데는 그리 오래 걸리지 않았다. 둑을 어느 정도 쌓으면, 냇가의 모래밭을 일구어 논을 만들 수 있으리라는 얘기가 이미 마음이 상당히 기울었던 노인으로 하여금 마음을 굳히도록 했다. 저번에 물난리를 겪은 리산구는 큰물을 막을 수 있다는 얘기에 마음이 많이 끌린 듯했다.

"얼우신, 여긔 차랄······" 우츈이가 찻잔이 든 쟁반을 내밀었다.

"허어." 쟁반을 받아 든 리가 웃으면서 그를 쳐다보았다. 집 짓는 일이 제대로 나아가고 이제 차를 마실 만큼 여유가 생긴 것이 흐뭇한 모양이었다. "스승님끠션······?"

"드쇼셔. 쇼승은 이미 들었나이다."

"그러하면······ 감샤하압나니이다." 리가 찻잔을 집어 들었다.

저수지를 쌓는 데 필요한 자본은 광시댁과 한산댁에서 대략 반분하기로 이심전심으로 합의를 본 셈이었다. 대놓고 물어볼 수는 없었지만, 아무래도 향반인 한산댁이 땅을 더 많이 가진 듯했다. 그래도 반분하는 것이 여러모로 편해서, 그리하기로 된 것이었다. 첫 해에 필요한 비용으로 광시댁에서 쌀 다섯 섬을, 한산댁에서 쌀 열 섬을 내기로 했다. 광시댁 땅이 물에 많이 잠길 터이므로, 광시댁은 한산댁보다 쌀을 적게 내게 될 터였다. 이제 그가 낸 한 섬까지 합치면, 모두 열여섯 섬이 되는 셈이었다. 그가 병자들을 치료하고 받는 삯을 보태면, 내년에 보리가 나올 때까지 그럭저럭 버틸 듯했다.

당장 들어갈 비용으로는 품삯이 컸다. 일꾼들에게 점심과 저녁 두 끼하고 오후에 술을 곁들인 새참을 내기로 했다. 대신 하루 품삯으로 쌀 닷 되를 쳐서 저수지 사업에 투자하는 것으로 했다. 그는 일꾼들이 하루 일을 마치고 집에 돌아갈 때 손에 무엇을 들고 가도록 하고 싶었지만, 자금이 너무 부족했다. 현대에서 '벤처 캐피탈'을 모으는 모습에 익숙한 그로선 답답하고 안타까울 수밖에 없었다.

하루 품으로 쌀 닷 되를 쳐주는 것은 이곳의 기준으로는 무척 후했다. 그러나 그 후한 품삯을 열다섯 해 뒤에 완공될 저수지에 투자하는 것이 일꾼들에게는 그리 보람찬 일로 생각되지 않으리라는 것도 분명했다. 그들의 시평(時平)은 한 해를 넘는 경우가 드물었다. 더구나 저수지에 투자하는 방식이 그들애겐 너무 추상적이어서 제대로 이해하기 힘들 터였다.

저수지를 만드는 일은 자본이 많이 들고 시간이 오래 걸리므로, 사업을 수행하는 주체는 사람들이 아니라 조합이나 회사와 같은 조직이 좋다는 것은 처음부터 분명했다. 그는 그런 조직에 '대지동 슈리계(大枝洞水利契)'라는 이름을 붙였다. 계쟝(契長)은 리산구였고 부계쟝은 봉선이 할아버지였다.

그가 계 얘기를 꺼내자, 리가 향약(鄕約)이란 것과 같은 것이냐고 물었다. 반가운 얘기였다. 계와 향약이 비슷한 것이라고 설명하고서, 그는 향약에 대해 자세히 캐물었다. 그러나 리는 증조가 례산 읍내에서 향약이란 것을 만들었다고 할아버지가 얘기하는 것을 어려서 들은 적이 있노라고 대답했다. 눈치를 보니, 향약이 만들어지기는 했는데, 별다른 성과를 거두지 못한 채 흐지부지된 듯했다.

이름은 비록 계였지만, 그는 그 조직을 주식회사처럼 만들어 운영할 생각이었다. 그렇게 하면, 투자하는 사람들은 모두 투자액에 상당하는 지분들을 갖게 될 뿐 아니라 그 지분들을 자유롭게 팔고

사며 상속할 수 있게 될 터였다. 화폐가 쓰이지 않고 베와 쌀이 대신 쓰이는 세상인지라, 쌀로써 지분을 따지는 자로 삼아 쌀 한 말을 지분의 최소 단위로 할 생각이었다. 오래 걸릴 사업이었으므로, 출자 시기를 따져 이자를 붙이는 것이 필요했는데, 계산을 간단하게 하려고, 연리 1할에 단리로 계산하기로 했다.

물론 그런 조직은 이곳 사람들에게는 너무 복잡할 터였다. 그래서 그는 좀 간단한 조직을 찾아 꽤 오랫동안 생각했었다. 그러나 그렇게 주식회사에 가까운 조직이 가장 합리적이어서 효율적일 뿐 아니라 궁극적으로 문제들을 가장 적게 일으킨다는 것을 깨달았다.

생각해보면, 당연한 일이었다. 그가 현대의 의학 지식을 이 세상에 도입하기로 한 이상, 다른 기술들이 함께 도입되는 것은 필연적이었다. 의학 지식만을 도입하는 것은 조선 사회에 큰 불균형을 불러올 터였다. 그런 불균형에 따르는 혼란과 비효율을 막으려면, 다른 것들은 그만두더라도, 당장 식량 생산을 늘리는 기술이 필요했다. 저수지를 만드는 것은 바로 그런 기술의 도입이었다.

그리고 그렇게 발전된 기술들의 도입은 그것들에 걸맞은, 새로운 사회 조직 기술을 요구했다. 그런 기술이 도입되지 않으면, 사회에 '문화적 지체(遲滯)'가 생길 터였다. 한 사회에 어떤 새로운 기술이 제대로 도입되기 위해서 무슨 사회 제도들이 새로 나와야 하는지 미리 알기는 물론 어려웠다. 그리고 그런 제도들이 조금씩 도입되어야 하는지 아니면 한꺼번에 도입되는 것이 나은지 결정하는 일도 결코 쉽지 않았다. 그러나 그는 그런 사회 제도들을 도입할 때는 조심스럽기보다는 대담해야 한다고 믿었다. 그의 생각엔 그 점이 이미 20세기에 충분히 증명되었다. 20세기에 외부 사회들과의 접촉을 통해 석기 시대에서 합성수지 시대로 단번에 아득한 세월을 건너뛴 아프리카나 오세아니아 원주민 사회들은 한결같이 그런 건너뜀에 필요한 새로운 제도들이 한꺼번에 도입되는 편이 부분적으로 천천히 도입되는 편보다 훨씬 작은 비용이 든다는 것을 보여주었다.

이제 저수지 사업을 맡을 새로운 기업 조직을 도입함으로써, 그는 이 세상에 물을 끓여 먹어서 전염병을 미리 막는다는 혁명적 의학 지식에 걸맞은 혁명적 사회 조직 기술을 도입하는 셈이었다. 수인성 전염병들을 예방하기 위해 물을 끓여 먹는 것은 간단한 의학 지식 한 토막이었지만, 그것이 불러올 영향은 혁명적일 터였다. 마찬가지로 주식회사는 그리 대단한 사회 조직 기술은 아니었지만, 불러올 영향에선 그것은 어떤 정치적 변혁보다도 혁명적일 터였다. 아니, 그것 없이는 조선 사회에서 혁명적 변화가 일어날 수 없다고 해야 더 정확할 터였다.

그것이 얼마나 혁명적일 수 있는가는 조선조 말기까지 회사가 나타나지 않았다는 사실을 생각하면 이내 드러났다. 조선조 후기에 한성, 개성, 의주, 동래와 같은 도시들에서 큰 재력을 갖고 위험이 큰 국제 무역에 종사한 상인들이 많이 나타났지만, 그들은 끝내 더 많은 자본을 모으면서도 위험을 분산할 수 있는 기업 조직인 주식회사를 발명해내지 못했다. 주식회사는 그냥 나올 수 있는 제도가 아니었다. 상업적 전통이 끊어지지 않고 오래 이어진 사회에서만 진화할 수 있는 제도였다.

한쪽에 조용히 앉아서 기다리던 우츈이가 일어서는 품에 그는 상념에서 깨어났다. 그는 녀석의 눈길을 따라 왼쪽을 돌아다보았다.

배고개댁이 머리에 함지를 이고 돌무들기에서 이리로 올라오고 있었다. 그녀는 돌무들기에 사는 과부로 일꾼들을 위해 밥을 짓고 있었다.

그녀 모습은 밥 생각보다는 귀금이 생각을 먼저 불러냈다. '귀금이가 밥을 지어주면, 얼마나 좋을까…… 귀금이를 이리 데려올 방도가 없을까?'

그는 흘긋 리산구의 얼굴을 살폈다. '귀금이가 계수를 따라온 종이라, 얘기가 좀 복잡하겠지만, 그래도 내가 부탁하면, 거절하진 않을 텐데. 그것, 참. 불제자의 처지에서, 그런 얘기를 꺼내기가 영……'

그의 눈길을 느끼고, 리가 웃음 띤 얼굴로 그를 쳐다보았다. "스승님끠셔 묘한 일을 시작하신 덕분에, 올겨을에는 여긔 곳뜸 골애 사람달 일하난 소래 그치디 아니할 닷하나이다. 겨을엔 사람달히 할 일이 없어셔 모다 노난듸, 이리 일하면……"

"얼우신끠셔 이리 도와주신 덕분에……" 그는 가볍게 고개를 숙였다. "참아로 감샤하압나니이다."

"자아, 스을슬 시작하디," 쟝이 자리에서 일어나 일꾼들을 둘러보았다. "배고개댁이 온다. 밥값알 해야디."

5

서쪽에서 몰려온 바람 한 떼가 집을 흔들고 지나갔다. 찬바람이 그대로 방 안으로 스며드는 듯해서, 언오는 무의식적으로 이불자락을 끌어올렸다. '이러다간 지붕이 날아가겠다.'

빈말은 아니었다. 안온한 곳들에 자리 잡은 다른 집들과는 달리, 산비탈에 세워진 이 집은, 둘레에 큰 나무들도 없어서, 바람 앞에 온몸을 드러낸 셈이었다.

몸은 노곤했으나, 잠기는 저만큼에서 머뭇거릴 뿐 좀처럼 가까이 오지 않았다. 억지로 잠을 청하는 것을 그만두고, 그는 눈을 떴다. 어둠 속으로 부연 방문이 드러났다. 숨을 깊이 쉬자, 방 안에 가득한 새집 냄새가 밀려들어왔다. 어저께까지도 코에 시리게 닿던, 젖은 흙과 생나무들이 마르는 냄새가 매캐한 연기 냄새로 좀 누그러져 있었다. 그와 우춘이는 오늘 새집으로 들어온 것이었다.

집이 다 된 것은 아니었다. 벽을 도배할 생각은 애초에 없었지

만, 아직 장판도 하지 않아서, 우춘이가 엮은 띠 자리를 깔고 누운
터였다. 그래서, 막상 들어와보니, 불편한 점이 한둘이 아니었다.
그러나 우춘이까지 데리고 봉선이네 집에서 지낼 때의 조심스러움
을 생각하면, 내 집이라는 생각이 주는 자유로움은 무엇보다도 소
중했다.

아랫목 벽 위에서 부엌 천장으로 난 조그만 다락을 보면서, 그는
자신이 지은 집에 대한 자랑과 애착이 새롭게 솟는 것을 느꼈다.
집 안의 모든 구석들이 정답게 느껴졌지만, 자신이 지닌 물건들을
올려놓은 그 조그만 다락에 특히 마음이 끌렸다.

자신이 살 집을 짓는 일에 참여한 것은 흐뭇한 경험이었다. 21세
기 후반에선, 정말로 예외적인 경우를 빼놓으면, 누구도 자신이 살
집을 짓거나 짓는 데 참여할 수 없었다. 대부분의 집들이 공동 주
택인 데다가, 건축 자재들이 대부분 공장에서 미리 만들어지고 컴
퓨터 프로그램들에 의해 정확하게 재단되어서, 집터엔 그것들을
엮어 세우는 일만 남았다. 집을 마련하는 일은 남들이 이미 설계해
서 지어놓은 집들 가운데 자신의 형편과 취향에 맞는 것을 고르는
일이었지 스스로 짓는 일이 아니었다. 그래서 일을 시작하기 전엔,
그렇게 집을 스스로 짓는 일이 어떠하리라는 것을 그는 제대로 상
상할 수 없었다.

터를 닦고 나무를 베어 오고 구들을 놓고 외를 엮는 일에서 맛본
즐거움을 다시 떠올리면서, 그는 입맛을 다셨다. 물론 형편과 취향
에 따라 집을 고를 수 있다는 것은 좋은 일이었다. 그것도 넓은 방
들이 여럿이고 더운물이 언제나 나오는 집을. 그래도 자신이 쓸 것

을 스스로 만드는 일에는, 집처럼 큰 것이든 목탁처럼 작은 것이든, 저 세상에선 좀처럼 맛보기 어려웠던 즐거움이 따랐다.

그가 맛본 즐거움은 그런 육체적 노동에 따른 것만은 아니었다. 한옥의 구조와 성격을 제대로 알게 되는 과정에서 느낀 지적 즐거움도 작지 않았다.

한옥의 본질이 구들과 마루의 결합이라는 것을 그는 교과서에서 배웠다. 춥고 건조한 북방에서 나온 구들과 덥고 습기 많은 남방에서 나온 마루라는 대립적 요소들이 만나 오랜 절충을 통해 조화되면서, 여름과 겨울이 긴 한반도의 기후에 맞는, 독특한 집의 모습이 생겨났다.

그러나 20세기부터 서양의 건축 양식들이 들어왔고 새로운 건축 재료들과 기술들이 끊임없이 나왔다. 무엇보다도, 사람들의 생활 양식이 크게 바뀌었다. 사회 환경의 그런 변화에 맞추어, 한옥도 크게 바뀌게 되었고 전통적 모습을 많이 잃었다. 그래서 21세기 후반에는 조선인들이 사는 집들에서 한옥의 요소들을 찾기가 쉽지 않았다.

이 세상으로 나온 뒤, 그는 물론 전통적 한옥들을 많이 보았다. 그러나 차분한 마음으로 살펴본 적은 없었다. 이번에 그는 한옥에 대해서 제대로 배운 셈이었다. 특히 구들이 놓이는 모습을 살핀 것은 귀한 경험이었다. 쟝춘달의 친절한 설명을 들으면서, 그는 구들이 언뜻 생각하기보다는 미묘한 장치임을 깨닫게 되었다. 별다른 기술이 필요하지 않을 듯한 굴뚝만 하더라도, 불을 제대로 들이면서 열이 빨리 달아나지 않도록 하려면, 적지 않은 경험과 기술이 필요하다는 것을 배웠다.

부엌과 방 두 칸이 달린 집이니, 그야말로 초가삼간이었다. 그래도 세 평짜리 방들이어서, 이곳 기준으로는 꽤 넓은 편이었다. 윗방은 아직 방을 만들지 않고 그냥 두었다. 당분간 헛간으로 쓰다가, 여유가 생기면, 마루를 깔고 진찰대를 놓아 치료실로 쓸 생각이었다.

'환자가 늘어나면, 병원 건물을 옆에다 새로 짓고…… 이제 슐곡에서도 아픈 사람들이 찾아오니, 머잖아 례산 읍내에서도……' 어둠 속에서 그는 혼자 씨익 웃었다. 뭐니 뭐니 해도, 그에겐 의술이 기본이었다. 따지고 보면, 그가 이곳에서 영향력을 지니고 대접을 받는 인물이 된 것도, 저수지 사업 같은 큰일을 벌일 수 있는 것도, 다 그의 의술 덕분이었다.

옆에 누운 우춘이가 잠꼬대를 하더니 입을 쩝쩝 다셨다.

'흐음, 무엇을 먹는 꿈을 꾸는 모양이구나. 고단하겠지. 오늘도 일을 많이 했으니.' 녀석은 살 집이 마련된다는 것을 그보다도 더 반겼고 열세 살 난 아이답지 않게 살림에 필요한 것들을 미리 찬찬히 챙겼다.

녀석이 그에게 등을 돌리고 돌아누웠다.

그는 이불을 끌어올려 녀석의 드러난 어깨를 덮고 목을 여며주었다. '이제 좀 안정이 되면, 의술을 제대로 가르쳐야지.'

의술을 가르쳐주기로 하고 데려왔지만, 일에 쫓겨서, 그는 녀석에게 체계를 세워 의학 지식을 가르치지 못했다. 병자들을 치료하면서, 녀석에게 자신이 쓰는 치료법의 뜻을 설명해주는 것이 한껏

이었다. 대신 틈틈이 언문을 가르쳤다. 그것까지도 녀석을 위해서 라기보다는 당장 저수지 일에 필요해서였지만,

다행히, 녀석은 그와 함께 지내는 것에 크게 만족하는 눈치였다. 의술을 배운다는 것 말고도, 당장 먹는 일을 해결하는 것을 스스로도 대견하게 여기는 듯했다. 아이라고 했지만, 먹는 데는 한 사람 몫을 제대로 했으므로, 실제로 가난한 집안에 작지 않는 도움이 될 터였다. 가을걷이가 끝난 지 얼마 되지 않았는데, 골짜기엔 겨울을 날 걱정이 무거운 그늘로 덮이고 있었다. 벌써 마을마다 하루에 두 끼씩 먹는 집들이 많았다. 그나마 저녁은 시래기죽인 집들도 있다는 얘기였다.

다시 사나운 바람 한 떼가 집을 할퀴고 지나갔다. 집이 살아 있는 짐승처럼 신음했다.

'아무래도 그냥 둘 순 없겠다. 겨우내 이러다간 정말로 지붕이 남지 않겠다. 내일은 돌이라도 매달아놓아야지⋯⋯' 헤벌어진 곳이라 아무래도 외풍이 세게 생겼다던 리영구의 얘기를 떠올리면서, 그는 따스한 방바닥과 알맞은 무게로 몸을 덮은 새 이불에 고마움을 느꼈다. 눈앞에 홍쥬댁의 얼굴이 떠오르고 이어 귀금이의 모습이 떠올랐다. 이부자리는 홍쥬댁이 만들어서 올려보낸 것이었다. 홍쥬댁이 만들었다면, 귀금이도 거들었을 터였다.

새 이불의 깨끗한 냄새를 맡으면서, 그는 이곳 사람들에게 향하는 고마움이 가슴을 따스하게 적시는 것을 느꼈다. 그들이 지금까지 그에게 보여준 친절과 호의는 물론 컸다. 그러나 그가 특히 고맙게 여기는 것은 그들이 보여준 믿음이었다. 그들로선 지금까지

생각해보지도 못했던, 위험한 사업에 그의 말만을 믿고서 선뜻 참여한 것이었다. 눈앞으로 그들의 낯익은 얼굴들이 지나갔다——봉선이 할아버지부터 오늘 낮에 모였던 일꾼들까지, 한산댁 마님부터 봉선이까지.

'그 고마운 분들에게 꼭 보답해야지,' 그는 자신에게 다짐했다. '저수지를 제대로 만들어서, 이 골짜기에 가뭄도 큰물도 없도록.'

문득 자신이 없어지면서, 마음이 막막해지고 몸에선 기운이 빠져나갔다. '만일 내가 일을 그르치면…… 결국 둑을 다 쌓지 못하고 그만두게 되면……'

그의 말만을 믿고 오래 걸리고 불확실한 저수지 사업에 큰 자본을 대기로 한 광시댁과 한산댁 사람들의 얼굴이 한꺼번에 떠올랐다. 그들이 그에게 품은 기대와 믿음이 가슴을 무겁게 눌렀다.

'만일 자본이 부족해서, 중간에 손을 들게 된다면? 앞으로 십오 년 동안 세상이 평화스러우리라는 보장은 없는데. 갑자기 흉년이라도 들면……' 가슴이 답답해서, 그는 숨을 깊이 쉬었다. '자본도 문제지만, 다른 위험들도 적잖은데. 이 골짜기가 깊어서, 비가 많이 내리면, 갑자기 물이 불어나는데, 완성되기 전에 큰물이 지면, 그때까지 쌓았던 둑이 허물어질 수도 있고……'

갑자기 불어난 물에 아직 제대로 다져지지 못한 둑이 무너지면서, 저수지에 고였던 물이 흉흉한 기세로 골짜기 아래쪽 마을들을 덮치는 광경이 눈앞에 떠올랐다. 그것은 다른 사람들에게는 내비칠 수 없었던, 끔찍한 생각이었다.

'그보다도 난 아직 쫓기는 몸인데. 비록 토정 선생이 죽었다곤

하지만, 만일 현청에서 내 얘기를 듣는다면……' 저수지를 다 쌓을 때까지, 례산현청에서 대지동면에 들어온 이상한 중이 큰일을 벌였다는 사실을 모르리라고 기대하는 것은 너무 큰 행운을 바라는 것이었다. 어쩌면 그의 얘기가 이미 현청에 들어갔을 수도 있었다.

'내가, 딴사람도 아니고 엄청난 책임을 지고 아득한 세상을 찾아 나섰던 시간비행사가, 이처럼 조그맣고 원시적인 일에 이리 마음이 약해지다니……' 그는 자신을 격려했다. 그러나 마음은 조금도 든든해지지 않았다.

그제야 그는 어째서 자신의 마음이 그렇게 약해졌는가 깨달았다. 그가 스스로 생각해내서 혼자 책임을 지고 추진한 일은 이번 일이 처음이었다. 전에는 그렇게 혼자 책임을 져야 했던 일이 없었다. 조그만 실수도 허용되지 않는 잠수함에서 근무했을 때도, 책임이 그리 무거웠던 것은 아니었다. 작전의 목표나 성과 같은 것들은 애초부터 초급 장교인 그가 걱정할 바 아니었고 그가 맡은 임무들도 자세하고 명확한 부대 예규에 따라 거의 기계적으로 수행하면 되었다. 따지고 보면, 시간여행도 마찬가지였다. 시낭을 백악기 말기로 보내는 데 필요한 준비는 '두더지 사업' 요원들이 했다. 일단 발진한 다음엔, 비행에 필요한 일들은 모두 가마우지가 처리했다. 시간비행사로서 그가 해야 했던 일들은, 자신의 목숨을 건 것을 빼놓으면, 모두 별것 아니었다.

마에다 도주의 『어둠의 속으로』가 생각났다. 위대한 탐험가들의 삶을 그린 책이었는데, 콜럼버스, 닐 암스트롱, 그리고 가니메데에 맨 먼저 닿은 하시모토 다키지를 비교한 마지막 부분이 기억에 남아 있었다. 달이나 목성의 위성에 사람을 보내는 일은 큰 사업이라서, 실제로 그곳에 발을 딛는 사람이 스스로 생각해내서 혼자 책임을 지고 할 일은 거의 없었다. 암스트롱이나 하시모토는 그런 사업에 참여한 수천 또는 수만 명의 요원들 가운데 가장 두드러진 사람이었을 따름이었다. 콜럼버스의 경우는 달랐다. 바다를 넘어서 서쪽으로 가면 끝내는 동양이 나오리라는 주장을 편 것도, 원정에 필요한 자금을 조달한 것도, 멀고 위험한 항해를 지휘한 것도 그 자신이었다. 그는 책임을 나누어 질 사람이 없었다. 대중매체들이 하루아침에 실물보다 훨씬 크게 만들어낸 현대의 영웅들은 콜럼버스가 맞았던 지적, 육체적 도전들을 도저히 알 수 없다고 마에다는 썼다.

'그러고 보면, 당연하다고 할 수 있겠다. "대중 매체들이 하루아침에 실물보다 훨씬 크게 만들어낸 현대의 영웅"이 지금 두려워하는 건.' 그는 씁쓸한 웃음을 지었다. 마음이 좀 차분해지면서, 빠져나갔던 기운이 조금씩 돌아오기 시작했다.

그는 어금니에 지그시 힘을 주었다. '난 만든다. 하늘이 두 조각 나는 한이 있더라도, 난 이곳에 저수지를 만든다.'

모로 누워 우춘이의 등에 자신을 등을 대고, 그는 잠을 청했다. 사람들이 만든 것들을, 아니 모든 생명체들이 지금까지 이룬 것들을, 모두 허물어 태초의 상태로 돌리려는 듯 거세게 몰려오는 바람이 내는 비정한 목소리 사이로 음산하면서도 든든한 느낌을 주는 부엉이 울음이 들려왔다. 우춘이의 등에서 따스한 기운이 전해왔다.

6

춘심이의 입에 체온계를 물리고 나서, 언오는 딸의 머리맡에 쪼
그리고 앉아 안쓰러운 눈길로 핼쑥한 딸의 얼굴을 내려다보는 고
사리댁을 돌아다보았다. "어제 나죄브터 알팠다 하얐나니이다?"

"녜, 스승님. 어제 나죄브터……" 말끝을 흐리면서 흘긋 그의
얼굴을 살피더니, 그녀는 베개 위로 흐트러진 딸의 머리를 가다듬
어주었다. 막일로 거칠어진 손이 꼭 남자 손이었다.

"배 많이 알파다 하얐나니이다?"

"녜. 죠곰……" 애매한 대답을 천연스럽게 하고서, 그녀는 등에
업은 갓난애를 추슬렀다.

아침에 저수지 일을 하러 나온 춘심이 아버지로부터 춘심이가
설사한다는 얘기를 듣자, 그는 좀 걱정이 되었다. 설사는 많은 병
들에서 맨 먼저 나타나는 증상이었다. 그래서 사람들이 일을 시작
하는 것을 보고는, 이내 숯골로 올라왔다. 그러나 고사리댁은 그리

크게 걱정하는 눈치가 아니었다. 그녀의 언동에는 아이를 여럿 키운 사람에게서 볼 수 있는 차분함이 어렸다.

"쭈쭈," 그가 웃으면서 어르자, 엄마 등 뒤에서 열심히 그를 쳐다보던 갓난애가 방긋 웃었다. 엄마 등에 대고 얼굴을 비벼서, 코딱지 하나가 볼에 묻었고, 맑은 침이 입가로 질질 흘러내렸다. 집 안은 가난했지만, 다행히 고사리댁은 젖이 많은 눈치여서, 돌이 갓 지났을 아이는 건강해 보였다.

"따님 똥안 엇더하나니잇가?"

입을 조금 벌린 채, 그녀가 그의 얼굴을 올려다보았다. 그가 묻는 말을 알아듣지 못한 듯했다.

"따님 똥애 므슥이 섯기디 아니하얏나니잇가? 곱이 끼던가, 아니면 피 나오던가?"

그녀가 고개를 저었다. "아모것도 섯기디 아니하얏나이다. 그저 말간 믈똥만……"

"아, 네." 그는 적이 안심이 되었다. 츈심이가 이질을 앓는 것은 아닌 듯했다. 물론 설사가 다른 큰 병의 징후일 수도 있었지만, 정황으로 보아, 그럴 가능성은 크지 않았다.

츈심이의 진땀 밴 얼굴을 살피면서, 그는 그녀에게 물었다. "따님이 어제 아참애 므슥을 먹었나니잇가?"

입술을 내민 채, 한 손으로 방바닥을 집고 다른 손으로는 등의 젖먹이를 어르면서, 그녀가 잠시 생각했다. "아참브터……" 혼잣소리로 중얼거리더니, 그녀가 그를 올려다보았다. "어제 아참 밥 알 먹고셔 이내 배채 불휘를 먹더니…… 나죄부터 배 알파다 하얏나이다.”

“그러하얐나니잇가?” 그의 얼굴에 느릿한 웃음이 배어 나왔다. 츈심이는 좀 마른 편인데도 주전부리가 심했다. 볼 때마다 무엇을 우물거리고 있었다. 그리고 배추 뿌리는 요사이 아이들이 즐기는 간식거리였다. 겨울로 접어든 터라, 엿이나 떡을 해먹을 만한 집들이 드문 이 골짜기에서 군것질을 할 만한 것들은 많지 않았다. 그도 그저께 돌무들기에 올라갔다가, 아이들이 내밀기에, 배추 뿌리를 하나 받아서 먹어보았다. 보기보다는 맛이 괜찮았다.

체온계를 꺼낼 때를 기다리면서, 그는 컴컴한 방 안을 둘러보았다. 벽지를 바르지 않은 흙벽, 누더기가 다 된 옷가지 몇 점이 걸린 윗목 구석의 횃대, 그을음이 앉은 서까래들, 누렇게 바래고 구멍이 숭숭 뚫린 방문의 창호지 —어느 구석에나 가난이 그림자를 짙게 드리우고 있었다. 가을걷이가 끝난 지 얼마 되지 않았는데도, 츈심이네 집에선 느긋한 기분을 조금도 느낄 수 없었다. 윗목에 매달린 메줏덩이들에서 나는 퀴퀴하면서도 구수한 냄새까지도 방 안에 어린 가난의 싸늘한 기운을 누그러뜨리지 못했다.

‘얼마 되지 않는 소출에서 소작료를 바치고 나면, 남는 것이…… 다섯이나 되는 식구들이 먹을 양식이 충분할 리 없겠지.’ 그는 혼자 무겁게 고개를 끄덕였다. 츈심이네는 자기네 땅이 거의 없이 광시댁 땅을 부쳐서 근근이 살아가고 있었다. 츈심이 아버지는 원래 외지 사람으로, 이 골짜기에 들어온 뒤, 광시댁에서 오랫동안 머슴을 살았다고 했다. 저번에 들렀을 때 보니, 고사리울에 있는 츈심이 어머니의 친정도 무척 가난했다.

'그러고 보니, 춘심이가 주전부리를 하는 것도 집에서 밥을 제대로 먹지 못한 탓인지도 모르겠다.' 그는 체온계를 입에 물고 얌전히 눈을 감은 녀석의 얼굴을 무거운 눈길로 더듬었다.

갓난애가 칭얼거렸다. 고사리댁이 일어나 아이를 흔들어 달랬다.

'땅은 적고, 아이들은 많고. 어느 집이나 비슷한 처지니. 이러다가 흉년이라도 들면……' 물질적으로 풍요로웠고 농사가 기후의 영향을 거의 받지 않게 된 21세기에선 흉년이라는 말이 뜻하는 것들을 상상하기가 쉽지 않았다. 사서에서 흉년의 참상을 그린 대목들을 읽었을 때도, 흉년은 생생한 모습으로 떠오르지 않았다. 그러나 이 골짜기의 가난한 집들 위에 굶주림의 위협이 검은 기운으로 덮인 지금, 흉년은 전혀 다른 모습으로 다가왔다.

고사리댁이 다시 쪼그리고 앉아서 아이를 한 손으로 토닥거렸다. 그가 웃는 얼굴로 고개를 끄덕이자, 녀석은 언제 칭얼댔느냐는 듯 방긋 웃었다.

'평년작은 된다는 해가 이렇다면, 흉년이 든 해는 어떨까? "칠년대한"이란 말도 있는데. 하루빨리 저수지를 만들어서, 그런 위험을 줄이는 게 나로선 최선인데…… 그러나 당장 논이 물에 잠겨야 하니, 이 집안사람들이 영향을 받는 것은 아닐까?' 그는 자신도 모르게 윗몸을 세우고 바로 앉았다.

그는 그 문제에 대해서 아직까지 생각해본 적이 없었다. 그는 땅 임자인 봉선이 할아버지의 처지에서 저수지 사업을 바라보고, 되도록 투자의 위험을 줄여서, 노인이 기꺼이 사업에 참여하도록 하는 데에만 마음을 쏟았다. 막상 그 문제를 대하니, 얘기가 간단치 않다는 것이 드러났다.

'당연히 영향을 받겠지. 춘심이네가 부치는 땅이 물에 잠기지 않더라도, 부치는 땅을 다소간 내놓아야 되겠지. 개간한 땅이 나오기까지 적어도 몇 해 동안은…… 저수지를 만드는 일보다 개간을 먼저 추진했어야 옳았나?' 저수지 일을 시작한 뒤로 무거워진 마음이 조금 더 무거워지는 것을 느끼면서, 그는 손가락에 힘을 주어 방바닥을 문질렀다.

방바닥은 장판을 하지 않은 맨바닥이었다. 장판을 할 종이나 기름은 이 골짜기의 가난한 사람들에게는 누릴 수 없는 사치였다. 그러나 어떻게 했는지는 몰라도, 방바닥은 단단하고 매끄러웠다. 가난에 찌든 사람들이 생각해낸 그 기술이 가난한 사람들의 모습보다 오히려 짙은 슬픔을 그의 가슴에서 불러냈다.

다행히, 체온은 높지 않았다. 체온계를 흔들면서, 그는 옅은 웃음 띤 얼굴을 고사리댁에게로 돌렸다. "다행이, 큰 병은 아니나이다."

"아, 네." 흘러내린 머리칼을 한 손으로 쓸어넘기면서, 그녀가 기름기 없는 얼굴에 웃음기 없는 웃음을 흘렸다. "스승님, 감샤하압나니이다."

그에게서 체온계를 받아 들자, 우츈이가 밖으로 나갔다. 체온계를 물에 씻으려는 것이었다.

'이제 어떻게 한다?' 두 손을 마주 비비면서, 그는 입맛을 다셨다. 마음이 선뜻 정해지지 않았다. 근본적으로, 설사는 해로운 내용물을 밖으로 내보내려는 장의 자기방어 기구였다. 따라서 설사를 멈추는 것이 능사는 아니었다. 설사가 시작된 것이 어제저녁이 었으므로, 하루쯤은 더 두고 보는 것이 좋을 듯했다. 그가 설사를 했을 때, 치료 로봇이 내린 처방도 그랬었다. 그러나 춘심이의 헬 쑥한 얼굴을 보면, 그렇게 하기도 어려웠다. 아마도 영양 부족 상 태에 놓였을 어린애가 탈진하도록 놓아두는 것이 좋은 처방일 수 는 없을 터였다.

그는 배낭에서 약을 꺼냈다. "이것은," 그는 창호지를 잘라 만든 약봉지 하나를 풀었다. "곶감알 서홀은 것이고," 그는 봉지 하나를 더 뜯었다. "이것은 숯가라이니이다." 설명을 마치고, 그는 슬쩍 고 사리댁의 낯빛을 살폈다.

별다른 감정을 얼굴에 드러내지 않은 채, 그녀는 고개만 열심히 끄덕였다. "녜, 스승님."

그는 마음이 좀 놓였다. 신기한 약들과 기구들을 쓰는 그의 모습 에 익숙해진 이곳 사람들이 소박한 재료들로 만들어진 약들에 대 해서 어떤 반응을 보일지 그는 자못 마음이 쓰였었다.

우춘이가 돌아와서 체온계를 구급낭에 넣었다.

잠시 뜸을 들인 다음, 그는 그것들의 효능을 설명하기 시작했다, "셜사난 사람의 애가 믈과 음식을 제 할 대로 빨아들이디 못하야 삼기난 병이니이다." 그는 고사리댁보다는 우춘이를 위해서 말했 다. "애난 사람이 먹은 믈과 음식을 빨아들이는 곳이니이다."

우춘이가 고개를 자신 있게 끄덕였다. 전에 가르쳐준 것을 녀석 이 잊지 않았다는 얘기였다.

"그러모로 셜사랄 고티려 하면, 몬져 믈과 음식을 빨아들이도록 하여야 하나이다."

"녜, 스승님." 우츈이가 다시 힘차게 고개를 끄덕였다. 얼굴을 보면 잘 알아듣지 못한 듯했지만, 고사리댁도 열심히 고개를 끄덕였다.

"다란 병이 없이 그저 셜사만 할 때난, 애 놀라셔 그러한 것이니이다. 곳감안……" 그는 잠시 말을 골랐다. '불용성의 침전물이 되어 장의 점막을 보호한다'는 얘기를 두 사람이 알아들을 만한 얘기로 바꾸는 것이 쉽지 않았다. "곳감안 애의 안녁을 덮어셔 놀란 애랄 가라앉히나이다. 숯가라난 애 속의 낟반 것들흘 빨아들이나이다. 숯은 낟반 기운을 빨아들이는 것이라셔, 참아로 됴하나이다."

"녜, 스승님. 간쟝독애 숯을 넣으면, 쟝맛이 됴하디난듸, 그도……" 뜻밖에도 고사리댁이 구부렸던 윗몸을 바로 하면서, 자신의 생각을 덧붙였다. 마음속에서 높아진 지적 활동을 내는 빛이 배어 나온 듯, 그녀 얼굴이 문득 환해졌다.

그는 감탄하는 마음으로 그녀 얼굴을 살폈다. 자신이 가난과 무지에 찌든 여인의 어둑한 마음에서 지적 활동의 밝은 불꽃 한 송이를 불러일으켰다는 사실은 그의 마음을 크게 움직였다. '저 여인의 마음속 어느 구석에 그렇게 때 묻지 않은 지적 호기심이 남아 있었던가?'

눈앞에 새로운 지평이 열리는 느낌이 들었다. 막힌 줄로만 알았던 곳에 새로운 가능성의 들판이 모습을 드러내고 있었다. '만일 내가 이 세상에 전하려는 지식과 기술이 저런 여인들에게도 이르도록 할 수만 있다면…… 아니지, 꼭 이르도록 해야지.'

홍분해서 대담하게 자신의 생각을 밝혔음을 깨닫고, 고사리댁은 얼굴을 붉히고 있었다. 그녀 얼굴이 문득 젊어진 듯했다.

"녜. 그러하나이다," 그는 뒤늦은 대꾸를 했다. "그러하야셔 문에 티난 금줄에도 숯을 다난 것이니이다."

"아하," 우츈이가 가벼운 탄성을 내면서 고개를 끄덕였다. "그러하야셔 금줄에다……"

"그러하오니 따님이 밥알 먹고 배 꺼디거든, 곶감과 숯가라랄 한 봉지식 먹이쇼셔."

"녜, 스승님. 이대 알겠압나니이다." 열없는 웃음을 띠면서, 고사리댁이 흘긋 그의 얼굴을 살폈다.

설사는 그가 자신 있게 처방을 내릴 수 있는 몇 가지 안 되는 병들 가운데 하나였다. 그가 '만일에'에 들어간 지 얼마 되지 않았을 때, 별 까닭 없이 설사가 났다. 자동 진료 기구가 낸 처방전으로 약을 샀더니, 뜻밖에도 봉지에 든 약이었다. 모든 약들이 쓰기 좋게 만들어진 21세기에서 봉지에 든 약은 어지간해선 보기 어려웠다. 게다가 숯가루로 보이는 까만 알갱이들까지 들어 있었다. 보기에 탐탁지 않더니, 먹기도 고약했다. 여러 번 입안을 물로 씻어도, 알갱이들이 입안에 남아서 밥을 먹을 때까지 지끔거렸다.

자동 진료 기구에게 한마디하려다 그만두고, 그는 백과사전을 찾아보았다. 약용탄(藥用炭)이 흡착제(吸着劑)로 쓰인다고 나와 있었다. 설사의 원인이 여럿인 만큼, 지사제(止瀉劑)의 성격도 여럿이었는데, 지금 기억 나는 것은 장내에서 불용성의 침전물이 되어 장의 점막을 보호하는 수렴제(收斂劑)와 장내의 세균, 독소, 그리고 가스를 흡착하는 흡착제와 장내의 수분을 흡수하고 똥을 여물게 하는 점활제(粘滑劑)였다. 물론 소화제도 설사를 멈추는 데 도움이 되었다.

"그리하시고…… 밥맛이 없어셔 밥알 잘 먹디 아니하면, 억지로 먹이디 마쇼셔. 그러나 믈은 꼭 마시도록 하여야 하나이다."

"녜. 알파도 밥안 잘 먹는듸……" 말끝을 흐리면서, 고사리댁이 쓸쓸한 웃음을 지었다.

"하하, 그러하나니잇가?" 이 집에 들어온 뒤 처음으로 밝은 웃음을 지으면서, 그는 우츈이에게 말했다. "셜새 나면, 애 믈을 저 할 대로 빨아들이디 못하나이다. 그러하여셔 몸애 믈기 적어디나이다. 그러모로 셜사 환자애게는 믈을 많이 먹여야 하나이다."

"녜, 스승님." 힘주어 고개를 끄덕이는 녀석의 눈빛이 반짝거렸다.

그는 봉지 하나를 다시 열었다. "이것은 누룩가라니이다. 누룩가라난 먹은 것을 삭이는 대 됴하나이다."

며칠 전 배고개댁이 일꾼들을 위해 술을 담글 적에 쓴 누룩에서 조금 얻은 것이었다.

"녜. 우리 친정어머니꺼셔도……" 고사리댁이 얘기를 시작하다가 급히 입을 다물었다.

그는 싱긋 웃었다. "녜. 먹은 것이 삭디 아니할 때난 누룩가라랄 먹는 것이 됴하나이다. 누룩은 술밥알 삭이닷이 사람이 먹은 밥도 삭이나이다."

그녀가 조심스럽게 웃음을 얼굴에 올리고서 고개를 끄덕였다. "녜, 스승님."

"이 약알 하로 세 번 먹이쇼셔." 그는 이틀치를 꺼내서 그녀 앞으로 밀어놓았다. "밥알 먹고 죠곰 디난 다음, 누룩가라랄 몬져 먹이고 다시 죠곰 있다가 곳감하고 숯가라랄 먹이쇼셔."

"녜. 감샤하압나니이다, 스승님."

"그러면 쇼승은 일어나보겠나이다." 그제야 그는 치료비를 받는데 좀 문제가 있다는 것을 깨달았다. 누룩가루하고 숯가루를 약이라 주고서 쌀 한 되를 받는다면, 사람들이 무어라고 할 터였다. 중요한 것은 약을 만드는 재료들이 아니라 병에 대한 지식과 진료하는 데 드는 시간이란 사실을 마을 사람들이 알아주리라고 기대하기는 어려웠다. 그렇다고 치료비를 받지 않을 수도 없었다.

과학사를 공부할 때 들었던 얘기가 생각났다. 20세기 후반 조선 사회에선 환자들이 약효가 빠른 주사를 좋아했다. 의사가 진단하고서 그냥 약을 주면, 환자들이 "주사도 안 놔주고 치료비는 다 받는다"고 불평할 정도였다. 그래서 의사는 주사를 안 놓아도 될 경우에도 주사를 놓게 되었고, 그런 사정이 세균들의 항생제에 대한 내성을 키우는 데 기여했다고 했다. 그 얘기를 들었을 때는 좀 어이없다는 생각이 들었지만, 막상 지금 자신이 약 같지 않은 약만으로 치료를 하게 되니, 의사들의 어려웠던 처지가 실감이 났다.

'뭐, 우츈이가 알아서 처리하겠지. 이런 일엔 나보다 훨씬 나으니까, 내가……' 그는 삿갓을 집어 들었다.

"츈심 아씨, 이제 나난 가보겠나이다. 약알 먹으면, 배 알판 것이 이내 나알 새니이다."

녀석이 알아들었다는 뜻으로 고개를 살짝 끄덕였다.

"밥알 많이 먹으쇼셔." 그는 녀석의 볼을 쓰다듬어주고서 일어섰다.

"어제브터 물을 가도기 시작하얐나이다." 한 손으로 봉선이의 손을 잡고 다른 손으로 녀석의 어깨를 쓰다듬으면서, 언오는 봉선이 할아버지에게 말했다.

"아, 녜." 노인이 힘들게 대답하고서 거푸 기침을 했다.

춘심이네에 들른 김에, 그는 봉선이 할아버지에게 인사도 할 겸 봉선이도 볼 겸 광시댁에 들렀다. 집을 지어 나온 뒤 저수지 일이 본격적으로 시작되자, 그는 광시댁에 자주 들르지 못했다.

"내종애 한번 나려오쇼셔," 어제부터 감기 기운이 있었다는 봉선이 할아버지의 낯빛을 살피면서, 그는 조심스럽게 말했다. 감기약을 드렸지만, 노인인지라, 적잖이 걱정이 되었다.

"녜. 스승님, 나이 한번 나려가……" 다시 기침을 하고서, 노인이 가까스로 말을 마쳤다, "나려가 보겠나이다."

노인의 기침 소리가 그의 가슴속으로 아프게 울렸다. 그는 자신이 벌여놓은 저수지 사업의 장래가 바로 앞에 선 노인에게 얼마나 많이 달렸는가 새삼 느꼈다.

'만일 이분에게……' 그는 자신도 모르게 흘긋 광 쪽에 눈길을 주었다.

광 앞에선 봉선이 아버지가 소작인인 김갑산과 무슨 얘기를 하고 있었다. 광 앞에 놓인 가마니들로 보아, 소작료에 관해 얘기하는 눈치였다.

부엌에서 누가 나왔다. 봉선이 어머니였다.

눈길이 마주쳤다. 반사적으로 웃음을 지으면서 고개를 끄덕이다가, 자신이 하는 짓이 무엇인지 깨닫고서, 그는 급히 멈추었다.

그녀는 얼굴이 발개지면서 눈길을 돌리더니, 그대로 돌아서서 부엌으로 다시 들어갔다.

뜨끔한 가슴으로, 그는 자신을 꾸짖었다. 그리고 슬쩍 봉선이 아버지를 살폈다.

그와 눈길이 마주치자, 봉선이 아버지는 고개를 돌려 급히 김갑산에게 무엇이라고 말하기 시작했다.

그는 자신이 봉선이 어머니에게 웃음을 보이는 것을 봉선이 아버지가 보았다는 것을 알았다. 급히 돌리던 봉선이 아버지의 눈길이 날카로웠다는 느낌이 그의 마음에 불안한 맛을 남겼다.

'이게 무슨 짓인가? 이런 실수를 하다니……' 그는 자신을 호되게 꾸짖었다.

"날이 찬듸, 새 집은 춥다나 아니한듸……" 봉선이 할아버지가 속을 훑어내는 듯한 기침을 가까스로 멈추고서 숨을 돌렸다.

"아, 녜. 디낼 만하나이다." 그는 흐트러진 마음을 서둘러 가다듬었다. "얼우신끠셔 보살펴주신 덕분에 쇼승이 잘 디내고 이시나이다."

"스승님, 부대 조심하쇼셔."

"녜," 그는 태연한 어조로 대답했다. 그러나 노인의 얘기는 그의 마음에 묘한 울림을 남겼다. 표면적으로는 그에게 건강을 조심하라는 얘기였지만, 노인의 표정과 얼굴엔 다른 뜻이, 무슨 경고의 뜻이, 담긴 듯도 했다.

그런 불안한 느낌을 밀어내고서, 그는 쾌활한 어조로 봉선이에게 말했다. "봉선 아씨, 나와 함끠 일터에 나려가사이다."

녀석이 몸을 홱 돌리더니 그를 올려다보았다. "스승님, 참말?"

앞장선 봉선이는 춤추듯 걸었다. 많이 빠진 머리를 가리려고 쓴 쪽빛 모자가 녀석의 갸름한 얼굴에 잘 어울렸다. 여러 날 만에 그를 본 데다가 사람들이 많이 모인 일터로 가는 길이라, 녀석은 꽤나 신이 나는 모양이었다. 우츈이는 곡식 자루가 든 망태기를 한쪽 어깨에 메고 차분히 걷고 있었다. 녀석은 다른 일들처럼 걷는 것도 어쩐지 어른스러웠다.

'아직 어린 아이가 그런 것이 꼭 좋다고 할 순 없겠지만…… 나중에 사람의 병을 고치는 일을 할 아이에겐 요긴한 특질이라고 볼 수도 있으니까, 뭐……' 언오는 느긋한 마음으로 생각했다.

모처럼 기분이 밝았다. 츈심이의 설사에 대해 처방을 내리면서, 처음으로 저 세상에서 가져온 약을 쓰지 않고 이곳에서 얻은 것들만을 이용한 것이었다. 그리고 그 처방의 효과에 대해 자신을 가졌다. 소화제로 쓴 누룩가루의 효능은 더 얘기할 것이 없었다. 이 세상에 누룩곰팡이보다 더 좋은 효소들을 지닌 것은 없었다. 실제로 누룩은 엿기름과 함께 동양에서 일찍부터 소화제의 중요한 성분들로 쓰였다. 그리고 근대에 발명된 소화제들 가운데 가장 먼저 나온 것은 누룩곰팡이에서 직접 추출한 것이었다. 지사제도 어느 정도 효과가 있을 터였다. 활성탄으로 만들어진 약용탄에 비할 수야 없었지만, 숯가루는 그런대로 도움이 될 터였다.

'나중에 시간이 나면, 활성탄을 한번 만들어보자. 쓸모가 클 텐데.'

숯막이 바로 옆에 있으니, 어렵거나 비용이 많이 드는 일은 아니었다. 활성탄을 만드는 방법도 개략적으로는 알고 있었다. 가장 손쉬운 방법은 상당히 높은 온도에서 숯을 제한된 공기에 쏘이는 것이었다. 문제가 될 것은 그가 활성탄이 만들어지는 온도를 확실하게 알지 못한다는 점이었다. 설령 알더라도, 온도를 측정할 기구가 없었으므로, 별 도움이 되지 않을 터였지만.

그것은 실은 그가 지닌 거의 모든 지식들에 대해 적용되는 얘기였다. 많은 기술들에 관해서, 그는 기본 원리는 잘 알았지만 그 원리를 응용하는 데 필요한 자세한 지식들은 거의 지니지 않았다. 더구나 그런 지식은 도구나 기계가 거의 없는 이 세상의 기술 수준에 맞는 형태로 구체화되어야 했다.

'이십일 세기 지식들을 십육 세기 사회에 적용한다는 것이 어찌 쉽겠나,' 그는 자신에게 일렀다. '그러나 얼마나 재미있고 가치 있는 일인가. 어느 세상의 누가 자신의 지식을 한 세상을 개선하는 데 쓸 수 있는 처지에 있었던가? 누가 그런 행운을 누렸던가?'

눈앞에 고사리댁의 얼굴이 떠올랐다. 속에서 일어나는 지적 활동으로 은은히 밝아진 그녀 얼굴이 그의 가슴을 다시 뻐근하게 했다.

'지적 호기심. 바로 그것이 내가 찾아내서 키워야 할 것이지. 그렇게 맑은 지적 호기심의 물방울들을 조심스럽게 모아 개울이 되도록 하고. 다시 큰 강이 되도록 해서…… 그러면 실험이나 귀납적 추론과 같은 과학의 방법들이 자연히 따라 나오게 되지. 몇백 년 전 이슬람 문명에서 그랬듯이. 지금 유럽에서 그러고 있듯이.'

'과학혁명의 역사' 강좌의 마지막 시간에 들은 전치연 교수의 얘기가 또렷이 떠올랐다. "따지고 보면, 과학혁명의 중요성은 근대적 이론들의 폭발적 출현에 있는 것은 아닙니다. 본질적 중요성을 지닌 것은, 누누이 얘기했듯이, 과학의 자기 발견입니다."

과학혁명을 혁명으로 만든 것은 새로운 과학 지식들이 한꺼번에 많이 나와서 유럽 사회를 근본적으로 바꾸어놓았다는 사실이라기보다 과학이 자신을 인식하게 되어 정체성과 목적을 찾게 되었고 그런 성찰 과정을 통해 과학적 방법론을 찾아냈다는 사실이었다. 그런 성찰이 없으면, 과학은 계속 뻗어나갈 생기를 잃고 굳은 껍질 속에 숨은 전통이 되어버리는 것이었다. 전 교수는 중국을 중심으로 한 한문 문명이 중세에 생기를 잃고 성장을 멈춘 것은 그런 과학적 방법론을 찾지 못한 데 있다고 강조했었다.

'지적 호기심을 그렇게 조심스럽게 키운다면…… 만일 지적 호기심이 널리 퍼져나간다면, 내가 이 세상에, 십육 세기 조선 사회에, 과학혁명을 일으킬 수도 있을까?'

초겨울 산골짜기의 쓸쓸한 풍경이 문득 뒤로 물러나면서, 그 위로 아득한 지평을 지닌 가능성의 평원이 나타났다. 걸음을 멈추고서, 그는 숨을 깊이 들이쉬었다.

자신의 존재 자체가 이 세상에 큰 영향을 미치리라는 것을 잘 알고 있었지만, 그리고 이 세상의 질병과 가난을 줄이는 데 자신의 지식을 쓰고 있었지만, 그는 그런 목적을 위해서 정치적 혁명이나 사회적 변혁을 시도할 생각이 없었다. 오히려 자신의 행동에 어쩔 수 없이 따르는 사회적 충격을 되도록 적게 하려고 늘 애썼다. 그러나 그럴 수만 있다면, 그는 과학적 혁명만은 기꺼이 추진할 마음이었다. 물론 그런 지적 혁명은 어떤 정치적 혁명보다 근본적인 변혁을 불러올 터였다. 그리고 그는 그런 지적 혁명이 불러올 사회적 변혁은, 아무리 크고 근본적인 것이라도, 받아들일 생각이었다. 비록 그런 태도는 앞뒤가 맞지 않았지만.

'마침내 내가 이 낯선 세상에서 할 일을……' 자신이 이 세상에서 꾸려가야 할 삶에 생존 자체를 넘어서는 뜻을 줄 수 있는 무엇을 찾은 듯한 느낌이 들었다. 지금까지 그는 그저 자신이 만난 낯선 환경에 소극적으로 반응해온 것이었다. 이제 이 세상을 자신의 뜻에 따라 빚어낼 틀이 생긴 셈이었다. 그것은 당연히 힘든 일이었지만, 지금 그의 가슴은 두려움이나 회의가 들어설 자리가 없었다.

눈앞에서 흔들리던 풍경이 차츰 또렷해졌다. 아득한 지평을 지닌 평원을 가로질러 사내 하나가 가고 있었다. 그는 자기 연민이 어리지 않은, 잔잔한 눈길로 바라다보았다. 배낭 하나를 등에 메고 먼 길을 나선 사내를, 자신의 것으로 받아들인 낯선 세상의 역사를 자신의 뜻에 맞게 빚어내려는 사내를, 역사의 장인(匠人)을.

7

"봉선아, 물러나거라." 왼손으로 기다마한 나무토막을 바탕에 세우고 오른손으로 까뀌를 잡으면서, 쟝춘달이 말했다.

쟝이 일하는 모습을 구경하는 데 마음이 팔려, 차츰차츰 쟝 가까이 다가갔던 봉선이가 미안한 웃음을 짓더니, 뭉그적거리면서 몇 걸음 뒤로 물러났다. 녀석의 오른발은 맨발이었다. 그나마 발에 맞지 않는 커다란 짚신을 걸치고 있었다. 아까 개울가에 나갔다가 물에 빠져서, 우춘이가 아궁이 앞에서 녀석의 미투리와 버선을 한 짝씩 불에 말리는 참이었다.

웃음 띤 얼굴로 봉선이에게 고개를 끄덕이고서, 쟝은 시원찮게 들리는 무슨 타령을 흥얼거리면서 익숙한 솜씨로 나무토막을 다듬기 시작했다. 바탕 둘레 땅에 어지럽게 널린 나뭇조각들과 톱밥 위에 얇은 까뀌밥이 더해졌다. 쟝이 다듬는 나무토막은 손수레의 윗부분에 쓰일 모양이었다.

마음은 아직 수첩에 그려진 도형에 붙잡힌 채, 언오는 두 사람에게 찬성하는 뜻이 담긴 고갯짓을 했다. 봉션이는 원래 귀엽게 생긴 아이였다. 자신의 판단이 어쩔 수 없이 녀석에게로 기울리라는 점을 고려하더라도, 그는 이 세상에서나 저 세상에서나 녀석보다 더 귀엽게 생긴 아이를 본 적이 없는 것 같았다. 그리고 쟝은 훌륭한 목수였다. 손재간과 상상력을 아울러 갖춰서, 언오의 머릿속에 든 추상적 생각을 그럴듯한 실물로 만들어냈다. 나름대로 훌륭한 두 사람이 제 일에, 어른은 까뀌를 정밀 공구처럼 써서 나무를 다듬는 일에 그리고 아이는 그것을 구경하는 일에, 몰두한 모습은 곁에서 바라보기 흐뭇한 그림 한 폭이었다.

그는 바깥을 기웃거리는 마음을 붙잡아서 다시 수첩에 그려진 도형 위에 눌러놓았다. 그는 지금 쟝이 만드는 손수레보다 좀 큰 손수레를 설계하고 있었다. 그러나 들뜬 마음은 곧 자리에서 일어나 다시 바깥을 기웃거리기 시작했다.

쟝이 만드는 것은 조그만 손수레였다. 통나무에 구멍을 뚫어서 만든 바퀴를 달고 있어서, 장난감 같았다. 그래도 그것은 둑을 쌓는 일에 작지 않은 도움을 줄 터였다. 손수레를 쓰면, 맨손이나 지게를 쓸 때보다 능률이 오를 것은 당연했다. 그는 그것이 여자들과 아이들도 둑을 쌓는 일에 참여할 수 있도록 하리라는 점에 더 큰 기대를 걸고 있었다.

예상과는 달리, 날씨가 추워진 뒤에도, 일꾼들을 찾기는 그다지 수월해지지 않았다. 1년 내내 일꾼들을 찾기가 쉽지 않으리라는 것이 드러난 셈이었다. 그래서 그는 근본적 대책들 가운데 하나로 비교적 풍부한 여자들과 아이들의 노동력을 이용하는 길을 생각해 냈다. 농한기에도 여전히 바쁜 남자 어른들 대신 여자들과 아이들에게 일거리를 마련해주므로, 그것은 골짜기 사람들을 보다 실질적으로 돕는 길이기도 했다.

처음엔 힘든 일에 여자들과 아이들을 쓴다는 것이 마음에 걸렸다. 아이들을 쓰는 것은 특히 찜찜했다. 그러나 그는 곧 깨달았다, 그런 생각이 현실적 바탕을 지닌 것이 아님을. 이 골짜기의 아이들은, 아주 넉넉한 몇몇 집안 아이들을 빼놓으면, 어릴 때부터 집안일을 거들었다. 일을 거들지 않으면, 좀더 깊은 굶주림이 기다리고 있었다. 그래서 그런 아이들은 스스로 생계를 꾸려나가는 셈이었고, 아무도 아이들이 그렇게 일하는 것을 이상하게 여기거나 개탄하지 않았다.

지금 요긴한 것은 아이들이 일하지 않도록 하는 것이 아니라, 아이들이 일하기 좋은 환경을 마련해주고 임금을 많이 주는 것이었다. 안타깝게도, 그는 지금 임금을 많이 줄 처지가 못 되었다. 그러나 마음을 쓰면, 아이들이 일하기 좋은 환경을 마련할 수는 있을 터였다. 지금 쟝이 만드는 손수레는 그런 환경을 만드는 첫걸음이었다. 아울러 그는 아이들이 일하는 시간을 줄여서 한글이나 산수와 같은 과목들을 가르칠 생각이었고, 이미 그런 교육 계획을 짜고 있었다.

'일과 공부를 함께하는 곳으로 만들면,' 그는 흡족한 마음으로 입맛을 다셨다. '다음 세대엔 새로운 생각과 지식을 가진 세대가 자라나겠지.'

그래서 그에게 지금 장이 만드는, 통나무 바퀴가 달린 손수레는 소중한 첫걸음이었다. 실은 그는 훨씬 먼 곳에 눈길을 주고 있었으니, 그의 야심은 언젠가는 조선 사회 전체에 수레를 보급하는 것이었다. 저수지 일을 통해서 손수레의 좋은 점이 골짜기 사람들에게 널리 알려지면, 그는 살이 있는 바퀴들을 손수레에 달 생각이었다. 그다음엔 소나 말이 끄는 본격적 수레를 만들고. 그렇게 해서, 차츰 골짜기 바깥세상 사람들도 수레를 쓰게 될 것이었고, 언젠가는 모든 조선 사람들이 수레를 쓰게 될 터였다.

물론 그 일은 많은 어려움들에 부딪힐 터였다. 당장 넘어야 할 어려움은 이곳 사람들에게 수레라는 개념이 낯설다는 사실이었다. 지금 조선 사회에 수레가 알려지지 않은 것은 아니었다. 『훈몽자회』의 '거여(車輿)' 항목에는 여러 가지 '술위'들과 그 부분들을 뜻하는 글자들이 나와 있었다. 찬찬히 둘러보면, 수레가 실제로 쓰이고 있었다. 높은 사람들이 타는 외바퀴 수레인 초헌(軺軒)은 대표적 예였다. 그가 공세곶창에 들렀을 때, 그곳엔 곡식을 나르는 데 쓰이는 큰 수레가 셋이나 있었다. 그러나 '술위'들이 나날의 삶에 쓰일 수 있는 도구라는 생각은 좀처럼 나타나지 않았다.

실제적 어려움들 가운데 가장 큰 것은 지금 조선에선 길이 나쁘고 다리가 거의 없다는 사정이었다. 문의에서 여기까지 오면서, 그는 개화기까지 길 사정이 좋지 않았고 다리다운 다리들이 거의 없었다는 사실을 여러 번 떠올렸다. 그래서 그는 저수지 일에 참여한 마을 사람들이 수레의 가치를 알게 되면, 대지동면의 길을 좋게 만드는 데 투자할 생각이었다. 적어도 저수지에서 구화실까지의 길을 사람이 끄는 수레가 다닐 만한 길로 만들 계획이었다. 그런 투자가 없으면, 느리게 움직이는 중세 사회의 무게에 밀려, 수레의 도입은 너무 일찍 나온 발명들 가운데 하나가 될 터였다.

그의 생각이 그러했으므로, 저수지 둑을 쌓는 일에 손수레를 쓰는 것은 언뜻 보기보다는 훨씬 야심적인 일이었다. 물론 그의 야심은 더 멀리 뻗어나갔다. 수레들에 대한 수요가 좀 커지면, 부품들의 규격을 표준화하여 대량 생산을 시도할 수 있을 터였다. 그런 대량 생산은 원가를 낮추어, 수레에 대한 수요가 늘어날 터였다. 헨리 포드가 4세기 뒤 미국에서 자동차에 대해 시도할 일을 그는 지금 조선에서 수레에 대해 시도하려는 것이었다. 게다가 규격의 표준화를 통한 대량 생산의 영향은 수레에만 미칠 것이 아니었다. 그때나 지금이나 대량 생산 자체보다 규격의 표준화를 통한 대량 생산이라는 개념과 그것에 바탕을 둔 새로운 생산 조직이 오히려 혁명적일 터였다.

'발명해서 이 세상에 보급할 것들이 너무 많은데……' 뿌듯하면서도 조급해지는 마음으로 그는 개울에서 일하는 사람들을 내려다보았다. '많긴 한데……'

그의 머리는 빨리 정리해서 구체적 모습으로 만들어달라고 조르는 생각들로 북적거리는 도서관이었다. 어느 사이엔가 그가 저수지 일에 바치는 시간의 대부분은 둑을 쌓는 일 자체보다 그 일을 합리적으로 조직하고 좀 쉽게 만들 방도를 찾는 데 쓰이고 있었다. 그로선 땀을 흘리며 일하는 쪽이 훨씬 더 마음에 들었지만, 다른 사람들이 쉽게 대신할 수 있는 일들을 하기엔 자신의 시간이 너무 귀하단 사실을 받아들일 수밖에 없었다.

실제로 둑을 쌓는 일은 박우동이 지휘했다. 박은 책임감이 있었고, 나이는 적은 축이었지만, 일하는 모습을 살펴보면, 타고난 지도자의 자질을 보였다. 그래서 자리를 비우게 될 때면, 그는 자연스럽게 작업의 지휘를 박에게 맡겼고, 어느 사이엔가 사람들은 박의 지휘를 당연한 것으로 받아들이고 있었다. 그는 자신도 모르는 사이에 경영 조직을 만들어낸 것이었다. 그는 최고경영자였고, 박은 작업 부서를 책임지고, 쟝춘달은 기술 부서를 맡고, 우츈이와 배고개댁이 관리 부서를 운영하는 셈이었다.

'이젠 일을 좀더 의도적으로 조직해야 되겠다.' 쟝이 다른 나무 토막을 집어서 바탕 위에 세우는 것을 바라보면서, 그는 생각했다. '이 일에 참여하는 사람들이 계속 늘어날 테니. 내가 지닌 경영학 지식이 얼마 되진 않지만……'

그제야 그는 자신이 지닌 경영 기술이 대단하다는 사실을 새삼 깨달았다. 복잡한 조직들로 이루어진 현대 사회에서 산 사람이면, 경영학을 따로 공부하지 않았더라도, 자연스럽게 경영에 관한 기본적 지식들을 배우게 마련이었다. 그런 지식들이 없으면, 살아나갈 수 없었다.

'이곳에선 이 분야에서도 내가 권위자구나.' 비뚤어진 웃음을 입가에 띠면서, 그는 수첩을 주머니에 넣고 일어섰다.

다시 쟝이 일하는 데로 다가간 봉선이가 쪼그린 채 그에게 고개를 돌렸다.

"봉선 아씨." 그는 녀석에게로 다가갔다.

"녜?" 기대에 찬 눈빛으로 그의 얼굴을 살피면서, 녀석이 천천히 일어섰다.

"뎌긔 둑을 쌓난 대 나려가사이다." 그는 사람들이 둑을 쌓는 곳을 가리켰다.

"녜, 스승님." 녀석이 반색했다.

"몬져 보션이 다 말랐나 보쇼셔."

좀 겸연쩍은 듯 배시시 웃으면서, 녀석이 고개를 돌렸다.

'내게도 저런 딸이 하나……' 짚신을 질질 끌면서 부엌으로 들어가는 녀석의 뒷모습을 바라보자니, 마음 한구석이 문득 허전해졌다.

'귀금이에게서 난 딸아이는 어떤 모습일까?' 그의 마음은 귀금이 생각으로 젖은 땅과 같아서, 아주 작은 계기만 생겨도, 그녀 생각을 샘물처럼 뿜어냈다.

'이젠 내가 저 세상에 두고 온 아이보다 여기서 태어날 아이를 먼저 생각하는구나. 산다는 게 뭔지……' 가볍게 탄식하면서, 그는 자신의 마음속을 들여다보았다. 죄책감과 부끄러움은 여전히 거기 있었지만, 이제 부담이 될 만큼 크지는 않았다. '세월이 약이라 하더니만…… 부지런한 세월의 손길을 고마워해야 하겠지.'

봉선이가 해쪽 웃으면서 부엌에서 나왔다. 미투리와 버선을 제대로 신고 있었다.

"보션이 다 말랐나니잇가?"

녀석이 고개를 끄덕이고서 뒤를 돌아다보았다. 봉선이를 따라 나온 우츈이가 싱긋 웃었다.

"자아, 나려가사이다." 그는 봉션이를 데리고 물을 가둔 곳으로 내려갔다. 이제 동짓달도 중순으로 접어들었으므로, 비가 내릴 걱정은 없었다. 물은 둑을 쌓을 바로 위쪽에 임시로 모랫둑을 쌓아서 가두고 있었다. 지금 일꾼들은 물이 새지 않도록 아래쪽 둑을 흙으로 다지면서 쌓고 있었다. 그러나 그 둑도 내년에 쓸 물만을 가두려고 임시로 쌓는 둑이었다.

"조심하쇼셔," 손을 놓아주면서, 그는 봉션이에게 다짐을 두었다. "또 믈에 빠디면……"

녀석이 배시시 웃으면서 손으로 입을 가렸다.

마음대로 둘러보라는 뜻으로 녀석에게 고개를 끄덕여주고서, 그는 일터를 한 바퀴 둘러보았다. 자랑과 보람이 가슴을 뿌듯하게 채웠다. 시작한 지 한 달 반이 되어가는 지금, 저수지 일은 탄력을 얻은 것처럼 보였다. 일터는 활기찼다. 사람들은 모두 일을 즐겁게 하고 있었고, 그들이 일하는 모습엔 자연스러운 율동이 있었다.

'보수가 많아서 그런 건 아니고…… 뭐, 아주 적은 것도 아니지만. 일터의 환경이랄까. 분위기랄까. 그런 것이 많이 작용했다고 볼 수 있겠지. 그러고 보면, 내 얘기도 한몫 단단히 하는 셈이지.' 그는 마음속으로 자신에게 고개를 끄덕였다.

됴한드르에서처럼 여기서도 그의 얘기 솜씨는 큰 자산임이 드러났다. 하루 일을 마치고 저녁을 먹은 뒤, 몸은 나른하고 마음은 느긋해진 사람들에겐 무엇보다도 얘기가 환영받았다. "다암 녜아기난 래일 하고져 하나이다" 하는 말이 나오면, 사람들은 으레 아쉬운 듯 입맛을 다셨고 내키지 않는 몸짓으로 일어섰다. 방금 들은 애기를 되새기느라, 빈손으로 나서는 사람들의 귀로가 아마도 조금은 덜 허전할 터였다.

'딴 건 몰라도, 얘기 밑천 하나만은 든든하지. 이 사업을 추진할 자본이 먼저 떨어졌으면 떨어졌지, 내 얘기 밑천이 먼저 바닥나진 않을 테니까.' 면도하다가 벤 턱을 조심스럽게 만지면서, 그는 어젯밤에 한 얘기를 떠올렸다. '『수호전』만 하더라도, 이제 겨우 림퉁(林冲)이 귀양 가는 장면까지 왔으니, 얼마냐…… 적어도 내년 이맘때까진 갈 테고. 그게 끝나면, 다른 얘기들이 얼마든지 있지. 『삼국지』에다 『서유기』에다…… 『아서 왕의 죽음』도 있고 『반지의 제왕』도 있고 『곤드와나랜드의 음유 시인』도 있고. 『삼국사기』나 『삼국유사』에 나온 일화들 가운데 재미있는 것들을 골라서 들려주면, 우리 역사에 대한 교육도 되고……'

삿갓 앞자락을 들고서, 그는 옅은 구름 낀 하늘을 올려다보았다. 제대로 하늘 한가운데로 올라가지 못한 동짓달 해가 힘에 겨운 듯 어설픈 햇살을 뿌리고 있었다. 집 뒤쪽 굴뚝에서 푸짐하게 솟던 회청색 연기가 어느 사이엔가 가느다란 회백색 연기로 바뀌어 있었다.

"박 형."

"녜." 물속에 들어가서 발로 둑의 흙을 다지던 박우동이 돌아다보았다. "녜, 스승님."

"밥때 다외얐아니, 아참 일을 끝내쇼셔."

박이 싱긋 웃으면서 고개를 끄덕였다. "녜, 스승님. 알겠압나니이다." 박이 돌아서서 큰 소리로 사람들에게 말했다, "하던 일 마자 하고셔 아참 일알 끝내쇼셔."

힘든 일 뒤에 하는 식사의 즐거움을 미리 맛보면서 하던 일을 마저 마치려고 서두르는 사람들을 흐뭇한 마음으로 바라보는 그의 눈앞에 몇 해 뒤 이곳의 모습이 선연하게 떠올랐다──맑고 부드러운 늦봄 하늘 아래 튼실하게 자라나는 둑, 손수레로 흙을 나르는 여인들과 아이들, 줄자와 단단한 나무로 정교하게 만들어진 방향틀로 높이와 길이와 각도를 재면서 일을 지휘하는 사람들, 그리고 훨씬 커진 집에서 일을 보다 능률적으로 하도록 돕는 갖가지 도구들을 설계하는 사람들.

그의 마음이 깨달음으로 문득 환해졌다. 그 장면은 지금까지 그가 생각해냈던 여러 가지 계획들이 한데 모여서 또렷한 목적을 지닌 유기적 체계를 이룬 모습이었다. 새로운 의학 지식을 펴서 이곳 사람들의 삶을 조금이나마 낫게 만들겠다는 애초의 소망과 그의 의술이 불러올 인구의 증가에 대비해서 시작한 저수지 사업과 아침에 광시댁에서 내려오면서 떠올렸던 꿈이, 즉 조선 사회에 과학적 혁명을 이루겠다는 생각이, 서로 맞물려 있음을 그 장면은 보여준 것이었다.

과학과 기술이 긴밀한 관계를 가졌다는 생각은 현대 사회에 널리 퍼진 믿음이었다. 과학이 발전하지 못하면, 그것의 응용인 기술이 발전하기 어렵고, 기술이 발전하지 못하면, 새로운 자료들을 얻기 어려워서, 과학이 뻗어나가기 어렵다는 것은 누구나 잘 아는 사실이었다.

그러나 과학과 기술의 역사는 그런 믿음의 근거가 그리 단단하지 못함을 보여준다. 찬찬히 들여다보면, 과학과 기술은 상당히 다르다는 것이 드러난다. 그 둘은 목적부터 다르니, 과학은 우주의 모든 현상들을 설명하고 예측하려 애쓰지만, 기술은 사람들의 삶을 보다 낫게 만들려고 애쓴다. 그리고 그 둘은 대체로 서로 다른 사람들에 의해 수행된다. 과학은 거의 언제나 사색에 몰두할 수 있는 여유를 누리는 계층에 의해 발전되었지만, 기술은 경제적 활동에 종사하는 사람들이 자신들의 필요에 따라 발전시켰다.

과학과 기술이 흔히 다른 시대에 다른 사람들에 의해 발전되었다는 사실은 그래서 이상하지 않다. 고대 그리스에선 과학이 크게 발전했었지만 기술 수준은 낮았다. 로마 제국에선 그 반대였다. 서양에서 기술은 과학혁명이 진행된 16세기나 17세기가 아니라 과학혁명이 일어나기 전 몇 세기 동안에 오히려 크게 발전했다. 종이, 활자, 나침반, 화약과 같은 혁명적 기술들이 중국에서 나왔다는 사실이 가리키는 것처럼, 한문 문명은 중세에 서양보다 기술 수준이 높았지만 끝내 과학을 체계적으로 발전시키지 못했다.

과학과 기술 사이의 긴밀한 관계는 과학혁명이 충분히 진행된 뒤에야 처음 나타났다. 그러나 한번 긴밀해지자, 과학과 기술 사이의 관계는 점점 더 긴밀해졌다. 그래서 20세기에 산업 기술에서 뒤진 사회들이 빠른 기술 개발을 추진할 때 나온 처방들은 예외 없이 과학에 대한 투자를 포함했다.

이제 저수지 사업은 실제적 활동에 종사하는 사람들을 통해 과학적 혁명을 이룰 수 있는 계기를 그에게 마련해준 셈이었다. 그는 이 사업에, 그리고 뒷날 생겨날 더 큰 사업들에, 참여할 사람들에게 새로운 기술들을 가르쳐주는 것으로 그치지 않을 터였다. 그는 그 사람들이 실제적 일들을 통해 과학적 지식들을 얻도록 하고 그렇게 얻은 지식들을 새로운 기술이라는 형태로 실제적 일들에 다시 투입하도록 격려할 것이었다. 그렇게 하면, 저 세상의 과학혁명에선 없었던 과학과 기술의 행복한 결합이 나와서, 근대 문명의 출현이 훨씬 앞당겨질 수도 있었다.

"스승님." 봉선이가 그의 소매를 당기는 바람에 그는 상념에서 깨어났다.

"뎌긔 고기. 스승님, 뎌긔 큰 고기," 녀석이 들뜬 목소리로 외치면서 물속을 가리켰다. 모래 둑에 고인 물 속에서 거뭇한 고기들이 이리저리 닫고 있었다.

"녜," 그는 건성으로 대꾸하고서 한숨을 길게 내쉬었다. 상념에 너무 깊이 빠졌다 나와서 그런지, 머리가 어찔했다. "봉션 아씨난 믈속애 들어가셔 고기랄 잡고 식브나이다?"

녀석이 열심히 고개를 끄덕였다.

"시방은 아니 다외고, 몸이 많이 나아디면……"

"믈이 많이 고얐네," 윗둑으로 올라서면서, 츈심이 아버지 류갑슐이 혼잣소리 비슷하게 말했다.

츈심이를 치료한 얘기를 아직 류에게 하지 않은 것이 생각났다. 그러고 보니, 류는 딸 소식이 궁금해서 일부러 이리로 올라온 것이 분명했다. 속으로 혀를 차면서, 그는 류에게 몸을 돌렸다. "츈심이 아바님, 아참애 따님알 진찰하얐나이다. 큰병은 아닌 닷하나이다. 며츨 약알 먹으면, 다외알 닷하나이다."

"아, 녜," 류가 반갑게 대꾸했다. "스승님, 감샤하압나니이다."

"스승님." 봉선이가 다시 그의 소매를 당겼다. "나이 많이 나아디면, 고기랄 잡아도 다외나이다?"

"뎌이 뉘가?" 위쪽 논에서 지고 온 찰흙을 둑 위에 부리고서, 지게 작대기에 기대어 숨을 돌리던 리영구가 누구에게랄 것 없이 물었다. 리의 눈길을 따라 사람들이 숯골 쪽을 올려다보았다.

발로 찰흙을 눌러 둑 아래쪽을 다지면서, 언오도 올려다보았다. 누가 나뭇짐을 지게에 지고 숯골 쪽에서 내려오고 있었다.

"슈쳔이고만," 산비탈에서 퍼온 황토를 부리고서, 류갑슐이 말했다. 다른 사람들이 맞다고 동의했다. 광시댁과 이웃하고 살면서 광시댁의 땅을 부치는 터인지라, 류가 광시댁 머슴인 슈쳔이를 먼저 알아본 것이었다.

"시방 나뭇짐알 디고셔 어듸로 간다?" 리가 다시 물었다.

그제야 그는 날이 저물어가는데 슈쳔이가 나뭇짐을 지고 숯골에서 내려온다는 것이 이상하다는 것과 아까 봉션이 할아버지가 그에게 날이 찬데 새 집은 춥지 않느냐고 물은 것이 생각났다. '아,

봉선이 할아버지께서 군불이나 때라고 보내신 모양이구나. 참 자상하기도 하시지.'

이곳은 깊은 산골이었지만, 대대로 숯을 구워온 까닭에, 산에 나무가 많은 편은 아니었다. 나무를 하려면, 꽤 깊은 산속으로 들어가야 했고 종일 걸렸다. 그래서 생각보다는 땔감이 귀한 편이었다.

"위슈골 아자비, 교대하사이다." 언오와 함께 물속에 선 박우동이 리를 올려다보며 말했다. "발이 어름이 다외얏네."

지금 그와 박은 가둔 물이 새지 않도록 논에서 파온 찰흙으로 둑의 아래쪽을 맥질하는 참이었다. 개울 바닥을 꽤 깊이 파고서 바위들을 묻은 다음 되도록 흙을 많이 써서 둑을 쌓았지만, 그래도 자갈과 모래가 많이 들어간 터라, 애써 가둔 물이 많이 샐 염려가 있었다. 그가 그것을 걱정하자, 쟝츈달이 논에 물을 가둘 때 논둑을 맥질하듯 찰흙으로 둑을 맥질하는 방법을 제안했다. 결과에 대해 자신이 서는 것은 아니었지만, 다른 방도가 없었고 그리 힘이 드는 일도 아니어서, 밑져야 본전은 넘으리라는 생각으로 그 말을 따른 것이었다.

그는 박이 그를 생각해서 빨리 교대하려 한다는 것을 느꼈다. 아닌 게 아니라, 물속에서 일하기는 밖에서 보기보다 힘들었다. 아침이면 얼음이 꽤 두껍게 덮는 판이라, 물속에 들어오니, 이내 발이 아파왔다. 힘들기도 했지만, 슈쳔이를 맞아야 했으므로, 그는 잠자코 있었다.

"알았내." 리가 지게를 받쳐놓더니, 황구용을 돌아다보았다. "들어가새."

"녜." 바지게를 지고 논으로 올라가려던 황이 씨익 웃으면서 지게를 받쳐놓았다. 허리띠를 다시 매더니, 무릎까지 걷어 올린 바짓가랑이를 한 번 더 접어 올렸다. 황은 열아홉 살 난 젊은이로 최성업의 사위였다. 원래 슐곡면 사람인데, 지난봄에 장가들어 아직 처가에서 살고 있었다.

이곳엔 장가들고서 그대로 처가살이를 하는 사내들이 흔했다. 말 그대로 '쟝가(丈家)에 들어가는' 것이었다. 혼인할 때 신랑 집에서 신부 집에 상당히 큰 재산을 건네는 것이 관례였는데, 그런 예물을 차릴 힘이 없으면, 신랑이 처가에서 살면서 그 값을 자신의 품으로 갚는 것이었다. 황도 세 해 동안 처가에서 살기로 했다는 얘기였다.

그는 흙탕물에 손발을 대강 씻고서 밖으로 나왔다. 발이 얼얼했다.

박이 둑 한쪽에 지펴놓은 화톳불로 다가가더니, 나무를 집어넣어 잦아진 불길을 되살렸다. "아, 살 것 같다."

"믈속에 들어가난 것도 힘드난듸……" 혼잣소리 비슷하게 말하고서, 그도 불 곁으로 다가갔다.

"녜. 스승님, 이리 갓가이 오쇼셔." 박이 한쪽으로 비켜나더니 한쪽만 탄 버드나무 고주백이를 뒤집어놓았다.

불에 물기가 마르면서, 발 속을 채웠던 차가움이 차츰 풀려나갔다. '이리 고생하고도, 물이 새면……'

둑으로 가둔 물이 샐 가능성은 지금 그의 마음 한쪽에 무거운 그늘을 드리우고 있었다. 개울 바닥으로 물이 얼마나 새는지 아직도 가늠할 수 없었다. 당장에는 물이 그리 많이 새지 않는다 하더라도, 모를 내는 4월까지 졸아붙지 않아야 하는데, 영 자신이 서지 않았다.

'할 수 없지. 실패하면, 내년에 다시 대책을 강구해보지.' 어두운 생각들을 눌러서 집어넣고, 그는 신을 신었다. "박 형, 나이 집으로 올아가보겠나이다."

"녜, 스승님. 올아가보쇼셔."

돌무들기 쪽에서 까치 두 마리가 날아오더니, 앞서거니 뒤서거니 숯골 쪽으로 올라갔다. 다시 솟구친 그리움에 그의 고개가 저절로 쟝복실 쪽으로 돌아갔다.

"스승님, 편안하샀나니잇가?" 그보다 한 걸음 먼저 닿아 지게를 받쳐놓은 슈쳔이가 합장하고 몸을 숙였다. 마당은 나무 부스러기들로 어지러웠다. 거의 다 만들어진 손수레 둘레에는 연장들만 놓여 있고, 쟝츈달은 어디 갔는지 보이지 않았다.

"나무아미타불. 어셔 오쇼셔. 그러나한듸 어드리 이리 나려오샀나니잇가?"

"우리 얼우신끠셔…… 스승님끠 나모랄……" 원래 좀 어눌한 슈쳔이가 더듬거리면서 지게를 가리켰다.

잘 마른 참나무 장작이었다. "아, 녜."

"군불이나 디다시라 하샀압나니이다." 사람 좋은 웃음을 띠면서, 슈쳔이가 덧붙였다.

"감샤하압나니이다. 므거운 짐을 디고 오시나라 슈고랄 많이 하샀나이다."

치하하는 말을 듣고 좀 수줍어진 듯 목을 문지르며 고개를 돌리던 슈쳔이가 문득 정색을 했다. "아씨, 이제 올아가사이다."

우츈이를 따라 부엌에서 나왔다가 슈쳔이의 눈에 뜨인 봉선이가 얼굴을 찡그렸다.

"아씨, 한아바님끠셔……"

"나난 더 놀고 식븐듸……" 아침에 내려와서 점심까지 이곳에서 먹었는데도, 녀석은 더 있고 싶은 모양이었다.

"아니 다외나이다. 한아바님끠셔 쇼인과 함끠 올아오라 하샸나이다." 슈쳔이는 엄한 얼굴로 고개를 저었다. "아씨, 이제 올아가사이다."

마당 가에서 키질을 하던 배고개댁이 웃으면서 돌아다보았다. "봉선이 여긔 자미랄 브텼고나."

봉선이가 도움을 구하는 얼굴로 그를 바라보았다.

"우츈 도령님, 탱자차랄 한 잔 내오쇼셔. 봉선 아씨난 차랄 맹갈 믈을 끓이쇼셔." 무거운 짐을 지고 온 사람을 대접하면서 봉선이에게 머물 시간을 좀더 주려는 생각이었다. 불씨를 살려서 물을 끓이려면, 시간이 걸릴 터였다.

"녜," 신이 난 봉선이가 냉큼 대꾸하고서 우츈이보다 먼저 부엌으로 들어갔다.

"차랄 끓이려면, 졈 오래 걸월 새니이다. 뎌 아래 가셔셔," 그는 일터를 가리켰다. "한번 둘러보쇼셔."

"녜, 스승님." 슈쳔이는 씨익 웃더니, 땔감이 쌓인 헛간 한구석에 장작을 부렸다. "그러하오면, 스승님, 쇼인안……"

"네. 다녀오쇼셔. 믈이 끓으면, 우츈 도령을 보내겠나이다."

"네, 스승님." 홀러내린 허리춤을 추스르고서, 슈쳔이는 걸음 가볍게 일터로 내려갔다.

'덕분에 며칠 동안은 좀 따숩게 지내겠구나.' 그는 흐뭇한 마음으로 슈쳔이가 부린 장작더미를 살폈다. '목욕물도 제대로 데워서 쓰고.'

날씨가 추워지자, 목욕이 점점 큰 문제가 되었다. 자꾸 게을러지는 자신을 꾸짖어서, 하루 일과가 끝나면, 그는 꼭 물을 데워서 목욕했다. 덕분에, 목욕 시설이 없고 비누를 쓸 수 없는 처지에서도 몸을 깨끗이 해온 셈이었다.

그러나 다른 사람들은 목욕의 중요성을 제대로 알 리 없었다. 저녁을 먹고 나서 얘기를 들으려고 사람들이 방 안에 들어차면, 냄새가 대단했다. 이곳 사람들은 겨우내 목욕을 한 번도 하지 않는 듯했다. 적어도 사내들은 그런 듯했다. 그래서 그들에게서 나는 냄새는 아직도 코에 익숙해지지 않았다.

물론 훨씬 중요한 것은 건강에 미치는 영향이었다. 특히 이가 많이 꼬이는 것이 문제였다. 사람들은, 앉기만 하면, 자연스럽게 이 사냥을 시작했다. 그리고 머리가 길어서 머릿니가 많이 꼬이므로, 빗질을 자주 했다. 불승 노릇을 하느라 머리를 아주 짧게 깎아서, 그는 다행히 머릿니 걱정은 하지 않아도 되었다. 그러나 다른 사람들로부터 옮아오는 이를 막을 수는 없었다. 방충제는 아직 반 튜브가 남아 있었지만, 새 집으로 들어오면서, 그는 그것을 쓰지 않았다. 새 집이라 아직 물것들이 적었고, 우츈이에게 미안하기도 했고, 방충제를 마저 쓰기도 아까웠다. 방충제도 언제 요긴한 처방으로 쓰일지 몰랐으므로, 일단 아끼는 것이 현명했다. 덕분에 그는 이에게 밤낮으로 시달리고 있었다.

'가마솥만 어떻게 하나 구할 수 있다면……' 그는 아쉬운 눈길로 개울을 내려다보았다. '깨끗한 개울물이 바로 옆에 있고 땔감은 가져오라면 되니까, 목욕탕이 일단 지어진 뒤엔, 운영하는 것은 그리 어렵지 않을 텐데……'

그러나 목욕탕에 쓸 만큼 큰 가마솥은 비쌀 터였고, 저수지 일에 들어갈 자본을 걱정하는 그의 처지에서 그것은 누릴 수 없는 사치였다. 목욕탕을 짓는 일도 품이 적잖이 들 터였다.

'저수지가 제대로 되면, 내년에 한번……' 그는 문득 상념에서 깨어났다.

못 보던 사람 둘이 둑에서 일하는 사람들과 얘기하고 있었다. 차림으로 보아, 불승들이 분명했다. 류갑술이 고개를 끄덕이더니, 손을 들어 이쪽을 가리켰다.

두려움과 조바심이 섞인 흥분으로 그의 가슴이 오그라들었다. 류는 막연하게 집 쪽을 가리켰지만, 그는 류가 그에게 손가락질하기가 어려워서 그랬으며 그 사람들이 그를 찾는다는 것을 알아차렸다.

류가 앞에 선 불승에게 무엇이라고 말했다. '어드리 우리 스승님을 찾아가시나니잇가?'라고 묻는 듯이.

그러나 그 사람은 류의 얘기를 무시하는 것 같았다. 그저 합장하고 가볍게 고개 숙여 인사한 다음, 곧장 집을 향해 길을 오르기 시작했다. 뒤에 섰던 사람은 인사도 없이 뒤를 따랐다.

오그라든 가슴이 거세게 뛰고 있었다. 불승하고 마주치는 경우에 대해 그동안 많이 생각했었지만, 막상 닥치고 보니, 적잖이 당혹스러웠다. 더구나 그 사람들은 우연히 들른 것이 아니었다. 어디서 그의 얘기를 듣고서, 그를 보려고 일부러 찾아온 것이 분명했다.

그는 고개를 흔들어 기운이 빠진 듯한 몸과 무거워진 마음을 일깨웠다. 숨을 깊이 쉬면서 마음을 가다듬은 다음, 벗어 들었던 삿갓을 다시 쓰고서, 그 사람들을 맞으러 내려갔다. 그의 얘기를 듣고 일부러 찾아온 사람들을 피하는 것은 어리석었다.

그가 내려오는 것을 보자, 앞선 사람이 걸음을 좀 늦추면서 그를 살폈다. 뒤에 선 사람이 비켜서 길가로 나서면서 거친 눈길로 그를 훑어보았다. 앞선 사람은 나이가 꽤 들어 보였다. 마흔은 되었음 직했다. 뒤에 선 사람은 스물 갓 넘은 듯했는데, 손에 묵직해 보이는 지팡이를 들고 있었다.

"어셔 오쇼셔. 나무아미타불. 나무관셰음보살." 얼굴에 엷은 웃음을 띠고서, 그는 한껏 밝은 목소리를 냈다.

그의 행동이 뜻밖이었는지, 그 사람이 좀 당황하는 기색으로 걸음을 멈추었다. "나무아미타불. 나무관셰음보살." 그 사람의 합장과 염불은 아주 자연스러웠다. 뒤에 선 젊은 불승은 인사하지 않고 그냥 서 있었다.

"어셔 올아오쇼셔."

"녜. 감샤하압나니이다."

그 사람이 다시 걸음을 떼어 놓는 것을 보고, 그는 돌아섰다. "이리 오쇼서. 자리 누추하야……" 그는 마당으로 올라선 두 사람에게 토방에 깔아놓은 띠방석을 가리켰다.

"다외얏나이다." 나이 든 사람이 손을 저어 사양하고서 그를 슬쩍 훑어보았다. "스승님끠셔는 어느 뎔에 겨시나니잇가?"

그 사람의 매끄러운 말씨 속에 든 가시가 그의 마음을 긁었다. '나이 어느 뎔에 이시든, 당신이 알 바 아니잖소' 하고 쏘아붙이고 싶은 충동을 꾹 누르고서, 그는 공손히 대꾸했다. "쇼승은 떠돌아다니는 불뎨자이니이다."

그 사람의 이마에 문득 굵은 주름이 자리 잡으면서, 얼굴에 어렸던 의심이 깊어졌다. "도텹을 보여주쇼서." 위압적 어조로 말하고서, 그 사람은 어깨를 펴고 가슴을 내밀었다.

뒤에 선 젊은이가 한 걸음 앞으로 나오면서, 왼손에 든 지팡이를 오른손으로 옮겨 쥐었다. 지팡이라기보다 몽둥이에 가까웠는데, 그 사내는 그것을 아주 가볍게 들고 있었다. 몸집이 크고 당차게 보이는 사내였다.

'스물대여섯?' 가까이에서 보니, 나이가 좀 들어 보였다. 제대로 깎지 않아서 듬성듬성한 턱수염이 원래 거칠게 생긴 얼굴을 더욱 거칠게 만들었다. '기운깨나 쓰게 생겼는데. 절에 전해 내려오는 무슨 무술을 배웠는지도 모르지.'

눈길이 마주치자, 그 젊은이가 위협적인 낯빛으로 그를 노려보면서 지팡이를 가볍게 흔들었다. 당장이라도 달려들 태세였다.

갑자기 서글퍼진 마음 한구석에서 차가운 생각들이 바쁘게 움직였다. "쇼승은 도텹이 없나이다."

"불데자이 엇디 도텹이 없나니잇가?" 자신의 의심이 확인된 듯, 나이 든 사람이 득의에 찬 목소리로 물었다. 말을 마치고도, 그 사람은 입안에 말이 남은 것처럼 볼을 씰룩거렸다. 입가에 돋은 팥알 만 한 검붉은 점이 벌레처럼 따라서 꿈틀거렸다.

박우동이 조심스럽게 이리로 올라오는 것이 눈에 들어왔다. 손에 지게 작대기를 들고 있었다.

그의 가슴속으로 고마움이 따스하게 번졌다. 이어서 뜻밖에도 든든하게 느껴지는 무엇이 가슴 밑바닥에 자리 잡았다.

지금 그에게 박의 도움이 필요한 것은 아니었다. 그리고 싸우게 되면, 몸집이 그리 크지 않은 박이 염불보다 싸움을 잘할 것처럼 보이는 젊은 불승의 상대가 되지 않을 터였다. 그러나 박이 보여준 마음씨는 그가 그동안 이 골짜기에서 이루어놓은 것들이 작지 않다는 것을, 그리고 무슨 일이 있더라도 그것을 지켜야 한다는 것을, 그에게 일깨워주었다.

그가 대꾸를 하지 않자, 나이 든 불승이 얼굴에 적의를 드러내면서 위협적인 몸짓으로 한 걸음 다가섰다. 기대하는 낯빛으로 그를 가늠하면서, 젊은 불승은 혀로 입술을 핥았다.

그는 지금 자신에게 물러날 곳이 없다는 것을 깨달았다. 이 사람들과의 대면에서 한 걸음만 물러나도, 자신은 곧 이곳에서 설 땅을 잃게 될 터였다. 자신에게 다짐하듯, 그는 집과 저수지 터를 천천히 둘러보았다.

키를 땅에 내려놓고 돌을 골라내면서, 배고개댁이 걱정스러운 얼굴로 이쪽을 흘끔거렸다. 키에서 나온 바구미들이 열심히 도망치고 있었다. 그 조그만 벌레들이 귀여우면서도 안쓰럽게 느껴졌다. 곡식을 갉아먹는 해충이었지만, 바구미들은 어쩐지 징그럽게 느껴지지 않았다. 밥에서 나와도, 허옇게 으깨진 '쌀벌에'처럼 밥맛이 가시지 않았다.

'저 바구미들은 이제 어디로 가야 하나? 이 추운 겨울에?' 문득 그의 눈에 조그만 벌레들이 걸어가야 할, 아득한 윤회의 길이 또렷이 들어왔다.

"색즉시공(色卽是空)이고 공즉시색(空卽是色)인듸, 뎔은 므슥이며, 도텹은 또 므슥이니잇가? 나무아미타불. 나무관셰음보살." 그는 정중하게 합장했다. 갈 곳도 모르는 채 바삐 도망치는 바구미들을 보고서, 별 생각 없이 나오는 대로 한 얘기였는데, 해놓고 보니, 그럴듯하게 들렸다.

'흠. 내가 그동안 염불을 건성으로 한 것은 아니었구나.' 그는 속으로 씁쓸한 웃음을 지었다.

멀리서 까치 소리가 들려왔다. 그는 둘레가 조용해졌음을 깨달았다. 그러고 보니, 그 사람은 아직 대꾸하지 못한 채 얼굴에 나온 당혹스러운 기색을 애써 감추고 있었다.

심리적 우위를 얻었음을 느끼면서, 그는 한 걸음 더 밀고 나갔다. "더오기 도텹이라 하나난 것은 나라해셔 우리 불뎨자달할 억압하고져 맹간 것이로소이다. 우리 불뎨자달히 엇디 그것을 높이 너겨 도텹이 있내 없내 보내 마내 다토아야 하나니잇가?"

말해놓고서, 그는 아차 싶었다. 불승들 사이에서야 당연한 얘기였지만, 따지고 보면, 정부를 비방한 셈이었다. 그 사람이 트집을 잡으려 들면, 트집을 단단히 잡힐 수도 있는 얘기였다.

그 사람은 그러나 그런 생각을 할 만한 여유가 없는 듯했다. 굵은 염주 알들을 바삐 굴리면서, 마른침을 삼켰다. 유난히 큰 목젖이 무슨 생물처럼 움직였다.

"그러하오나," 한참 뒤에 그 사람이 힘들게 입을 열었다. 아까보다 훨씬 공손해진 말씨였다. "요사이 불뎨자랄 칭하난 무리들히 하야셔……"

"아, 녜." 무심코 고개를 끄덕이다가, 그는 멈칫했다. 원래 도첩이라는 것은, 불승의 자격을 심사하여 수를 줄이면, 불교를 억제하면서 재정에 도움이 되리라는 생각에서 조선 정부가 만든 제도였다. 그러나 도첩제는 이미 불승의 자격을 얻은 사람들에게는 독점적 혜택을 주었고, 따라서 불승들은 그것에 대해 그리 큰 불평이 없을지도 몰랐다.

"그러하옵고…… 뎔마다 당골판이 이시난듸……" 그 사람이 조심스럽게 덧붙이고서 그의 얼굴을 살폈다.

'바로 이거였구나.' 속으로 고개를 끄덕인다는 노릇이 그만 실제로 고개를 끄덕이고 말았다. '내가 이 사람들의 당골판에 들어와서 영업을 방해한단 얘기구나.'

그는 그 사람에 대해 느꼈던 언짢은 마음이 많이 가시는 것을 느꼈다. 어느 세상에서나 자신의 경제적 기반이 침식당하는 것을 앉아서 바라볼 사람은 없었다. "스승님끠션 어느 뎔에 겨시나니잇가?"

"쇼승은," 흘긋 오른쪽을 쳐다보면서, 그 사람이 대꾸했다. "쳔방암애 이시나이다.”

“아, 녜. 쳔방암애 겨시는 스승님들히시라……” 그는 고개를 끄덕였다. 방산리(芳山里) 뒤쪽 산기슭에 천방암(千房菴)이란 절이 있다는 얘기는 이미 들은 터였다. ‘그러고 보니, 이 골짜기가 천방암 스님들의 당골판이구나.’

무심코 돌아다보니, 우츈이와 봉션이가 부엌에서 고개만 내밀고서 그들을 살피고 있었다. 배고개댁은 키질을 다했는데도, 그냥 마당 끝에 앉아서 그들을 흘끔거렸다. 개울 쪽을 내려다보니, 거기서도 사람들이 일손을 놓고서 그들을 살피고 있었다. 길에서는 박우동이 어떻게 해야 좋을지 모르는 듯 머뭇거리고 있었다.

“박 형, 이리 올아오쇼셔.”

“녜, 스승님,” 박이 반갑게 대꾸했다.

두 불승이 돌아다보았다. 지게 작대기를 든 박이 대수롭게 보이지 않았는지, 그들은 이내 고개를 돌렸다.

“뎌분도 쳔방암애 함끠 겨시나니잇가?” 그는 입가에 비웃는 웃음을 띠고서 아직도 그를 가늠하는 눈길로 쳐다보는 젊은 사람을 가리켰다.

“녜.” 나이든 사람이 좀 겸연쩍은 웃음을 얼굴에 올렸다. “쇼승과 함끠 이시나이다.”

자기 얘기가 나오자, 그 젊은 사람은 짙은 눈썹을 치켜세우면서 그를 쏘아보았다. 벼르고 찾아왔는데, 얘기가 다른 데로 흐르는 것이 꽤나 불만스러운 모양이었다. 어쩌면 박이 든 작대기가 그 사람의 싸울 뜻을 돋웠는지도 몰랐다.

그는 부엌을 돌아다보았다. "우츈 도령님."

"네, 스승님." 녀석이 부엌에서 나왔다. 열없는 웃음을 지으면서, 봉선이가 따라 나왔다.

"여긔 스승님들끠 드릴 탱자차랄 내오쇼셔."

"네, 스승님." 녀석의 굳었던 얼굴이 풀렸다.

박우동이 마당을 돌아서 부엌 앞 토방으로 올라섰다. 여전히 지게 작대기를 쥐고 긴장을 늦추지 않은 채.

"아니올시다." 나이 든 사람이 황급히 손을 저었다.

"스승님," 그는 잠시 뜸을 들였다. "쇼승은 전라도애셔 도랄 닦다가 평안도 묘향산아로 스승을 찾아가난 길인듸, 이곳애 잠시 머믈게 다외얏나이다."

"아, 그러하시나니잇가?" 그 사람이 고개를 끄덕였다.

"쇼승은 쳔방암 스승님들희 당골판알 가만이 가지려는 것이 아니올시다. 그저 즁생달해게 부텨님 말쌈알 젼하려 하나이다."

"아, 네. 이대 알겠나이다." 그 사람이 무렴해진 얼굴로 다시 염주 알들을 굴렸다.

문득 그럴듯한 생각이 하나 떠올랐다. "스승님, 뎌긔……" 그는 아래쪽을 가리켰다.

그 사람이 의아한 얼굴로 그의 손길을 따라 아래쪽을 돌아다보았다. 다른 사람들도 모두 일터를 돌아다보았다.

"스승님, 쇼승이 시방 못알 맹갈고 이시난듸, 곧 재랄 올이고져 하나이다. 내죵애 쳔방암아로 사람알 보낼 새니, 스승님끠셔 재랄 올여주쇼셔."

이미 저수지 일을 시작하기 전에 구화실의 만신을 초청해서 고사를 지낸 터였다. 그때 사람들은 그에게 왜 재를 올리지 않느냐고 물었었다. 그로선 재를 올리는 방법을 모른다는 것이 가장 큰 문제였다. 천방암의 불승들을 초청해서 재를 올리면, 일이 깔끔하게 풀릴 터였다.

"아, 그러하시나니잇가?" 그 사람이 반색했다. "쇼승을 블러주시면……"

"녜. 그리하겠나이다. 곧 믈이 끓을 새니, 차랄 드시고 가쇼셔. 스승님, 이리 앉으쇼셔." 그는 젊은 불승에게 손짓했다.

"아, 아니올시다. 쇼승은 이만 돌아가보겠나이다." 그 사람은 급히 합장했다. "나무아미타불. 나무관세음보살."

"나무아미타불. 나무관세음보살." 엉겁결에 그도 답례했다.

그 사람은 이내 돌아서서 내려가기 시작했다. 젊은 사람이 아무래도 아쉬운 듯 잠시 그와 박우동을 훑어보더니 뒤를 따랐다.

"그러하셔도……" 굳이 붙잡기도 무엇해서, 그도 엉거주춤한 마음으로 그 사람의 뒤를 따랐다.

"스승님, 올아가보쇼셔." 그 사람이 돌아다보면서 그보고 올라가라고 손짓을 했다.

"그러하오면, 스승님, 내종애 다시 들러쇼셔. 나무아미타불. 나무관세음보살."

"녜. 그리하겠나이다. 나무아미타불. 나무관세음보살."

두 불승이 개울 쪽으로 내려가는 것을 잠시 바라보다가, 그는 천천히 돌아섰다. 긴장이 풀리자, 기운도 따라 빠진 듯, 집으로 올라오는 짧은 길이 꽤 힘들게 느껴졌다.

마당으로 올라서자, 한숨이 절로 나왔다. 삿갓을 젖히고, 그는 손등으로 이마의 진땀을 훔쳤다. 그러나 일이 끝난 것은 아니었다. 불승들과의 위험한 대면이 끝나니, 마음은 오히려 어두워졌다.

천방암의 불승들이 나타난 것은 여러 가지 일들을 생각하게 만드는 사건이었다. 그 사람들은 도첩을 지녔고 당골판을 가졌다는 점에서 이 세상의 사회적 질서를 상징했다. 조선 사회의 지배층인 유학자(儒學者)들로부터 경멸과 박해를 받는 불승들이 사회적 질서의 한 부분으로 그 앞에 나타났다는 사실은 그에게 자신이 아직도 쫓기는 몸이라는 것과 저수지를 만드는 일 앞엔 그가 미처 예상하지 못한 어려움들이 놓였다는 것을 아울러 일깨워주었다.

그러나 그의 마음을 어둡게 만든 것은 그런 사정만은 아니었다. 스스로는 그리 뚜렷이 의식하지 않는 불승이라는 신분이 그를 대하는 사람들에게는 그의 가장 두드러진 특질로 다가온다는 사실을 새삼 깨닫게 되었고, 그런 신분의 굴레가 갑자기 무겁게 느껴졌다. 지금까지 그는 언제라도 불승이라는 신분을 철 지난 옷처럼 훌쩍 벗어던지고 훨씬 자유스러운 신분을 걸칠 수 있으리라고 여겼었다. 그러나 사정은 그렇게 간단하지 않았다. 돌아다보면, 그가 이 골짜기 사람들에게 쉽게 받아들여지고 작지 않은 권위를 얻게 된 데는 그가 불승 노릇을 했다는 사실도 큰 몫을 했다.

그는 자신의 모습을 내려다보았다. 불승이었다. 이곳 사람들에겐 아주 낯설 차림까지도 그러했다. 비행복은 좀 우스꽝스럽지만 그런대로 불승의 차림으로 여겨졌고, 그가 이곳 사람들에게 받아

들여지도록 도운 제복이었다. 그가 그 제복을 벗었을 때 나올 문제들이 있다는 생각은 그의 마음에 짙은 그림자를 던졌다.

'당장 귀금이와 결혼하는 일이 문제가 되겠지……' 그는 우울한 상념을 끊고 박우동을 바라보았다. "올아오신 김에 차 한 잔 들고 가쇼셔."

"네, 스승님." 비로소 긴장이 풀리는지, 박이 슬그머니 한숨을 내쉬었다. "쳔방암 스승님들히시니잇가?"

"네. 그러한 모양이니이다." 싱긋 웃으면서, 그는 아래쪽을 살폈다.

그 불승들은 막 둑에서 내려선 참이었다. 나이 든 사람이 흘긋 돌아다보았다.

먼 눈길들이 마주쳤다. 그는 합장하고 고개를 숙였다.

그 사람도 황급히 합장하고 인사했다. 젊은 사람은 돌아다보지도 않았다.

그 사람들이 곳뜸을 지나 사라질 때까지, 그는 마당에 서서 지켜보았다. 갑자기 이루기 어려워진 사랑을 품은 안쓰럽고 어둑한 가슴에 일찍 저무는 겨울날의 설핏한 햇살을 받으며.

9

"에⋯⋯" 자신을 중심으로 방 안에 빙 둘러앉은 사람들을 한 바퀴 둘러보고 나서, 언오는 입을 열었다. "어제는 림튱이 시진(柴進)과 작별하고 량산박(梁山泊)아로 떠나난 대까장 녜아기하얐나이다?"

"네, 스승님." 맞은편 벽에 등을 기대고 앉아 손으로 턱을 쓰다듬던 박우동이 대꾸했다.

다른 사람들이 고개를 끄덕였다. 이야기를 유난히 좋아하는 황구용이 소리 내어 입맛을 다시고서 손등으로 입가를 훔쳤다.

"그리하야셔 림튱은 량산박알 찾아셔 길을 떠났나이다. 시진의 집브터 량산박까장안 길이 멀고 걸어가야 하얐난디라, 여러 날이 걸위었나이다." '걸어가야 하얐난디라'는 이곳 청중에겐 필요하지 않은 설명임을 깨닫고, 그는 속으로 웃음을 머금었다. 어디 간다는 것은 이곳 사람들에겐 당연히 걸어가는 것을 뜻했다.

사람들은 그러나 건성으로 고개만 끄덕였을 따름, 이상하게 여기는 낯빛이 아니었다. 기대가 가득 어린 그 얼굴들이 말없이 그를 채근하고 있었다. 『슈호뎐』이야기는 요즈음 이 골짜기에서 대단한 인기를 누리고 있었다. 그래서 다른 일로 저수지 일에 나오지 못한 사람들도 그의 이야기를 들으려고 저녁에 나오곤 했다. 오늘 저녁엔 돌무들기와 곳뜸을 아우르는 셕젹리(石積里)의 리졍(里正)인 신졈필이 처음 나왔다.

"때난 마참 한겨을이어셔, 날이 차고 바람이 모딜았나이다. 길을 떠난 디 열흘이 넘어셔, 림튱은 퍽 슈고로왔나이다. 하라난 아참브터 검은 구름이 하날알 덮더니, 얼머 다외디 아니 하야셔, 눈이 나리기 시작하얐나이다. 굵은 눈송이달히 가배야온 떡텨로 하날로브터 나리얐나이다."

아까 푸짐하게 내리는 눈발을 바라보다가, '저게 모두 떡이라면……' 하는 생각이 들어서, 그는 쓴웃음을 지었었다. 사람들의 낯빛으로 보아, 푸짐한 눈발을 가벼운 떡에 비긴 것이 어색하지 않게 들린 듯했다.

"눈은 곧 땅알 덮어셔, 길을 찾기 어려웠고 걷기는 더욱 어려웠나이다."

이번엔 모두 고개를 끄덕였다. 짚신을 신고 눈 속을 걷는 일은 정말로 힘들었다. 얼마 걷지 않아서, 발싸개와 버선이 눈에 젖었고, 각별히 주의하지 않으면, 동상에 걸리기 쉬웠다. 요즈음 그는 '어름 박힌' 손발들을 치료하느라 바빴다. 밖에서 지내는 시간이 많고 옷과 신발을 제대로 갖추기 어려운 사람들이라, 남녀노소를 가리지 않고, 가벼운 동상에 걸리지 않은 사람들이 드물었다.

방문이 벌컥 열리더니, 쟝츈달이 들어왔다. 찬 바람이 끼치면서, 벽에 걸린 등잔불이 꺼질 듯 끔벅거렸다. 우츈이가 날쌔게 손으로 등잔불을 가렸다.

"눈이 많이도 나리네." 문을 들어서 꼭 여며지게 닫고 돌아서면서, 쟝이 말했다. "잇다가 집애 돌아가려면, 적디 않개 슈고롭겠는디."

웃음판이 되었다. 사람들이 웃는 까닭을 모르는 쟝이 좀 당황한 얼굴로 방 안을 둘러보았다. 그 모습이 다시 웃음을 불렀다.

"하라 내내 나리던 눈이," 웃음이 사그라지기를 기다려, 그는 이야기를 이었다. "날이 져믈었을 때, 믄득 그쳤나이다. 눈에 덮여셔, 길가의 플들흔 모도 허리 부러디고 산비탈의 나모달한 끙끙 앓난 소래랄 내고 이셨나이다."

허리 부러진 풀들과 앓는 소리를 내는 나무들은 상투적이고 과장된 묘사였지만, 이런 자리에서는 오히려 효과적이었다. 사실적 묘사보다는 귀에 잘 들어오는 표현이, 특히 길가와 산비탈이나 풀과 나무처럼 대구(對句)를 이루는 표현이, 사람들로부터 환영을 받았다. 다른 사람의 입에서 나온 이야기를 듣는 것은 글자로 쓰인 소설을 읽는 것과는 사뭇 다르다는 사실을 깨달은 뒤에야, 비로소 그는 이곳 사람들에게 이야기를 재미있게 들려줄 수 있었다.

흡족한 마음으로 그는 좁은 방 안을 가득 채운 사람들을 둘러보았다. 뚜렷한 개성을 지닌 사람들이 영웅적 삶을 살아가는, 먼 세상에 대한 그리움이 어려서 그런지, 모두 여느 때는 보기 어려운,

거의 기름지게 느껴지는 낯빛들이었다. 윗목의 한구석씩을 차지하고서, 먹서리를 짜는 류갑술과 짚신을 삼는 리영구까지도 손을 기계적으로 놀리고 있었다. 이야기에 마음이 팔렸다고 해서, 그들의 손길이 조금이라도 흔들리는 것은 아니었지만.

'이 사람들이 이렇게 내 이야기에 빠진 까닭은 무엇일까?' 다음 구절을 생각하는 마음 한구석으로 한가한 물음이 스쳤다.

그가 다른 이야기를 들려주었더라도, 사람들은 그 이야기에 깊이 빠졌을 터였다. 재미가 조금이라도 있는 이야기라면, 단조로운 나날을 보내는 그들에겐 반가울 수밖에 없었다. 춥고 긴 겨울밤엔 특히. 그러나 그 사실만으로 지금 그의 『슈호뎐』이 누리는 인기를 모두 설명할 수는 없었다. 그 이야기엔 특별히 사람들의 흥미를 끄는 무엇이 있는 듯했다. 그것은 이곳 사람들에게만 인기가 높은 것이 아니라, 모든 시대의 모든 사람들에게 인기가 높았다. 그 자신도 그것을 하도 여러 번 읽어서, 대본을 암송하기까지는 못해도 장면들은 모두 기억하고 있었다.

그가 『슈호뎐』을 처음 대한 것은 소학교 4학년 때였다. 텔레비전에서 만화영화로 보았는데, 무척 재미있었다. 중학교에 들어간 뒤, 컴퓨터로 도서관의 종이책 목록을 뒤지다가 우연히 그 책을 만났다. 거의 모든 책들이 전자책으로 나오고 거의 모든 사람들이 화면에서 글을 읽는 터여서, 종이책을 찾아서 읽는 그의 취미는 친구들 사이에서 늘 화제였다. 곰팡내 나는, 누렇게 바랜 책장들을 넘길 때, 그는 경외심과 그리움과 안쓰러움이 뒤섞인 묘한 감정을 느졌고, 그 느낌이 좋아서, 되도록 종이책으로 읽었다. 어쨌든, 그는 그 책을 빌렸고, 여느 소설의 대여섯 곱절이나 되는 그 책을 단숨에 읽었다. 그 뒤로도 생각날 때마다 전자책에서 뽑아 화면으로 읽었다. 나중에 알고 보니, 그것은 청(淸)의 김성탄(金聖嘆)이 70회로 줄인 대본을 번역한 책이었다.

그뿐이었다면, 지금 『슈호뎐』을 제대로 되살려서 사람들에게 들려주기는 쉽지 않을 터였다. 여러 해 동안 읽지 않았으니, 전에 아무리 여러 번 읽었다고 해도, 얘기를 하다 보면, 막히는 부분이 나왔을 터였다. 그런데 그가 '만일에'에 들어간 해에, 베트남의 찐 빤 타인이 쓴 『수호별전(水滸別傳)』이 조선어로 번역되어서 큰 성공을 거두었다.

『수호별전』의 앞쪽은 다른 대본들과 줄거리가 비슷했다. 나오는 인물들의 성격과 비중이 상당히 다르긴 했지만. 그러나 앞면에 천강성(天罡星) 서른여섯 사람의 이름들과 뒷면에 지살성(地煞星) 일흔두 사람의 이름들이 새겨진 돌비석이 나온 장면부터는, 얘기가 크게 달라졌다.

돌비석에 나온 대로 두령들의 차서가 정해지자, 이내 불평들이 나오기 시작했다. 사회에서 도망쳐서 산사람들이 된 뒤에도, 두령들의 차서에는 바깥 사회에서 차지했던 신분이 거의 그대로 반영되었다는 사실이 가장 큰 문제였다. 양산박의 군대가 비록 세력이 크기는 했지만, 역시 도적들의 군대여서, 정규군인 관군과는 달리 유격전에 크게 의존하면서도, 보군(步軍)보다 마군(馬軍)을 우대한 사정도 불평을 크게 했다. 양산박에 먼저 들어와 있었던 사람들은,

그동안 자신들이 해온 고생과 공헌에 대해 보답받지 못했다고 느껴서, 특히 불만이 컸다.

처음에는 별일이 없었다. 도두령(都頭領)인 송강(宋江)이 워낙 뛰어난 지도자여서 두령들의 신임을 받았기 때문이었다. 그리고 그는 관리 출신이면서도 처음부터 양산박 사람들을 이끌었던 덕분에, 성분으로 보면, 양쪽에 걸친 셈이어서, 불평이 큰 사람들도 잘 다독거릴 수 있었다.

양산박을 힘으로 누르기 어렵다고 판단한 송(宋) 조정은 마침내 양산박을 회유하기 시작했다. 원래 양산박에 모인 사람들은 모질고 썩은 관리들과 싸웠지 조정에 대해 반란을 일으킨 것은 아니었으므로, 조정의 회유는 이내 효과를 보았다. 그래서 송강은 무리를 이끌고 조정에 귀순했다. 두령들은 모두 조정의 벼슬을 받았고 이어 요군(遼軍)과 싸워 공을 세웠다. 그러나 양산박의 세력이 점점 커지고 평판이 높아지자, 양산박을 모방하거나 사칭하는 무리들이 여러 곳에서 나타났다. 그런 현상을 크게 걱정한 조정은 양산박에 대한 정책을 바꾸어 양산박을 아예 없애기로 했다. 그리고 자객을 보내서 송강을 암살했다.

송강이 죽자, 차서에서 둘째였던 노준의(盧俊義)가 양산박의 우두머리가 되었다. 옥기린(玉麒麟)이라 불릴 만큼 명성이 높았던 노준의는 자질이 없지 않았다. 그러나 양산박에 뒤늦게 합류한 터라, 그는 송강처럼 큰 지도력을 발휘하기 어려웠다. 그래서 산채(山寨)는 이내 두 세력으로 갈라졌다.

주류를 이룬 쪽은 '마당(馬黨)'이라 불렸는데, 대부분 양산박에

늦게 들어온 사람들이었다. '보당(步黨)'이라 불린 비주류에는 처음부터 양산박을 키운 사람들이 모였다. 주류에 속한 사람들은 거의 모두 바깥 사회에서 높은 신분을 누렸었고 조정의 지배 기구에서 종사했으며, 산채에 들어와서도, 대개 마군 두령들이 되어, 비교적 높은 대우를 받았다. 비주류에 속한 사람들은 거의 모두 사회의 하층 계급 출신이었고, 산채에 일찍 들어왔지만, 대개 보군 두령들이 되어, 자신들의 공에 비하면, 대우를 제대로 받지 못했다고 느꼈다. 공손승(公孫勝)과 관승(關勝)은 전자의 대표적 인물들이었고, 무송(武松)과 이규(李逵)는 후자를 대표했다.

물론 산채에는 그런 반목을 걱정해서 두 파를 화해시키려고 애쓴 사람들도 적지 않았다. 그러나 두 파의 싸움엔 성분이 다른 사람들 사이의 감정적 반목이라는 차원만이 아니라 부쩍 커진 산채의 권력을 둘러싼 다툼이라는 차원도 있었으므로, 그런 노력은 성공하기 어려웠다.

처음엔 주류가 우세했다. 주류는 공식 기구에서 높고 중요한 자리들을 많이 차지했고, 지배 기구에 종사했던 까닭에, 세력 다툼에 능숙했다. 게다가 비주류에는 지도자 노릇을 할 만한 인물이 없어서, 그들의 불만은 흔히 개인적 행동으로 나타나곤 했다.

이런 상황에서 결정적 역할을 하게 된 것은 양산박의 관료 기구를 장악하게 된 한 무리의 사람들이었다. 두령들의 차서를 정했을 때, 그들이 맡을 업무도 함께 정했었다. 그때 산채의 잡다한 행정 업무들을 관장하는 기구로 '장관감조제사(掌管監造諸事) 두령' 열여섯을 두었다. 원래 싸움을 즐기는 사람들이 모여 크고 작은 싸움을 업으로 삼은 조직에서 싸움의 뒷바라지를 하는 이 기구가 누구에게도 영예로운 자리로 보였을 리 없었다.

그러나 살림이 커지면서, 산채의 업무가 어쩔 수 없이 관료적이 되어가자, 이 기구의 힘이 점점 커졌다. 산사람들에겐 낯설고 성가신 규정들이 하나둘 생겨나서, 그들의 행동을 규제하기 시작했다. 그들은 물론 자신들의 생리에 맞지 않는 그런 규정들에 대해 크게 반발했지만, 점점 비대해지는 조직의 속성과 싸워서 이길 수는 없었다. 날이 갈수록 규정들은 늘어났고, 규정들이 늘어나는 것에 비례해서, 이 기구를 맡은 사람들의 힘이 커졌다. 그리고 그렇게 커진 힘은 더욱 강력한 규정들을 만들어냈다.

장관감조제사의 기구도 관료 기구의 모습을 갖추어갔다. 열여섯 부서들로 나뉘어 어지럽게 돌아가던 이 기구를 효율적으로 운영하기 위해서 마침내 도감(都監) 자리가 만들어져 열여섯 두령들을 통솔하게 되었다. 그 자리에 임명된 주무(朱武)는 곧 장관감조제사를 장악하여 산채 관료 세력의 중심인물이 되었다. 관료 세력은 겉으로는 중립적이었지만, 성분에서 비주류에 가까웠고 이해관계에서도 열세인 비주류를 지원하는 것이 유리했다.

요가 망하자, 송은 동맹국이었던 금(金)과 다투게 되었다. 금군(金軍)과 싸우려고 하북(河北)으로 원정했던 양산박의 군대가 참패하자, 그 책임을 따지는 과정에서 주류와 비주류가 드러내놓고 싸우게 되었다. 마침내 보군 두령들은 관료 세력의 도움을 얻어 주류의 중심인물들을 내몰고 산채를 장악했다. 처음에는 이규가 세력을 얻었으나 곧 거세되고, 일을 잘 꾸미는 주무가 도두령이 되었다.

『수호별전』은 재미있는 데다가, 주무가 양산박의 권력을 손에 넣는 과정이 러시아 혁명 뒤 스탈린이 집권한 과정과 비슷하다는 지적이 나와서, 한문 문명권의 네 나라들에서, 즉 월남, 중국, 일본, 그리고 조선에서, 큰 성공을 거두었다. 『수호별전』은 실은 21세기 중엽에 실질적으로 하나로 통합된 한문 문명권의 문화 시장을 바탕으로 하여 활발하게 펼쳐졌던 중국 고전들의 재해석 작업에서 맨 나중에 열린 열매였다.

'어쨌든, 도적 얘기는 재미있지. 특히 의적 얘기는.' 헛기침으로 목청을 가다듬은 다음, 그는 말을 이었다. "눈이 그친 뒤헤, 림튱이 고개랄 들어 살펴보니, 멀리 갈로 뒤덮인 호슈가 보였나이다. 이어 그 호슈가에 집 하나가 선 것이 눈에 들어왔나이다. 큰 시내가 호슈로 들어가는 곳에 선 집이었는듸, 그 집도 눈에 덮여서 주저앉알 닷하얐나이다. 아모만 보아도, 녀느 집은 아니고 술집 갇핬나이다. 하라 내내 눈 속알 걸어서 시드럽고 배가 고판 림튱은 퍽 반가왔나이다. 그러하야셔 림튱은 힘을 내어 걸음을 빨리하얐나이다."

"거긔 량산박이니잇가?" 슈쳔이가 물었다.

"스승님 녜아기랄 들어보면, 알 샌듸……" 짚신 삼던 손길을 멈추고서, 리영구가 점잖게 나무랐다.

그는 얼굴에 웃음을 띠고서 슈쳔이에게 고개를 저어 보였다. "아니이다. 량산박안 죠곰 더 가야 하나이다."

"아, 녜, 스승님." 슈쳔이가 무렴을 타지 않는 순박한 얼굴로 고개를 끄덕였다.

"림튱은 마참내 그 집에 닿았나이다." 그는 목청을 좀 돋우어 이 야기를 이었다. "안아로 들어가보니, 집은 밖애셔 볼 때보다 퍽 컸 나이다. 림튱은 술상 앞애 놓인 교의에 앉아 눈에 젖은 휙와 보션 을 벗고 발가락알 믄드르기 시작하얐나이다. 꽁꽁 언 발가락이 겸 풀렸을 때, 안해셔 심브림하난 졂은이가 나와셔 물었나이다. '손님 끽션 술을 마시려 하시나니잇가?' 림튱은 '몬져 술 한 병 가자오나 라' 하고 말하얐나이다. 그 졂은이가 술을 가자오자, 림튱은 병을 들어셔 반이 넘게 마시고셔 물었나이다, '므슴 얀쥬 이시다?' 그 졂은이가 대답하기랄, '삶안 쇼고기가 이시나이다.' '그러하면, 삶 안 쇼고기 두 근과 술 두 병을 가자오나라' 하고 니르고셔 림튱은 술병을 아조 뷔웠나이다."

류갑슐과 백용만이 함께 입맛을 다셨다. 웃음이 터졌다. 이야기 속의 인물이 소고기를 안주로 해서 술을 마시는 장면은, 운이 좋아 야, 한 해에 소고기를 두세 번 먹을까 말까 한 이곳 사람들에겐 무 심히 넘기기 어려울 터였다.

"오래 다외디 아니하야서, 그 졂은이가 삶안 쇼고기 가닥한 쟁 반과 채쇼가 가닥한 졉시를 들고 왔나이다. 그리하고난 다시 술 두 병을 가져왔나이다. 배고파셔 허리 구브러디던 림튱은 머구리를 보자, 입안해 춤이 가닥 고이고 배 속애셔 쪼르륵 하난 소래가 났 나이다. 그리하야셔 삶안 쇼고기랄 손아로 뜯어셔 정신없이 입안 해 넣기 시작하얐나이다."

이곳에 불시착한 뒤 맛본 지독한 배고픔 덕분에, 그는 이 장면 만은 자신 있게 그릴 수 있었다. '그런데⋯⋯' 씁쓸한 웃음을 머금는 그의 마음 한구석에서 생각 한 가닥이 뾰족한 머리를 쳐들었다, '지금 내가 이 사람들에게 들려주는 얘기가 혹시 이 사람들에게 직접적으로 무슨 영향을 미치는 것은 아닐까? 어쩌면 반체제적 생각을 갖도록 하거나……'

『슈호뎐』을 번안한 그의 이야기가 무슨 대단한 반체제적 함의들을 품은 것은 아니었다. 사회에서 쫓겨났거나 스스로 사회를 버린 사람들이 모여 사회의 공식적 체제에 대항하는 이야기였지만,『슈호뎐』은 실제론 혁명적이거나 반사회적 전언을 담은 작품은 아니었다.『수호별전』의 해설을 쓴 베트남 역사가가 지적했던 것처럼, 의적들은 어느 사회에서나 전통적 가치관을 지녔고, 사회의 변혁을 목표로 삼았을 때도, 혁명적이기보다는 개량적이었다.『슈호뎐』의 인물들도 결코 조정에 대해 반기를 든 것이 아니었다. 그들은 다만 조정이 보낸 모질고 썩은 관리들과 싸웠고, 끝내는 조정에 귀순했고, 이어 조정의 명을 받아 외적과 싸워 나라를 지켰다.

그렇긴 해도, 평민들이 관리들에 맞서고 자신들을 핍박하는 힘세고 부유한 사람들을 응징한단 이야기는 이 사람들에게는 상당히 충격적으로 들릴 터였다. 어쩌면 반체제적 영향을 미칠 수도 있었다. 나중에 조정이 보낸 관군들과 싸워 거듭 이기는 대목들이 나오면, 더욱 그러할 터였다.

"쇼고기 먹어본 디 오래다외얏고나," 그다지 탐스럽지 못한 수염을 쓰다듬으면서, 쟝츈달이 탄식했다. 웃음이 터졌다.

"쇼고기난 그만두고 되야지고기 먹어본 디도 오래다외얏내," 리영구가 받았다. 웃음소리가 커졌다.

함께 웃고서, 그는 옆에 놓인 물그릇을 집어 들었다. 콩이 놓은, 구수한 숭늉이 싸한 목을 부드럽게 어루만져주었다. 웃음이 사그라지기를 기다려, 그는 사람들을 둘러보면서 조심스럽게 물었다, "혹시 림꺽정이라 하난 도작의 일홈알 들어보신 분이 겨시니잇가?"

사람들이 서로 쳐다보는 동안, 잠시 방 안에 침묵이 깔렸다. 노곤한 등잔불이 혼자 타고 있었다. 눈이 많이 내려서, 밖은 조용했다.

"뉘를 말쌈하시나니잇가?" 박우동이 조심스럽게 물었다.

"전에 림꺽정이라 하난 도작이 이셨는듸, 혹시 그 일홈알 들어보신 분이 겨신디……"

"녜, 스승님," 다 삼은 짚신을 살피던 리영구가 입을 열었다. "쇼인이 전에 그런 일홈알 들어본 적이 이시기는 이시난듸…… 하도 오래다외야셔……"

얘기를 마저 하라는 뜻으로 고개를 끄덕이자, 리가 옛일을 더듬는 낯빛으로 말을 이었다. "전에 아모 사람끠 들은 녜아기인듸…… 쇼인이 쇼시적에 온양 광덕산(廣德山)애셔 부살미랄 하얏나이다. 그때 사람 하나이 혼자 산아로 들어왔나이다. 처엄에는 자갸 뉘인디 말이 없더니, 내죵애 말하기랄, '나난 쇼시적에 림꺽정이라 하난 도작 아래 이셧나이다'라고 하얏나이다."

"아, 그러하얏나니잇가?"

리가 고개를 끄덕이고서 헛기침을 하더니 말을 이었다. "쇼인이 어드리 다외얏난가 물었더니, 림꺽정이 아산 따헤셔 도작질하다 마알 군사달해게 쫓기개 다외얏다 하얏나이다. 그러하야셔 림꺽정

이라 하난 도작 우두는 배랄 타고셔 도망하고 자갸 혼자 남아셔 이
리뎌리 떠돌다 마참내 산아로 들어왔노라 하얐나이다."

"림꺽졍은 그 뒤헤 엇디 다외얏나니잇가?"

"그 도작안 마참내 경긔도애 들어가셔 일홈알 날리난 도작이 다
외얏다 하얐나이다."

"아, 녜." 그는 천천히 고개를 끄덕였다. 임꺽정이 처음엔 아산
땅에서 도둑질을 했다는 얘기는 그로선 처음 듣는 얘기였지만, 앞
뒤가 맞지 않는 것은 아니었다. "나이 들은 녜아기도 그러하나이
다. 림꺽졍이라 하난 도작이 경긔도애셔 일홈난 도작 무리의 우두
가 다외얐다 하더이다."

"그러하면, 아자비," 잠시 방 안에 쌓인 침묵을 박우동이 깨뜨
렸다. "그 사람안 엇디 자갸 우두를 따라가디 아니하고, 긔 므스기
산이요, 그 산속아로 들어왔나잇가?"

"으음." 여전히 짚신 한 짝을 손에 든 채, 리는 옛날을 회상하는
눈길로 천장을 올려다보았다. "년로하신 어마니 겨셔셔, 자갸난
우두를 따라가디 못하얐다 하얐내."

사람들 사이에 숙연한 침묵이 자리 잡았다. 류갑슐의 헛기침 소
리가 크게 울렸다.

그의 마음이 문득 아득해지면서 검은 구름에 덮인 듯 어두워졌
다. 어머니에 대한 그리움과 안쓰러움이 아프게 회오리치면서 그
의 가슴속 어둑하고 황량한 들판에 눈보라를 날렸다.

"아모만," 이번에는 신졈필이 침묵을 깨뜨렸다. "년로하신 어마
니 겨시면, 따라가디 못하디."

298

"아모만," 얼마 전에 어머니를 여윈 최성업이 동의하고서 한숨을 길게 쉬었다. "년로하신 어머니 겨시면……"

그는 아득해진 마음을 다잡았다. "림꺽졍은 엇던 사람이었다 하얏나니잇가? 힘이 아조 센 사람이었다 하던듸……"

"녜, 스승님." 리가 힘주어 고개를 끄덕였다. "힘이 항우였다 하얏나이다."

"어젓긔 슐곡애 나려갔더니, 차유령(車踰嶺)에 도작이 나왔다 하더구만," 신이 말했다.

"그러하더니잇가?"

"녜, 스승님. 사람달 녜아기로난 도작달히 열도 넘는다 하얏나이다. 유구에 닫녀오던 대흥(大興) 사람달히 털렸다 하더이다."

"뎌번에는 당진애 슈적이 나왔다 하던듸," 최가 말했다.

이어 한동안 도적 얘기가 오갔다. 이곳에 모인 사람들 가운데 실제로 도적을 만난 적이 있는 사람은 리영구와 신겸필 둘뿐인 듯했는데, 모두 도적들에 대해서 많이 알고 있었다.

신이 나서 도적 얘기를 하는 사람들을 바라보다가, 그는 문득 깨달았다, 그들이 모두 도적들을 부러워하고 있다는 것을. 그 도적들이 의적이라 그런 것은 아니었다. 그는 역사적으로 의적은 무척 드물다는 사실을 알고 있었다. 의적의 상징인 '셔우드 숲의 로빈 후드'나 '활빈당'이 실제로 존재한 적이 없었다는 사실을 『수호별전』의 해설자는 강조했었다. 그러나 한곳에 묶여 단조롭고 어려운 삶을 꾸려가야 하는, 어쩌면 태어난 현(縣)에서 평생 한 걸음도 벗어나지 못하는 경우도 드물지 않은, 이곳 사람들에게 도적들은 자유로운 삶을 상징할 수도 있었다.

'만일 내가 이 사람들의 처지에 있다면……' 자신을 이곳 사람들의 처지에 놓고서 세상을 바라보는 것은 쉬운 일이 아니었다. 근본적으로 그는 이곳에 매인 사람이 아니었다. 비록 자신을 이곳에 붙잡아두는 질긴 인연들이 이미 여럿이었지만, 정 필요하다면, 그는 언제나 그것들을 끊어버리고 홀홀 떠날 수 있었다. 그런 생각이 주는 자유로움을 그는 새삼 고마운 마음으로 음미했다.

"자아, 이제 스승님 녜아기랄 들어보새," 신졈필이 차츰 수그러들기 시작한 도둑 얘기를 끝냈다.

경영자

제 6 부

1

"배고개댁, 수울맛알 보난 톄하면셔 혼자 마시디 말고, 몬져 스승님끠 한잔 올리시고려." 단지의 술을 종구라기로 젓다가 한 모금 맛을 보고 입맛을 다시는 배고개댁에게 쟝츈달이 웃으면서 농담을 건넸다.

뜻밖에도 배고개댁은 얼굴을 붉히면서 쟝을 흘겨보았다. 쟝은 손재간만이 아니라 말재간도 있었고 걸쭉한 농담을 즐겼다. 그녀와도 다른 사람들보다는 훨씬 허물없이 지내는 편이었다. 그런 농담은 충분히 오갈 수 있었다.

부끄러워하는 그녀와 좀 머쓱해진 쟝을 도와주려고, 언오는 그녀에게로 다가갔다. "그러면 나이 몬져……" 그는 함지에서 사발을 하나 집어서 그녀에게 내밀었다. "곡차랄 빚노라 슈고랄 많이 하샷아니, 복심이 어마님끠셔 한 사발식 브어주쇼셔."

그의 말에 그녀는 목까지 발갛게 물들었다. 검은 나무 비녀를 꽂은 머리 아래 드러난 그녀의 덜미가 문득 육감적으로 느껴져서, 그는 급히 눈길을 돌렸다. 따지고 보면, 그녀는 아직 젊었다. 그보다 오히려 한 살 아래였다. 구름이 벗겨지면서, 논바닥의 눈에서 되비친 뉘엿한 햇살이 황량한 겨울 들판을 한순간 환상적 풍경으로 만들었다.

흘긋 그를 올려다보더니, 그녀는 머뭇거리지 않고 종구라기로 술을 퍼서 그의 사발을 채웠다. "스승님, 여긔……"

새로 거른 술의 향긋한 냄새가 흔들리던 마음을 진정시켰다. "감샤하압나니이다." 그는 술 사발을 들고 한 걸음 물러섰다.

그녀의 끈끈한 눈길이 은밀하게 그를 따라왔다. 그는 그녀가 자기에게 호감을 품었음을 진작부터 알고 있었다. 가까이에서 지내는 독신 남자에게 홀몸인 그녀가 마음이 끌리는 것이 이상할 것은 없었으므로, 그녀가 대담한 몸짓으로 호감을 드러낼 때도, 그다지 마음이 쓰이지 않았다. 자기를 자상하게 보살펴주는 그녀가 무척 고마웠지만, 귀금이 생각으로 가득한 마음엔 그녀가 들어설 자리가 없었다.

목이 마르던 참이라, 그는 단숨에 사발을 반 넘게 비웠다. 술맛이 좋았다. '배고개댁이 술 담그는 솜씨가 점점…… 이러다간 내가 술꾼이 되겠다.'

사발을 비우고서, 그는 옆에 선 쟝에게 내밀었다. "자아, 한잔 드쇼셔. 곡차 맛이 싀훤하나이다."

"아, 녜." 쟝이 사발을 받아서 조심스럽게 배고개댁에게 내밀었다. "자아, 배고개댁, 꾹꾹 눌러셔 나도 한 사발 브어주시고려."

그녀는 아직 쟝에게 화난 얼굴을 지어 보였으나, 마다하지 않고 쟝이 내민 사발에 술을 부었다.

그는 숟가락을 집어 뚝배기에서 끓는 물고기 찌개 국물을 떴다. 된장만 풀어서, 보기엔 좀 무엇했어도, 맛은 정말 좋았다. '고추만 들어갔으면, 더 바랄 게……'

"어허, 참아로 됴오타." 이내 리영구에게 사발을 넘긴 쟝이 찌개 국물을 한 모금 떠먹더니, 좀 과장된 어조로 감탄했다.

그는 조그만 붕어 한 마리를 건져 씹었다. 붕어는 보기엔 먹음직 스러우나, 뼈가 억세고 실속은 적었다. 차라리 통째로 먹는 미꾸라지나 송사리가 먹을 것이 많았다.

둑을 쌓아 물을 가두었으므로, 둑 아래쪽 개울은 물이 줄어들어서 물고기를 잡기에 좋았다. 마침 배고개댁이 새로 술을 빚었으므로, 그는 아침에 일하러 나온 아이들 둘을 보내서 물고기를 잡도록 했다. 녀석들은 신이 나서 우츈이에게서 어레미를 빌려가지고 내려가더니, 점심때까지 주전자 하나를 거의 채워가지고 돌아왔다.

'순우피'가 그에게 다가와서 꼬리를 흔들었다. 녀석은 며칠 전에 리영구가 그에게 준 청삽사리였는데, 붙임성이 있었고, 20세기의 가장 유명했던 개답게 좀 능청스러운 면도 있었다. 녀석이 식구가 되자, 훨씬 덜 적적했다.

"하아, 점 달라고? 붕어는 살안 없고 가새만 억세다." 그는 씹던 붕어를 손바닥에 뱉어서 녀석에게 내밀었다.

화톳불을 둘러싸고서, 일꾼들은 물고기 찌개를 안주로 해서 술을 들었다. 모두 기분이 좋아서 큰 소리로 웃으면서 하는 일에 대해 얘기했다. 지금이 하루에서 가장 기다려지는 때였다.

"스승님, 여긔……" 백용만이 그에게 사발을 내밀었다. 벌써 술사발이 한 바퀴 돈 모양이었다.

"아니, 나난 다외았나이다. 위슈골 얼우신끠 권하쇼셔," 술맛도 좋았지만 찌개 맛이 좋아서, 한 사발 더 마시고 싶은 생각이 들었으나, 그는 사양했다.

'언제까지 이렇게 술을 낼 수 있을까?' 백이 리영구에게 사발을 건네고 술을 따르는 것을 좀 무거워진 눈길로 바라보면서, 그는 자신에게 물었다.

지금 그의 처지에서 날마다 일꾼들에게 술을 내기는 어려웠다. 자금이 모자라는 것이 물론 문제였지만, 배를 곯는 사람들이 많은 이 골짜기에서 쌀로 술을 빚는 것도 흔쾌한 일은 아니었다. 다른 편으로는, 오후 늦게 걸치는 술 한 사발이 힘들고 단조로운 일을 견딜 만하게 만들었다.

'술을 내는 것하고 안 내는 것하곤 차이가 하루에……' 그의 마음이 어느 사이엔가 하루에도 몇 번씩 하는 계산을 다시 시작했다. 계산의 결과야 물론 간단했다. 술을 내면서, 보리가 나올 때까지 저수지 일을 계속할 수는 없었다. 그리고 그때까지는 무슨 수를 써서라도 버텨야 했다. 보리가 나오면, 다시 광시댁과 한산댁에 손을 내밀 수 있을 터였다.

갑자기 순우피가 사납게 짖기 시작했다.

"뎌이 뉘가?" 김갑산이 누구에게랄 것 없이 물었다.

김의 눈길을 따라 돌아다보니, 낯선 사내 하나가 곳뜸을 지나 이리로 올라오고 있었다. 누더기를 걸치고 구멍 뚫린 삿갓을 쓴 품이 걸인이었다.

"반가온 손님이로다." 류갑슐이 말하자, 누가 키득키득 웃었다. 다른 사람들이 고개를 끄덕였다.

둑 가까이 이르자, 그 사람은 걸음을 멈추었다. 슬쩍 이쪽을 올려다보더니, 고개를 숙이고 무엇을 기다리는 자세로 머뭇거렸다.

"룡병바기내." 김갑산이 내뱉었다.

찬찬히 살피니, 코가 납작하고 얼굴이 일그러져 있었다. 중증의 나병 환자였다. 그러고 보니, 나병 환자라, 다른 걸인들처럼 가까이 와서 구걸하지 못하고 사람들의 처분을 기다리는 모양이었다.

어제 내린 눈이 배경이 되어서 더욱 초라하고 더러워 보이는 그 사람의 모습이 그의 눈 속으로 거세게 밀고 들어왔다. 아픔에 가까운 연민이 그의 가슴을 움켜쥐었다.

"아조 때랄 마초아 찾아왔내." 달가워하지 않는 어조로 받고서, 리영구가 침을 내뱉었다.

그는 사람들을 슬쩍 살폈다. 모두 꺼림칙하게 여기는 낯빛이었다. 무리도 아니었다. 의학이 발달하기 전에는, 어느 사회에서나 나병 환자들은 추방되었다고 했다. 실은 그렇게 추방된 병자들은 나병 환자들만이 아니었다. 문의에서 여기까지 오는 동안, 그는 마을에서 멀찌감치 떨어진 움막 같은 곳에 버려지다시피 한 병자들을 여럿 보았다. 의술이 발달하지 못한 사회에선 그런 조치가 합리적이었으므로, 나무랄 수도 없었다.

"룡병바기달히 뎌리 나다니디 못하개 막아야 하난듸." 김이 말했다.

"아모만," 다시 리가 받았다.

그는 조용히 배고개댁에게로 다가갔다. 사람들의 눈길이 자신에게로 쏠린 것을 느끼면서, 그는 술 단지 옆에 놓인 함지에서 사발하나를 집어서 그녀에게 내밀었다. "복심이 어마님, 여긔 곡차랄 브어주쇼셔."

"네, 스승님." 그녀가 서둘러 술을 따랐다.

그는 술 사발을 들고 조심스럽게 논둑을 내려갔다. 사람들의 눈길 속에 혼자 선 터라, 꼭 무대 위에 선 것처럼 느껴졌다.

"나무아미타불. 나무관셰음보살," 사내에게 가까이 다가가자, 그는 문득 북받친 연민으로 탁해진 목소리를 냈다. 그리고 다시 다가가서 사발을 내밀었다. "마참 곡차랄 마시던 참인듸, 졈 드쇼셔."

사내가 멈칫했다. 벌어진 입으로부터 알아들을 수 없는 소리가 나왔다.

"받아쇼셔," 얼굴에 웃음을 띠면서, 그는 다시 말했다.

사내의 입에서 다시 알아들을 수 없는 소리가 나오더니, 오른 소매로부터 조그만 손이 나와서 땅을 가리켰다.

그제야 그는 술 사발을 땅에 내려놓으라는 얘기임을 깨달았다. 나병 환자에게 적선할 때, 이곳 사람들은 그릇을 땅에다 내려놓고 물러나는 모양이었다. 냉정하지만 이해할 수 있는 관습이었다.

"관계티 아니 하나이다. 받아쇼셔." 한 걸음 내디디면서, 그는 다시 사발을 내밀었다.

그의 얼굴을 홀긋 살피더니, 그 사내는 떨리는 두 손을 내밀어 사발을 받아 들었다. 살이 문드러진 손가락들이 굽어서 손이 꼭 새의 발 같았다. 사내의 손과 닿을까 봐, 사발을 잡은 그의 손가락들이 저절로 움츠러들었다.

사내가 사발을 들어 술을 마시는 동안, 그는 사내를 살폈다. 오쟁이를 새끼로 어깨에 걸어서 허리에 차고 있었다. 속에 바가지가 든 것이 보였다. 그 밖엔 다른 것이 들어 있지 않은 듯, 동냥 주머니는 가벼워 보였다. 사내의 얼굴을 상상했던 것보다 흉측했다─눈썹이 없어지고 눈꺼풀이 뒤틀린 눈, 납작해진 코, 얼굴과 목을 덮은 징그러운 멍울들. 21세기 후반에는 나병은 고치기 어려운 병이 아니었고, 병이 상당히 진행되어 모습이 많이 일그러진 사람도 성형 수술로 제 모습을 상당히 되찾을 수 있었다. 그래서 이렇게 흉측한 모습을 한 사람을 실제로 본 적은 없었다.

그는 자신의 마음을 살펴보았다. 사내의 모습은 바로 보기 어려울 정도였지만, 혐오감은 이상하게 느껴질 만큼 작았다. 대신 그의 마음은 고칠 수 없는 병을 앓아 사회에서 추방된 사람에 대한 연민으로 가득했다. 실은 그것만도 아니었다. 그는 자신이 어느 사이엔가 의사의 눈으로 그 사내를 살피고 있다는 것을 깨달았다.

사내의 발에 눈이 갔다. 버선도 신지 않고 누더기로 발감개를 한 채 다 해어진 짚신을 새끼로 감아서 신고 있었다. '이 겨울에 저러고서 어떻게 다닐까? 동상에 걸린 텐데. 하긴 동상에 걸려도, 걸렸다는 느낌이나 있을까?'

사발을 비운 사내가 떨리는 두 손으로 사발을 내밀었다. 입가로 흘린 술을 닦을 생각도 하지 않은 채.

사발을 받아 들면서, 그는 사내의 얼굴을 살폈다. 눈길이 마주쳤다. 어쩐지 낯익은 느낌이 드는 눈길이었다.

"평안히 가쇼셔. 나무아미타불. 나무관세음보살," 간절한 마음으로 기원하고서, 그는 돌아섰다.

"나무아미타불." 가래가 가득한 목에서 나오는 듯 쉰 목소리가 뒤틀린 마른 덩굴처럼 그를 따라왔다.

화톳불을 둘러싼 사람들의 애써 돌린 눈길들이 오히려 따갑게 느껴졌다. 논둑 위로 올라서자, 그는 사발을 한쪽에 내려놓고 사람들이 모두 들을 수 있도록 큰 소리로 우츈이에게 말했다, "우츈 도령님, 집에 가셔 퉁노구를 가져오쇼셔. 물이 끓으면, 이 사발알 넣어셔, 독이 이시난 벌에들히 죽도록 하사이다."

"녜, 스승님." 우츈이가 냉큼 집으로 향했다.

꼬리를 흔들며 다가온 순우피의 머리를 쓰다듬으면서, 그는 사내가 섰던 곳을 돌아다보았다. 자신이 사회에서 쫓겨났다는 사실을 받아들인 자세로 깨끗하게 느껴지는 눈 속에 사내는 아직 서 있었다. 언제까지나 그렇게 서 있을 것처럼.

고개를 흔들어 마음을 가다듬고 살펴보니, 사내는 돌무들기 쪽으로 올라가고 있었다. 검은 눈구름이 덮인 하늘의 무게가 병든 어깨에 걸린 듯 천천히.

"자알 먹었다." 냄비 바닥을 긁은 쟝츈달이 숟가락을 놓고 일어났다. "먹었으니, 머구리 값알 해야디." 쟝이 논둑을 내려갔다.

"자아, 시작하새," 쟝의 말을 받으면서, 리영구가 사람들을 둘러보았다.

사람들이 흩어져서 일을 시작했을 때, 곳뜸 쪽에서 세 사람이 올라왔다. 그들을 보자, 일꾼들은 제각기 공손히 읍했다.

그는 긴장으로 배 속이 땅기는 것을 느꼈다. 가운데 선 사람은 분명히 신경슈였다.

신이 저수지 터로 올라온 것은 예사가 아니었다. 신은 곳뜸의 중심인물이었는데, 공교롭게도 쟝복실의 리산구와 경쟁적 관계에 있었다. 놀랍지 않게도, 신은 처음부터 저수지 사업에 드러내놓고 적대적이었다. 신이 저수지 사업에 그런 태도를 보여온 것이 저수지에 가장 관심이 큰 곳뜸 사람들이 일터에 나오지 않는 까닭이었다.

저수지를 만들기로 마음먹었을 때, 그는 신도 나중에 참여하리라고 여겼었다. 그러나 리산구에게 신의 얘기를 꺼내자, 리는 신이 들어오는 것을 꺼리는 기색이 짙었다. 그때만 해도, 그는 리가 신을 그렇게 꺼리는 까닭을 몰랐었다. 그 뒤로 두 사람 사이의 관계에 마음을 쓰게 되자, 두 사람의 관계에 대한 정보들을 어렵지 않게 얻을 수 있었다. 드러내놓고 얘기하지는 않았지만, 골짜기 사람들은 자주 간접적으로 그것에 대해 얘기하곤 했다.

실은 그것은 두 사람 사이의 다툼이 아니라 두 집안 사이의 싸움이었다. 전에 리의 할아버지와 신의 할아버지가 무슨 일로 다투었는데, 신의 할아버지가 져서 손해를 보고 무안까지 당했다는 것이었다. 그때는 리의 집안이 신씨 집안보다 힘이 훨씬 세었던 듯했다. 그러나 지금은 그렇지도 않았다. 특히 슐곡면에 사는 신씨들의 세력이 커졌고, 현청의 아전들 가운데도 신씨가 많다는 얘기였다.

삿갓을 바로 하고서, 그는 둑을 내려갔다. "나무아미타불. 나무 관셰음보살. 어셔 오쇼셔." 그는 얼굴에 반가운 웃음을 띠면서 합장했다.

억지웃음은 아니었다. 그로선 신과 서먹하게 지낼 까닭이 전혀 없었다. 그는 이미 신의 집을 한 번 찾았었고 저수지 일을 시작하려는데 자금이 부족하다는 것을 지나가는 얘기로 흘렸었다. 물론 신이 자금을 내놓으리라고 생각해서 그랬던 것은 아니고 골짜기의 유력자에 대한 인사치례였지만. 그러나 언젠가는 신을 저수지 사업에 끌어들인다는 생각을 버린 것은 아니었다.

"아참애," 두 손을 올리는 둥 마는 둥 건성으로 읍하고서, 신은 대뜸 용건을 꺼냈다. "사람달히 시내해 믈이 없어셔, 옷알 빨기도 어렵다 하더이다. 고이하야셔 까닥알 물었더니, 여긔 둑을 쌓아셔 그렇다 하더이다." 신은 턱으로 둑을 가리켰다.

그는 난감한 마음으로 신의 얼굴을 쳐다보았다. 신의 얼굴에는 별다른 감정이 드러나지 않았지만, 목소리에는 심술기가 배어 있었다. 시비를 걸려고 일부러 올라왔음이 분명했다. 개울에 물이 줄어든 것은 사실이었지만, 빨래를 하지 못할 정도는 물론 아니었다.

'곳뜸 사람들이 빨래를 하지 못할 만큼 둑이 단단하다면, 맘 푹 놓겠다.' 울컥 솟구친 짜증을 누르면서, 그는 속으로 자신에게 일렀다. '더구나 농사지을 물을 가두는 것인데, 일부러 올라와서 시비를 걸다니.'

"그러하야셔 나이 이리 올아왔소이다." 신이 덧붙이고서 그를 쏘아보았다.

밖으로 나올 뻔한 거친 대꾸를 그는 가까스로 되삼켰다. 대신 굳어진 얼굴의 웃음을 한껏 부드럽게 했다. 이 골짜기에서 가장 힘이 센 사람과 다투어서 좋을 일은 없었다. 신이 지닌 영향력은 대단했다. 국가 권력이 사회의 모든 부문들에 직접 미치는 현대 사회에서 산 사람에게는 이상하게 느껴질 만큼, 이곳에선 중앙 정부의 권력이 그렇게 직접적으로 사람들에게 닿지 않았다. 대신 리산구나 신경슈와 같은 토호들의 세력이 아주 컸다.

'어떻게 한다?' 그동안에도 그의 마음은 거의 본능적으로 신의 도전에 대한 합리적 반응을 계산하고 있었다. 아직 신은 저수지 일을 드러내놓고 반대하는 것은 아니었다. 이제 저수지 일에 호의적이도록 신의 마음을 돌려놓을 가망은 거의 없었지만, 그렇다고 해서 신이 드러내놓고 반대하도록 만드는 것은 어리석었다.

"아, 네. 그러하샸나니잇가?" 다시 합장하고 고개를 숙이면서, 그는 공손히 대꾸했다. "믈이 졈 줄었을 새니이다." 그는 둑 쪽으로 몸을 돌렸다. "시방 래년에 녀름 지을 믈을 가도고 이시나이다."

신은 대꾸하지 않고 저수지 터를 천천히 둘러보았다. 나머지 두 사람은 슬그머니 일꾼들에게 다가가서 얘기하고 있었다. 눈치가 무엇을 캐묻는 듯했다.

그는 신의 얼굴에서 신이 저수지 사업에서 깊은 인상을 받았음을 읽었다. '기휀데…… 잘만 하면, 저 사람을 저수지 사업에……'

"흠. 리산구이 이제는 하디 아니 하던 즛을 다 하고," 신이 코웃음을 쳤다. 막상 저수지 터에 올라와서 둘러보니, 리를 시기하는 마음이 드는 모양이었다.

들기에 따라서는 불쾌할 수도 있는 얘기였지만, 그의 마음은 오히려 새로운 가능성으로 부풀었다. '두 사람을 화해시킬 수 있다면, 이 일은 틀림없이 성공하는데……'

신이 헛기침을 하고서 그를 쳐다보았다.

무슨 대꾸를 해야 한다는 것을 깨닫고, 그는 위쪽 둑을 가리켰다. "뎌긔 위쟉 둑에 몬져 믈을 가도고 그 다홈애난 아래 둑에 가돌 새니이다."

그의 손길을 따라 개울 쪽을 돌아다본 신이 다시 그에게로 몸을 돌렸다. "그러나한디, 이리 일을 하야도 됴타난 현텽의 허락안 받아쟜소?"

속이 뜨끔했다. 그는 새삼스러운 눈길로 자신의 모습을 내려다보았다. 도포 자락 아래로 드러난 비행복이 자신의 눈에도 너무 낯설었다. 며칠 전에 찾아왔던 천방암의 불승이 일깨워준 것처럼, 이 세상에서 그의 처지는 위태로웠다.

'드디어…… 사람들은 남의 아픈 곳을 어찌도 그리 잘 짚는지. 아니면, 내가 투명해서 다른 사람들이 내 속을 쉽게 들여다보는 것일까?' 그는 자신도 모르게 한숨을 내쉬었다.

그것이 실수였다. 신이 발에 힘을 주어 한 걸음 내디뎠다. "현텽의 허락알 받디 아니하고 몬져 일을 이리 시작하얏아니……" 신은 넘겨짚고 있었다.

혀끝까지 나온 '현텽의 허락알 받든 안 받든, 당신이 참견할 건 없잖소'라는 핀잔을 가까스로 끌어들이고서, 그는 조심스럽게 말을 골랐다. "녀름지을 믈을 가도려 둑을 쌓난 일이야 나라해셔 잘

한다 하실 일이니, 허믈이 다외디 아니할 새디만…… 사람달할 쓰려면, 쌀이 이셔야 하난듸, 시방 쇼승에게 쌀이 얼머 없나이다. 얼우신끠셔 죠곰 도와주시면, 마암놓고 일할 수 이실 새니이다."

그가 신의 공격을 슬쩍 피하고서 오히려 밀고 나오자, 신의 낯빛이 잠시 흔들렸다. 그러나 토호답게 신도 호락호락하지 않았다. "그렇디 아니 하나이다. 이리 큰일을 하려면, 몬져 현텽의 허락알 받아야 하나이다."

"아, 그러하나니잇가? 그러하면, 내죵애 현텽의 허락을 얻는 대 얼우신끠셔 겸 도와주쇼셔. 얼우신끠셔 현텽에 아시난 사람달히 많다고 들었나이다." 그는 은근한 어조로 부탁했다.

신이 쑵쓰레하게 입맛을 다셨다. 시비를 걸러 올라왔는데, 오히려 저수지 일에 끌어들이려는 그의 권유를 뿌리치기 바쁜 판이었다. "손권농안 므슴 일을 이리 하난고……" 신이 혼잣소리처럼 말했다.

손권농 얘기에 그의 가슴이 죄어들었다. 손권농은 대지동면의 권농(勸農)인 손용집을 뜻했다. 권농은 면의 우두머리였다. 그는 이미 손용집에게 저수지 일을 시작한다는 것을 지나가는 얘기로 흘렸고 농담 반 진담 반으로 자금을 좀 대달라고 부탁하기까지 했었다. 서북쪽 골짜기의 못골에 살아서 저수지 물을 쓸 수 없는 손으로서야 이곳의 저수지를 위해 자금을 내놓을 가능성은 거의 없었다. 그래도 손의 어머니가 가을에 쳔방암으로 나들이 갔다가 넘어져서 다리를 다쳤기 때문에, 그는 자주 손의 집을 찾았고, 자연히 손과는 좋은 사이였다. 그래서 그는 손이 현텽의 눈길을 막아주기를 은근히 바라고 있었다. 적어도 무슨 일이 생기게 되면, 미리 귀띔은 해주리라고 여기고 있었다. 그로선 손을 자신과 신경슈 사이의 싸움으로 끌어들이고 싶지 않았다.

'이젠 좀 강경하게 나가야 되겠다. 약한 모습만 보이면, 오히려……' 그는 어깨를 펴고 단단한 눈길로 신을 쳐다보았다. "이 일안 녀름 지을 틀을 가도난 일이니이다. 현텽에셔 녜아기랄 들으시면, 웨 허락하디 아니 하겠나니잇가?"

갑자기 굳어진 그의 태도에 신의 낯빛이 흔들렸다. "그러하나, 몬져 허락알 받난 쟉이 낟바디난 아니 하리다." 많이 누그러진 목소리였다.

"아, 녜. 감샤하압나니이다." 그도 재빨리 태도를 누그러뜨리면서 고개를 끄덕였다. "얼우신 말쏨이 맛당하나이다."

"자아, 나려가보새." 신이 박우동과 얘기하는 곳뜸 사람들에게 말했다.

"녜, 얼우신." 두 사람이 황급히 내려왔다.

"그러하면……" 신이 읍했다.

아까보다는 손이 높이 올라간 것을 보고서, 그는 속으로 웃음을 지었다. "나려가시겠나니잇가? 밧바시더라도, 자조 올아오셔셔 쇼승에게 묘한 말쏨알 들려주쇼셔. 나무아미타불. 나무관셰음보살."

개울을 건너는 곳까지 곳뜸 사람들을 배웅하고 돌아오면서, 그는 긴장보다는 맥이 풀리는 것을 느꼈다. 아무래도 신이 그냥 물러나지 않고 트집을 잡으러 들 것만 같았다.

박우동이 멀어져가는 사람들을 흘겨보면서 투덜거렸다, "앗가 룽병바기 디나가더니, 재수이 없게…… 웨 쓸대없이 남의 계상애 감 놓아라 대초 놓아라 나아난고.”

2

붓을 벼루 위에 내려놓고, 언오는 자신이 쓴 것을 비판적 눈길로
내려다보았다. 좋게 보아주어도, 글을 배운 사람의 글씨로 보기는
어려웠다.

春 봄 춘
夏 녀름 하
秋 ㄱ올 츄
冬 겨을 동

'사람들은 지금 나를 아는 것이 많은 불승으로 여기는데, 이 글
씨를 보면…… 한자는 나중에 해도 되잖을까?' 그는 벌써 여러 번
한 생각을 다시 떠올렸다.

그는 지금 아이들을 위한 한자 교과서를 만드는 참이었다. 물론

이곳에선 기초 한자 교과서로 『천자문』이 널리 쓰였고, 『천자문』이야 그도 쉽게 얻을 수 있었다. 그러나 그 책엔 일상생활에서 쓰이지 않는 글자들이 너무 많이 들어 있었다. 그는 일상생활에서 쓸모가 크고, 자연히, 아이들이 흥미를 느낄 글자들을 골라서 가르치고 싶었다. 그래서 이미 『훈몽자회』에서 기초 한자들을 5백 자가량 골라놓은 터였다.

"소." 우츈이가 싸리 막대기로 앞에 걸린 괘도에서 글자를 짚었다.

"소," 아이들이 열심히 따라 외웠다.

"쇼." 우츈이의 막대기가 한 줄 내려왔다.

"쇼," 아이들이 다시 따라 외쳤다.

그의 얼굴에 웃음이 배어 나왔다. 그는 나흘 전부터 아이들을 가르치고 있었다. 시작한 지 얼마 되지 않아서, 아직 판단하기는 어려웠지만, 그의 신식 서당은 성공할 듯했다. 적어도 아이들로 하여금 손수레를 써서 둑을 쌓는 일을 돕도록 하려던 계획보다는 훨씬 쉽게 성공할 듯했다.

손수레를 처음 일터에 도입한 날에 생각이 미치면서, 그의 미소가 좀 쓸쓰레해졌다. 둑은 이제 막 쌓기 시작한 참이라, 일터가 수레를 쓸 만큼 넓지 못했다. 그래서 손수레를 끌고 다니는 아이들은 어른들이 지게로 흙과 모래를 퍼 올리는 데 거치적거리기만 했다. 일꾼들은 그의 뜻을 짐작하고서 아무 말도 하지 않았지만, 그는 미안해서 다음 날부터는 아이들을 둑 근처에서 불러냈다. 아이들은 지금은 개울에서 큰 돌들을 주워 나르는 일을 했다. 그는 꼭 손수레로 돌을 나르도록 아이들에게 당부했지만, 당분간 이 골짜기에서 손수레의 인기가 높아질 가망은 적었다.

"그러하면, 병택아, 내 앞아로 나와서 '사' 줄을 써보아라." 우츈이가 방문 바로 앞에 앉은 아이를 가리켰다.

"응." 병택이가 무릎걸음으로 앞으로 나가더니, 벼루에서 큰 붓을 집어서 기름판에다 글자를 쓰기 시작했다.

종이가 귀했으므로, 그는 아이들이 글씨 쓰기를 연습할 종이를 댈 수 없었다. 그가 종이 걱정을 하자, 우츈이가 서당에선 판자에 기름을 먹여서 종이 대신 쓴다고 했다. 글씨를 다 쓰면, 걸레로 닦아내고 다시 쓸 수 있었다. 그래서 쟝츈달이 큼지막한 것을 하나 만들었고 우츈이가 거기 기름을 먹였다.

뜻밖으로 어려운 문제는 칠판을 구하는 일이었다. 칠판 자체를 만들기도 쉽지 않았지만, 분필을 구하기는 더 어려웠다. 그제야 그는 깨달았다, 왜 조선에서 전통적 학습 방법이 외우기였는지. 하긴 다른 중세 사회들에서도 사정은 비슷했을 터였다. 종이가 아주 흔해지고 칠판과 분필이 널리 쓰이기 전까지는, 현대식 교육은 불가능했다. 언젠가는 칠판과 분필을 발명하기로 마음먹었지만, 당분간은 아랫목 벽에 걸어놓은 괘도에 의존할 수밖에 없었다.

뒤에서 바라보던 아이들이 좀 무료해졌는지, 서로 옆구리를 지르면서 킥킥댔다. 우츈이가 엄한 얼굴로 아이들을 노려보았다. 녀석은 선생 노릇을 썩 잘하고 있었다.

'어쩔 수 없지. 지금 내 글씨 솜씨를 생각할 만큼 여유가 있는 것이 아니니.' 기초 한자를 가르치지 않을 수는 없었다. 이곳 사람들이 서당에서 먼저 배워야 할 것은 진서(眞書)라고 여긴다는 점도 있었지만, 실제로 기초 한자들은 아이들에게 당장 필요한 실용적 지식이었다. 그는 다시 붓을 집어 들고 쓰기 시작했다.

雨 비 우
雲 구름 운

작게 쓴다고 했지만, 구름운 자는 비우 자에 비해 너무 컸다.

'그때 좀 열심히 했으면, 지금 이렇게……' '황주'에 탔던 때가 생각나면서, 정기덕 장군의 모습이 떠올랐다. 이어 21세기의 기억이 검고 차가운 파도로 그의 마음을 덮쳤다.

그는 붓글씨를 익힌 적이 없었다. 소학교에서 고등학교까지 붓글씨를 조금씩 가르치기는 했다. 하긴 사관학교에서도 서예 클럽이 있었다. 그러나 그는 글씨를 잘 쓰는 데 바치기에는 시간이 너무 아깝다고 생각했었다.

그러다가 '황주'를 타자, 함장이 서예를 권했다. 그는 정 대령이 승무원들에게 서예를 권장하는 까닭을 이해했다.

'감옥에 들어갈 수 있는 사람은 누구도 배를 타지 않을 것이다. 배를 타는 것은 감옥에 갇힌 것과 같다. 물에 빠져 죽을 기회를 덤으로 지닌 채.' 사관학교 첫 강의에서 교관이 들려준 새뮤얼 존슨의 얘기였다. 18세기의 배들과는 비교가 되지 않게 좋아졌지만, 21세기의 배들도 역시 감옥의 특질들을 많이 지녔다. 게다가 잠수함은 감옥 중의 감옥이었다. 다른 배들의 승무원들처럼 갑판에 나가서 시원한 바닷바람에 이마를 식히거나 아득한 별들을 보고 철학적 성찰을 통해 마음을 가라앉힐 기회도 없이, 텁텁한 공기와 녹맛이 도는 물을 마시면서, 무서운 압력으로 선각을 누르는 물속에서, 언제나 같은 사람들과 다투지 않고 힘을 합쳐 일해야 했다. 그래서 사소한 실수도 치명적일 수 있는 환경에서 팽팽한 마음으로 일하면서도, 긴장을 풀어야 하고 단조로운 일과 속에서도 지루함을 느끼지 않아야 했다.

그렇게 탄력적인 마음을 기르는 데는 서예가 좋았다. 따로 장소를 차지하지 않는 일이면서도, 영화를 보거나 음악을 듣는 일처럼 수동적 취미가 아니라 무엇을 창조하는 적극적 취미였다.

그는 따로 긴장을 풀어야 할 필요를 느낀 적은 드물었다. 그리고 잠수함 결투 프로그램을 만드는 일은 마음의 긴장을 풀고 시간을 유익하게 보내는 데 서예보다 훨씬 좋았다. 그래도 자신이 존경하는 윗사람의 뜻을 무시하기가 무엇해서, 몇 번 붓을 잡는 시늉을 했었다.

숨이 막히면서, 속이 뒤집혔다. 눈에 뜨이는 물방울마다 낯익은 얼굴이었다. 그를 덮친 것은 헤아릴 수 없이 많은 21세기의 얼굴들이 모여 이루어진 무섭고 징그러운 파도였다. 가까스로 물 위로 고개를 내밀고, 그는 가쁜 숨을 몰아쉬었다. 몸이 부르르 떨렸다. 머리와 얼굴에 아직 달라붙은 그 얼굴들의 물방울들을 떨어내려고 그는 자신도 모르게 고개를 세차게 흔들었다.

우춘이가 흘긋 그를 쳐다보았다.

그는 모른 척하고 다시 붓을 집어 들었다. 그러나 손이 떨려서 글씨를 제대로 쓸 것 같지 않았다. 그는 이마와 목에 밴 진땀을 손등으로 슬쩍 훔쳤다. 속옷이 척척한 것으로 보아, 온몸에 땀이 난 듯했다.

"승문이 나와서 써보아라." 우춘이가 말했다.

승문이가 주뼛거리면서 앞으로 나아갔다. 녀석은 배고개댁의 외아들로 열 살이었다. 누나 복심이와는 한 살 터울이었다.

아이들에게 글을 가르치는 일도 물론 쉬운 일은 아니었다. 어쩔 수 없이 중세 사회의 굳은 전통들에 부딪치게 되고 타협할 수밖에 없었다. '남녀칠세부동석'이 확고한 전통으로 자리 잡은 사회에서 사내아이들과 계집아이들을 한데 모아놓고 가르칠 수는 없었다. 그렇다고 따로 계집아이들만을 모아놓고 가르칠 형편도 못 되었다. 보다 큰 장애는 계집아이들에게 글을 가르쳐선 안 된다는 믿음이었다. 그런 통념을 깨뜨리는 일은 지금 그에겐 너무 벅찼다. 그래서 당장은 사내아이들만을 모아놓고 글을 가르치기로 한 터였다. 방 안을 기웃거리는 것으로 보아 복심이도 제 남동생처럼 글을 배우고 싶은 눈치였지만, 어쩔 수 없었다.

밖에 나가 머리를 식히고 싶은 생각이 들었으나, 그는 하던 일을 마저 끝내고 나가기로 했다. 마음을 어지럽혔던 독기가 진땀과 함께 밖으로 나간 듯, 마음이 차츰 맑아졌다. 그는 다시 붓을 집어 들고 눈설 자를 쓰기 시작했다.

'오백 자를 한꺼번에 모을 게 아니라,' 글자를 쓰고 붓을 벼루 위에 놓으면서, 그는 생각했다. '이백 자씩 두 권이나 세 권으로 만드는 게 낫지 않을까? 다른 교과서들도 만들어야 하니, 그 편이⋯⋯'

서당을 열자, 당장 급하게 된 것이 교과서를 마련하는 일이었다.

그것은 생각보다 훨씬 힘들고 더딘 일이었다. 첫 번으로 만든 언문 교과서만 해도, 가로쓰기와 세로쓰기 가운데 하나를 골라야 하는 일처럼, 예상치 못했던 어려운 결정들을 내려야 했다. 가로쓰기는 합리적이었다. 특히 인쇄술의 발전과 기계화를 생각하면, 지금 가로쓰기를 보급하는 것은 작지 않은 중요성을 지녔다. 그러나 이곳에선 모두 세로쓰기를 한다는 사정이 있었다. 그런 관행을 바꿀 자신 없이 섣불리 가로쓰기를 가르치면, 자신의 제자들에게 혼란만 줄 수도 있었다. 결국 그는 '결정을 미루는' 길을 골랐다. 다시 말하면, 당분간은 전통적 세로쓰기를 따르기로 했다.

그리고 기초 교과서는 적어도 일곱 권은 필요했다. 그는 아이들에게 언문, 기초 한자, 산수, 지리, 역사, 기본 기술, 그리고 위생을 가르칠 계획이었다. 기초 한자 교과서를 끝내면, 산수 교과서를 만들 생각이었다. 그 일을 하게 되면, 아라비아 숫자를 도입하느냐 마느냐 하는 문제와 씨름해야 될 터였다.

'그것도 어려운 결정이겠지. 그것만큼은 분명하지.' 입가에 비뚤어진 웃음을 띠면서, 그는 다음 글자를 아까보다는 훨씬 자신 있는 손길로 썼다.

3

"이제 걸이면, 다외디?" 오른손으로 잡은 윷가락들을 땅에다 대고 고르면서, 류갑술이 땅바닥에 그어진 말판을 살폈다.

"아모만, 걸만 나오면, 이긴다. 걸만 나오면." 신이 난 쟝춘달이 말을 받았다. "자아, 걸어가자, 떡 사주마."

류가 두 사리를 하는 바람에, 거의 다 진 판을 역전시킬 기회가 온 것이었다. 판이 다 끝났다 여기고서, 윷판에서 떠나려던 사람들이 다시 모여들었다.

오늘은 동지였다. 그래서 저수지 일을 하루 쉬고 대신 일꾼들을 모아 윷판을 벌인 참이었다. 이곳에서 동지는 뜻이 깊은 날로 여겨졌다. 절후보다는 역사적 사건들을 기념하는 날들로 세월이 가는 것을 가늠하던 현대의 도시인들에게는 꽤 낯설게 느껴질 만큼, 이곳 사람들은 절후에 민감했다. 점점 짧아졌던 낮이 마침내 다시 길어지기 시작하는 날은 현실적으로나 상징적으로나 큰 뜻을 지녔다. 그래서 이곳 사람들은 동지를 '작안설'이라 부르기도 했다. 한산댁 사람들은 '아셰(亞歲)'라는 말을 썼다.

마당 한쪽에 서서, 언오는 웃고 떠드는 사람들을 둘러보았다. 어저께 얘기해두었던 터라, 지금까지 일터에 한 번이라도 나왔던 사람들은 다 나온 것 같았다. 처음 나온 사람들도 서넛 보였다. 어느 사이엔가 그의 집은 골짜기 위쪽에서 공회당 비슷한 기능을 하고 있었다.

'아무래도 좀 모자라겠다.' 다시 술 사발을 기울이는 김을산을 바라보면서, 그는 어림으로 따져보았다. '저렇게 마셔대면…… 이왕 하는 거 조금 더 하라고 할 걸 그랬나? 할 수 없지. 어쨌든, 오늘 이렇게 벌이길 잘했다. 중세의 겨울, 그 황량하고 단조로운 일상에서 잠시 풀려나서……'

'중세의 겨울'이란 말이 어둑하고 황량한 그의 마음속 풍경에 테두리를 둘러서 또렷하게 만들었다. 어쩐지 그 말이 그럴듯하게 느껴져서, 그는 뇌어보았다. "중세의 겨울."

배고개댁이 부엌에서 나왔다. 한 손에 연기 나는 부지깽이를 들고 다른 손으로 눈을 비비고 있었다. 오늘은 굴이 심하게 내고 있었다.

"순우피, 이리 오나라." 승문이가 따라 나오더니, 그의 곁으로 다가온 순우피를 불렀다.

그는 고개를 돌려 검은 구름을 힘겹게 안은 하늘을 올려다보았다. 눈이 다시 한차례 내릴 모양이었다. '더 추워지긴 하겠지만, 그래도 이젠 낮이 조금씩 길어질 테니……'

"으라싸싸." 류가 윷을 던지고 몸을 꼬았다. 사람들 사이로 윷가락들이 멍석 위로 가볍게 떨어지는 것이 보였다. 싸리나무로 만든 윷가락들은 현대의 윷가락들보다 상당히 작았다.

이내 아쉬워하는 소리들과 안심하는 소리들이 뒤범벅이 되어 나왔다.

"가이다, 가이," 최성업이 외쳤다. "두 모 개로난 아니 다윈다."

"결국 안 다외내. 다홈 쟝애 가면, 내 술을 한 사발 사디," 아쉬운 듯 수염을 쓰다듬으면서, 쟝이 최에게 말했다.

"이제 젊은 사람달히 한판 놀아보져," 마지막 두 동무니를 날밭에 둔 터라, 던지나 마나 한 윷을 던지고 나서, 리영구가 말했다.

리의 얘기에 젊은 축들이 한꺼번에 멍석 앞으로 달려들었다.

"어이, 여긔 보아라. 형님끠셔 몬져 한판 노실 새니, 아아난 내 죵애 놀아라," 잽싸게 멍석 위에 흩어진 윷가락을 모아서 거머쥔 백용만의 어깨를 치면서, 김을산이 말했다. 김은 김갑산의 아우로 오늘 처음 일터에 나왔다.

"이런 버릇없는 아해랄 보아라." 백이 김의 손을 뿌리쳤다. "모라난 사람이 보면, 뉘 형이고 뉘 아아인디 모라겠다."

"허어, 이 아해 형님을 오래건만의 뵈오니, 경신이 없고나." 술을 많이 마셨는지, 아니면 술이 약한지, 얼굴이 벌게진 김이 다시 손을 내밀었다.

"참깨달히 기니 댜라니 하도다. 큰 형님끠셔 몬져 노실 새니, 아해달한 싸호디 말아라." 뒤에 섰던 박우동이 호긔롭게 멍석 앞으로 나섰다.

'하아, 그것 참 멋진 얘기다.' 언오는 감탄하면서 고개를 끄덕였다. "참깨달히 기니 댜라니 하도다"라는 얘기는 어슷비슷한 사람들이 다투는 모습을 아주 그럴듯하게 그리는 표현이었다. 현대 조선어에서는 그럴 경우에 "도토리 키 재기"라는 표현을 썼다. 그러나 그는 이곳에서 아직까지 그런 표현을 들어본 적이 없었다.

그는 잠시 기억을 더듬었다. 조선이나 중국의 고전에서 그런 표현을 본 적은 없었다. 서양에서 나온 것도 분명히 아니었다. '어쩌면 "도토리 키 재기"라는 표현은 원래 일본 사람들이 쓰던 말이었는데, 식민지 시대에……'

"어, 뎌 눈발 졈 보개. 대단허이," 시끄럽게 다투던 젊은 사람들이 마침내 다시 윷판을 차렸을 때, 리영구가 말했다. 골짜기 아래쪽으로부터 자욱한 눈발이 흰 구름처럼 몰려오고 있었다. 눈발에 가려진 산들이 금세 희끄무레해졌다.

"자알 온다." 슈쳔이가 감탄했다. "래년 보리농사난 풍년일새."

눈발은 이내 곳뜸을 덮었다. 그는 문득 마음이 푸근해지는 것을 느꼈다. 내리지 않고 하늘을 덮은 눈구름은 어쩐지 마음을 싱숭생숭하게 만들었다. 그리고 눈이 내리면, 당장은 불편하겠지만, 슈쳔이의 말대로 보리농사에는 좋을 터였다. 물론 나중에 저수지에 고일 물도 많을 터였고.

저수지를 지난 눈발이 집을 덮었다. 뒤꼍에서 순우피가 짖는 소리가 아련하게 들려왔다. 그래도 윷판은 이어졌다. 젊은 축들이 벌인 판이어서, 아까 판보다 오히려 훨씬 시끄럽고 활기가 있었다.

'때맞춰서 오는구나. 점심 먹고선, 내려가봐야 하는데……' 그는 입맛을 다셨다. 점심으로 팥죽을 낸 다음엔, 뒷일을 리영구와 박우동에게 부탁하고 쟝복실로 내려갈 참이었다.

"에라, 모라겠다. 업어라." 박우동이 말을 달았다. 눈치를 보니, 놀이가 박의 뜻대로 되지 않는 모양이었다.

팥죽을 쑤는 구수한 냄새가 그의 마음속으로 들어왔다. 귀금이를 만날 생각에 달뜬 마음으로 그는 부엌 쪽을 돌아다보았다. 연기가 자욱한 부엌에는 부뚜막에 한 발을 올려놓고서 솥 속의 죽을 주걱으로 젓는 배고개댁의 모습이 보였다. '오늘은 한산댁에서도 팥죽을 쑤겠지. 귀금이도 지금……'

"스승님, 뉘 스승님 뵈려 왔압나니이다." 우츈이의 목소리에 그는 상념에서 깨어났다.

그가 돌아다보자, 눈을 뒤집어쓴 낯선 사내가 합장하고 고개를 숙였다. 숨이 턱에 찬 모습이었다.

"나무아미타불. 나무관세음보살." 그도 합장하면서 얼굴에 웃음을 띠었다. "어셔 오쇼셔."

"나무아미타불." 그 사내가 한 걸음 앞으로 나섰다. "스승님, 쇼인안 슐곡 당거리에 사나이다. 알판 사람이 이셔셔, 이리 왔압나니이다."

'하필이면, 지금……' 그는 속으로 혀를 찼다. 급히 달려온 품으로 보아, 미룰 만한 병자는 아니었다.

숨을 가뻐 쉬며 이마의 땀을 소매로 훔치면서도, 그 사내는 그의 얼굴을 살폈다.

'오늘 귀금이를 못 보는 건 아닌지.' 저절로 나오는 한숨을 급히 눌러 넣고서, 그는 고개를 끄덕였다. "아, 네. 그러하샸나잇가?"

"급한 병자라셔, 스승님을 모셔가려, 이리……"

"녜. 알겠나이다." 마음을 가다듬고서, 그는 우츈이를 돌아다보았다.

그가 입을 열기도 전에, 우츈이는 방으로 들어갔다.

"어드리 알파나니잇가?"

"녚집에셔 어제밤애 아해랄 낳았난듸…… 하혈이 긋치디 아니한다 하더이다."

"그러하나니잇가?" 산모가 피를 흘린다면, 한시가 급했다. 다른 편으로는, 그렇게 위중한 상황에선 그의 의술이 별 도움이 되지 않을 가능성이 컸다. 마음이 조급해지면서도 무력해졌다. 흔들리는 마음을 다잡고, 그는 수건으로 이마와 목의 땀을 훔치는 사내에게 말했다. "먼 길 오샸아니, 목이 마라실 샌듸…… 이리 오쇼셔. 곡차가 남았으면, 한잔 드쇼셔."

그들이 방산리에 이르렀을 때, 눈발이 문득 그쳤다. 적적하게 느껴지는, 눈 덮인 산길을 따라 그들은 부지런히 올라갔다. 사내는 말수가 적었다.

대지동면과 슐곡면의 경계로 보이는 방산리 남쪽 고개에 올라선 뒤에야, 그들은 처음으로 멈추어 숨을 돌렸다. 눈 덮인 20리 길은 쉽지 않았다.

"스승님, 이제 거의 다 왔나이다." 사내 목소리에는 억지로 눌러 넣은 조급함이 배어 있었다.

"아, 네." 조급하기는 언오도 마찬가지였다. 수혈이 불가능한 처지에선 지혈이 특히 급했다. 과연 그가 지닌 지혈제로 지혈이 될는지는 짐작하기도 어려웠다.

숨을 고르면서, 그는 고개 아래쪽을 내려다보았다. 무엇이 그의 눈길을 끌었다. 한 스무 걸음 아래 길옆에 큰 참나무가 서 있었는데, 가지에 먹서리 비슷한 것이 매달려 있었다. 묵직하게 쳐진 품이 속에 무엇이 든 듯했다. "뎌것이 므슥이니잇가?"

그의 손길을 따라, 사내가 고개를 돌렸다. "뎌기 참나모에 걸윈 것……?"

"네."

"스승님, 뎌것은……" 사내는 잠시 머뭇거리더니, 내키지 않는 목소리로 말을 이었다, "요 아래 사난 사람 집에셔 갓난아해 며츨 젼에 죽어셔……"

잠시 기다려도, 사내는 말을 잇지 않았다. 그는 슬쩍 채근했다, "그러하야셔……?"

"그러하야셔, 그 죽은 아해랄 오쟝이에 넣어셔 뎌리 매달아놓았나이다."

"웨 따해 묻디 아니 하고 뎌리 나모애……?"

"죽은 아해랄 오쟝이에 넣어셔 걸어놓아면……" 마른침을 삼키고, 사내가 말을 이었다, "병귀 그것을 먹고셔 멀리 간다 하더이다."

그는 무겁게 고개를 끄덕였다. 문득 마을에서 날개를 퍼덕이면서 날아온 검은 병귀가 오쟁이에 달라붙어 식식거리면서 뾰족한 입으로 갓난애의 보드라운 내장을 파먹는 환영이 떠올랐다.

얘기가 길어지자, 사내는 조바심이 나는 듯했다. 두 손을 마주 비비면서, 밭은기침을 했다.

"가사이다." 그는 배낭을 추스르고 삿갓을 바로 썼다. 옆에 선 소나무가 따라서 어깨를 추스르는 듯 그의 등에다 눈을 털었다.

"네, 스승님." 사내가 성큼 앞장을 섰다.

그 참나무 옆을 지나면서, 그는 가지에 걸린 것을 유심히 살폈다. 오쟁이는 낡았지만, 속이 보이지는 않았다. 문득 씨오쟁이 속에 든 죽은 아이의 상징적 의미가 그의 마음을 후려쳤다. 제대로 자라나지 못한 사람의 씨를 씨오쟁이 속에 넣어서 버린 것이 이 세상에선 어쩐지 자연스러운 몸짓인 것처럼 느껴졌다.

"나무아미타불. 나무관셰음보살." 걸음을 멈추지 않은 채, 그는 염불했다. 그리고 속으로 덧붙였다. '부대 극락왕생하쇼셔.'

아래쪽에서 개 짖는 소리가 아련히 들려왔다. 갑자기 중세의 황량한 어둠이 그의 몸을 조였다. 눈구름을 많이 쏟았어도, 겨울 하늘은 무심한 무게로 이 세상의 모든 목숨들을 누르고 있었다. 새로 내린 보드라운 눈까지도 목숨이 들어가지 않은 무기질의 비정한 모습을 내보이는 듯했다.

'해낼 수 있을까?' 마음속 깊은 곳에서 물음 하나가 불쑥 올라왔다. '나 혼자 이 어두운 중세의 겨울을 좀 덜 황량하게 만드는 일을?' 사내의 뒤를 따라 눈 덮인 산길을 바삐 내려가는 동안, 선뜻 대답이 나올 수 없는 그 물음이 가슴속에 길게 메아리쳤다.

4

"몸애 어름이 박히난 것을 동샹이라 하나이다. 동샹." 언오는 오른손을 뻗어 막대기로 벽에 걸린 괘도를 짚었다. "자아, 따라 해보쇼셔. 동샹."

"동샹." 윗목에 두 줄로 앉은 아이들이 합창했다. 아이들은 그동안 셋이 늘어서, 우츈이 말고도 여덟이나 되었다. 반나절 일을 거드는 삯으로 두 끼를 먹이고 글까지 가르치는 것은, 저수지에 대한 현물 투자 명목으로 쌀 한 되씩 쳐주는 것이야 당장에는 눈에 뜨이지 않으니 빼놓더라도, 이곳의 기준으로 보면, 후했다. 그래서 아이들을 일터에 내보내려는 마을 사람들은 늘어났다. 그는 물론 그런 반응이 흐뭇했지만, 부족한 자금을 생각하면, 좀 걱정스럽기도 했다.

"앗가 녜아기한 것텨로, 사람의 몸애난 피 쉬디 아니 하고 돌고 이시나이다." 그는 다음 줄을 짚었다. "동샹안 너모 치워셔 피 저

할 대로이 돌디 못하야 걸위나이다. 아시겠나니잇가?"

"녜에." 녀석들이 합창했다.

좀 지루해졌는지 몸을 비트는 승문이에게 옆에 앉은 우츈이가 눈짓으로 주의를 주었다.

"그러모로, 손발이나 귀 차디면, 피 이대 돌개 문질러야 하나이다. 그리하고 신이나 보션이 믈에 젖으면, 바로 갈아 신어야 하나이다."

"녜에."

날마다 정해진 학습이 끝나면, 그는 아이들에게 위생 지식을 한 토막씩 가르쳤다. 아직 '정규 과목'으로는 언문만을 가르치고 있어서, 그가 직접 가르치는 것은 이것뿐이었다. 우츈이는 선생 노릇을 나무랄 데 없이 하고 있었다.

"그러하면, 어제 난호아드린 닛솔로 니랄 닦으샸나니잇가?"

"녜에." 대답이 힘찬 것을 보니, 모두 칫솔을 쓰기는 쓴 모양이었다.

그는 오래전부터 칫솔을 보급할 필요를 절감해왔었다. 현대인의 구강 상태에 익숙했던 사람에게 이곳 사람들의 구강 상태는 끔찍하게 느껴질 수밖에 없었다. 쉰 살이 넘고서 이와 잇몸이 건강한 사람은 드물었다.

21세기 후반에는 큰 구강 질환은 드물었다. 이나 잇몸의 질환들에 효과적인 백신들이 있었고, 사람들은 집 안에 갖춰진 자동 진료 기구로 날마다 입안을 검사했고, 무슨 문제가 생기면, 초기에 처치를 받았다. 그리고 대부분의 경우, 병자의 특수한 구강 상태에 맞게 조제된 '초타액(超唾液)'으로 입안을 씻는 것만으로도 문제가 커지지 않게 막을 수 있었다. 이나 턱뼈가 망가져도, 유전공학을 이용해서 만든 인공 법랑질이나 인공 뼈로 거의 완벽하게 보수되었다.

물론 그는 구강 질환들을 고칠 힘은 없었다. 그러나 칫솔을 만들어서 보급하고 구강 위생에 대한 지식을 펴는 것만으로도 구강 질환을 상당히 효과적으로 예방할 수 있을 터였다. 비록 그런 일도 쉽지 않았지만.

그러다가 한 열흘 전에 우연히 슐곡 곰실에 붓을 만드는 사람이 있다는 얘기를 봉선이 할아버지로부터 들었다. 마침 다음 날 고사리울에 급한 환자가 생겨서 골짜기 아래쪽으로 내려간 김에, 그는 곰실로 그 필장(筆匠)을 찾아갔다. 먼저 붓 세 자루를 산 다음, 칫솔의 용도와 구조를 설명하고서, 열 개를 만들어달라고 했다. 어제 그 필장이 손수 칫솔들을 가져왔길래, 아이들에게 나눠주었다.

칫솔들은 쓸 만하게 보였다. 비록 대나무 자루에 홈을 파고서 돼지털로 보이는 뻣뻣한 털을 아교로 붙여놓은 원시적인 것들이었지만. 하긴 자동 진료 기구에 부착된 양치 기구를 쓰는 21세기 사람의 눈으로 보면, 칫솔 자체가 원시적이었다. 어쨌든, 그는 그 칫솔들이 마음에 들었고 다시 스무 개를 주문해놓았다. 이제 그는, 언뜻 보기에는 하찮았지만, 실제로는 혁명적인 뜻을 품은 관행을 하나 더 이 세상에 들여온 셈이었다.

"이대 하샸나이다. 오날 배홈안 끝났나이다. 이제 밧가로 나가셔 셜마랄 타고 노쇼셔."

"네에." 이번에는 대답이 정말로 우렁찼다. 제각기 그에게 절하더니, 아이들은 앞을 다투어 밖으로 나갔다.

위쪽 둑으로 생긴 꽤 너른 못은 벌써부터 두꺼운 얼음이 덮고 있었다. 아이들 놀이터가 마땅치 않은 세상에서 그 좋은 얼음판을 그냥 놓아두기는 너무 아까웠다. 그래서 며칠 전에 장춘달에게 부탁해서 대나무 조각으로 날을 댄 썰매를 두 대 만들었다. 물론 스케이트는 생각할 수 없었다. 쇠가 귀한 세상이니, 날은 그만두더라도, 한겨울에 짚신을 신는 사람들에게 구두는 엄두도 내지 못할 사치였다.

교재를 정리하고 밖으로 나오니, 아이들은 못가에서 서로 먼저 썰매를 타겠다고 다투고 있었다. 녀석들이 떠드는 소리를 듣자, 마음에 무겁게 얹힌 어둠이 좀 가시는 듯했다. 요사이 그는 늘 마음이 무거웠다, 비록 밖으로 내비치지는 않았지만.

천방암 불승들과 신경수의 방문이 일깨워준 것처럼, 지금 그의 처지는 무척 불안했다. 큰일들을 여럿 벌여놓았지만, 언제 배낭 하나만을 둘러메고 도망쳐야 할지 모르는 판이었다. 토정 선생이 여러 달 전에 죽었고 그가 이 골짜기에 들어와서 별다른 문제를 일으키지 않았으므로, 너무 걱정할 까닭은 없다고 자신에게 일렀지만, 불안한 느낌은 좀처럼 가시지 않았다. 오히려 읍내 쪽에서 던져진 관권의 그물이 이 골짜기를 향해 조여들고 있다는 느낌이 점점 짙어지고 있었다. 그래서 자신도 모르게 골짜기 아래쪽을 살피는 일이 잦아졌고, 어쩌다 못 보던 사내라도 나타나면, 가슴이 덜컹 내려앉곤 했다.

그날 슐곡 당거리의 산모가 죽은 것도 그의 마음을 어둡게 했다. 그가 그 집에 닿았을 때, 그녀는 이미 피를 너무 많이 흘려서, 손을 쓰기가 어려웠다. '사람 몸에서 피가 저렇게 많이 나올 수가 있나?' 하는 생각이 들었을 만큼, 그녀가 누운 방 안에는 피범벅이 된 이부자리와 옷가지들이 어지럽게 널려 있었다. 죽어 나왔다는 아이는 치웠는지 보이지 않았다. 귀중한 약을 가망이 없는 병자에게 쓰는 대신, 그는 마음을 도사려 먹고 그냥 돌아 나왔다. 제발 딸을 살려달라고 빌었다가 그의 소매를 붙잡았다가 하는 노파의 애원을 끝내 물리치고서, 배낭을 둘러메었다. 그것은 강산(強酸)처럼 마음을 소리 없이 삭게 만드는 경험이었다. 나중에 한산댁에서 내놓은 엿을 먹으려니까, 어금니가 시큰거리고 턱이 뻐근했다. 염불할 생각도 나지 않아서 참담한 마음으로 좀 머쓱하게 돌아서면서, 자신도 모르게 이를 악물었던 모양이었다.

그러나 그의 마음이 무거워진 까닭들 가운데 가장 큰 것은 그 동안 저수지 일로 많이 지쳤다는 사실이었다. 저수지 일을 관리하는 것은 그가 잠시도 벗어놓을 수 없는 짐이었다. 다른 사람들의 도움을 거의 받지 않고 혼자 생각해낸 일이라, 잘못될 것들은 많았고 걱정거리들은 끊임없이 나왔다. 원래 넉넉지 못했던 자금을 너무 헤프게 쓴다는 생각까지 마음 한구석에 얹혀서, 비교적 후한 품삯이 가난한 일꾼들에게 실질적 도움이 되는 것을 볼 때 느끼는 보얀 즐거움에 재를 뿌리곤 했다. 게다가 일은 생각처럼 시원스럽게 나아가지 않았다. 처음 떠올랐을 때는 멋지게 느껴졌던 생각들이, 막상 현실과 부딪치면, 흔히 시원치 않거나 비현실적임이 드러나곤

했다.

특히 그를 지치게 한 것은 사람들을 쓰는 일이었다. 일터에 나오는 사람들은 모두 착했고 그의 말을 잘 따랐지만, 사람들을 여럿 쓰는 일인지라 신경이 많이 쓰일 수밖에 없었다. 게다가 그들은 그가 도입하려는 새로운 방식들에 자신들도 모르게 저항했고, 틈만 생기면, 이내 자신들이 배운 옛 방식으로 돌아갔다. 물론 그들을 탓할 수는 없었다. 낯선 21세기의 생각들과 관행들이 16세기 사회에서 자라난 그들에게 자연스럽게 다가올 리 없었다.

그래서 비록 스스로 차지한 것이었지만, 경영자가 얼마나 힘들고 외로운 자리인가 그는 절감하고 있었다. 어려운 일에 부딪치게 되면, '이제야 함장님 심정을 알겠다'고 무심코 탄식하고 나서, 부끄러운 마음으로 일그러진 웃음을 짓곤 했다.

못가의 아이들을 내려다보는 그의 눈에 어느 사이엔가 잔잔한 웃음이 고이고 있었다. 그가 격려해주자, 녀석들은 이내 저 세상의 아이들에게 뒤지지 않는 자발성과 상상력을 보였다. 가난과 천대에 찌든 겉모습 아래로 파릇한 싹처럼 돋아나는 그런 모습을 보는 것은 언제나 새롭게 느껴지는 즐거움이었다. 그리고 21세기의 지식에 저항하는 16세기의 관성이 무겁게 느껴질수록, 그는 아이들의 그런 모습에서 점점 큰 위안을 얻었다. 새로운 관행들이 제대로 자리 잡으려면, 묵은 관행들이 몸에 배지 않은 세대가 자라나야 할 터였다. 그래서 이제는 아이들을 가르치는 일이 새로운 뜻을 지니게 되었다.

밖으로 나온 우춘이가 방문을 닫는 소리가 뒤에서 났다. 방을 다

치운 모양이었다.

"형아," 우츈이가 마당에서 길로 내려서자, 승문이가 부엌에서 나오면서 불렀다. 녀석은 우츈이에게 뛰어가더니 누룽지를 내밀었다. 어디서 나타났는지, 순우피가 사이좋게 내려가는 녀석들을 따랐다.

'우츈이가 없었다면, 지금……' 다행스럽고 고마운 마음으로 그는 녀석의 의젓한 뒷모습을 바라보았다. 원래 나이에 어울리지 않게 어른스러운 구석이 있었지만, 녀석은 그와 함께 지낸 몇 달 사이에 더욱 어른스러워졌다. 몸집도 눈에 뜨이게 커졌다.

그가 우츈이에게 고마움을 느끼는 것은 녀석이 병자들을 돌보는 일이나 둑을 쌓는 일에 큰 도움을 준다는 사실 때문만은 아니었다. 녀석은 아직까진 그가 이 세상에서 식구라고 여길 수 있는 단 하나의 사람이었다. 어쩌다 한밤에 잠이 깨면, 녀석의 고른 숨소리는 그를 에워싸고 넘실거리는 외로움과 절망의 검은 물살을 막아내는 둑처럼 느껴지곤 했다.

'우츈이에게 너무 큰 짐을 지운 건 아닐까? 아직 어린앤데. 이제 일도 많아졌으니, 아이를 하나 더 쓰는 것도 생각해볼 만하지. 승문이가 좀 컸더라면, 우츈이의 조수로 쓰는 것도 괜찮을 텐데……'

모닥불 둘레에서 쉬던 일꾼들이 다시 일을 시작하고 있었다. 그 너머로 머리에 단지를 인 부인이 딸로 보이는 계집아이를 앞세우고 곳뜸 쪽에서 올라왔다.

'하긴 더 좋은 건 계집아이를 쓰는 거지.' 그는 고개를 끄덕였다. 엄격하게 내외하는 사회에선 여자 병자들을 진찰하는 일이 작지 않은 문제였다. 외간 남자에게 몸을 보이는 것이 부끄러워 병을 크게 만들거나 고칠 때를 놓치는 일이 드물지 않았다. 그래서 그는 오래전부터 여자 조수가 필요함을 느끼고 있었다.

'이왕 뽑을 바엔 계집아이를 뽑는 게……' 문득 생각 하나가 그의 마음을 환히 비추었다. '그렇지. 귀금이를 쓰면 되지. 귀금이를 조수로 쓰면, 지금처럼 남의 눈치를 볼 필요도 없이……' 자신의 애기에 따라 아픈 여자들을 보살피는 그녀의 모습을 떠올리면서, 그는 마른침을 삼켰다.

'귀금이에게도 나쁠 건 없지. 몸종으로 지내는 것보다야 의녀가 되어 대접받고 사는 게 낫지. 사뭇 낫지.' 누가 자신의 생각을 훔쳐 보기나 한 듯, 그는 서둘러 변명처럼 덧붙였다.

'문제는,' 수염이 까슬까슬한 턱을 문지르면서, 그는 계산했다. '한산댁에서 허락하느냐는데…… 괴례 어머니가 몸종으로 데려왔으니, 한산댁에서 이래라 저래라 하긴 뭣하겠지만. 그리고 괴례 어머니 혼자서 결정할 수 있는 문제가 아닐지도 모르지. 친정의 허락을 받아야 하는 것 아닌가? 사정이 복잡하긴 한데, 그래도 괴훈이 아버지하고 상의하면, 무슨 방안이……'

배고개댁이 부엌에서 고개만 내밀고 밖을 살피는 것이 곁눈으로 들어왔다. 그는 얼굴의 웃음을 급히 지웠다. 그에게 머문 그녀 눈길이 무겁고 끈끈하게 느껴졌다.

헛간 쪽에서 쟝춘달이 가래를 뱉는 소리가 났다. 이엉을 둘러쳐서 바람을 막아놓은 헛간은 이제 쟝이 일터로 쓰고 있었다.

배고개댁의 눈길을 피할 수 있게 된 것이 반가워서, 그는 헛기침을 하고서 헛간 쪽으로 돌아섰다. 이엉 위로 쟝의 상투 꼭지가 보였다. 이어서 부르릉 하는 소리가 울렸다.

쟝이 만들고 있는 석궁(石弓)에 생각이 미쳤다. '시위 소리가 난 걸 보면, 다 된 모양인데. 이번엔 제대로 했나?'

머지않아 임진왜란이 일어난다는 생각은 이 세상에 불시착한 뒤로 줄곧 마음의 지평 위에 검은 구름으로 걸려 있었다. 그것이 던지는 그늘은 그렇지 않아도 환영처럼 느껴지는 이 세상의 사물들을 더욱 덧없는 것들로 보이게 했다. 아직까지 그 문제에 대해 깊이 생각해볼 만큼 마음에 여유가 있었던 적은 없었지만, 그는 마음 한구석으로 늘 그 비참한 전쟁에 대비할 길을 찾고 있었다. 그런 과정에서 떠오른 것이 석궁이었다.

그의 생각에 석궁은 열 몇 해 뒤에 있을 전쟁에 대비하여 조선 사람들이 손쉽게 갖출 수 있는 좋은 무기였다. 임진왜란에서 조선 병사들이 지녔던 무기들 가운데 그들에게 전술적 우위를 주었던 것은 완구(碗口)와 총통(銃筒), 즉 대포들이었다. 특히 해전에서 대포의 역할은 결정적이었다. 그러나 왜병들이 지닌 조총에 비길 만한 개인 화기가 없었다는 사실은 조선군의 결정적 약점이었다. 설령 더 많이 만들더라도, 대포만으론 그런 약점을 제대로 가릴 수 없었다. 지금 화승총(火繩銃)을 만들 능력이 없는 조선으로선 결국 활로써 왜병들의 조총에 맞서야 하는데, 석궁은 전통적 활보다 개인 미사일 발사 무기로서 뛰어났다.

먼저, 석궁의 화살은 작고 만들기 쉬웠다. 따라서 병사들이 많은 화살을 지닐 수 있었다. 다음엔, 석궁은 배우기 쉬웠다. 전통적 활들 가운데 장궁(長弓)은 석궁보다 멀리 나가고 정확했지만, 그것을 잘 다룰 만큼 병사들을 훈련시키는 데는 오래 걸렸다. 게다가 석궁은 엎드린 자세에서도 쏠 수 있었고 전통적 활에 비해 훨씬 작았으므로, 벽이나 흉장 뒤에서 쏘는 데 적합했다.

그런 장점들은 오랜 전국시대(戰國時代)를 거쳐서 훈련이 잘되었고 조총을 쏘는 왜병들에 맞서서 훈련이 되지 않은 병사들을 내세워야 할 조선군에겐 중요한 뜻을 지녔다. 전통적 활에 비해 사정이 짧고 발사 속도가 느리며 덜 정확하다는 단점들의 무게는, 그런 장점들의 무게에 비기면, 무시해도 좋을 만큼 작았다.

석궁은 성공적인 무기였다. 그것은 원래 고대 중국에서 발명된 무기였다. 중세 초기에 이탈리아에 전해지거나 재발명되어, '활로 된 조그만 노포(弩砲)'라는 뜻인 '아발레스트'라고 불렸다. 영어로는 '가로지른 활'이라는 뜻인 '크로스보우'라고 불렸다. 소화기들이 나타나기 전까지, 그것은 서양에서 가장 효과적인 개인 미사일 발사 무기였었다.

그는 석궁의 내력과 위력에 대해 잘 알았다. 그는 그 무기가 실제로 중세 유럽의 싸움터에서 참혹하게 느껴질 만큼 효과적으로 쓰이는 것을 보았다. 정확히 말하면, 실제로 본 것이나 마찬가지였다. 14세기에 있었던 싸움을 재현한 환경 변조 경기에서 보았으니. 문득 그의 마음이 아득해지면서, 두 세상 사이의 컴컴한 시공을 훌쩍 건넜다.

해군사관학교와 육군사관학교 사이에는 해마다 전쟁 경기 시합을 하는 전통이 있었다. 그가 3학년이었던 2067년의 시합에서는 14세기 '크레시 싸움'이 재현되었는데, 거기서 석궁이 쓰였다.

전쟁 경기 시합에 관한 기억들은 사관학교 시절의 기억들 가운데 가장 또렷이 남은 것들이었다. 그 시합은 해사에서 아주 중요한 행사였다. 해마다 봄이 되면, 학교는 그 시합으로 술렁거리기 시작했고, 시합에서 이기면, 학교는 축제 마당이 되었다. 아니, 원산 시내 전체가 그랬다.

전쟁 경기의 장수로 뽑히는 것은 생도들에겐 가장 큰 영예였고, 시합에서 이기면, 전국적으로 유명한 영웅이 되었다. 그런 생도들은 대중매체들이 끊임없이 만들어내는 '하루살이 영웅'들이 아니었다. 유명한 싸움에서 한쪽 군대를 지휘하여 이겼다는 사실은 군사 지휘자로서의 자질을 가장 확실하게 증명한 것이었다. 당연히, 승리한 장수들은 군인으로서의 장래를 보장받았고, 전역한 뒤에도 높은 평가를 받았다.

그런 시합은 2049년에 시작되었는데, 그 내력이 재미있었다. 2048년 가을 원산에서 열린 '삼군 사관학교 체육대회'에서는 육사가 우승했다. 해사는 3등을 했다. 종합 성적에서 3등을 했을 뿐 아니라, 한 경기도 이기지 못해서, 모든 종목들에서 꼴찌를 한 것이었다. 결과가 그렇게 초라했으니, 해사 생도들은 말할 것도 없고 해사를 응원했던 원산 시민들까지 속이 상했다. 그날부터 해사에선 '치욕'을 갚을 길에 대한 논의들이 분분했고, 갖가지 대책들이 나왔다.

그때 유한필이라는 3학년 생도가 다음 체육대회에서 우승할 길을 찾기보다는 육사와 전쟁 경기를 하자고 제안했다. 그럴듯한 얘기였다. 운동 경기에서의 승산은 육사나 공사보다 규모가 작은 해사로선 어쩔 수 없이 작았다. 그러나 전쟁 경기에선 사람 수가 그리 중요한 요소가 아니었다. 그리고 운동선수를 기르는 일은 오래 걸렸지만, 전쟁 경기는 당장 할 수 있었다.

그뿐이었다면, 그 제안은 잠시 사람들의 관심을 끌고서 잊혔을 터였다. 그러나 유는 자신의 제안에 자신의 판단을 덧붙였다. '지상에서의 전투만을 생각하므로, 육군은 평면적으로 사고한다. 해군은 그렇지 않다. 수상 함정들만이 아니라 함재기와 잠수함까지 고려해야 하므로, 해군의 전술은 입체적 사고를 필요로 한다. 따라서 상상력이 결정적으로 중요한 전쟁 경기에선 2차원적 사고를 하는 육군보다 3차원적 사고를 하는 해군이 우세할 수밖에 없다.' 유의 얘기에 진실이 얼마나 담겼느냐 하는 점은 물론 중요하지 않았다. 중요했던 것은 그것이 지닌 심리적 효과였다. 그래서 그 제안은 큰 호응을 얻었고, 며칠 뒤 전쟁 경기 시합을 제안하는 편지가 해사 생도회장 명의로 육사 생도회장에게 보내졌다.

육사로선 그런 제안이 달가울 리 없었다. 하긴 육사 생도들에겐 그런 제안이 패배를 선선히 받아들이지 못하는 해사 생도들의 옹졸함으로 보였을 터였다. 한참 지난 뒤, 해사 생도회장은 그 제안을 점잖게 거절하는 육사 생도회장의 답신을 받았다.

그때 유한필의 전술가로서의 진면목이 나왔다. 그는 그날로 생도회를 통해 『원산일보』의 오락부 기자와 대담할 기회를 얻었다. 그 자리에서 그는 먼저 전쟁 경기가 운동 경기와는 다르며 다른 뜻에서 중요하다는 점을 지적했다. 그리고 전쟁 경기 시합은 정기적으로 열 만한 일이라는 것을 강조했다. 이어 잘 기록되고 깊이 연구되어서 재현이 쉬운 미국의 '남북전쟁'을 경기의 대본으로 삼을 것을 제안했다. 그는 지상 전투의 평면성과 해양 전투의 입체성을 지적하면서, 자신은 육사와의 경기에서 북군과 남군 가운데 어느 쪽을 맡아도 이길 수 있다고 장담했다. 심판은 공사에서 맡는 것이 좋으리란 얘기도 했다. 현대에선 지상 기지들이나 지구 궤도 우주 정거장들의 무기들만이 아니라 월면과 라그랑주 점의 기지들에 있는 무기들까지도 고려해야 하는 우주전이 가장 입체적인 싸움이란 점을 지나가는 얘기로 덧붙이면서.

으레 해사를 두둔하게 마련인 『원산일보』는 그 대담 기사를 오락면 머리기사로 실었다. 다음 날엔 공사 생도회장과의 대담을 속보로 크게 실었다. 심정적으로 강한 육사보다는 약한 해사를 두둔하게 되어 있는 공사 생도들로선 자신들의 분야인 우주전이 가장 입체적인 싸움이라고 얘기한 해사 생도에게 당연히 큰 호감을 보였다. 『원산일보』의 질의를 받은 공사 생도회장은 전쟁 경기가 운동 경기보다 오히려 사관학교들의 특성에 맞는 시합이며, 그런 시합이 열리게 된다면, 자신은 기꺼이 심판을 맡겠노라고 말했다.

따지고 보면, 그것은 모든 사람들이 흥미를 느낄 만한 얘기였다. 세 특별시들의, 즉 개성, 서울 그리고 평양의, 신문들과 텔레비전들이 모두 크게든 작게든 그 얘기를 다루었고, 서울의 오락 전문지들은 유한필과의 대담을 크게 실었다. 어느 오락 전문지가 기사 제목에 '아기별들의 전쟁'이라는 표현을 쓴 뒤로, 그 시합은 내내 그렇게 불렸다.

마침내 2048년 12월에 미국의 남북전쟁을 재현한 전쟁 경기 시합이 개성의 '통일체육관'에서 열렸다. 시합은 공사에서 주관했고 심판부는 공사 교관들로 이루어졌다. 그러나 실질적 심판관은 대형 전쟁 경기 프로그램을 내장한 컴퓨터였다.

북군과 남군 가운데 한쪽을 먼저 고를 권리는 도전받은 육사 쪽에 있다는 심판부의 해석이 나왔고, 육사는 당연히 북군을 골랐다. 그래서 육사 4학년 생도가 북군 사령관 노릇을 하게 되었고, 유한필은 남군 사령관이 되었다.

일이 그렇게 되자, 시합이 벌어지기 전까지 한 주일 동안, 북군과 남군 사이의 우열에 관한 논의가 전국적으로 벌어졌다. 모든 대중매체들은 남북 전쟁에 관한 특집을 마련했고 양측의 작전에 대한 예상 기사들을 실었다. 특히 군사 전문가들이 남북전쟁에서 얻어진 군사적 교훈들을 활용하여 마련한 양측의 합리적 전략들과 작전 계획들이 자세하게 소개되었다.

군사 전문가들은, 해사를 두둔할 수밖에 없었던 몇 사람들을 빼놓고는, 북군의 승리를 예측했다. 먼저, 인구에서 북부는 남부의 곱절이 넘었다. 군사력에서도 북부는 크게 우세했으니, 군대의 3분의 2 이상이 북부 편이었고 특히 해군에서 북부는 압도적으로 우세했다. 자원과 산업 설비도 대부분 북부에 있었고, 북부는 우세한 해군으로 남부를 해상 봉쇄하여 경제적으로 목을 조를 수도 있었다. 무엇보다도, 북부는 실제로 이겼다.

경기는 북군이 지키던 사우스캐롤라이나 주의 섬터 요새가 남군에게 점령된 시점에서 시작되었다. 역사적으로, 남북전쟁은 1861년 4월 남군이 섬터 요새를 포격함으로써 시작되어 1865년 4월 남군의 지휘관들이 항복함으로써 끝났다.

싸움이 시작되자, 유한필은 이내 대담한 공격 작전을 폈다. 로버트 리가 거느린 버지니아 주 군대는 수비가 허술했던 워싱턴을 급습하여 어렵지 않게 점령했다. 미국의 전통적 수도였고 당시엔 북부의 수도였던 워싱턴은 남부의 일원인 메릴랜드 주 안에 있었다.

역사적으로, 남군은 워싱턴을 군사적 목표로 삼지 않았었다. 개전 초기에 리는 북부에 대한 '침략자'가 되는 것을 싫어해서 워싱턴을 공격하지 않았었고, 북군이 워싱턴의 철도 연결을 확보하려고 볼티모어를 공격했을 때도, 볼티모어를 지키던 군대를 구원하지 않았었다.

리는 원래 남부의 분리 독립도 찬성하지 않았다. 그는 멕시코와의 전쟁에서 공을 세워서 인정을 받았고, 남부가 떨어져 나와 독립을 선언했을 때는, 링컨 대통령으로부터 중요한 보직을 제의받았다. 버지니아 주가 남부에 가담했을 때에야, 비로소 그는 군대에서 사직하고 버지니아 군의 사령관이 되었다. 비록 그의 궁극적 충성심은 버지니아 주의 '내 사람들'에게 속했지만, 그는 차마 조국 미국을 적극적으로 공격할 수 없었다. 그래서 그는 개전 초기엔 버지니아 주의 방위에 힘을 쏟고 야전에 참여하지 않았다. 유한필에겐 물론 그런 심리적 장벽이 없었고, 그는 이내 공세적 작전을 폈다.

워싱턴의 군사적 중요성은 그리 크지 않았다. 그래도 수도의 함락이 지닌 정치적 뜻은 무척 컸다. 북부 시민들은 큰 충격을 받았고 정치적 기반이 튼튼치 못했던 링컨 정권은 어려운 처지로 몰렸다. 반면에, 남부의 정치적 토대는 상당히 튼튼해졌고, 남부의 분권적 특질로 큰 어려움을 겪었던 제퍼슨 데이비스 정권의 권한도 상당히 강화되었다. 그리되었으리라고 판단한 것은 물론 심판관들이었다.

자연히, 워싱턴의 함락은 전쟁의 양상을 크게 바꾸어놓았다. 특히 여론에 밀린 북부 정권이 수도의 수복을 중요한 군사적 목표로 삼게 되었으므로, 전쟁의 중심지는 메릴랜드 주가 되었다.

이 사실은 무척 중요한 뜻을 지녔다. 역사적으로, 남부는 전쟁 초기에 버지니아 주의 서부를 북군에게 잃었고, 경제적으로 남부보다는 북부에 더 긴밀하게 연결되었던 버지니아 주의 서부는 남부에서 떨어져 나가 '웨스트버지니아 주'를 구성하고 북부에 가담했다. 그래서 남부는 실질적으로 대서양 연안의 동부 지역과 미시시피 강 유역의 서부 지역으로 나뉘었고, 남군은 전략적으로 결정적 중요성을 지녔던 서부 지역에서의 작전에서 큰 제약을 받았다. 그러나 남군의 워싱턴 점령은 버지니아 주의 서부 지역을 지키던 남군이 훨씬 우세한 북군의 압박에서 벗어나도록 했다.

이어 남군은 제2차 '워싱턴 싸움'에서 북군의 공세를 어렵지 않게 막아냈다. 남북으로 나뉘게 되었을 때, 미국이 지녔던 군대는 그리 크지 않았고, 싸움이 시작되자, 양쪽 모두 군대를 새로 만들어내야 했다. 그리고 북부의 우월한 산업적 능력이 힘을 쓰고 해상 봉쇄가 영향을 미치려면, 시간이 걸렸다. 자연히, 전쟁 초기엔 남부가 군사적으로 그리 불리하지 않았다.

심판관의 판정에 따라 북군이 워싱턴 교외에서 물러나자, 남군 사령관 유한필은 북군 사령관에게 휴전 협상을 제의했다. 그것은 누구도 예상하지 못했던 일이었고, 북군 사령관은 전황이 자신에게 유리하다는 판단에서보다 유의 의도에 대한 의심에서 그것을 거절했다.

그래서 두 군대는 계속 싸웠다. 그러나 전황은 좀처럼 바뀌지 않았다. 특히 포토맥 강 남쪽에 교두보를 얻어 전선을 넓히려는 북군의 시도가 '하퍼스 페리 싸움'에서 좌절되자, 전세는 오히려 남군에게 유리하게 되었다.

이제는 내전이 지겨워진 북부 시민들이 휴전을 바라게 되었으며 링컨 정권도 그런 민심을 무시할 수 없으리라는 것을 지적하면서, 유는 심판부에 휴전 판정을 내려줄 것을 요청했다. 정치적 조건들에 대한 판단은 컴퓨터의 능력을 넘어서는 일이었으므로, 심판관들은 협의에 들어갔다. 한참 뒤 그들은 링컨 정권이 어려운 처지에 놓였음을 인정했지만, 유의 요청을 받아들이지는 않았다.

경기는 다시 이어졌고, 곧바로 벌어진 제3차 '워싱턴 싸움'에서도 북군의 공세는 별다른 성과 없이 끝났다. 유는 다시 심판부에 휴전 협상을 요청했다. 이번에는 심판부도 유의 요청이 타당하다고 인정했고, 휴전 협상이 시작되는 것으로 경기는 끝났다.

놀랍게도, 그때는 1861년 10월 25일이었다. 싸움이 시작된 지 겨우 반년이 지난 것이었다. 경기에 실제로 걸린 시간은 네 시간 남짓했다.

물론 관전자들은 모두 양쪽이 비긴 것으로 알았다. 곧 육사 응원석에서 함성이 터졌다. 시합이 비겼으므로, 그것도 남군 쪽에서 먼저 휴전을 요청했으므로, 그들은 전쟁 경기에서 이길 수 있다고 장담한 해사가 진 셈이라고 생각한 것이었다. 해사 응원단에서도 이내 응원가가 나오긴 했지만, 소리가 작을 수밖에 없었다.

체육관 안이 그렇게 시끄러울 때, 유한필은 자신이 이끈 남군이 경기에서 이겼다는 주장을 서면으로 심판부에 냈다. 그는 자신의 주장을 대략 다음과 같이 설명했다. '궁극적으로 전쟁은 정치적 목표를 이루는 수단이다. 따라서 어떤 전쟁의 승패를 따지는 기준은 그 전쟁의 당사자들이 설정한 정치적 목표들이다. 남부의 정치적 목표는 북부로부터 독립된 정부를 세워서 유지하는 것이었고, 북부의 그것은 그런 정부의 출현을 막는 것이었다. 이제 휴전 협상이 시작되었다는 것은 남부의 정치적 목표가 일차적으로 이루어졌고 북부의 목표가 상실되었다는 것을 뜻한다. 당연히, 이번 전쟁은 남군의 승리였다.'

유의 주장은 뜻밖이었다. 그러나 '전쟁은 우리의 뜻이 이루어지는 것을 적에게 강요하기 위한 폭력적 행동이다'라는 클라우제비츠의 유명한 얘기를 첫머리에 인용하면서, 전쟁을 정치적 현상으로 보는 전쟁 철학을 원용하여 자신의 주장을 떠받친 그의 얘기는 조리가 섰다.

당황한 심판부는 그 자리에서 판정을 내리지 못하고 협의에 들어갔다. 유의 주장을 판단할 만한 경기 규칙이 없었으므로, 협의는 뜻밖으로 길어졌다. 게다가 양쪽 응원단의 함성이 높았고 일이 어떻게 돌아가는지 모르는 관중이 소란을 피웠으므로, 차분한 협의를 하기 어려운 분위기였다. 마침내 심판부는 관중에게 유의 주장을 설명한 다음, 그 주장을 충분히 검토하여 나중에 공식적 판정을 내리겠다고 선언했다.

그렇게 되자, 그 시합에 관해 한 번 더 전국적으로 열띤 논란이 나왔다. 모든 대중매체들이 그 일을 자세하게 보도했고 전문가들의 의견을 실었다. 당연히, 유한필은 전국적으로 유명한 인물이 되었다.

사흘 뒤 심판장은 기자 회견을 통해서 '전쟁 경기 자체에선 양측이 비겼지만, 정치적으로는 남군이 이겼다고 볼 수도 있다'는 애매한 판정을 발표했다. 유한필의 주장이 부분적으로 받아들여진 셈이었다. 그것은 난처해진 심판부가 내릴 수 있었던 가장 무난한 판정이었을 것이다.

물론 어느 쪽도 그 판정을 선뜻 받아들이려 하지 않았다. 그래도 해사 쪽보다는 육사 쪽의 반발이 클 수밖에 없었다. 육사가 자리 잡은 평양에선 난폭한 시위들이 일었고 평양의 대중매체들은 심판부의 준비 부족을 호되게 꾸짖었다. 원산에선 심판부를 지지하는 시위가 나왔고 『원산일보』는 심판부의 판정에 승복해야 한다는 사설까지 실었다. 양쪽의 감정이 워낙 격앙되어서, 남북조 시대 초기로 거슬러 올라가는 관서와 관북 사이의 대립 감정이 다시 높아질지도 모른다는 걱정이 나오기까지 했다. 갓 통일된 조선 사회가 지역적 감정의 대립으로 어려움을 겪고 있었으므로, 그것은 한가로운 걱정이 아니었다.

그래서 비록 완전한 승리는 아니었지만, 해사 생도들과 원산 시민들은 심리적 우세를 즐기면서 운동 경기에서 참패한 아픔을 씻었다. 그 일은 원산 시민들에게 깊은 인상을 남겨서, 스무 해 뒤에도 원산의 술집들에선 그때를 회상하는 사람들을 볼 수 있었다.

그 일화는 거기서 끝나지 않았다. 심판부의 애매한 판정은 많은 논란들을 불렀고, 대중이 크게 흥미를 느끼는 화제가 나온 것을 반기는 대중매체들에 의해 북돋아져서, 그런 논란들은 꽤 오랫동안 이어졌다. 마침내 전쟁 경기 시합의 상업적 가능성을 알아본 어떤 사업가가 해마다 시합을 열겠다고 나섰다. 그래서 두 사관학교 사이의 전쟁 경기 시합은 대중적 연례행사로 발전했다.

먼저, 자세한 경기 규칙들이 만들어졌다. 2048년의 시합이 그리도 소란스럽게 끝나게 되었던 근본적 원인은 경기 규칙들이 제대로 마련되지 않았었다는 점이었다. 남북 전쟁처럼 큰 전쟁을 재현한 것은 그런 사정을 악화시켰다. 관련된 사람들의 토론들을 통해서 차츰 합리적 규칙들이 나왔다—시합은 봄철에 단일 전투로 치른다; 재현될 전투는 심판부가 시합 두 달 전에 발표한다; 경기자들과 역사적 전투의 양 당사자들을 짝짓는 일은 시합이 열리는 곳에서 시합 직전에 추첨으로 결정한다; 추첨이 시작되기 전에 심판부는 '승리의 조건들'을 공표한다 따위.

경기 자체도 빠르게 발전했다. 2049년의 시합은 전통적 전쟁 경기 방식으로 진행되었다. 즉 경기자들은 앞에 있는 조작반에 명령들을 입력했고 컴퓨터는 그 명령들의 효과를 계산하여 싸움터 노릇을 하는 대형 화면에 나타냈다. 2050년부터는 입체 영상 방식이 도입되었다. 이어 환경 변조 경기의 빠른 발전에 따라, 그것은 점점 더 잘 짜이고 사실적인 경기로 진화했다.

그런 배경 아래서 2067년 봄에 '백년전쟁'의 '크레시 싸움'이 재현되었다. 백년전쟁은 14세기 중엽에서 15세기 중엽에 걸쳐 영국과 프랑스 사이에 일어났던 전쟁이었다.

그 긴 전쟁의 원인은 10세기까지 거슬러 올라간다. 8세기 말엽부터 거의 한 세기 동안 '북쪽 사람들'이라 불린 스칸디나비아 사람들이 유럽을 노략질했다. 노략질하러 고향을 떠난 스칸디나비아 사람들은 자신들을 '바이킹'이라 불렀다. 10세기 초엽에 롤로라는 사람이 프랑스 서북쪽 센 강 유역에 정착한 바이킹들 가운데 큰 세력을 얻었다. 프랑스 왕은 이 바이킹 세력을 공식적으로 인정하여 협약을 맺었고 롤로는 프랑스 왕으로부터 봉건제에 따라 봉토를 받은 신하가 되었다. 롤로의 봉토는 그의 자손들이 이어받아 노르망디 공국이 되었다.

비록 정착했지만, 노르망디의 바이킹들이 예전의 관습을 아주 버린 것은 아니어서, 그들은 여전히 해외 정복 사업에 열중했다. 특히 중요했던 것은 11세기에 윌리엄 2세가 이끈 노르망디 군대가 '헤이스팅스 싸움'에서 색슨 왕조의 해럴드 2세가 거느린 영국군을 크게 깨뜨린 일이었다. 윌리엄이 거둔 승리는 결정적이어서, 그는 영국 왕으로 추대되었고 '정복자'라는 칭호를 얻었다.

단순한 해외 원정이 아니라 정복을 통한 왕조의 설립이었으므로, 그것은 자체로서도 아주 중요한 사건이었지만, 정복자가 프랑스 왕이 아니라 공작이었다는 사실로 해서, 그것은 아주 복잡한 문제를 제기했고 후세의 역사에 큰 영향을 미쳤다. 이제 윌리엄은 영국 왕의 자격에서는 프랑스 왕과 지위가 같았지만, 노르망디 공작의 자격에서는 여전히 프랑스 왕의 신하였다. 그것은 여러 모로 어색한 관계였다. 게다가 노르망디 공국은 명목적으로나 실질적으로나 프랑스 왕국의 한 부분이었지만, 영국 왕들은 그것을 자신들의 왕국의 한 부분으로 만들려고 애쓰게 마련이었다. 그래서 두 나라 왕들 사이의 다툼은 필연적이었다.

12세기에는 영국 왕이 프랑스 서남부의 아키텐 공국까지 상속받았다. 이제 프랑스 왕은 영국 왕이 자신의 왕국 안에 지니게 된 큰 영향력에서 급박한 위협을 느끼게 되었고 그 영향력을 줄이려고 전보다 훨씬 열심히 애쓰게 되었다. 자연히, 두 국왕들 사이의 싸움은, 뒤에 역사가들이 백년전쟁이라 부른 단계가 시작되기 전에, 이미 두 세기 동안이나 이어졌었다.

그런 싸움이 두 세기 동안 끊임없이 이어졌던 것은 물론 아니었다. 그때는 화기들의 힘이 아직 그리 크지 않아서, 공성(攻城)이 힘들었고 오래 걸렸다. 반면에 국왕들의 힘은 상당히 작아서, 그들은 오래 걸리거나 많은 자원이 드는 군사 작전을 좀처럼 하기 어려웠다. 그래서 그것은 전쟁 상태보다는 간헐적 전투들로 끊임없이 깨지는 불안한 휴전 상태에 오히려 가까웠다.

그러다가 14세기 초엽에 프랑스 왕 샤를 4세가 남자 상속인을 남기지 않은 채 죽었다. 그때 프랑스에는 남자 상속인만이 왕위를 잇는 관습이 있었다. 영국 왕 에드워드 3세는, 자신의 어머니가 샤를 4세의 누이라는 점을 들어, 자신이 프랑스 왕 자리를 상속해야 한다고 주장했다. 그러나 프랑스 귀족들은 발루아 백작을 필리프 6세로 옹립했다. 이제 프랑스 왕위를 차지할 가망은 거의 없어졌지만, 에드워드는 정치적 이득을 겨냥해서 자신의 주장을 거두지 않았다. 그래서 양쪽은 다시 드러내놓고 적대적 행위를 시작했다.

1346년에 크레시에서 일어났던 일은 대략 다음과 같다. 7월에 에드워드가 이끈 영국군이 노르망디에 상륙했다. 곧 영국 함대의 선원들은 반란을 일으켜 항구에 머물라는 왕의 명령을 무시하고 영국으로 돌아가버렸다. 본국과 연락할 길이 끊긴 채 적지에 버려진 영국군에게 남겨진 길은 우호적인 플랑드르로 가서 기지를 마련하는 방안이었다. 그래서 그들은 동쪽으로 움직였고 8월에는 센강을 건넜다. 그때는 이미 필리프가 거느린 프랑스군대가 영국군을 쫓고 있었다. 마침내 8월 26일 아침 영국군은 크레시 가까이에 진을 쳤고 그날 오후 늦게 두 군대 사이에 싸움이 벌어졌다.

그때 영국군의 가장 뚜렷한 특질은 중세 서양의 어떤 군대보다도 궁수들을 많이 가졌고 그들의 힘에 크게 의존했다는 점이었다. 역사적으로, 궁수들에게 크게 의존한 군대들은 많았으니, 중국의 한(漢) 군대를 괴롭힌 유목 민족 흉노의 군대, 로마 군대에게 드문 패배를 안긴 파르티아 군대, 그리고 아시아와 유럽을 휩쓴 몽골 군대는 대표적 예들이다. 특히 백년전쟁이 일어나기 한 세기 전에 유럽을 위협했던 몽골 군대는 거의 궁수들로 이루어졌었다. 그러나 그들은 말을 탄 궁수들, 즉 활을 주 무기로 삼은 기병들이었다. 그러나 영국군의 궁수들은 보병들이었다.

영국군의 또 하나의 특징은, 싸움이 시작될 때, 중기병들이 대부분 말에서 내려 방진(方陣)을 이룬 다음 보병처럼 싸우는 것이었다. 이것은 기병대의 돌격으로 싸움을 결판내는 중세 서양의 일반적 관행과 대조되는 것으로, 싸움의 초기 단계에서 주로 궁수들의 힘에 의존하는 특징과 연관되었다. 보병 궁수들은 기동력이 없었으므로, 스스로 적을 찾아 나설 수 없었다. 그들은 근본적으로 방어적 군대였고 그들에게 크게 의존하는 영국군은 자연스럽게 방어적 전술을 쓰게 되었다. 그래서 중기병들은 말에서 내려 보병이 되어 양쪽에 벌려 선 궁수들을 보호하고, 궁수들의 세찬 화력에 적군 기병들의 돌격이 좌절되면, 비로소 말을 타고 물러나는 적군을 추격했다.

이런 방어적 전술의 특징들은 자연스럽게 군대를 셋으로 나누는 관행을 불렀다. 즉 말에서 내린 중기병들로 이루어진 두 부대를 앞에 내세워 그 사이를 궁수들로 메우고 나머지 부대의 중기병들은 뒤쪽에 예비대로 자리 잡는 것이었다.

영국군의 실질적 중심인 궁수들은 유명한 영국 장궁을 썼다. 느릅나무로 만들어진 장궁은 길이가 6피트였고 3피트 짜리 살을 쏘았다. 최대 사정은 3백 야드가 넘었고 일반적 사정은 250야드였는데, 힘이 워낙 좋아서, 살은 쇠사슬 갑옷 두 겹을 뚫었다.

크레시 싸움에서 영국군은 8천5백 명가량이었던 것으로 보인다. 중기병은 2천3백 명가량이었다고 사서에 나왔다. 나머지는 주로 궁수들이었다.

에드워드는 여느 때처럼 병력을 셋으로 나누었다. 우익은 명목적으로는 열일곱 살 난 아들 '흑태자'가 지휘했고 좌익은 애런들

백작과 노샘프턴 백작이 지휘했다. 왕 자신이 이끄는 부대는 예비 부대로 뒤쪽에 자리 잡았다.

그날 오후 프랑스군 척후가 영국군을 발견했다. 척후대장은 영국군의 상황을 보고하는 자리에서 후속 부대들이 도착하기를 기다려 다음 날 아침에 공격하는 것이 좋겠다고 건의했고, 필리프는 그 얘기를 따르기로 했다. 그때 필리프와 함께 있었던 군대는 영국군보다 적어도 규모에선 우세했다. 중기병들이 8천 명이었고 다른 군사들은 4천 명이었던 것으로 추산된다.

중세 서양에서 군대의 주력은 중기병이었다. 야전에서는 그들의 돌격이 거의 언제나 싸움을 판가름했다. 중기병들은 유지하는 데 비용이 많이 들었고, 주로 기사들로 이루어졌다. 중기병의 중요성이 그렇게 컸으므로, 맞선 군대들의 세력을 비교할 때, 중기병들의 수만을 따지는 것이 관례였다. 따라서 당시 기준으로 따지면, 필리프의 프랑스군은 에드워드의 영국군보다 훨씬 강했다.

그러나 현대 기준으로 살피면, 에드워드의 군대가 오히려 강했다고 볼 수 있다. 먼저, 영국군은 조직과 훈련에서 우수했다. 국왕이 직접 고용해서 조직하고 훈련시켰으므로, 영국군은 중세 서양에선 보기 드물게 잘 다듬어진 '근대적' 군대였다. 프랑스군은 봉건제에 따라 차출된 병사들로 이루어진 전형적 중세 군대였다. 전술적으로도 영국군은 훨씬 우세했다. 영국군은 궁수들의 화살에서 살상과 충격을 결합했다. 그러나 프랑스군은 처음부터 끝까지 중기병들의 돌격에서 나오는 충격에만 의존했다.

전략적으로나 전술적으로나 프랑스군은 공격을 서두를 필요가 없었다. 바다를 건너온 침입군을 쫓는 처지여서, 여러모로 여유가 있었고, 곧 후속 부대가 도착할 터였다. 특히 오래 행군한 병사들과 말들을 쉬도록 해야만 했다. 따라서 그날은 야영하고 다음 날 아침에 공격하기로 한 필리프의 결정은 옳았다.

그러나 필리프에게는 제대로 조직되지 않은 군대를 거느렸다는 치명적 약점이 있었다. 그래서 그는 빨리 싸우고 싶어 하는 자신의 군대를 제대로 통제할 수 없었다.

그가 전위에 멈추라는 명령을 내리자, 맨 앞에 선 병사들은 걸음을 멈추었다. 그러나 뒤에 선 병사들이 영국군이 있는 곳까지 가겠다고 밀어붙인 바람에, 그들은 떠밀려서 질서 없이 영국군이 있는 곳으로 나아갔다. 영국군을 보자, 앞쪽 병사들은 놀라서 혼란스럽게 뒤로 물러섰다. 그러자 뒤에 있던 병사들은 싸움이 시작된 줄로 알고 앞으로 나오려고 서둘렀다. 그래서 혼란은 걷잡을 수 없이 커졌고, 아무도 그들을 통제할 수 없었다.

필리프는 할 수 없이 제노아 석궁수들에게 전진 명령을 내렸다. 석궁수들이 나아가자, 그 뒤를 전위의 중기병들이 따랐다. 자연히, 싸움은 먼저 양쪽의 궁수 부대들 사이에 벌어졌다. 그러나 그것은 한쪽으로 기운 싸움이었다. 영국 장궁수들에 비해 제노아 석궁수들은 수가 훨씬 작았고 위치가 아주 불리했으며 물론 사정(射程)도 훨씬 짧았다. 제노아 석궁수들은 큰 손실을 입고 이내 물러났다.

바로 그때 프랑스 중기병들의 돌격이 시작되었다. 급히 물러나는 석궁수들은 기병들에게 방해가 되었고, 그들의 돌격은 혼란에 빠졌다. 물론 그런 부대는 영국 궁수들의 좋은 표적이 되었다.

여기서 주목해야 할 것은 프랑스 기병들이 영국 궁수들을 공격하지 않고 기병을 공격했다는 사실이다. 거기엔 두 가지 까닭이 있었다. 하나는 중기병들이 궁수들을 공격하기가 어려웠다는 사정이었다. 영국군 궁수들은 기병들의 공격을 막기 위해 앞쪽에 함정을 파놓았고 바로 앞에 쇠를 입힌, 뾰족한 나무 막대기들을 박아놓았다. 게다가 화살이 날아오는 쪽으로는 말들이 가려 하지 않았다.

또 하나는 주로 기사들로 이루어진 기병대가 평민들로 이루어진 보병대에 대해 지닌 계급적 편견이었다. 중세 서양에선 왕에서부터 평민에 이르기까지 포로들의 보석금이 아주 중요한 수입원이었다. 그래서 큰 보석금을 낼 만한 사람들은 적에게 붙잡혀도 처형되는 경우가 드물었고 좋은 대우를 받았다. 그러나 평민들로부터는 보석금을 받아내기가 어려웠으므로, 싸움이 끝나면, 포로가 된 보병들은 흔히 학살되었다. 아직 포로수용소를 운용할 만한 여유가 없었던 때라, 그들을 놓아주는 것은 도둑들을 키우는 셈이라는 생각에서였다. 그런 관행은 원래 컸던 계급적 편견을 강화했고, 기병들은 보병 궁수들을 공격하는 것을 자신들의 신분에 맞지 않는 일로 여겼다.

자연히, 프랑스 중기병들은 영국 궁수들을 무시하고 말에서 내린 중기병들을 공격했다. 그러자 중기병들 앞쪽으로 나와 양쪽에 벌려 선 궁수들은 마음 놓고 프랑스 기병들에게 종사(縱射)했다. 프랑스 중기병들은 영국 중기병들과 싸우기도 전에 큰 피해를 입고 물러났다.

그 뒤로 새 부대가 도착할 때마다, 프랑스군은 영국군을 공격했다. 그리고 같은 운명을 맞았다. 조직적이지 못한 축차적 공격은 가장 나쁜 전술이었다. 게다가 시간이 지날수록, 쓰러진 말들과 사람들 때문에 말들이 달리기가 점점 어려워졌다. 그래서 프랑스 중기병들은 아주 가까운 거리에서 영국 궁수들의 표적들이 되었다.

프랑스 중기병들의 공격은 무려 열다섯 차례나 시도되어 밤까지 이어졌지만, 결국 그들은 영국 중기병들과 제대로 싸워보지도 못하고 참패했다. 1천5백 명이 넘는 프랑스 기사들과 종자(從者)들이 죽었고, 거의 모든 지휘관들이 죽거나 붙잡혔다. 물론 다른 군사들도 많이 죽었다. 필리프 자신도 목에 화살을 맞고 싸움터에서 물러났다. 반면에, 영국군의 손실은 아주 작았다.

다음 시합의 주제가 크레시 싸움이라는 것이 3월 초순에 발표되자, 생도들은 장수 노릇을 할 생도를 뽑았다. 예상했던 대로, 허영은이 압도적 지지를 받았다. 그녀는 이미 1학년 때 교관들이 첫 여성 제독감으로 꼽았을 만큼 여러모로 뛰어났다.

영국군과 프랑스군 가운데 어느 쪽 지휘관 노릇을 해야 할지 몰랐으므로, 그녀는 두 경우에 모두 대비해야 했다. 그러나 자신들의 전술에 맞는 지형을 고른 다음 유리한 곳을 차지하고 기다리는 영국군엔 별다른 문제가 없다는 것이 중론이었다. 그래서 준비는 주로 그녀가 프랑스군을 거느릴 경우에 대비하여 이루어졌다.

필리프 노릇을 할 경우, 그녀가 해야 할 일은 뚜렷했다. 뚜렷한 만큼 어려웠지만. 먼저, 그는 빨리 싸우고 싶어 하는 병사들을 통제하여 다른 부대들이, 적어도 바로 뒤에 있는 부대들이, 도착하는 것을 기다려야 했다. 그것이 어렵다면, 지휘관들이 흩어진 병사들을 모아서 부대를 제대로 배치할 만한 시간을 주어야 했다. 다음엔, 영국 장궁수들의 파괴적 힘을 중화시킬 방책을 찾아야 했다. 장궁수들에 대한 대책을 제대로 마련하지 못한 채 중기병들이 돌격하도록 하는 것은 확실한 패배를 뜻했다.

해사에선 시합에 대한 준비를 위해서 해마다 '전쟁경기시합 준비위원회'가 만들어졌다. 그러나 실제로는 '전사연구회'의 회원들이 준비를 거의 다 맡았다. '전사연구회'에 들었던 언오도 자연스럽게 그 일을 돕게 되었다. 16세기에 동지중해에서 베니스와 스페인의 연합 함대와 튀르크 함대 사이에 벌어졌던 '레판토 해전'을 재현했던 그 전해의 시합에서도 그는 열심히 도왔었다.

그는 이번엔 아주 열성적으로 준비에 참여했다. 1학년 때 '전사연구회'의 모임에서 처음 허영은을 만난 날, 그는 그녀에게 마음이 끌렸었다. 2학년 여름 방학 때 그녀의 요트로 다른 회원들과 함께 나진까지 갔다 오면서, 이미 자라났던 그의 사랑은 활짝 피었다. 그렇다고 해서, 그가 드러내놓고 그녀를 연인으로 대한 것은 아니었다. 그녀가 워낙 여러모로 뛰어났고 무엇보다도 상급생이었으므로, 그는 자신의 마음을 나타낼 엄두도 내지 못했었다. 어차피 그것은 가망 없는 사랑이었다. 해사 생도들의 반은, 그러니까 모든 남성 생도들은, 그녀를 짝사랑한다는 것이 그때 나왔던 농담이었다.

그래도 사랑하는 사람을 가까이에서 돕는 것은 가슴 벅찬 경험이었다. 그녀를 위한 일은 아무리 작은 것이라도 하찮을 수 없었고 아무리 어려운 것이라도 고될 수 없었다. 시합이 열릴 때까지, 자나 깨나 그의 마음은 프랑스군이 이기도록 할 수 있는 멋진 방책을 찾아내서 그녀로부터 인정받는 꿈으로 달떴었다.

영국 장궁수들을 무력화할 수 있는 길을 찾는 데는 실패했지만, 워낙 열심이었으므로, 그는 그 일을 통해서 나중에 스스로 놀랐을 만큼 많은 것들을 배웠다. 서양에서 있었던 다른 전투들을 재현했을 때와 마찬가지로, 이번에도 20세기 중엽에 쓰인 존 풀러의 『서양 전사』가 기본적 대본이었다. 동양의 전투들을 재현했을 때는 21세기 초엽에 쓰인 다케시타 히데요시의 『동양사의 변곡점들』이 기본적 대본이었다.

그러나 그는 『서양 전사』의 크레시 싸움에 관한 부분을 정독하는 것으로 만족하지 않았다. 중세 서양에서 있었던 모든 싸움들에 관해 읽었고, 도움이 될 만한 자료를 찾아, 그 책에 언급된 다른 책들을 구해서 보았다. 그래서 그는 크레시 싸움이나 백년전쟁에 관해서만이 아니라 중세 서양에 관한 지식들을 많이 갖추게 되었고, 자신이 관심을 가졌던 두 분야인 과학사와 전사가 중세 서양 사회에서 만나는, 행복한 지적 경험을 했다.

시합의 인기는 대단했다. 3만 명을 받아들일 수 있다는 '통일체육관'이 사람들로 꽉 찼었다. 표는 첫날에 다 나갔고, 암표상들은 100 터몬 하는 특석 표를 2천 터몬에 팔았다고 했다. 시합은 텔레비전으로 조선과 일본에 중계되었고, 그날 저녁엔 중국, 베트남, 그리고 몽골에서 방영되었다. 17세기 초엽에 도요토미 히데요시의 유족을 지지하는 세력과 도쿠가와 이에야스를 지지하는 세력이 다툰 '세키가하라 싸움'이 2064년에 재현된 뒤로, 일본 사람들이 그 시합에 보인 관심은 꽤 컸다.

지루할 만큼 긴 여흥 프로그램들이 마침내 끝나고, 경기가 시작된다는 안내 방송이 나왔다. 이어 나팔 소리와 함께 두 경기자들이 나타났다. 그들은 관중들에게 인사한 다음 경기대 가운데에 있는 심판관석에서 만나 인사를 나누었다. 심판관은 공사 교관인 공군 중령이었다. 심판관이 승리 조건이 든 봉투를 책상 앞에 내놓았고 두 경기자들이 승리 조건을 확인했다. 이어 심판관은 동전을 던졌다. 육사 대표가 영국군 지휘관이 되고 해사 대표가 프랑스군 지휘관이 되었다는 방송이 나오자, 육사 응원석에서 환성이 올랐다.

그동안 전쟁 경기에서 여러 번 역사적 결말과 다른 결과가 나왔었다. 따지고 보면, 전쟁 경기의 목적이 역사적 교훈들을 배워서 다른 결과가 나오도록 하는 것이었다. 그러나 이번엔 영국군의 우위가 워낙 두드러져서, 역사적 결말이 바뀔 가능성은 거의 없었다. 군사 전문가들은 모두 영국군의 승리를 예언했고 전쟁 경기에 정통한 서귀포의 도박사들은 영국군과 프랑스군의 승률을 각기 65퍼센트와 15퍼센트로, 무승부로 끝날 확률을 20퍼센트로 보았다.

이어 체육관의 지붕이 닫히고 조명이 어두워지더니, 경기대에 불이 들어왔다. 이내 사람들의 탄성이 바람 소리처럼 일었다. 길이가 100미터이고 폭이 70미터인 경기대를 입체적으로 채운 중세 유럽의 시골 풍경은 평화스럽고 아름다웠다. 곧 벌어질 살육으로 더욱 평화스럽고 아름답게 느껴져서, 쌍안경을 집어 들다 말고, 아린 가슴으로 그는 긴 한숨을 쉬었다.

홍분한 관중의 탄성이 다시 일었다. 그 풍경 위에 양쪽 군대가 더해진 것이었다.

거세게 뛰는 가슴을 가라앉히려 애쓰면서, 그는 생각을 풍경의 군사적 측면에 모았다. 프랑스군 진영은 혼란스러운 것이 먼저 눈에 들어왔다. 앞쪽의 병사들이 특히 혼란스럽게 움직이고 있었다. '그것 참,' 그는 씁쓸하게 혀를 찼다.

지휘관들의 명령을 듣지 않고 질서 없이 앞으로 나온 프랑스 병사들이 영국군을 발견하고서 멈춘 시점에서 경기가 시작된다는 얘기였다. 이제 필리프가, 아니 허영은이, 혼란스러운 군대를 통제해서 중기병들의 돌격이 제대로 이루어지도록 만들 가망은 거의 없었다. 적어도 영국군을 찾은 척후가 돌아와서 왕에게 보고하는 장면에서 시작해야, 그녀가 부대를 그나마 통제해서 작전대로 움직이도록 할 수 있었다. 하긴 그렇게 하면, 경기가 느슨해질 터였다. 이미 대중을 겨냥한 오락 행사가 되었으므로, 홍미롭게 만들기 위해서, 경기는 으레 한쪽이 공격하는 시점에서 시작되었다.

그는 경기대의 먼 쪽에 자리 잡은 영국군 진영을 살폈다. 아직 별다른 움직임은 없었다. 앞쪽엔 대오를 이룬 궁수들이 앉아 있었다. 뒤쪽의 중기병들은 모두 말에서 내려 쉬고 있었고, 말들은 한가롭게 쉬고 있었다. 더러 풀을 뜯는 말들도 보였다. 병사들과 군마들이 보이는 그런 차분함에서 그는 눌린 용수철의 힘을 느꼈다.

영국군은 나지막한 언덕의 앞쪽 비탈을 점령하고 있었다. 앞쪽엔 조그만 골짜기가 가로놓였고, 오른쪽엔 작은 강이 흘렀다. 골짜기는 중기병들의 정면 돌파를 상당히 어렵게 할 터였고 강은 오른쪽으로의 우회 기동을 막았다. 그래서 장궁수들의 위협이 없다 하더라도, 지형만으로도 프랑스 기병대의 돌격은 힘을 많이 잃을 터였다.

게다가 체육관 천장에 붙은 해는 영국군 진지 뒤쪽 오른쪽에서 비치고 있었다. 자연히, 영국군은 해를 등지고 싸우고 프랑스군은 해를 바라보며 싸울 터였다.

'내일 아침엔 해의 위치가 뒤바뀌는데……' 싸움이 시작되기도 전에 너무 흥분해서 혼란스럽게 움직이는 프랑스 병사들에 대한 경멸과 짜증을 누르면서, 그는 필리프를 찾았다.

프랑스 왕의 깃발은 이내 찾을 수 있었다. '생드니의 금빛 불꽃'이라 불린, 네모난 붉은 깃발이었다. 근대의 군기들과는 달리, 그것은 로마 군기들처럼 긴 창에 가로지른 깃대에 걸려 있었다. 천주교회에 다녔던 그에겐 익숙한 모습이었다. 실제로 천주교회의 깃발들과 중세의 군기들은 모두 로마 기병대의 깃발에서 나왔다고 했다.

필리프는 깃발 옆에서 사람들에 둘러싸여 있었다. 어쩐지 고급스럽게 느껴지는 갑옷을 입고 멋진 말을 타고 있었다. 차림이 비슷하게 호화로운 기사가 그에게 무엇을 얘기하고 있었다.

'저 친구가 로마 왕인 모양이구나.' 신성 로마 제국 황제의 후계자인 로마 왕은 이 자리에선 필리프 다음으로 중요한 인물이었다.

필리프의 모습을 살피면서, 그는 묘한 느낌이 들었다. 무거운 갑옷을 입고 말을 탄 서양 사내를 자신이 연모하는 조그만 여인과 동일시한다는 것이 어색하면서도 자연스럽게 다가왔다. 하긴 그 사내의 모습은 곧 그녀의 정신으로 채워질 터였다. 그리고 역사적 인물 필리프와 그녀 사이의 차이에 경기의 희망이 걸린 것이었다. 필리프는 비겁한 사람은 아니었지만 지휘관으로서 뛰어났다고 할 수는 없었다.

쌍안경을 다시 영국군 진지에 맞추고서, 그는 에드워드를 찾았다. 영국군 진지 오른쪽에 있는 풍차가 에드워드의 지휘부가 자리 잡았던 곳이었다. 좀 멀었지만, 풍차는 이내 눈에 뜨였다. 바로 아래쪽에서 벌어질 싸움에 관심이 없는 듯, 풍차는 큰 날개를 천천히 돌리고 있었다.

'칠백 년 전 크레시에서도 풍차가 돌아갔을까? 군인들이 싸우는 사이에도 크레시 사람들은 풍차 방앗간에서 밀을 빻았을까?' 그 재앙의 시간에도 프랑스 농민들은 생업에 종사했을지 모른다는 생각이 그의 가슴에 잔잔한 물결을 일으켰다.

풍차 뒤쪽에 커다란 깃발이 나부끼고 있었다. 원래 영국군의 깃발은 리처드 1세가 제3차 십자군 전쟁 때 처음 썼다는, 사자 세 마리가 그려진 깃발이었다. 그러다가 에드워드가 프랑스 왕위에 대한 권리를 주장하고 백년전쟁이 시작되면서, 중세 서양의 문장(紋章) 관행대로 깃발을 넷으로 나누어, 사자들과 함께 프랑스 왕가의 문장인 백합들을 집어넣었다.

'흠.' 쌍안경을 내리면서, 그는 야릇한 웃음을 지었다. '조사한 사람이 몰랐나?'

지금 영국 왕의 깃발에는 백합들이 문장의 영예로운 자리인 서북쪽 구석과 동남쪽 구석에 세 송이씩 그려져 있었다. 윗줄에 두

송이, 아랫줄엔 한 송이. 물론 그렇게 그리는 것이 전통적 관행이었다. 그러나 그런 관행은 실은 크레시 싸움이 있은 지 한참 지나서 나왔다. 크레시 싸움터에 내걸렸던 에드워드의 깃발에는, 마치 백합 무늬를 놓은 옷감 한 조각을 오려서 붙여놓은 것처럼, 백합들이 흩어지고 가장자리의 백합들은 잘렸을 터였다.

'이왕 재현하려면, 제대로 해야지……' 은근한 우월감을 즐기면서, 그는 다시 쌍안경을 들어 에드워드를 찾았다.

에드워드는 지휘부의 아래쪽에 자리 잡은 병사들 사이를 걸어다니고 있었다. 싸움을 앞둔 병사들을 격려하면서. 영국 왕은 타고난 지휘관이었다.

문득 아쉬움으로 가슴이 아릿해지면서, 눈길이 아득해졌다. 이제는 영원히 사라진 중세의 싸움터에 스스로 서보고 싶었다. 몸과 몸이 맞부딪치는 격렬한 중세의 싸움터에서 자신의 목숨을 걸고서 병사들을 이끌고 적진을 향해 달리고 싶었다.

둘레에서 박수 소리가 요란하게 났다. 정신을 차리고 살펴보니, 허영은이 경기대의 자기 자리를 찾아오고 있었다. 푸른 군복에 하얀 목도리를 하고 있었다. 상큼하게 자른 머리로 여느 때보다 더 앳되었다.

가슴이 저려왔다. 그녀는 그리도 여리고 애처롭게 보였다. 그렇게 할 수만 있다면, 달려 내려가서 그녀를 감싸주고 싶었다. 그는 그녀가 보기와는 달리 아주 단단하다는 것을 알고 있었다. 물결 높은 바다에서 여러 시간 요트를 조종하는 그녀를 보면서, 그는 그녀의 힘과 정력에 감탄했고 그래서 그녀 앞에서 더욱 움츠러들었었다. 그래도 지금 그녀는 그리도 약하고 어리게 보였다.

그때 경기 규칙과 조건들에 대한 안내 방송이 나오면서, 심판부 뒤에 있는 큰 화면에 경기의 중요한 사항들이 나타났다.

제18차 삼사 전쟁경기시합

주제: 백년전쟁의 크레시 전투

때: 1346. 8. 26. 18:30

'여섯 시 삼십 분이라……' 그는 생각을 가다듬었다.

경기 개시 시간은 그가 조금 전에 생각했던 것보다도 상당히 늦었다. 경기는 프랑스군의 전위가 영국군을 보고 멈춘 시점이 아니라 이미 필리프가 공격 명령을 내린 시점에서 시작되는 것이었다. 사서엔 필리프가 제노아 석궁수들과 프랑스 전위에게 공격 명령을 내린 뒤, 6시가 지났을 때, 갑자기 폭풍우가 몰아치더니 이내 개었다고 나와 있었다. 풍경이 아주 산뜻한 것은 그렇게 갑자기 내린 비 때문이었다. 허영은은 폭풍우가 가져다준 시간적 여유마저 이용할 수 없었다.

'이건 너무한데. 최소한……' 경기의 성격상 어쩔 수 없다는 사정을 알면서도, 그는 투덜거렸다.

곳: 프랑스 크레시

당사자: 영국군 대 프랑스군

경기자: 영국 왕 에드워드 3세 — 육사 김요한

프랑스 왕 필리프 6세 — 해사 허영은

승리 조건: 다음 조건들 가운데 하나를 이루면, 승리한 것으로 간
주한다.

영국군　　(1) 프랑스군의 20퍼센트를 무력화한다.

　　　　　(2) 프랑스군을 전장에서 물러나게 한다.

　　　　　(3) 프랑스 왕을 죽이거나 사로잡는다.

프랑스군　(1) 영국군의 20퍼센트를 무력화한다.

　　　　　(2) 영국군을 전장에서 물러나게 한다.

　　　　　(3) 영국 왕을 죽이거나 사로잡는다.

　　　　　(4) 영국 태자를 사로잡는다.

　불만이 가득한 마음으로 연신 투덜거리면서 나머지 사항들을 읽던 그는 프랑스군이 승리를 얻을 수 있는 마지막 조건인 '영국 태자를 사로잡는다'라는 구절에 고개를 갸웃했다. '저것이 승리 조건이 될 수 있나?'

　중세 서양의 싸움터에서 군대를 이끌고 나온 국왕의 역할은 절대적이었다. 국왕은 지휘관의 역할만이 아니라 현대적 군대의 총참모부의 역할까지 했다. 더구나 그는 흔히 잡다한 부대들로 이루어진 중세 군대를 하나로 묶는 단 하나의 끈이었다. 그래서 국왕이 죽거나 잡히면, 그가 거느린 군대는, 후세의 민족국가들의 군대들과는 달리, 이내 무너져 흩어지게 마련이었다. 그런 뜻에서, '왕을 죽이거나 사로잡는' 것은 가장 확실한 승리 조건이 될 수 있었다.

그러나 흑태자는 영국군의 최고 지휘관이 아니었다. 따라서, 설령 그가 영국군의 우익을 실제로 지휘했더라도, 그가 죽거나 사로잡히는 것이 전황에 결정적 영향을 미칠 리 없었다. 태자가 프랑스군에게 사로잡히면, 에드워드가 불리한 조건에서 협상을 벌이게 되는 경우도 물론 생각할 수 있었다. 그러나 지금 에드워드가 그렇게 하리라고 보기는 어려웠다. 에드워드에겐 흑태자 말고도 아들이 여섯이나 있었다. 따라서 흑태자가 프랑스군에게 잡히더라도, 에드워드의 프랑스 왕위에 대한 주장이 큰 영향을 받을 까닭도 없었다. 훌륭한 군인이자 정치가였던 에드워드가 중요한 싸움에서 아들에 대한 정을 앞세울 리도 없었다. 실제로 사서엔 구원병을 요청하러 온 우익의 전령에게 그가 한 말이 나와 있었다: "돌아가서 너를 보낸 사람들에게 얘기해라, 내 아들의 목숨이 붙어 있는 한 우익을 구원하러 가지 않겠다고 내가 말하더라고."

'프랑스군이 워낙 불리하니까, 균형을 맞춘답시고 그렇게 한 모양인데……' 비록 자기편에 유리한 것이긴 했지만, 현실적이지 못한 상황 설정이 그의 마음에 떫은맛을 남겼다. '저렇게 되면, 우익은 실제보다 훨씬 큰 전술적 중요성을 지니게 되는데……'

허영은이 투명한 조종낭(操縱囊) 속으로 들어가 자리 잡자, 경기 진행 요원이 문을 닫았다. 그녀는 공명회로 투구를 쓰더니 잠시 머리를 매만졌다.

그 여성적 몸짓이 그의 저린 가슴을 더욱 저리게 했다. 갑자기 속에서 솟구친 안쓰러움과 사랑을 견디기 어려워, 그는 고개를 숙이고 눈을 감았다.

그가 눈을 떴을 때, 그녀는 조작반의 계기들을 점검하고 있었다. 그녀 몸짓은 '직업적'이라는 표현이 자연스럽게 떠올랐을 만큼 차분했다. 마침내 그녀가 왼손을 들어 심판관에게 신호했다.

심판관이 고개를 끄덕이고서, 흘끗 심판부를 돌아다보았다. 육사 측 장수는 먼저 준비가 끝난 모양이었다. 마음을 가다듬는 듯한 자세로 잠시 통제판을 내려다보던 심판관이 조종간을 잡아당겼다. 조용하던 경기대에서 이내 시끄러운 소리가 나왔다. 경기가 시작된 것이었다.

잠시 아무 일도 일어나지 않았다. 두 경기자들은 꼼짝하지 않고 있었다. 눈에 보일 듯한 긴장만이 경기대를 무겁게 덮어 누르고 있었다.

문득 심판부 뒤에 있는 화면의 프랑스군 칸에 명령이 깜박거렸다: "전위와 중위 동쪽으로 이동. 적군이 도망칠 길을 끊어라."

"아," 허영은이 무엇을 시도하려는지 깨닫고서, 그는 자신도 모르게 탄성을 냈다. "역시 허 선배다."

그녀는 경기의 양상을 근본적으로 바꾸려는 것이었다. 역사적으로, 프랑스군은 처음부터 끝까지 에드워드가 예측한 대로 행동했다. 만일 그녀가 프랑스군을 동쪽으로 움직일 수만 있다면, 그녀는 에드워드의 작전 계획을 근본적으로 뒤흔들어서 영국군이 지닌 전술적 우위를 적잖이 줄일 수 있을 터였다.

그도 이번 경기에서 프랑스군이 이기는 요체는 에드워드의 작전 계획을 근본적으로 흔드는 데 있다고 생각했었다. 어려웠던 것은 물론 그렇게 하는 길을 찾아내는 것이었다.

한번 그녀가 길을 보이자, 그것은 그리도 쉽고 간단하게 느껴졌다. 영국군의 우익은 강 바로 옆에 자리 잡았고 궁수들이 강가에 바짝 붙어 있었으므로, 프랑스군이 정면 공격을 피하여 움직일 수 있는 방향은 동쪽뿐이었다. 그리고 플랑드르로 가는 영국군이 궁극적으로 움직일 방향이 동쪽이었으므로, 영국군의 퇴로를 끊는다는 구실도 그럴듯하게 보였다. 적군의 측면을 돌아가는 것을 부끄럽게 여기고 정면 돌파를 높이는 기사도의 예절에 얽매인 프랑스 중기병들에게 바로 앞에 있는 적군으로부터 물러날 수 있는 구실을 준 것은 정말로 훌륭했다.

어금니를 지그시 물고 두 주먹으로 허벅지를 누르면서, 그는 마른침을 거듭 삼켰다. 지금이 결정적 순간이었다. 프랑스 병사들이 과연 왕의 명령에 따르느냐 아니냐에 모든 것이 걸려 있었다. 허영은이 그럴듯한 명령과 다부진 성격의 힘으로 무턱대고 싸우자고 밀어붙이는 병사들을 적군으로부터 돌려서 동쪽으로 끌고 갈 수 있다고 컴퓨터가 판단하느냐 않느냐에 이 싸움의 운명이 달린 것이었다.

그는 지금 엄청나게 복잡한 계산들을 하고 있을 컴퓨터의 모습을 떠올렸다. 컴퓨터는 공명회로를 통해 그녀가 경기 속의 인물들과 상호 작용하는 것을 아주 세밀하게 관찰하여 자신의 상황 판단 속에 넣고 있을 터였다. 만일 그녀가 내린 명령이 그녀 힘으로 관철할 수 없는 명령이라고 판단하면, 컴퓨터는 병사들이 그 명령을 무시하도록 만들 터였고, 자연히, 프랑스군은 더욱 통제되지 않은 오합지졸이 될 터였다.

문득 프랑스군 진영에서 함성이 올랐다. 함성은 차츰 또렷해졌다. "동쪽으로. 적군이 도망칠 길을 끊어라. 동쪽으로. 적군이 도망칠 길을 끊어라……" 이어 큰 물결처럼 일렁이면서, 프랑스 병사들이 동쪽으로 움직이기 시작했다.

둘레에서 박수가 터지고 환호성이 퍼졌다. 그는 입을 벌리고 자신도 모르게 참았던 숨을 길게 내쉬었다. 모두 일어나서 응원가를 부르기 시작했다. 그녀에 대한 감탄과 자랑과 사랑이 들끓는 가슴으로, 그도 목청껏 부르기 시작했다.

이제 허영은은 큰 고비를 넘긴 것이었다. 역경의 먹장구름 사이로 승리에 대한 희망이 한 줄기 햇살로 새어 나오고 있었다. 조금 전까지만 해도 생각하기 어려웠을 정도로 프랑스군의 상황은 좋아졌다. 실제로 어느 사이엔가 혼란스럽던 프랑스군의 움직임에 어떤 질서가 자리 잡고 있었다.

자신이 거느린 군대의 진격 방향을 동쪽으로 돌림으로써, 그녀는 단번에 여러 가지를 이룬 것이었다. 먼저, 그녀는 프랑스군 지휘관들이 병사들을 제대로 조직할 시간을 주었다. 그들이 평균적 능력을 지닌 지휘관들이라면, 그들은 자신들의 깃발 둘레에 병사들을 모아서 전투 대형을 갖출 수 있을 터였다.

다음엔, 그녀는 적군이 벌려놓은 덫 속으로 질서 없이 돌격하는 위험을 일단 피한 것이었다. 앞으로 상황이 어떻게 전개되든, 그 상황이 그런 돌격보다는 나을 터였다.

셋째, 그런 기동은 영국 병사들에게 작지 않은 심리적 영향을 미칠 터였다. 지금까지 그들이 상대했던 모든 적군들은 정면으로 돌격해 왔었다. 따라서 낯선 방식으로 기동하는 적군의 모습은 그들에게 불안감을 줄 수밖에 없었다. 게다가 '적군이 도망칠 길을 끊어라'라고 외치는 프랑스 병사들의 고함은, 비록 적군으로부터 물러나는 프랑스 병사들의 사기를 위해 만들어진 구실이었지만, 영국 병사들에겐 작지 않은 두려움을 줄 것이었다. 이미 자신들을 이곳으로 실어 온 함대가 반란을 일으켜 본국으로 돌아간 터에, 플랑드르로 가는 길마저 막힌다면, 그들은 적국에 홀로 남겨지게 되는 것이었다. 컴퓨터는 이미 그런 사정을 자신의 상황 판단 속에 넣어서 영국군의 사기에 대한 평가를 조금 낮추었을 터였다.

그러나 그 기동의 가장 크고 직접적인 효과는 그것이 에드워드에게 제기한 전술적 문제들이었다. 그의 전투 계획은 근본적으로 프랑스군의 정면 공격을 예상한 방어 작전이었다. 이제 그것이 프랑스군의 우회 기동으로 타당성을 많이 잃었으므로, 에드워드는 프랑스군의 기동에 다른 방식으로 대응해야 했다. 그리고 그가 어떻게 대응하든, 영국군이 지금까지 지녔던 지형적, 전술적 우위는 상당히 작아질 터였다.

프랑스군의 전위는 이미 바디쿠르 마을 앞쪽에 벌려 선 영국군 궁수들을 돌아가고 있었다. 이제 영국군은 적군에게 측면 공격을 허용하는 위험을 맞게 된 것이었다. 그러나 영국군 진지에선 아무런 움직임이 없었다.

'저 친구가 자신이 있는 건가? 아니면, 어리석은 건가?' 반대쪽 조종낭 속 육사 측 장수는 눈을 감은 채 꿈쩍하지 않았다. 물론 그 생도는 공명회로로 연결된 에드워드의 눈으로 싸움터를 살피고 있을 터였다.

그는 그 생도의 처지에 자신을 놓고서 프랑스군의 예상치 못한 기동에 대한 방책을 찾아보았다. 좋은 방책이 이내 떠오르지 않는다는 것을 확인하자, 마음이 부풀어 올랐다. '이젠 승산이 있다.'

다시 화면의 프랑스군 칸이 깜박거렸다: "제노아 석궁수들은 뒤로 물러나라. 제노아 석궁수들은 군기 둘레로 모여라."

"그렇지." 그는 연신 고개를 끄덕이면서 주먹을 불끈 쥐었다.

허영은의 생각은 또렷했다. 그녀는 영국군 좌익을 돌아가는 프랑스군 주력의 뒤를 석궁수들로 보호하려는 것이었다. 고대의 싸움에서 노출된 측면이나 후면을 보호하는 임무는 주로 기병들이 맡았다. 지금 그런 임무를 맡길 만한 기병들이 없었으므로, 궁수들에게 그것을 맡기려는 것은 훌륭한 생각이었다. 따지고 보면, 그것이 바로 지금 영국군이 쓴 방책이었고, 그녀는 그것을 빌린 셈이었다.

물론 그것만은 아니었다. 제노아 석궁수들을 다른 부대들로부터 떼어놓는 것만으로도, 그녀는 상황을 자신에게 상당히 유리하게 만들 수 있었다. 역사적으로, 석궁수들은 영국군에게는 영향을 전혀 미치지 못하면서도 프랑스 중기병들의 돌격을 방해했으므로, 그들은 아예 없느니만 못했다. 만일 그녀가 석궁수들을 후방으로 모을 수만 있다면, 그녀는 단숨에 부채를 큰 자산으로 바꾸는 것이었다.

'저렇게 떠밀려가는 사람들 속에서 과연 석궁수들이 제대로 모일 수 있을까? 프랑스 병사들보다는 제노아 병사들이 질서 있게 움직였다고 하지만……' 석궁수들이 제대로 모이지 못할 경우에 나올 영국군의 기습을 걱정하면서, 그는 제노아 석궁수 부대의 깃발을 찾았다.

프랑스군의 맨 앞줄이 있었던 곳 조금 뒤쪽에 낯선 깃발이 하나 보였다. 그 둘레에 밝은 빛깔의 옷을 입은 석궁수들 한 떼가 모여 있었다. 어떻게 사람들을 헤치고 나왔는지, 석궁수들이 깃발을 향해 두셋씩 모여들고 있었다. 진흙탕에서 낮은 곳을 향해 모이는 가느다란 물줄기처럼.

'빨리 깃발 둘레로 모여 대오를 갖춰라. 지금이 기회다. 천고의 역사에 남긴 오명을 씻을 기회다.' 고맙고 대견스러운 마음으로 그는 그사이에도 깃발 둘레로 모여드는 제노아 용병들을 격려했다. 비록 크레시 싸움에서 영국군 장궁수들에게 치욕적으로 패배했지만, 제노아 석궁수들은 훌륭한 병사들이었다.

마침내 석궁수들이 서북쪽의 영국군 진지를 바라보고 활 모양으로 선 전투 대형을 갖추었다. 이제 프랑스군 주력의 배후가 부분적으로나마 보호받게 된 것이었다. 허영은의 두번째 기동도 성공한 것이었다.

한결 느긋해진 마음으로 그는 화면을 살폈다. 19시 8분이었다. 일반적으로 경기 시간은 실제 시간보다 훨씬 빨리 지나가는데, 오늘은 비슷한 속도로 흐르고 있었다.

그때 화면의 영국군 칸이 처음으로 깜박거렸다: "우익 전진."

'드디어……' 홍분의 물살이 그의 몸을 덮쳤다. '드디어 영국군이 반응을 보였구나.'

먼저 육안으로 싸움터를 두루 살핀 다음, 그는 쌍안경을 들어 영국군 진지를 살폈다. 에드워드의 의도는 이내 알아차릴 수 있었다. 프랑스군은 지금 적군에게 등을 드러낸 채 다른 곳으로 움직이고 있었다. 프랑스군의 후미와 영국군 우익 사이엔 작은 석궁수 부대만 있었다. 어떤 지휘관도 그렇게 좋은 기습의 기회를 그냥 보낼 수는 없을 터였다.

'당연한 것이지만, 글쎄…… 누가 더 잘 계산한 것일까?' 등을 드러낸 프랑스군이 맞은 위험은 컸지만, 그에겐 어쩐지 그런 위험까지 허영은의 계산에 들어 있었던 것처럼 느껴졌다.

흑태자가 거느린 영국군 우익은 이제 상당히 빠르게 앞으로 나오고 있었다. 영국군의 질서 있는 움직임은 보는 사람의 가슴에 찬탄을 불러일으켰다. 그렇게 잘 훈련된 군대를 싸움터에서 지휘하는 것은 모든 군인들의 꿈이었다.

그는 쌍안경을 내리고 싸움터 전체를 훑어보았다. 그의 가슴에 문득 그늘이 덮였다. 프랑스군이 싸움터의 동쪽으로 몰려갈 때, 전위와 중위만이 움직인 것이 아니라, 후위의 병사들도 많이 따라서 움직였다. 그래서 주력의 뒤쪽만이 아니라 필리프 자신까지 영국군에게 노출된 것이었다. 게다가 지형은 영국 기병대가 돌격하기에 좋았다. 장애물이 없었고 서쪽엔 영국군 우익에서 필리프가 선 곳까지 길도 뻗어 있었다.

'만일 에드워드가 직접 필리프를 공격한다면? 우익으로 주력의 뒤를 치게 하고 자신은 필리프를 공격한다면? 허 선배가 과연 후위만으로 버틸 수 있을까?' 이제는 필리프가 자신을 지키려고 부대들을 돌리기도 어려웠다. 그렇게 한다면, 프랑스군은 큰 혼란에 빠질 터였다.

영국군은 장궁수들이 앞쪽으로 나와 있었으므로, 장궁수들이 먼저 나왔다. 그러나 곧 속도를 낸 중기병들이 앞섰다. 중기병들은 곧장 제노아 석궁수들을 향해 돌격해 왔다. 그의 예측대로, 영국군 우익은 프랑스군 주력의 뒤를 급습하려는 것이었다. 그리고 잘 훈련된 기병대인지라, 그들은 먼저 석궁수들을 공격하고 있었다. 그렇게 해야, 석궁수들에게 종사(縱射)할 기회를 주지 않을 터였다.

제노아 석궁수들은 영구 중기병들의 돌격을 막아내기에는 너무 약해 보였다. 그들은 많아도 5백 명을 넘지 않을 듯했다. 사서엔 영국군 우익의 중기병들이 8백 명이었다고 나와 있었다. 그러나 석궁수들은 흔들리지 않고 자리를 지켰다.

영국 기병대는 점점 속력을 내고 있었다. 울긋불긋한 말옷을 입은 군마들과 쇠사슬 갑옷을 입고 장창을 옆구리에 낀 기병들이 대오를 맞추어 달리는 모습은 모든 군인들의 가슴을 벅차게 만드는 광경이었다.

아직 기사도가 살아 있었고 개인들의 능력과 용기가 뜻을 지닌 싸움터에 선 사람들에 대한 부러움이 가슴을 스치면서, 그는 가볍게 진저리를 쳤다. 구축함이나 잠수함과 같은 커다란 조직의 아주 작은 부분이 될 생도에겐 그것은 살을 시리게 하는 부러움이었다. 그것은 서부극 속의 인물들을 볼 때 느낀 부러움보다 몇 배나 짙은 부러움이었다.

중기병들의 한가운데에 흑태자의 깃발이 펄럭이고 있었다. 흑태자가 칼을 들어 앞쪽을 가리키면서 선창하자, 우렁찬 전투 함성이 올랐다. "세인트 조지. 귀엔."

"저건 또 무슨 소리야? 어이, 이언오, 저게 무슨 소리냐?" 바로 옆에 앉은 축구 선수인 동료가 그에게 물었다.

"저거? '세인트 조지'는 영국의 수호성인(守護聖人)이고, '귀엔'은 프랑스에 있는 영국 왕의 봉토인 아키텐 공국을 뜻하는 거야." 그는 친절하게 설명했다. 자신이 여느 때는 눈에 뜨이지 않는 평범한 생도였지만, 전쟁 경기에 관해선 실력을 인정받는다는 사실이 그로선 싫지 않았다.

영국 기병대가 마침내 한껏 속도를 내기 시작했을 때, 제노아 석궁수들이 무슨 신호에 맞추어 일제히 활을 쏘았다. 그때 그들이 지녔던 석궁들은 강철로 만든 활을 갖춘 것들이었는데, 그 활은 너무 단단해서, 시위를 손으로 당길 수 없었고 조그만 윈치로 감아야 했다. 나무 몸통의 끝에 말을 탈 때 쓰는 것과 비슷한 등자(鐙子)가 달려 있어서, 병사는 발로 그 등자를 밟고서 두 손으로 윈치를 돌릴 수 있었다. 그들의 석궁은 그만큼 힘이 좋았다.

영국 기병대의 맨 앞줄이 문득 소리 없이 고꾸라졌다. 기병대의 전열이 한순간 흔들렸다. 그러나 관성에 밀려 기병대는 계속 앞으로 달려 나왔다. 다시 화살들이 날았고 다시 기병대의 맨 앞줄이 고꾸라졌다. 그 뒤로는 화살이 꼬리를 물었다. 마치 두 군대 사이의 빈터를 잿빛 보자기가 덮은 듯했다. 쓰러진 말들과 사람들이 방해가 되어서 돌격 속도가 떨어진 데다가 거리가 가까웠으므로, 화살마다 과녁을 찾았다. 화살을 맞은 말들이 몸부림치면서 탄 사람을 떨구고 쓰러진 사람들을 짓밟았다. 땅엔 화살 맞은 중기병들이 고통스럽게 허우적거리고 있었다. 컴퓨터는 싸움터의 참혹한 모습을 실감나게 재현하고 있었다.

'누가 만들었는지 몰라도, 잘 만들었다. 영화보다 낫다.' 그는 일그러진 웃음을 지었다.

마침내 화살들의 줄기찬 공격을 견디지 못한 영구 기병대가 둘로 갈라지면서 제노아 석궁수들을 비켜 지나갔다.

'해냈구나. 제노아 석궁 부대 만세.' 자신도 모르게 주먹 쥔 오른팔을 휘두르면서, 그는 자리에서 일어섰다. 그의 둘레에 앉았던 생도들이 따라서 일어섰다가 뒷사람들의 거센 항의를 받고서 다시 앉았다.

좀 머쓱해진 마음으로 그는 둘레를 살폈다. 화면의 영국군 칸에 어느 사이엔가 새로운 명령이 나와 있었다: "후위 중기병 승마. 보병 행군 대형 집결."

그동안에 흩어졌던 영국군 우익의 중기병들은 제노아 석궁수들의 양옆에서 재집결을 마쳤다. 그들은 이내 석궁수들을 향해 거의 동시에 돌격해 왔다. "세인트 조지. 귀엔."

제노아 석궁수들의 전열도 새로운 상황에 맞추어 한껏 당겨진 활처럼 양끝이 오므라들었다. 영국 중기병들이 가까워지자, 제노아 석궁수들의 화살들이 날았다. 중기병들이 쓰러지기 시작했다. 그래도 영국군들은 밀려왔다. 이번에는 기병들이 양쪽에서 공격했으므로, 석궁수들이 불리했다.

마침내 흑태자가 이끈, 서쪽에 재집결했던 부대가 먼저 석궁수들의 전열을 뚫었다. 이어 동쪽에 재집결했던 부대가 닥쳤다. 중기병들에게 뚫린 석궁수들의 전열이 조각난 그릇처럼 부서지면서, 석궁수들은 참혹하게 짓밟혔다.

"프랑스." 바로 그때 큰 전투 함성이 올랐다. 로마 왕이 이끈 프랑스 중기병들의 전위가 밀어닥친 것이었다.

아직 재집결하지 못했던 영국군 중기병들이 프랑스 기병대의 충격으로 크게 흔들렸다. 그러나 영국군은 역시 잘 훈련된 군대였다. 이내 충격에서 벗어나 프랑스 중기병들과 어지러운 싸움을 벌이기 시작했다.

"프랑스." 온 싸움터를 덮는 함성과 함께 다른 프랑스 중기병들이 영국 중기병들을 파도처럼 덮쳤다. 필리프가 거느린 본대였다.

그 충격에 영국군이 발에 채인 함지의 물처럼 흔들렸다. 마침내 싸움터의 가장자리에 있던 영국 병사들이 먼저 말머리를 돌리기 시작했다. 두려움은 이내 다른 병사들에게 퍼졌다. 곧 영국 병사들이 뿔뿔이 도망치기 시작했다.

이어 화면에 기다리던 명령이 나타났다: "전 부대 전진. 프랑스."

함성은 해사 응원석에서 먼저 올랐다, "프랑스. 프랑스. 프랑스……"

이어 프랑스군 곳곳에서 함성이 올랐다, "프랑스. 프랑스. 프랑스……" 함성에 맞추어 모든 프랑스 부대들이 영국군 진지로 나아갔다.

한동안 상황은 어지러웠다. 그러다가 싸움터의 양쪽 끝에서부터 상황이 뚜렷해지기 시작했다. 싸움터의 동쪽 끝에선 영국군의 좌익을 돌아간 프랑스 중기병들이 바티쿠르 마을로부터 영국군 장궁수 부대의 옆구리를 공격하고 있었다. 서쪽 끝에선 프랑스 중기병들이 영국군 우익을 급하게 몰아붙이고 있었다.

그렇게 어지러운 사이에 흑태자의 깃발이 쓰러졌다. 흑태자가 어떻게 되었는지는 알 수 없었지만, 그의 깃발이 쓰러졌다는 것은 우익 기병대가 꺾였다는 것을 뜻했다. 이제 보병들과 기병들이 한데 엉킨 영국군 우익은 필리프가 거느린 기병들에게 걷잡을 수 없이 밀리고 있었다. 그런 혼전에서 궁수들은 쓸모가 거의 없었다.

필리프가 거느린 본대가 서쪽에서 닥쳤으므로, 그 충격에 무너진 영국군 우익의 중기병들은 왼쪽으로 돌았다. 자연히, 중기병들은 뒤쪽에서 나오던 우익 왼쪽의 장궁수들과 부딪쳤고 그들을 짓밟았다. 그래서 영국군 우익 전체가 큰 혼란에 빠지면서 궤멸되었다.

그때 에드워드가 거느린 후위의 중기병들은 원래 우익이 점령했던 곳을 지나고 있었다. 도망치는 영국군 우익의 궁수들과 중기병들은 후위의 보호를 바라고서 그들에게로 밀려왔다. 그래서 큰 혼란이 일어났고 후위의 전진은 잠시 지체되었다. 그런 사이에도 프랑스 중기병들은 뒤에서 그들을 몰아붙였다.

싸움터에서 병사들의 사기는 예측하기 어렵고 쉽게 바뀌는 것이었다. 잘 훈련된 영국 병사들도 한번 쫓기게 되자, 두려움에 질렸다. 우익의 병사들이 느낀 두려움은 이내 후위의 병사들에게 전염되었다.

갑자기 모든 영국 중기병들이 말을 돌려 도망치기 시작했다. 영국군의 사기가 무너졌다고 컴퓨터가 판단한 것이었다. 동쪽에서도 우세한 프랑스군에게 밀려 영국군은 혼란스럽게 물러나고 있었다.

'이젠 누구도 전세를 바꿀 수 없다. 우리가 이겼다.' 그는 속으로 외쳤다.

그때 긴 호루라기 소리가 나면서, 경기대의 움직임이 멈추었다. 심판관이 자리에서 일어나 경기가 끝났다는 몸짓을 했다. 동시에 화면의 프랑스군 칸이 깜박거렸다: "승리 조건 2 충족."

이내 체육관을 함성과 박수 소리가 채웠다. 모두 일어나서 환호하고 있었다. 누가 먼저 시작했는지도 모르게, 그의 둘레에서 해사교가가 나오고 있었다.

목이 메어 제대로 나오지 않는 목소리로 교가를 부르면서, 그는 화면을 살폈다. 시계는 19시 42분에 멈춰 있었다. 싸움이 시작된 지 한 시간 12분이 지난 것이었다.

조종낭 속에서 어깨를 구부린 채, 허영은은 꼼짝하지 않았다. 경기 관계자들이 경기대 둘레에 모여들었다. 경기 진행 요원이 조종낭의 문을 열고 그녀를 불렀다. 그제야 그녀는 천천히 투구를 벗고 힘겹게 일어났다.

그녀가 밖으로 나오자, 함성과 박수가 더 커졌다. "허영은. 허영은……" 둘레의 동료들이 교가를 그만두고 그녀 이름을 불러대고 있었다.

마침내 그녀가 불가능하게 보였던 일을 해냈다는 환희 속으로 문득 절망감이 마른바람으로 불었다. 이제 그녀는 그에게서 멀리 사라진 것이었다. 이번 시합은 다른 때와는 달랐다. 아름다운 처녀가 전쟁 경기에서 불리한 처지에 놓였다고 공인된 군대를 이끌고 멋지게 이긴 것이었다. 사람들의 마음을 사로잡을 신데렐라의 전설이 또 하나 태어난 것이었다. 그리고 그 신데렐라는 왕궁에서 살기 위해 그가 머무는 곳에서 영영 떠날 터였다.

그런 생각이 부끄러워져서, 그는 혼자 얼굴을 붉혔다. 그 생각을 억지로 눌러 넣고서, 그는 다시 시작된 교가를 따라 불렀다. 외로움으로 가슴이 졸아드는 것을 느끼면서.

그녀는 소매로 이마의 땀을 슬쩍 훔치더니 주머니에서 손수건을 꺼내 얼굴을 씻었다. 머리를 매만진 그녀는 심판석으로 다가가서 심판관에게 맵시 있게 경례했다. 그녀가 심판관과 에드워드 노릇을 한 육사 생도와 악수하는 동안, 체육관 안은 박수 소리와 그녀 이름을 부르는 소리로 가득했다.

기계적으로 박수를 치면서, 그는 마른바람 쓸쓸히 부는 가슴으로 경기대를 내려다보았다. 경기대 위의 입체 영상들은 컴퓨터가 경기를 멈추었을 때 하던 동작들에서 모두 얼어붙어 있었다. 그는 슬그머니 쌍안경을 들어 필리프를 찾았다. 필리프는 영국 병사들을 쫓는 프랑스 병사들을 이끌며 달리고 있었다. 오른손에 잡은 칼은 앞쪽을 가리키고 있었고 땅을 찬 말은 공중에 떠 있었다. 바로 뒤에 아무런 무늬도 장식도 없는 붉은 깃발이 자랑스럽게 따르고 있었다.

한순간 그는 그 말 탄 모습에서 허영은을 보았다. 얼어붙은 영상들이 문득 되살아나서 움직이기 시작했다. 그녀는 칼로 앞쪽을 가리키면서 병사들을 이끌고 달려 나갔다. 아무런 장식도 없는, 그래서 더욱 자랑스러운 붉은 깃발을 이끌고서, 짧게 깎은 검은 머리를 갈기처럼 나부끼면서, 발그스레한 노을 속으로 멈추지 않고 달렸다. 어둑해지는 중세의 먼 땅으로, 그의 마음속에서 언제까지나 지워지지 않을 어느 아득한 세상으로, 그의 첫사랑은 그렇게 멀어져갔다.

긴 회상에서 깨어나, 그는 한숨을 길게 내쉬었다. 21세기에서 16세기로 돌아오는 것은 아직도 적잖이 괴로웠다.

그는 한 손으로 이엉을 짚고 아직 헛간 밖에 서 있는 자신을 내려다보았다. 회상은 길었지만, 실제로 흐른 시간은 아주 짧았음을, 아마도 채 1분이 안 되었음을, 그는 깨달았다. 그는 흘긋 뒤를 돌아다보았다.

눈길이 마주치자, 배고개댁이 황급히 끈끈한 눈길을 거두더니 부엌 속으로 숨었다. 가망 없는 사랑으로 아픔을 겪어야 할 그녀에 대한 안쓰러움이 그의 가슴을 훑었다. 가망 없는 사랑이 얼마나 지니기 힘든 것인지 그는 잘 알았다. 허영은에 대한 사랑이야 이미 오래전에 시들었고 그 뒤에 만난 사랑들도 이제는 많이 바랬지만, 그의 마음속에서 그녀는 발그스레한 노을 아래 붉은 깃발을 이끌고 아득한 세상으로 아직 멀어져가고 있었다.

결국 그는 그녀를 다시 만나지 못했다. 시합이 끝난 뒤, 그녀는 딱 한 번 원산에 내려왔었다. 이웃 나라들에서도 유명하게 된 그녀는 스스로 일정을 결정할 수도 없을 만큼 바빴다. 대중매체들과의 대담들이 잇달았고 벌써 영화에 출연할 준비를 하고 있었다. 그녀의 인기가 워낙 높기도 했지만, 군부에서 정책적으로 그녀를 지원하기 시작했던 것이었다.

2051년의 '1·23 군사 정변'이 일어난 뒤, 거의 10년 동안 조선 공화국은 군부 정권이 다스렸다. 그것은 불행한 일이었지만, 어떤 뜻에선 통일을 위해 조선 사람들이 치른 대가이기도 했다.

남조와 북조가 조선공화국을 이루는 과정에서 남조는 북조를 실질적으로 흡수했다. 남조는 북조보다 경제적으로 월등했고 인구도 거의 곱절이 되어서, 정치적으로도 훨씬 큰 영향력을 지녔었다. 더구나 시장 경제의 거센 경쟁 속에서 살아온 남조 주민들은 별다른 경쟁이 없는 명령 경제에서 살아온 북조 주민들을 거의 모든 부면들에서 압도했다. 그리고 외부 사회에서 비교적 격리되었던 북조 주민들은 현대 사회의 풍조들에 익숙지 못했고 그런 풍조들을 '자본주의의 병폐들'로 여겨 못마땅하게 생각했다.

뒤에 정치적으로 중요한 요소로 판명된 사실 하나는 새 나라의 군대엔 북조의 군인들이 많았다는 점이었다. 북조의 병력이 남조보다 많았다는 사정도 있었고, 군대가 새로 만들어질 때 북조의 군인들이 군대에 훨씬 많이 남았다는 사정도 있었다. 군인들은 일반적으로 자신들의 삶에서 직업에 의해 강요된 금욕적 측면을 높이는 경향을 지니므로, 북조 출신 군인들이 많은 조선공화국 군대는 '자본주의적 병폐들'에 대해서 겹으로 비판적이었다.

통일에 대한 준비가 철저했더라도, 통일 사회에선 상당히 큰 혼란과 갈등이 나올 수밖에 없었을 터였다. 통일을 위해서 무엇을 준비해야 하는지 알기 어려웠고 아는 대로 실천하기는 더욱 어려웠으므로, 실제로는 통일에 대한 준비가 제대로 이루어지지 못했다.

게다가 혼란과 갈등을 통일이라는 큰 과업에 따르는 대가로 여긴 시민들은 많지 않았고, 대부분의 사람들은 그것들을 자유민주주의와 자본주의의 책임으로 돌렸다. 시민들의 불만은 민중주의적 정치가들의 선동에 의해 점점 커졌다. 정치 기반이 약한 김귀현 정권이 사회 문제들을 제대로 해결하지 못하자, 조선 사회는 여러 어려움들을 맞게 되었고, 마침내 한 무리의 북조 출신 군인들이 '자본주의적 병폐들'을 없앤다는 명분을 내걸고 정변을 일으켜 정권을 잡았다.

물론 그런 군부 정권이 현대 사회의 어렵고 복잡한 문제들을 해결할 수는 없었다. 그들은 사회적 어려움을 키운 뒤 2059년의 '9월 혁명'으로 물러났다. 위신이 떨어진 군부는 당연히 신데렐라가 된 해사 여생도의 인기를 이용하려 했다. 그래서 그녀는 군부가 서둘러 계획한 영화 「파란 달 아래」의 여주인공이 되었다.

원산에 잠시 머물러 환영 행사를 마친 뒤, 허영은은 영화 촬영을 위해 그날 밤으로 서울로 되돌아갔다. 「파란 달 아래」는 2039년 조선공화국 임시 정부가 월면 기지에 세워졌을 때, 그 일에 참여했던 북조 여인의 수기를 대본으로 삼았다. 군부의 적극적 지원을 받아 월면 기지에서 촬영한 데다가 그녀의 큰 인기와 뛰어난 연기에 힘입어, 그 영화는 큰 성공을 거두었다.

헛기침을 하면서, 그는 헛간으로 들어섰다.

그를 돌아다보더니, 쟝춘달이 허리를 폈다. "스승님, 다 고티았나이다. 이제 살만 이시면, 래일이라도 산영하실 수 이실 새니이다."

"감샤하압나니이다." 처음 쟝에게 석궁 애기를 꺼냈을 때를 생각하고서, 그는 얼굴에 웃음을 띠었다. 그가 석궁을 만들어달라고 하자, 쟝은 묘한 낯빛을 지었다. 불승이 곡차를 마시는 것까지는 이해할 수 있었지만, 살생을 하려는 것은 이해하기 어렵다는 생각인 듯했다. 물론 그는 임진년에 난리가 나리라는 애기를 하지 않았다. 마을의 가난한 사람들에게 산짐승 고기를 보시할 생각이라고 설명해주었다.

오른손 엄지로 시위를 당겨놓고서, 쟝이 방아쇠를 당겼다. 방아쇠가 가볍게 움직였다. 처음 만들었을 때보다 방아쇠의 움직임이 훨씬 부드러워진 듯했다.

시위 소리가 뒤늦게 그의 마음속으로 들어왔다. 둔탁한 공기의 떨림이 위력적으로 느껴졌다. 시위는 리산구에게 부탁해서 얻은 쇠심으로 만든 것이었다.

"스승님, 한번 쏘아보쇼셔." 쟝이 자랑스럽게 석궁을 건넸다.

"녜. 슈고랄 많이 하샸나이다." 손에 느껴지는 묵직함에서 그는 살기를 느꼈다. 갑옷을 뚫은 화살이 가슴에 박힌 채 땅에 뒹굴던 영국 중기병들의 모습을 떠올리면서, 그는 몸을 부르르 떨었다. 그 모습은 이내 조총을 쏘면서 달려드는 왜병들과 그들에게 흉장 뒤에서 석궁을 쏘는 조선 병사들의 모습으로 바뀌었다.

억센 시위는 당기기가 쉽지 않았다. 쏘아보니, 역시 방아쇠가 저번보다 훨씬 부드럽게 움직였다. 쟝에게 고개를 끄덕여 보이고서, 그는 석궁을 천천히 쓰다듬었다. 실용적이고 대중적인 무기답게, 멋은 전혀 없이 투박했다. 그 점이 그는 오히려 마음에 들었다.

"스승님, 엇더하나니잇가?"

"아조 됴하나이다. 참아로 슈고랄 많이 하샀나이다." 그는 석궁을 쟝에게 되건넸다.

"이제 다담고 약알 칠하면, 다외나이다."

"녜. 살안 다홈 쟝애 가져올 새니이다." 그는 이미 최성업을 통해서 읍내의 대장간에 쇠 화살을 주문해놓은 터였다.

그는 헛간에서 나와 마당가로 나갔다. 아이들이 못 위에서 신나게 놀고 있었다. '이제 저 아이들에게 석궁을 가르쳐서, 훈련된 석궁수들로 만들어놓으면…… 잘 훈련된 석궁수 일개 중대면, 임진년의 역사가 상당히 바뀔 수도 있고, 일개 대대면, 결정적으로 바뀔 수도 있지.' 자신의 얼굴이 불승에 어울리지 않는 흉흉한 표정을 띠었음을 깨닫고, 그는 쓴웃음을 지으며 표정을 누그러뜨렸다.

마음이 문득 밝고 가벼워졌다. 조금 전까지 어렸던 어두움이 가시고 모든 것들이 잘되어가는 것처럼 느껴졌다. 무엇보다도, 귀금이를 곁에 둘 수 있는 길을 찾아냈다는 것이 흐뭇했다. '저 세상에선 첫사랑을 그렇게 잃었지. 이 세상에서 만난 첫사랑은……'

문득 아득히 멀어지던 허영은이 말머리를 돌렸다. 발그스레한 노을 속에 아주 작아졌던 검은 점이 점점 커졌다. 어느 사이엔가 그녀는 물동이를 머리에 인 처녀가 되어 쟝복실의 우물에서 한산댁 앞마당으로 걸어오고 있었다.

5

언년네 집 모퉁이를 돌아 조무래기들이 달려 나왔다. 모두 얼굴을 깨끗이 닦고 설빔을 입어서, 생김새가 여느 때보다 한결 돋보였다.

'순우피가 혼자 심심하겠다.' 조무래기들 뒤를 졸졸 따라가는, 비쩍 마른 검정개를 보면서, 그는 집에 매어두고 온 개를 생각했다.

저만큼 노랑저고리에 다홍치마를 입은 여인이 나타났다. 한 손으로 어린애를 이끌고 다른 손으로 치맛자락을 감싸 쥐고 있었다.

'하아, 곱다.' 그녀 모습에 감탄이 절로 나왔다. 그녀의 원색 옷은 우중충한 겨울 풍경 속에서 아주 산뜻해 보였다. 아침에 광시댁에 인사하러 숯골에 올라갔을 때도, 원색으로 차려입은 여인들의 모습이 곱게 느껴졌었다. 특히 봉선이 어머니의 모습은 고와서, 인사를 마치고도 그는 그녀를 한참 쳐다보았다.

'이십일 세기의 여인들은 저런 옷을 입고선 나다닐 엄두도……'

두고 온 세상의 여인들이 눈앞에 떠오르면서, 그의 가슴이 다시 그리움으로 저려왔다. 이제 이곳에 뿌리를 내린 셈이고 사랑하는 여인까지 있었지만, 명절엔 어쩔 수 없이 향수에 가슴을 앓아야 했다.

'어쨌든, 이곳에선 저런 옷이 잘 어울리지.' 아주 밝아진 인공적 환경에선 여인들이 목청이 낮은 빛깔을 찾았다. 반면에, 밝은 빛깔이 드문 이곳에선 여인들이 강렬한 빛깔을 좋아하는 듯했고 실제로 그런 빛깔들이 잘 어울렸다.

쿵 하는 소리가 나면서, 언년네 흙담 너머로 처녀의 윗몸이 솟구치고 자주 댕기를 드린 긴 머리채가 날렸다. 다시 쿵 하는 소리와 함께 다른 처녀의 윗몸이 힘차게 솟았다. 이어 까르르 웃음이 터졌다.

'저리도 재미있을까? 긴 치마 입고 짚신 신고 널을 뛰면서?' 널뛰기처럼 단조로운 놀이가 그리도 흥겨울 수 있다는 사실이 새삼 신기하게 느껴졌다.

걸음을 늦추면서, 그는 번갈아 흙담 너머로 솟구치는 처녀들의 모습을 훔쳐보았다. 달아오른 얼굴들과 나풀거리는 머리채들이 그의 마음을 어지럽게 만들었다. '글라이더를 타고 하늘을 날거나 스키를 타고 산비탈을 달리는 현대 여성들 가운데 과연 몇이나 저리 큰 즐거움을 느낄까?'

오래간만에 중세 사회의 단단한 속박에서 풀려나 육체적 놀이를 즐기는 처녀들의 더워진 살이 내뿜는, 거의 손에 잡힐 듯한 환희가 문득 그의 관능을 자극했다. 불승에 어울리지 않는 심상들이 그의 마음속을 바삐 스쳤다.

마을에선 여느 때와는 다른 소리들이 났다. 온 마을이 들뜬 듯했다. 쟝츈달의 집 안으로 누가 급히 들어갔다. 이어 방문이 벌컥 열리고 이내 쾅 하고 닫히는 소리가 났다. 노름을 좋아하는 쟝의 집에서 투전판이라도 벌어진 모양이었다.

"스승니임." 마당에서 다른 아이들과 놀던 긔훈이가 그를 보고 반가워 소리치면서 달려왔다.

두 손으로 녀석의 어깨를 잡고, 그는 쪼그려 앉았다. "나무아미타불. 나무관셰음보살. 긔훈 도령님, 새해 복 많이 받아쇼셔."

녀석이 배시시 웃으면서 몸을 비틀었다.

"도령님 옷이 곱나이다."

고개를 끄덕이면서, 녀석이 손에 든 흰 증편 조각을 내밀었다.

"감샤하압나니이다." 받아서 먹어보니, 맛이 썩 좋았다. "떡맛이 아조 됴하나이다."

안에서 누가 나왔다. 그를 흘긋 보더니, 걸음을 멈추었다.

올려다보니, 홍쥬댁이 좀 당황한 얼굴로 서 있었다. 그는 일어서서 합장하고 고개를 숙였다. "나무아미타불. 나무관셰음보살. 새해 복 많이 받아쇼셔."

그녀도 급히 합장하고 고개를 숙였다. "나무아미타불. 나무관셰음보살." 한순간 머뭇거리더니, 그녀는 수줍게 덧붙였다, "스승님끠셔도 새해 복 많이 받아쇼셔."

고개를 들던 그는 가슴이 문득 조여들었다.

귀금이가 보자기에 덮인 조그만 상을 들고 대문을 나서고 있었다. 그를 보더니, 그녀는 얼굴을 붉히면서 고개를 숙였다.

"나무아미타불. 나무관세음보살. 귀금 아씨끠셔도 새해 복 많이 받아쇼셔." '귀금 아씨'라는 말이 그의 혀끝에서 자동 조리 기구에서 막 꺼낸 아이스크림처럼 보드랍게 녹았다.

그녀가 흘긋 그의 얼굴을 올려다보더니 이내 다시 고개를 숙였다.

수줍음으로 발갛게 달아오른 얼굴이 그리도 고와서, 그는 자신도 모르게 마른침을 삼켰다. 그녀에 대한 사랑과 욕정이 몸을 채우고 넘쳐서 눈길로 흘러나오는 것처럼 느껴졌다. 그의 거센 눈길을 받고 몸을 움츠린 그녀를 향해 그는 덧붙였다, "새해애난 귀금 아씨의 쇼원들히 모도 이루어디쇼셔." 되풀이해도, '귀금 아씨'는 여전히 입에 보드랍고 귀에 달콤했다.

무엇을 느꼈는지, 홍쥬댁이 귀금이를 돌아다보더니, 흘긋 그의 얼굴을 살폈다.

속이 뜨끔했다. "어마아, 스승님 오샸다. 숯골 스승님 오샸다." 안에서 긔훈이가 외치는 소리가 당황스러운 그의 마음 한쪽으로 들어왔다.

다행히, 홍쥬댁은 그나 귀금이의 태도를 이상하게 여기는 것 같지 않았다. 어쩌면 그녀에게는 자기 몸종이 이 골짜기에서 명망을 얻은 불승에게 매력적일 수 있다는 생각이 들기 어려울지도 몰랐다. 주인들에겐 종들이 어떤 뜻에선 눈에 보이지 않는다는 것을 여러 번 보았다.

"스승님, 안아로 드쇼셔," 고개를 조금 옆으로 돌리고 눈길을 내린 채, 그녀가 말했다. "날이 차나이다."

"녜." 그는 그녀에게 자기 집으로 가보라는 몸짓을 했다. 이미 긔훈이가 그가 왔음을 안에 알렸으므로, 그녀나 귀금이가 그를 안내할 필요는 없었다.

그녀가 그에게 목례하고 몸을 돌렸다. 그에게서 도망치듯, 귀금이가 급히 뒤를 따랐다.

마당을 건너는 두 여인을 바라보는 그의 눈에 두 사람의 대조적 차림이 또렷이 들어왔다. 주인은 새 옷을 차려입었다. 몸종은 새로 빨아 다려서 깨끗하긴 했지만, 물이 바랜 옷을 입고 있었다. 빨간 댕기가 그녀의 초라한 차림을 더욱 초라하게 만들었다.

'쥔에게서 물려받은 것일까? 설날에도 겨우…… 저번 추석에도 그랬었지.'

두 여인이 작은 집 대문 안으로 들어갔다. 귀금이가 어깨 너머로 돌아다보더니, 그와 눈길이 마주치자, 이내 고개를 돌리고 안으로 사라졌다.

'설이니, 내가 옷이라도 한 벌……' 생각을 채 끝내지도 못하고, 그는 고개를 저었다.

그것은 이루기 어려운 꿈이었다. 새 옷을 사줄 힘이 있다고, 당장 사줄 수 있는 것은 아니었다. 이 세상엔 옷 가게가 있는 것도 아니었고, 누가 옷을 따로 만들어 파는 것도 아니었다. 옷은 입을 사람이나 집안에서 손수 만들어야 했다. 그리고 그가 옷을 한 벌 얻어주더라도, 종인 그녀가 그것을 마음 놓고 입을 수 있는 것도 아닐 터였다.

"스승님." 다시 나온 괴훈이가 그의 소매를 끌었다.

인사가 끝나자, 언오는 방 안을 둘러보았다.

깔끔한 방엔 주인의 인품이 그대로 드러나 있었다. 한산댁 마님은 언제나 그에게 자기 어머니를 생각나게 했다. 그녀가 지닌 깔끔하면서도 마음 편하게 하는 분위기는 그가 어머니에게서 받은 느낌과 무척 비슷했다.

'어머닌 지금 무얼 하고 계실까? 사라진 아들 생각? 어쩌면 유복자가 된 내 딸아이를……'

비인댁이 소반을 들고 들어왔다.

"스승님, 식혜를 좀 드쇼셔." 비인댁이 그의 앞에 소반을 내려놓자, 마님이 권했다. "곡차난 잇다가 사랑애 나가셔셔 드시고……" 웃음 담긴 눈으로 그를 쳐다보면서, 그녀가 덧붙였다.

"네." 그녀 얘기에 마음이 문득 가벼워져서, 그는 얼굴에 밝은 웃음이 배어 나오는 것을 느꼈다. 그녀의 잔잔한 해학은 그녀의 가장 깊은 매력이었다. 그 점에서도 그녀는 그의 어머니와 비슷했다.

붉은 옻칠 아래 고운 나뭇결이 보이는 호족반 위에 식혜 사발과 함께 떡이나 과자가 담긴 접시들이 대여섯 놓여 있었다. 그는 식혜 사발을 들어 단숨에 반 넘게 마셨다. 숯골에서 걸어 내려와서, 목이 마르던 참이었다. "아, 싀훤하다. 식혜 맛이 참아로 됴하나이다."

마님은 웃음 띤 얼굴로 고개를 끄덕였다. "비인댁이 담갔난듸, 달개 다외얏나이다."

비인댁에게 고개를 숙여 보이고서, 그는 송화다식을 하나 집어 들었다. 간식거리가 드문 세상에서 다식과 같은 것들은 모두 맛있었지만, 그는 송화다식을 특히 좋아했다. 21세기에서는 구하기 어려웠던 음식이었다. 처음엔 맛이 좀 이상했지만, 그는 이내 말로 그리기 힘든 송화 맛에 반해버렸다.

그는 식혜 사발을 비웠다. 사발 밑바닥에 남은 밥알들이 식혜가 쌀로 만든 기호품이라는 사실과 지금 이 골짜기의 많은 사람들이 배를 주리고 있다는 사실을 함께 일깨워주었다. 밥알들을 그냥 버릴 수 없어서, 그는 젓가락을 집어 그것들을 긁어모았다.

"식혜를 더 가져오리잇가?" 몸을 반쯤 일으키면서, 비인댁이 물었다.

그는 급히 손을 저었다. "아, 아니이다." 굶주리는 사람들 생각에 밥알들을 버릴 수 없어서 그런다고 설명하려다가, 그는 말을 돌렸다. "시방 식혜를 많이 먹으면, 잇다가 곡차랄 많이 마시디 못하나이다."

마님 얼굴에 웃음이 환하게 피어났다.

"아, 참. 쇼승이 책알 하나 맹갈아셔……" 그는 배낭으로 손을 뻗었다. "녜아기책인듸, 마나님꼐셔 심심하실 때 보쇼셔."

"아, 그러하샸나니잇가?" 그녀가 반색하면서 그가 꺼낸 책을 살폈다.

"급히 맹갈아셔, 변변티 못하나이다." 말은 그리했어도, 그는 꽤나 자랑스러운 마음으로 책을 그녀에게 바쳤다. 비록 얄팍한 책이었지만, 하긴 책이라 하기도 뭣한 것이었지만, 공을 많이 들인 책이었다.

"아, 녜. 이리 고마우실 대가……" 그녀는 책을 받아 기쁜 얼굴로 살폈다. "『언해 슈호뎐』이라. 스승님, 감샤하압나니이다."

그가 이번에 만든 책은 『슈호던』의 첫 부분이었다. 그가 이야기 책을 만들게 된 것은 돈 때문이었다. 저수지 사업은 이제 자금 부족으로 아주 어려운 고비를 맞고 있었다. 그저께 한 해 일을 마무리하면서, 새해부턴 오후에 내던 술을 내지 않겠노라고 일꾼들에게 선언한 터였다. 다행히, 일꾼들은 선선히 받아들였다. 그러나 그것만으로 문제가 풀릴 수는 없었다. 이제는 부르지 않았는데도 일터에 나오는 사람들이 많아졌다. 머구리가 없는 집 안에 있기보다는 일터에 나와 단 한 끼라도 먹고 들어가는 것이 낫다는 생각이었다. 그래서 어느 사이엔가 일터는 골짜기 위쪽의 구호소 비슷하게 되었다.

그의 의술 활동으로 들어오는 수입이 간간 있었지만, 큰 도움은 되지 않았다. 이제 많은 사람들이 치료비로 내놓을 만한 것이 없었다. 그래서 생각해낸 것이 이야기책을 만드는 것이었다. 다른 좋은 방도가 생각나지 않는다는 사정도 있었고, 이미 문의에서 해본 터라, 어느 정도 요량이 서기도 했다. 지금과 같은 때엔 다른 것들보다 이야기책이 전망이 나았다. 여유 있는 사람들을 상대로 한 장사였고, 겨울이라 밤이 길어서, 이야기책에 대한 수요도 클 터였다.

"그 녜아기난 녯날 듕국에셔……"

책을 펴보던 마님이 고개를 들어 그를 살폈다.

"녯날 듕국에셔 량산박이라 하난 따해 텬하의 영웅호걸들히 모호여셔 됴한 일들흘 한 녜아기니이다."

"아, 그러하나니잇가? 자미 많이 이실 닷하나이다." 그녀가 책을 한참 살피다가 비인댁에게 넘겼다.

"이제 마님끠셔 덜 심심하시겠나이다." 책을 받아 들면서, 비인댁이 거들었다. 그녀는 한산댁 마님의 친정 쪽 먼 친척으로 안잠자기 노릇을 하고 있었다.

"스승님, 참아로 감샤하압나니이다." 마님이 다시 치하했다.

대꾸할 말이 얼른 떠오르지 않아서, 그는 잠시 머뭇거렸다. "뎌 책안 녜아기의 첫머리니이다. 다홈애 나려올 때난 다홈 것을 가자 오겠나이다."

"스승님끠셔 매이 슈고로오실 사인듸……"

"시쥬를 듬북 하시면, 아니 다외겠나니잇가?" 겉장을 쓰다듬던 비인댁이 냉큼 받았다.

세 사람은 함께 웃었다. 방 안의 분위기가 한결 가벼워졌다.

물론 이야기책을 한산댁에 팔려고 가져온 것은 아니었다. 그를 후원해주는 마님에 대한 작은 선물이었다. 따지고 보면, 그러나 순수한 선물만은 아니었다. 그 책을 가져오면, 그것이 한산댁 사람들의 호의를 크게 하여 나중에 손을 내밀 때 도움이 되리라는 생각도 마음 한구석으로 들었던 터였다. 그런 생각은 그의 마음속에 개운치 않게 얹혀 있었다. 그러나 그는 저수지 사업과 같은 큰 사업의 경영자라는 자리는 끊임없이 그런 계산을 하도록 만든다는 사실을 깨달은 터였다. 그런 사정이 반가울 리 없었지만, 피할 길은 보이지 않았다.

"그러하면 쇼승은 이만 사랑아로 므르겠나이다."

그보다 먼저 비인댁이 일어나서 문고리를 잡았다.

그는 흐뭇한 마음으로 마님 방을 나왔다. 이야기책이 마님으로

부터 생각보다 크게 환영을 받았다는 사실은 그에게 상당한 자신감을 주었다. 저수지 일을 시작한 뒤로 끊임없이 걱정과 불안에 시달린 그에게 그런 자신감은 새삼스럽게 느껴질 만큼 반가웠다.

'열심히 만들어서, 다음 장날엔……' 이야기책은 최성업을 통해서 읍내에 팔 생각이었다. 숯을 팔기 때문에, 최가 읍내의 부잣집들을 잘 알 듯했다. 그래서 얘기를 꺼냈더니, 최는 별 어려움 없이 팔 것 같다고 했다.

그가 마루에서 내려서는데, 홍두가 중문으로 들어섰다. 홍두는 무겁게 보이는 함지를 중문간에 내려놓고 뒤를 돌아다보았다.

"홍두 올아비, 고마워," 뒤따라온 귀금이가 말했다. 손에 똬리를 들고 있었다.

그녀의 정겨운 목소리가 귀에 들어오면서, 가슴에서 불길이 확 피어올랐다. 그 거센 불길은 단숨에 온몸을 휩쌌다. 코에서 단내가 나면서, 자줏빛 안개가 눈을 가렸다. 살 속을 거세게 흐르는 새빨간 피가 문득 검붉은 독즙으로 바뀐 듯, 살이 오그라드는 느낌이 들었다.

'내가 이렇게 질투할 까닭이 없지. 귀금이가 작은집에서 함지를 이고 오는 걸 보고, 홍두가 들어다준 모양인데……' 그는 가까스로 마음을 가다듬어 신을 신었다.

허리를 펴면서 곁눈으로 살피니, 홍두가 귀금이에게 사람 좋아 보이는 웃음을 지어 보이고 돌아섰다. 귀금이의 눈길이 홍두의 등에 좀 오래 머문 듯하자, 질투의 불길이 다시 거세게 타올랐다.

"눈이 나릴 것도 같한듸……" 토방으로 내려선 비인댁이 하늘을 살폈다.

그녀 혼잣소리에 그는 정신을 차렸다. 자신의 얼굴이 일그러진 것을 느끼고, 그는 삿갓 쓴 고개를 들지 않은 채 합장했다. "그러하 오면 쇼승은 사랑아로……"

"네, 스승님."

배낭을 들고 돌아서는 그의 눈길과 함지를 든 귀금이의 눈길이 마주쳤다. 그의 눈길을 받자, 그녀는 이내 얼굴을 붉히면서 고개를 돌렸다.

그녀의 외면에 왈칵 섭섭한 마음이 들었다. 그러나 이내 자신의 눈길이 너무 거셌다는 것을 그는 깨달았다. 사랑과 욕정을, 무엇보 다도 질투를, 가득 담은 그의 눈길을 그녀가 그대로 받아들일 수는 없었을 터였다.

그녀를 따라가려는 눈길을 억지로 끌어당기면서, 그는 중문을 나섰다. '지금 귀금이의 눈에 나는 어떻게 비칠까? 홍두와 비교해 선? 설마 내가 홍두보다 못하게 비칠 리는 없겠지?' 그는 자신을 안심시켰다.

'둘 사이는 무척 가까운데,' 이내 다른 목소리가 대꾸했다. '흉허 물이 없고. 매일 보고……'

문득 저번에 그녀가 그를 좀 쌀쌀하게 대했던 일이 생각나면서, 그녀가 홍두에게 마음을 두었을지도 모른다는 생각이 들었다. '그 럴 수도 있지. 혼자 낯선 곳에 와서 의지할 데가 없는 어린 처녀가 잘 대해주는 청년에게……'

그는 고개를 세차게 저었다. '그래도 나와 비교하면…… 아무래

도 불승이 종보다야 낫겠지.'

자신이 한 생각이 무엇인지 뒤늦게 깨닫고, 그는 깊은 부끄러움에 얼굴을 붉혔다. '내가 지금…… 이십일 세기 민주 사회의 시민이었던 내가 한다는 생각이 겨우…… 따지고 보면, 귀금이도 종이 아닌가?'

"스승님, 바랑알 이리 주쇼셔." 그가 사랑채 토방을 올라서는데, 홍두가 다가와서 그의 배낭을 잡았다. 홍두의 사람 좋게 보이는 얼굴이 그의 마음을 말할 수 없도록 비참하게 만들었다.

6

"디난해 농사이 다란 해보다가 낟바디 아니 하얏아니, 쇼승의 생각애난 시방 이 골애 잇난 량식이 이 골 사람달할 먹여 살리난 대 모자라디난 아니할 새니이다. 가난한 사람달한 시락이 죽을 먹는 일이 잇더라도," 자신의 생각을 조심스럽게 꺼내놓고서, 언오는 두 사람의 얼굴을 살폈다.

리산구와 리산웅이 고개를 끄덕였다. 밖에서 괴훈이가 무어라 외치면서 뛰어가는 소리가 났다.

"그러모로, 종요로온 것은 가아면 집들로브터 가난한 집들로 량식알 난호아주는 것이니이다." 자신의 얘기를 음미할 시간을 주려고 말을 잠시 멈췄던 그는, 리산구의 얼굴에 회의하는 빛이 나타나자, 서둘러 덧붙였다, "물론 가아면 사람달히 가난한 사람달해게 량식알 그저 주게 할 수는 없나이다. 바로 그것이 어렵나이다."

"옳아신 말쌈이시니이다." 리산웅이 동의했다. 리산구는 잠자코 수염을 쓸어내리면서 고개를 끄덕이더니, 술잔을 집어 들었다.

"가난한 사람달해게 량식알 빌려주는 것은 묘한 일이니이다. 그렇디마난 가난한 사람달한 빌린 량식알 내죵애 갚알 힘이 없나이다. 그러하야셔 빋에 눌여, 가난한 사람달한 해 갈소록 졈졈 더 가난해디나이다."

"녜. 그러하나이다." 리산구가 동의했다. "스승님, 한 잔 더 드쇼셔."

그는 잔보다 사발에 가까운 잔을 받았다. "불뎨자난 곡차도 많이 마시면 아니 다외난듸……"

그의 밋밋한 농담에도 두 사람은 예의 바르게 재미있는 농담을 들은 듯 웃었다.

한 모금 마시고서, 잔을 든 채, 그는 말을 이었다. "만일 남난 량식이 이시난 집달히 힘을 모와셔 엇던 일을 벌이면, 가난한 사람달히 품을 팔아셔 량식알 얻을 수 이시나이다. 그리하면, 남안 량식알 가난한 사람달해게 빌려주어 리식알 얻는 것보다 여러 가지로 묘할 새니이다."

가난한 사람들에게 높은 이율로 양식을 빌려주는 것은 어느 사회에서나 부유한 사람들이 좋아하는 일이었다. 가난한 사람들은 대개 빌린 원금과 이자를 제때에 갚을 능력이 없었으므로, 이자가 새끼를 쳐서, 빚은 점점 커지고, 가난한 사람들의 재산은 부유한 사람들에게로 넘어가게 마련이었다. 물론 이곳에서 가장 중요한 재산은 땅이었다. 이 골짜기에 들어온 뒤로, 그런 얘기를 많이 들어서, 그는 땅이 토호들에게로 집중되는 과정을 선연하게 그릴 수 있었다.

　그가 지금 두 사람에게 얘기하는 것은 돈을 직접 가난한 사람들에게 빌려주는 것보다 생산적인 사업들에 투자하여 간접적으로 도와주는 것이 모두에게 낫다는 사실이었다. 물론 그는 자신의 얘기를 한산댁 형제가 이내 이해하리라고 기대하진 않았다. 피지배층이 몰락하지 않도록 하는 것이 궁극적으로 지배층에게 이롭다는 것과 같은 얘기는, 아무리 여러 번 들려주어도, 그들로선 알아듣기 어려울 터였다. 그래도 그의 사업의 후원자들인 그들이 사회의 움직임에 관해 되도록 큰 그림을 보도록 하는 일은 중요했다.

　'아, 곡차 맛이 참아로 됴타.' 그는 잔을 비우고 리산구에게 잔을 되돌렸다. 눈치를 보니, 한산댁 사람들은 술을 잘하는 듯했다. 그러나 몸이 덜 회복된 리산응은 많이 들지 않았다.

　좀 투박한 놋쇠 주전자를 들어 리산구의 잔을 채우고서, 그는 배추김치 한 조각을 집어 들었다. 고추가 들어가지 않아서 허옇지만, 제대로 익은 김치는 맛이 좋았다. 리를 따라 자신도 모르게 수염 없는 턱을 쓰다듬고서, 그는 만족스러운 한숨을 내쉬었다. 점심을 겸해서 안주로 나온 생치(生雉) 만두가 맛이 좋아서 모르는 사이에 많이 집어 먹은 참이라, 배는 부르고 술기운은 기분 좋게 오르고 있었다.

　"그러하오면," 그의 얼굴을 살피면서, 리산응이 조심스럽게 입을 열었다. "스승님끠셔는 시방 숯골애 못알 맹가난 일이 바로 그러한 일이라는 말쌈이시니잇가?"

　그는 리산응의 빠른 판단이 반가웠다. "녜. 이대 보샸나이다. 바로 그러하나이다."

리산구가 듬직하고 실제적인 반면, 리산웅은 재주가 많고 낭만적 기질이 있었다. 농사에는 그다지 관심이 없는 듯했고, 형의 격려 속에 과거 공부를 하고 있었다.

"아, 녜." 자신이 알아맞힌 것이 꽤나 대견스러운 듯, 고개를 끄덕이는 리산웅의 얼굴에 흐뭇한 웃음이 어렸다.

"가아면 사람달히 가난한 사람달할 돕난 일이야 물론 됴한 일이니이다. 그러나 '가난 구제는 나라도 못 한다'라난 말이 잇디 아니하나니잇가? 가난한 사람달할 그리 돕기보단 못알 맹가난 일텨로 내죵애 됴할 일들흘 찾아내셔 가난한 사람달히 품을 팔아 량식알 얻게 하난 일이 사맛 낫나이다. 가난한 사람달한 품을 팔아셔 량식을 얻으니 빚을 아니 디어셔 됴코, 가아면 사람달한 받기 어려운 빚을 놓기보단 못알 맹갈아셔 내죵애 쌀알 더 많이 얻을 수 이시니 됴코. 그리하면, 가난한 사람달할 참아로 도올 수 이시나이다."

"스승님 말쌈이 맛당하시나이다." 리산구가 무겁게 입을 열었다.

"녜. 참아로 옳아신 말쌈이시니이다." 리산웅이 동의했다.

'얘기가 나온 김에 아주 저수지 사업을 위해 좀더 출자하라고 부탁해봐?' 두 사람의 호의적 반응에 고무되어, 그는 지금 그 얘기를 꺼내는 것에 대해 생각해보았다. 돈 얘기는 언제나 꺼내기 어려웠으므로, 이렇게 자연스럽게 화제가 그 쪽으로 흘렀을 때를 이용하고 싶은 생각은 컸다. 반면에, 너무 서두르면, 리산구가 경계할 염려도 있었다. 설날부터 돈 얘기를 꺼내는 것도 마음에 걸렸다.

그가 마음을 정하지 못하고 머뭇거리는데, 밖에서 기침 소리가 났다. "맛님." 홍두 목소리였다.

"므슴 일이고?" 고개를 방문 쪽으로 반쯤 돌리고서, 리산구가 물었다.

"귀금이가 끓는 믈에 발알 데었압나니이다, 맛님." 홍두가 설명했다. 마치 자신의 잘못이기나 한 듯이, 어려워하는 목소리였다. "스승님끠 말쌈드리라 안방맛님끠셔……"

귀금이의 이름에 그의 가슴이 반사적으로 오그라들었다. 홍두의 말뜻이 마음에 들어오면서, 그는 자신도 모르게 몸을 일으켰다. 자신이 하려는 행동이 예절에 어긋나는 짓임을 깨닫고, 그는 어색한 몸짓으로 다시 자리에 앉았다. 조급한 마음을 억지로 누르면서, 그는 표정이 바뀌지 않은 리의 얼굴을 살폈다.

그런 사이에도 귀금이의 소식을 가져온 사람이 홍두라는 사실이 그의 마음속에서 질투의 불길을 되살리고 있었다. '안채에서 일어난 일을 홍두가 어떻게 알았을까? 둘이 무슨 일을 하다가, 데었나? 저리 쭈뼛거리는 걸 보면……'

"알았다." 리가 침중한 목소리로 대꾸했다.

"녜, 맛님." 홍두가 문 앞에서 물러나는 기척이 났다.

리는 고개를 바로 하더니 그를 바라보았다. "스승님."

"녜."

"쟉안집애," 리가 고개로 아우를 가리켰다. "귀금이라 하난 몸죵이 이시나이다. 시방 그 아해 끓는 믈에 발알 데었다 하나이다. 슈고로오시더라도, 엇더한가 스승님끠셔 한번 보아주쇼셔." 리의 서두르지 않는 설명은 조급한 그의 마음에는 너무 더뎠다.

"녜. 알겠나이다." 속에서 솟는 조급함을 누르면서, 그는 천천히 몸을 일으켜 배낭을 집어 들었다. "그러면 쇼승은……"

두 사람이 따라 일어섰다.

"스승님, 바랑안 쇼인이……" 그가 신을 신고 토방으로 내려서자, 마당가에 섰던 홍두가 달려와 그의 배낭을 집어 들었다.

자신보다 훨씬 젊은 사내의 사람 좋아 보이는 얼굴에 어린 걱정을 보자, 그는 공감과 질투가 뒤섞인 묘한 감정을 느꼈다. 속이 좀 느글거리는 듯해서, 그는 밭은기침을 했다.

'어쨌든, 이제 기회가 왔지. 귀금이를 이 친구로부터 확실하게 떼어놓을 수 있는 기회가. 내가 화상을 말끔히 치료하면, 이 친구에게 향했던 귀금이 마음이……'

화상을 입은 귀금이를 걱정하기보다 그녀에게 은혜를 베풀고 재주를 드러내서 그녀 마음을 독차지할 기회가 온 것을 반가워하는 자신을 발견하고, 그는 깊은 부끄러움을 느꼈다. 이미 술로 붉어진 얼굴이 더욱 붉어진 것처럼 느껴졌다. '내가 이렇게 비열한 인간이었던가?'

홍두와 눈길이 마주쳤다. 정직하고 순박하게 느껴지는 그 눈길이 그를 말없이 꾸짖고 있었다. 그는 급히 눈길을 돌렸다.

'내가 이렇게 비참한 꼴이 될 수 있단 말인가?' 절망이 가득한 마음으로 그는 자신에게 물었다. '내가 이렇게…… 내가 정말로 이렇게 밑바닥으로 가라앉을 수 있단 말인가?'

문득 뜨거운 무엇이 거세게 속에서 치밀었다. 그 딱딱하게 뭉쳐진 뜨거움이 거센 불길로 펼쳐지면서, 그의 몸을 삼켰다. 그것이 스스로에게 향하는 분노의 불길임을 깨닫고, 그는 자학으로 일그러진 얼굴로 앞장선 홍두를 따라 비틀거리면서 안마당을 건넜다.

그사이에도 거센 불길은 그의 몸과 마음을 태웠다. 그가 오랫동안 공들여 쌓았던 무엇이 불길에 휩싸이자, 그 속에 웅크렸던 것들이 징그러운 몸뚱이를 드러내면서 몸부림치기 시작했다. 하도 아파서 차라리 시원한 느낌이 들었다. 중문을 넘어서서 안채로 들어선 뒤에야, 그는 정신을 차렸다.

안채의 부엌과 마루에서 여인들과 아이들이 그를 바라보고 있었다. 중문간에 멈춘 홍두가 더 따라 들어갈 수 없어 안타까운 얼굴로 쟝쇠 어머니에게 배낭을 넘겨주었다.

지붕 너머 뻐꿈한 하늘은 눈구름을 무겁게 이고 있었고, 밝은 빛깔의 새 옷들을 입은 사람들에도 불구하고, 겨울 집안의 풍경은 쓸쓸하고 우중충했다. 신기하게도, 그의 눈엔 모든 것들이 새롭고 또렷한 모습으로 들어왔다. 그는 문득 깨달았다, 자신의 마음이 잔잔하고 맑아졌음을. 이제 마음속에 어리석은 질투나 교활한 계산이 남긴 때는 없었다. 모든 더러운 것들이 스스로를 향한 분노의 거센 불길에 타서 없어진 듯했다. 그는 가슴을 펴고 맑은 공기를 한껏 들이쉬었다.

"스승님, 이리 오쇼셔." 배낭을 안은 채, 쟝쇠 어머니가 앞장을 섰다.

"바랑알 이리 주쇼셔."

"놓아두쇼셔." 바랑을 그에게 넘겨주는 대신, 그녀는 걸음을 빨리해서 안채 모퉁이를 돌아갔다.

그는 좀 멋쩍은 마음으로 뒤를 따랐다.

귀금이는 이쪽으로 등을 돌린 채 안채 뒤쪽 툇마루에 발을 뻗고 앉아 있었다. 비인댁이 그녀 발치에 앉아서 무슨 얘기를 하다가, 그를 보고, 급히 일어섰다.

비인댁의 눈길을 따라, 귀금이가 돌아다보았다. 그를 보자, 그녀는 얼굴을 붉히더니 고개를 돌렸다.

헛기침을 하고서, 그는 그들에게 다가갔다. 덴 발은 왼발이었다. 무슨 기름을 바른 모양으로, 벌겋게 부어오른 발이 번들거렸다. 오른발도 맨발이었으나, 덴 곳은 없는 듯했다.

안쓰러움에 졸아든 가슴으로 그녀 낯빛을 살피면서, 그는 조심스럽게 마루 끝에 걸터앉았다. 삿갓을 벗어 들고 고개를 숙여 덴 데를 살펴보았다. 들기름 냄새가 코에 닿았다. 그는 옆에 선 쟝쇠 어머니를 올려다보았다. "쟝쇠 어마님."

"녜, 스승님."

"덴 대난 몬져 찬믈로 씻어야 하나이다. 찬믈을 졈……"

"녜, 스승님." 그녀가 부리나케 부엌 안으로 들어갔다.

삿갓을 마루 뒤쪽에 놓고, 그는 귀금이를 쳐다보았다. "귀금 아씨." 언제나처럼 그녀 이름은 혀끝에 보드랍게 닿았다.

그녀는 흘긋 쳐다보더니, 눈길이 마주치자, 이내 고개를 숙였다.

"귀금 아씨. 걱정하디 마쇼셔. 나이 바로 낫개 하겠나이다." 그는 나직하나 그녀를 안심시킬 만큼 힘이 들어간 목소리를 내려 애썼다. 그러나 그는 술기운으로 붉어진 얼굴과 입김에 배었을 술 냄새가 마음에 적잖이 걸렸다. 술을 마신 불승은 사람들에게 믿음을 주는 존재는 아닐 터였다.

눈길이 다시 마주쳤다. 이번에는 그녀가 눈길을 돌리지도 고개를 숙이지도 않았다.

그녀의 그런 몸짓에서 그는 그에 대한 믿음을 읽었다. 몸을 앞으로 기울이고 물기 어린 그녀 눈을 들여다보며, 그는 그녀의 외로운 처지에 대한 연민과 그를 믿어준 데 대한 고마움으로 목이 뻣뻣해지는 것을 느꼈다.

"스승님, 믈을 떠왔압나니이다." 쟝쇠 어머니가 무거워 보이는 함지를 내려놓았다. 그녀 뒤에 홍쥬댁이 서 있었다.

"아, 녜. 슈고하샸나이다." 그는 함지의 물을 퍼내서 손을 씻었다. 물이 꽤 찼다. 그는 함지를 마루 가까이 끌어당기고서, 손수건으로 손의 물기를 훔쳤다. "다외얐나이다."

그의 뜻을 알아차리고서, 쟝쇠 어머니가 함지를 귀금이에게 더 가까이 당겨놓았다.

잠시 망설이다가, 그는 귀금이의 치마를 조심스럽게 무릎 위로 걷어 올렸다.

그녀가 본능적으로 치마를 내리려다가 손길을 멈추었다. 그녀의 얼굴이 목까지 발갛게 물들었다.

그녀의 수줍은 몸짓에 그의 배 속 깊은 곳에서 뜨겁고 단단한 욕정이 꿈틀거렸다. "이리 돌아앉아쇼셔." 그는 그녀의 왼쪽 종아리를 잡고 왼발을 조심스럽게 함지의 물속에 담갔다. 영롱한 빛깔의 기름이 물 위에 퍼졌다.

차가운 물을 느끼고서, 그녀가 몸을 비틀었다.

"죠곰만 참아쇼셔." 그녀의 보드라운 종아리를 쓰다듬어주고 싶은 충동을 가까스로 누르면서, 그는 그녀를 올려다보았다. 치마 아래로 드러난 허벅지 아래쪽이 눈에 들어오면서, 배 속에서 깨어난 욕정이 문득 몸을 일으켰다.

'내가 지금…… 의사 노릇을 하면서, 무슨……' 그는 자신을 꾸짖었다. 그러나 그것은 호된 꾸짖음은 아니었다. 그에겐 지금 자신이 느끼는 욕정이, 아까 느꼈던 질투와는 달리, 어쩐지 깨끗하고 건강하게 느껴졌다.

귀금이의 왼쪽 턱 아래쪽에 깨알만 한 자줏빛 점이 있었다. 그녀 몸의 조그만 비밀을 알게 된 것이 그의 마음을 간지럽게 했다. 얼굴에 웃음이 배어 나오는 것을 느끼면서, 그는 그녀 눈을 들여다보았다. "귀금 아씨, 많이 알파시나이다? 이제 묘한 약알 바르면, 곧 나아딜 새니이다."

"귀금아, 많이 알파다?" 홍쥬댁이 처음으로 입을 열었다. 목소리에 감춰진 정이 배어 있었다. 친정에서 데리고 온 몸종이니, 귀금이는 그녀에겐 이 집에서 가장 가까운 사람들 가운데 하나였다. 부부유별을 강조하는 세상이고 시집살이를 하는 처지니, 그녀가 속 얘기를 털어놓을 수 있는 사람은 귀금이뿐인지도 몰랐다.

"아니압나니이다." 이내 의젓한 낯빛을 지으면서, 귀금이가 도리질을 했다.

정이 느껴지는 두 사람 사이의 얘기에 그의 얼굴에 어린 웃음이 밝아졌다. 응급조치의 시급한 첫 단계를 마치자, 마음에 좀 여유가 생겼다. "이제 므슥을 마셔야 하난듸……" 자신도 모르게 귀금이의 종아리를 쓰다듬으면서, 그는 혼잣소리 비슷하게 말했다.

그의 애기에 쟝쇠 어머니가 한 걸음 다가서면서 묻는 얼굴로 그를 내려다보았다.

"쟝쇠 어마님, 식혜 이시면, 한 사발 가져오쇼셔. 덴 사람안 물을 많이 마셔야 하나이다."

"네, 스승님."

"어멈은 여기 있개나. 식혜는 나이 가져올 새니." 홍쥬댁이 부엌으로 향했다.

그는 귀금이의 다리를 조금 들어 덴 데를 살폈다. 끓는 물에 데었으니, 아주 심한 화상은 아닐 터였다. 걱정스러운 것은 화상 자체보다는 덴 살에 난 생채기였다. 발목과 뒤꿈치의 살갗이 많이 벗겨졌는데, 발목의 생채기는 꽤 컸다. '버선을 급히 벗다가 생채기를 낸 모양이구나. 저건 꽤 깊이 팼는데. 연고만으로 흉터를 남기지 않고 치료할 수 있을까?'

21세기엔 어지간한 화상은 큰 탈 없이 고칠 수 있었다. 병원에서 제대로 치료를 받으면, 조직이 없어질 정도로 심한 화상도 치료되었다. 여러 증식인자(增殖因子)들의 생산과 활동을 도와 부서진 조직이 제대로 복구되도록 하는 의술 덕분이었다. 그가 지금 지닌 연고에도 물론 필요한 성분이 들어 있었다. 그러나 현대 병원의 첨단 의술 없이 연고만으로 흉터를 남기지 않을 만큼 말끔히 고칠 수 있을지는 확실치 않았다.

"귀금아, 여기 있다. 식혜 들어라." 홍쥬댁이 귀금이에게 사발을 내밀었다.

"녜, 맛님." 황송해진 귀금이가 어쩔 줄 몰라 하면서 사발을 받았다.

"어셔 들어라." 홍쥬댁이 사발을 받아서 그냥 들고 있는 귀금이를 채근했다.

"녜." 한번 사발에 입을 대자, 그녀는 단숨에 사발을 비웠다. 목이 꽤나 말랐지만, 누구에게 얘기도 못하고 참았던 모양이었다.

"아조 심히 덴 것은 아니라셔, 불행 듕 다행이니이다." 그가 다리를 붙잡고 있는 것을 그녀가 무척 불편해하는 것을 깨닫고, 그는 슬그머니 그녀 다리를 놓고 일어섰다.

"하마트면 큰일날 번하얏디." 빈 사발을 집어 들면서, 쟝쇠 어머니가 혀를 찼다.

"참아로……" 별말 없이 지켜보던 비인댁이 동의했다. "그만하기 다행이디……"

'이제 남은 문제는 귀금이가 푹 쉬도록 하는 건데…… 남의 종인 처지에서 과연 마음 놓고 쉴 수 있을까?' 그녀가 편히 쉬도록 할 길을 찾으면서, 그는 비인댁을 돌아보았다. "엇디 다외얀 일이니잇가?"

"귀금이 쟉안방맛님 약알 달이난듸, 긔훈이 도령이……"

"긔훈이 도령님은 잘못한 것이 없고요, 쇤네가……" 귀금이가 긔훈이를 감쌌다.

얘기를 들어보니, 귀금이가 리산응의 약을 달이는데, 긔훈이가 뒤에서 장난으로 그녀를 놀라게 해서, 그녀가 탕관을 엎지른 모양이었다.

"긔훈 도령이 시방 어듸 이시니잇가?"

"앗가 맛님끠 야단알 맛고셔……"

"그러하오면," 그는 부드러운 목소리로 비인댁에게 부탁했다. "긔훈 도령에게 할 녜아기 이시니, 긔훈 도령을 블러오쇼셔."

"녜, 스승님." 비인댁이 움직이자, 홍쥬댁과 쟝쇠 어머니가 뒤따랐다.

'그건 그렇고…… 기름을 비누로 씻어내야 하는데……' 그는 좀 난감한 마음으로 기름이 뜬 함지 물을 내려다보았다. 사람들이 비누에 대해 얘기하는 것이 반갑지 않았으므로, 비누를 기름을 씻어내는 일은 천생 그가 해야 했다. 그러나 수도가 없는 곳에서는 그것이 아주 간단한 일이 아니었다.

'물을 떠오라 마라 할 것 없이 아예 번쩍 안아 들고서 우물로 가?' 그는 고개를 숙인 귀금이를 내려다보았다. 그제야 그는 지금 자신이 그녀와 단둘이 있다는 것을 깨달았다.

'이리 호젓하게 만나는 것이 쉽지 않은데…… 이럴 땐 무슨 그럴 듯한 얘기를 해야 하는데……' 단둘이 만날 기회를 만들어서 속마음을 얘기하겠다고 오래전부터 별렀다는 것을 생각하고, 그는 쓴웃음을 지었다. '정말로 번쩍 안아 들고서 우물로 가?'

"이리 오쇼셔," 귀금이를 안고 우물로 가는 자신의 모습을 떠올리면서 달콤한 기분에 젖은 그를 비인댁의 목소리가 깨웠다.

돌아다보니, 긔훈이가 쭈뼛거리며 집 모퉁이를 돌아서고 있었다. "긔훈 도령님, 어셔 오쇼셔."

웃음을 머금은 그의 얼굴에 안심이 되었는지, 긔훈이가 선뜻 그에게로 다가왔다. 눈에 발그스레한 기운이 있는 것을 보니, 야단맞고서 운 모양이었다.

"긔훈 도령님." 그는 녀석 앞에 쪼그리고 앉았다. 설빔으로 입은 자줏빛 조끼에 무엇을 흘린 자국이 있었다. "이제 나이 귀금 아씨 덴 대에 됴한 약알 발라서 낫개 하겠나이다. 그러나한디 빨리 나아려면, 귀금 아씨 며츨 움즉이디 말고 쉬어야 하나이다."

녀석은 눈을 몇 번 껌벅거리더니, 자신 없는 얼굴로 고개를 끄덕였다.

비인댁이 보는 데서 노골적으로 얘기하는 것이 좀 무엇했지만, 어쩔 수 없었다. "긔훈 도령님, 도령님이 귀금 아씨 움즉이디 아니 하고 쉬개 하실 수 이시나니잇가? 뉘 귀금 아씨에게 일알 시키디 못하개 하실 수 이시나니잇가?"

"녜, 스승님." 그제야 그의 말뜻을 알아들은 듯, 녀석이 열심히 고개를 끄덕였다.

"그리하고 덴 사람안 식혜 갇한 것을 마시난 것이 됴하나이다. 귀금 아씨 하로애 세 번식 식혜를 마시개 하실 수 이시나니잇가?"

"녜, 스승님." 녀석이 이번에는 자신 있게 고개를 끄덕였다. "하로애 세 번식……"

"녜, 하로애 세 번식. 그러하오면, 이리 오쇼셔. 나이 덴 대랄 낫개 하난 것을 보쇼셔." 야단맞고 풀 죽은 긔훈이를 달래면서 귀금이가 제대로 쉬고 수분을 섭취할 길을 마련한 것이 스스로 대견해서, 그는 기분이 갑자기 좋아졌다.

"사람이 블이나 끓는 믈에 데면, 맨 몬져 할 일한 찬믈로 덴 대랄 씻난 것이니이다." 그는 긔훈이보다 뒤에 선 비인댁이 들으라고 설명하기 시작했다. "보션을 신안 발애 끓는 믈을 엎질렀을 때난, 억지로 보션을 벗디 말고 그대로 찬믈을 브어 식히는 것이 됴하나이다. 보션을 억지로 벗으려 하면, 살이 샹하기 쉬우니, 찬믈로 몬져 식히고셔 가애로 보션을 쯪어셔 쉬이 벗겨지게 하난 것이 됴하나이다."

"녜." 잘 기억해두려고 애쓰는 얼굴로 눈을 깜박거리면서, 긔훈이가 고개를 끄덕였다.

그가 올려다보자, 비인댁이 고개를 끄덕였다. 그의 눈길을 받자, 귀금이도 수줍게 고개를 끄덕였다.

눈송이 하나가 그의 얼굴에 앉았다. 이어 눈송이 서넛이 뿌연 하늘에서 시름시름 내려왔다. 어느 사이엔가 울타리 너머 하늘이 구름 허리를 풀고 있었다.